〔南非〕萨利·安德鲁 著

索析 译

人民文学出版社
PEOPLE'S LITERATURE PUBLISHING HOUSE

著作权合同登记号　图字 01-2017-2997

RECIPES FOR LOVE & MURDER

Copyright © Sally Andrew 2015
All rights reserved.
This edition arranged with Blake Friedmann Literary, TV and Film Agency through Andrew Nurnberg Associates International Limited.

图书在版编目(CIP)数据

爱的配方/(南非)萨莉·安德鲁著;索析译. —北京:人民文学出版社,2017
ISBN 978-7-02-013352-9

Ⅰ.①爱…　Ⅱ.①萨…　②索…　Ⅲ.①长篇小说-南非共和国-现代　Ⅳ.①I478.45

中国版本图书馆 CIP 数据核字(2017)第 230271 号

责任编辑:卜艳冰
　　　　　陶媛媛
封面设计:钱　珺

出版发行	人民文学出版社
社　　址	北京市朝内大街 166 号
邮政编码	100705
网　　址	http://www.rw-cn.com
印　　制	上海盛通时代印刷有限公司
经　　销	全国新华书店等
字　　数	194 千字
开　　本	890 毫米×1240 毫米　1/32
印　　张	14.5
版　　次	2018 年 1 月北京第 1 版
印　　次	2018 年 1 月第 1 次印刷
书　　号	978-7-02-013352-9
定　　价	58.00 元

如有印装质量问题,请与本社图书销售中心调换。电话:010-65233595

本书献给我的父母博思齐·安德鲁和保尔·安德鲁,
他们都是难能可贵的好父母。

第1章

　　不觉得人生很可笑吗？事情往往会以你完全意想不到的方式发展成另外一副光景。

　　星期天早晨的小卡鲁，又是一个干燥的夏日，我正在厨房里，用生铁锅搅拌着杏子酱，呼吸着窗外吹进来的微风，心情颇为愉快。

　　"你闻起来可真香啊。"我一边搅着，一边对着杏子酱说。

　　如果我管它叫杏子"果酱"，听起来就像是某种装在亮晶晶罐子里的东西；但如果我说的是"konfyt[①]"，这里的人就不会陌生了，因为他们常在厨房里做。我母亲是传统南非人，父亲是英国人，所以，两种语言从小就融汇在我的体内，结果就是，我有着南非人的口味，英国人的思辨，一旦骂起人来，就又回到了个地道的

---

① konfyt，一种在南非吃的果酱，将选好的一种或多种水果（如草莓、杏子、橘子、柠檬、西瓜、桃子等）加热煮沸，加糖，再选择性地加上少量的姜汁以提味儿。

南非人了。

杏子酱已经被我搅得越来越黏稠、清澈，果酱就快成型了，就在这时候，我听见汽车驶近的声音。我不慌不忙地往果酱里加了些杏仁和肉桂棒，那时候我还不知道这辆车将带来我《爱与谋杀食谱》的第一道配方。

或许，人生就像一条湍急的小河，一路蜿蜒曲折地流向或远离爱恨生死，反反复复，永无止境。然而即便如此，大多数人终其一生都无法畅游其中，快意人生。我想，我就是其中一个。

卡鲁镇是南非最安静的地方之一，所以即便离得老远，你都能听得到汽车引擎的声音。我关掉瓦斯炉，盖上锅盖，时间还很充分。我洗了洗手，脱掉蓝色围裙，对着镜子理了理头发，又放上水壶开始烧水。

随后，我听见汽车刹车发出的尖锐声音，伴随着一声撞击，我猜来的人应该是海蒂，她是个糟糕的司机。我朝外面偷瞄了一眼，海蒂的白色丰田车就停在门前的车道上，紧贴着一棵桉树。还好她没注意到我那辆老尼桑。我将鲜奶挞从冰箱里取出来。海蒂是我朋友，也是我撰写美食专栏的那家《小卡鲁公报》的编辑。但我不是记者，我只是个特别喜欢烹饪、偶尔会写点儿什么的"塔尼亚[①]"。我父亲曾是一名记者，我母亲则是了不起的厨师。他们其实并没有太多共同点，所以我喜欢认为，是我用我的食谱，以一种有趣的方式，将他们两人带到了一起。

海蒂穿着她喜爱的教会服，一条淡粉色小短裙配一件夹克。她

---

① Tannie，南非荷兰语系中，对跟自己一样大或比自己稍大些的女人的尊称，也是"姨妈"的意思。

的高跟鞋踩在我院子里铺满了桃核的走道上，颤巍巍的。但随后，当她踩上了铺着石子的小路时，步履就完全适应了。自从我丈夫法尼去世之后我就再没去过教堂，因此看到有人直接从教堂里走出来，我会有点儿羞愧感。那些年里，我一直端庄优雅地陪在法尼身旁，坐在教堂的木头椅子上听着牧师叨叨叨地说个不停，然后开车回家后，法尼还是继续殴打我，这种行为让我有点儿抗拒教堂。被那样殴打过的我已经很难去相信很多东西了，什么上帝、信仰、爱……我和法尼在一起的那些日子里，它们都从窗户溜走了。

他死后，我一直敞开着窗，但它们再没回来过。

海蒂站在我门前，她无需敲门，因为大门总是敞开着。我喜欢新鲜空气，喜欢南非大草原上野生灌木丛的味道，喜欢干燥的土壤的气息，还有我养的小鸡在肥料堆里拱来拱去发出的哼哼唧唧的声音。

"进来吧，快进来，我的宝贝！"我对海蒂说。

当我不再去荷兰新教教堂之后，很多当地女人都不再和我往来。但海蒂是英国人，而且她常去的是圣卢克斯教堂。莱迪史密斯这里有四十多座教堂，而在圣卢克斯，白人和其他各色皮肤的人愉快地比肩而坐。

虽然我和海蒂都是五十几岁的女人，但除此之外，我们在很多地方都完全不同。海蒂是典型的英国辣姐，身材修长，金发碧眼，穿戴考究；我则是一副邋遢的南非白人打扮，棕色鬈发，身材矮小，一看就很软弱（而且是在不该软的地方过于软的类型）。海蒂有一双像游泳池里的水一样清澈的蓝眼睛，我的眼睛则是像金线蛙一样的绿色。海蒂喜欢那种锃亮的漆皮高跟鞋，我则最喜欢自己的沙地靴。海蒂对食物没什么想法（但她确实很喜欢我做的鲜奶挞），但对我来说，烹饪和美食是我活着的最重要理由。是母亲遗传给了我对烹饪的热爱，但直到我发现自己的丈夫是一个糟糕的伴侣时，我才意识到食物竟然可以成为我如此美好的陪伴。有些人可能会觉得食物对我太重要了，但其实可以这样说，没有了食物，我会非常孤单。事实上，没有了食物，我会死。海蒂也是好伙伴，我们的会面总是轻松愉快，有些人就是会让你觉得很舒服，你在他们面前可以安心地做自己就好。

"早上好，玛利亚姨妈。"海蒂跟我打招呼。

海蒂有时候会用她有趣的英国腔叫我"塔尼亚"（她用英语强调发这个音的时候，音节类似在发"纳尼"，但事实上这发音更像是"蜜糖"，我很喜欢她这样叫我。她俯下身来要亲吻我的脸颊，没对准，只触碰到了小卡鲁干燥的空气。

"咖啡？"我说完，又下意识看了看钟表，英国人通常过了上午十一点就不喝咖啡了，"还是茶？"

"茶，好极了。"海蒂用《欢乐满人间》①的方式拍手称赞道。

但我看得出她并不好，她那眉头皱得简直像柿子树②的叶子一样。

"你还好吗，亲爱的？"我一边准备着茶托盘一边问她，"你看

---

① 1964年由迪士尼推出的经典名片，该片是迪士尼影史上在奥斯卡奖上成就最高的作品。
② 这里的gwarrie是南非荷兰语里的说法，英语中习惯称之为magic guarri，学名为Euclea divinorum，柿树科，没有找到正式的中文学名，姑且用南非柿树称之。这是一种常青灌木，最高可长到9米，据说具有预警作用。它的生长预示着干旱的到来，有一定药用价值，果子可制醋。

起来很焦虑的样子。"

"我真的很喜欢你的房子,"她轻敲着我厨房的木头桌子对我说,"你瞧这些厚厚的土墙,它们看起来是那么地……踏实。"

法尼去世之后,我卖掉了我们俩在镇上的那栋房子,然后在大草原边上买了现在这栋房子。

"这是座很漂亮的老农屋,"我说,"究竟发生了什么事,海蒂?"

她的脸颊抽吸了一下,好像有些话还没说出口就迅速地掉落到了喉咙里似的。

"我们去走廊上坐吧!"我拿着备好茶点的托盘说。

坐在我的走廊上可以俯瞰整座花园,满目的草地、蔬菜和各种各样的树。而越过我那低矮的木头藩篱的另一头,一条长长的泥泞小道直通向我家的房子,还有南非干枯的大草原和灌木丛,以及荆棘树和古老的柿子树。离我最近的房子也要在好几公里以外,隐藏在一座小山丘后面。但对我来说,这些古老的大树也是很好的邻居。

海蒂轻轻抚了抚短裙,坐了下来。我想要捕捉她的注意力,但她的视线一直在花园里上蹿下跳,好像在盯着只鸟儿到处乱蹿似的。我顺着她的视线往花园里看,我养的一只锈褐色老母鸡正从它休息的天竺葵丛中跑出来,愉快地享用着化肥堆里的饕餮。但我知道海蒂看的鸟儿不是它,因为她的视线从柠檬树飞跃到那片种蔬菜的田地里,又越过鱼腥草丛停在了那些蜜钟花上,来回不停。我仿佛听见那只看不见的鸟儿在我们周围叽叽喳喳地叫唤,但终究还是不知道她在看向何处。

"你在那些草原植物里能看见些什么?"我问她。

"天,今天很暖和。"她回答说。

她从口袋里取出一封信，随手当扇子在面前扇风。

"我给你弄些鲜奶挞吧！"

我说着，将托盘里的馅饼切块，放在我们各自的盘中。

"快要下雨了。"海蒂说。

现在，她的视线又追随着那只看不见的鸟儿，就好像它正在这张桌子上蹦跶似的。我把装着馅饼的盘子朝她面前推了推，说："这是你最喜欢的。"

我知道海蒂要说的绝不只是天气。她面色通红，就像是嘴里含着个滚烫的东西，但嘴角又闭合得紧，生怕嘴里的东西漏了出来。

海蒂可不是那种会因为害羞而难以启齿的人，所以我并不想逼她。我给我俩斟满茶，然后也凝神望向外面干枯的南非大草原。已经很长时间没有下雨了，小卡鲁的大草原上到处都是低矮的群山，高低起伏，连绵不绝，像石头的海洋上泛起的海浪。我拿起自己做的鲜奶挞，咬了一大口。味道好极了，香草、牛奶和肉桂恰到好处地融合在一起，制造出一种完美舒适的味道，口感丝滑轻薄，面包皮又薄又脆，恰到好处。

海蒂低头盯着杯子里看，好像她那只想象中的小鸟刚刚不小心掉进了杯子里，淹没在茶海中了似的。我倒是看到远处的一棵柿子树下若隐若现地停着一只真鸟，但距离太远，我看不清是什么鸟。我极喜欢这种古树，它们有的甚至有数千年历史，全都有苍劲扭曲的树干，盘根错节，蔚为壮观，深绿色的叶子皱巴巴的。

海蒂坐直身子，抿了一口杯中茶，又深深叹了口气。你瞧，这就是走廊阳台的作用了，人们坐在这里，喝着茶，叹着气，望着窗外的大草原，一切都是那么和谐自然。可是海蒂依然盯着那茶杯里看。

"真美味。"我说着,吃掉了自己盘中最后一些鲜奶挞,盘中只残留着些面包屑和肉桂粉。

海蒂还是没有碰她的甜点,而我已经没法再干坐在那里等下去了。

"究竟发生什么事了,海蒂?"

她深吸几口气,把那封信放在了桌上。

"哦,天哪,玛利亚,"她终于开口说,"可能不是个好消息。"

我感觉刚才吃下去的茶和鲜奶挞在我肚子里微微翻搅起来。

第2章

现在轮到我不着急了，反正是坏消息，有什么好急的呢？于是我喝完杯里的茶，又缓缓地给自己倒了第二杯，再切上一小块鲜奶挞，让自己的心情平静下来。海蒂还在喝着刚才那杯茶，神情看起来很悲伤。那信封承载着满满的坏消息，安静地躺在桌上。

"是总部寄来的。"海蒂说着，手下意识地抚了抚她的喉咙，就好像刚吸进去的空气卡在了喉咙里似的。

我知道海蒂并不常收到总部的来信，一旦有，那肯定是传达某个命令需要她去执行的意思。这种社区报纸属于辛迪加报业，每份报纸都是独立的，报纸的运营资金大多通过广告而来，但是，它们还是必须遵守总部的规则行事。

我看到刚才那只百舌鸟从甜荆棘树上俯冲下来，落在了地面上。

海蒂说："玛利亚，他们说我们必须有一个'建议专栏'。"

我一边吃着馅饼，一边对她皱了皱眉。这有啥可大惊小怪的？

"就像那种'知心大姐姐'专栏一样,"海蒂又补充道,"提供一些关于爱的建议和忠告。他们说这样可以增加报纸销量。"

"嗯,是有可能会。"我说。

我还在等我的坏消息。

"我们没那么多版面了。要增加这个专栏,至少需要多加四个版面,但我们没有那么多钱去印增加的四个版面。"她边说,边用手做出书的形状比划着。我知道报纸是怎么回事儿,四个版面,就是整整一大张纸的正反面都要印刷。"我试过重新排版,也试过看看能不能删掉些什么,但就是不行,怎么都不行。"

我在椅子上转了个方向,看到那只百舌鸟又飞回到了枝头上,嘴里还叼着个刚捕捉到的什么东西。

"我周五给他们打过电话,"海蒂解释说,"告诉他们,对不起,我们现在还没法这么做,暂时还不行。我这么说的。"她说话的时候,喉咙像根被抽吸的吸管一样。"但他们说,建议专栏必须有,没有任何商量的余地。还说我们可以把美食菜谱专栏砍掉。"

海蒂的声音在我听来好像从遥远处传来,并不真切。而我,只是专心地在看那只百舌鸟,她的鸟嘴里叼着只蜥蜴,正把捕捉来的肉捣进一株白色大荆棘里面。

"玛利亚姨妈?"

我在想,那只蜥蜴还活着吗?

"我跟他们争论过。我告诉他们读者是多么喜欢你的专栏,可是,他们就是说建议专栏没得商量,必须有。"

那只"屠夫鸟"是不是准备就这样让她捕来的肉风干,再制成肉干呢?

"玛利亚姨妈。"

我终于看向海蒂,她的脸绷得紧紧的,显得很悲伤的样子,就好像要完蛋的不是我的生活,而是她的。那个美食专栏曾是我的人生,这不只是钱的问题。确实,我丈夫去世之后,我拿到的补偿金很有限,需要一些额外的收入来购买食材。可是,那个专栏是我分享烹饪——这个对我来说至关重要的事情的方式。

我感觉喉咙里干干的,又喝了些茶。

"但是我最近一直在想,"海蒂说,"你可以写这个建议专栏啊! 你可以给读者一些关于爱的人生建议啊!"

我扑哧一笑。这声音并不动听。

"我对爱这种东西一无所知。"我说。

就在这时,我的那只铁锈红色、脖子上有一圈深色毛的母鸡大摇大摆地穿过草地,在用嘴巴啄着地面,而我看着她,油然而生地感受到自己对这只母鸡的爱。我爱我做的鲜奶挞的味道,我爱我烤的甜面包干的香气,我爱这漫长等待后终于下了一场大雨的声音。原来,爱,是我烹饪的每一道食物的原料。可是,建议专栏跟这鲜奶挞以及我爱自己的母鸡可不是一回事儿。

"反正不是那种爱,"我呢喃着道,"还有,我可不是那种可以给别人提建议的人。你应该去找像高邬斯姨妈那种人,她在著名硬件公司工作,总是有一堆建议和忠告给每一个人。"

"但你知道你最棒的一点是什么吗? 玛利亚,你从不会主动给人提建议,但你是个绝佳的聆听者。我们一遇到重要的事情,需要找人商量的时候,就会来找你。还记得当时杰西无法决定是否要去开普敦工作的时候,你是怎么帮助她的吗?"

"我只记得我给了她蘸糖浆吃的炸麻花糕……"

"你听她倾诉,还给了她非常好的建议。多亏了你,她到现在还和我们在一起。"

我摇摇头，说："我还是觉得是那炸麻花糕起了作用。"

"我还有个主意，"她说，"你为什么不写一本书呢？一本《玛利亚姨妈的食谱》，搞不好我能帮你找到出版商。"

我听到有声音从空中传来，抬起头，看到那只百舌鸟已经飞走了，她那只蜥蜴还留在荆棘上。

一本书，这倒是个不错的主意，我心里这么想，嘴上说出来的却是："这些东西写一本书太单一乏味了。"

海蒂伸出手来握住我的手，而我的手只是无动于衷地放在那里。

"哦，玛利亚姨妈，"她说，"我很抱歉。"

海蒂是个不错的朋友，我不希望让她不好受。所以，我也轻轻紧了紧她的手，以示安慰。

"吃些鲜奶挞吧，海蒂，"我说，"这次烤得很不错。"

海蒂这才拿起自己面前的叉子吃了起来，而我又给自己切了一块，我也不想让自己太难过啊！我没有理由感到孤独呀！我坐在自己屋子的长廊上，有着这么美好的大草原风景欣赏，有着好朋友陪伴，还有这一级棒的鲜奶挞吃。

"或者，不如，"鲜奶挞将我的焦虑置之度外，我忽然想开了，"我可以读人们的来信，然后给他们提供相应的食谱来帮助、开导他们？"

海蒂把嘴里的甜品吃完，开口说："你需要给他们一些建议，玛利亚姨妈。"

"食物的建议。"我说。

"他们会写信来跟你倾诉他们遇到的问题。"

"不同的食谱可以针对性地解决不同的问题。"

"用食物作为治愈身心的良药。"海蒂说。

"嗯,没错!"

"你还是要给他们一些建议,但食谱可以作为建议的一部分,包含在其中。"

"玛利亚姨妈爱的建议和食谱专栏。"

海蒂终于笑了,脸色也恢复了往常的轻松。

"太好了,玛利亚姨妈!我觉得这没什么不好的。"

随后,她又拿起叉子,将面前的甜品一扫而光。

第3章

就这样,在这走廊阳台上,我和海蒂决定了这个"玛利亚姨妈的爱与食谱专栏"。结果这个专栏颇受欢迎,来自整个小卡鲁的很多人都给我写信,而我给那些人的回信就组成了这本书里的美食食谱——爱与谋杀食谱。所以说,我终究还是在写一本食谱书,反正不是我以为我会写的那种。

正如我在开头就说过的,事情总会以你意想不到的方式发展成另外一副光景。但是,我们先别急着讲故事,让我先来给你尝尝一种味道……

这本书里的主要食谱,是谋杀用的食谱。爱的食谱要复杂得多,但是搞笑的是,爱的食谱也是从这道谋杀食谱中诞生出来的:

谋杀食谱

1个矮壮的、经常虐待他妻子的男人

1个身材矮小、脾气温顺的妻子

1个身材中等、性格强硬的女人,她爱上了这个妻子

1把双管猎枪

一座小小的、浸满了秘密的卡鲁镇

3瓶克里普得利福特白兰地①

3只小鸭子

1瓶石榴汁

1把辣椒粉

1名和蔼的园丁

1把火钳

1本最新的《纽约人》杂志

一些基督复临安息日会教徒(为世界末日做准备)

1名难搞的新闻调查记者

1名心慈手软的业余侦探

2名酷酷的警察

1只小羊羔

一些疑似搅浑在一起的红鲱鱼

1小撮贪婪

将以上所有原料放进一口大锅里,慢火炖,一边炖一边用一把木勺子搅拌几年,再加上鸭子、干辣椒和白兰地,最后关火即可。

---

① 南非最大的葡萄酒及烈酒生产商"迪斯特公司"旗下的白兰地品牌,是一种烈酒。

第4章

我和海蒂的"阳台会谈"结束后,一个礼拜的时间,读者的来信就开始涌了进来。我记得我站在《小卡鲁公报》办公室的门口,海蒂手里像展示魔术卡一样握着这些信给我看。她肯定老远就听到了我的小卡车的声音,早早就准备好等着我了。

"哟吼,玛利亚姨妈!这是你的第一批来信!"她一见我就说。

今天,海蒂穿了一身黄油色的连衣裙,头发在阳光下闪着金光。天气很热,我缓缓走下平铺着小石子的小径,这条路两边摆放着的全都是一盆盆芦荟和多肉植物。我们的这间小小的报社就嵌在大羚羊街上的莱迪史密斯艺术画廊和托儿所之间。

"这些小肉植正在开花呢。"我说。

小肉植上已经缀了些许粉色的花朵,花儿在日光下闪烁着银光。

"这些植物昨天才到,今天就有三盆开花了。"海蒂说着把那些信递给我。

这间报社办公室有着雪白的墙壁、俄勒冈式的地板和挑高的天花板。屋外墙的高处有着具有"莱迪史密斯之眼"之称的、带有美丽花纹雕饰的大圆形通风口。这间办公室原本是早期老莱迪史密斯房屋中的一间卧室，屋子里只能摆得下三张木头桌子、一个水池，还有个小冰箱，但这些对杰西、海蒂和我来说也够了。报社也有其他的记者，是自由职业者，分布在小卡鲁的各个小镇上，他们会把写好的作品通过电子邮件发给海蒂。

屋内的天花板上有台大吊扇，不停地转呀转，但我很怀疑它能否给这屋子起到些许的制冷作用。

"杰西，"我说，"今天太热了，这种天气里，你不用平底锅就能直接烤面包干了。"

说着，我把一罐刚烤好的新鲜甜面包干放在我的桌上。杰西从她的电脑后探出头来看我，朝着我和我的面包干罐挤挤眼。

"玛利亚姨妈。"她说。

杰西·莫斯特是报社的年轻记者，一名肤色较深的女孩，获得了一笔助学金，在格拉罕镇学习，然后又回到了她的故乡来工作。她母亲是莱迪史密斯医院的一名护士。

杰西今天穿了条浅色牛仔裤，一件黑色背心，牛仔裤的皮带上坠着很多小袋子。她那浓密乌亮的长发高高地在脑袋后面扎了个马尾辫，棕色的臂膀上有一只壁虎文身。办公桌电脑旁边放着她的机车头盔和牛仔外套。杰西超爱她那辆红色小摩托车。

海蒂走过来，把那些信件丢在我桌上，放在烧水壶和我的烤面包干旁边。我在这里的工作是兼职，偶尔来一次，所以，我很愿意和这些常年驻扎在这里的烧水壶共享一个办公桌。我随手放上烧水壶，又从小水槽里拿出几个杯子。

海蒂在自己的座位上坐下来,随手翻着她的记事本。

"杰西,"她说,"我需要你周六去报道一下荷兰归正教会① 教堂的游园会。"

"嘿!② 不要啊,又是游园会。我是新闻调查记者,你知道的。"

"唉,没错,一个有壁虎文身的女调查记者。"

"一点儿都不好笑。"杰西微笑着说。

我看了看躺在办公桌上的那三封信,它们像等待被拆开的礼物一样。但我没有立即打开看,而是去给我们每人冲了杯咖啡。

"我想让你去拍一些照片回来,拍那些外国人组成的团队都做了些啥新工作。他们会在游园会上有自己的摊位。"海蒂说。

"哦,不要又是那些日本人组成的团啊!我上个月刚给他们做了一整版的人物特写,还有那个南非荷兰语文化协会。"

"别急,亲爱的杰西,我相信有趣的事情很快就要来了,"海蒂拿着支笔在稿纸上边涂涂写写边说,我想她应该没注意到杰西朝她迅速翻了个白眼,但我听到海蒂说,"或者,你总能在别的更令你觉得兴奋的报社找到适合你的工作,比如《开普敦报》之类的。"

"哦,不,海蒂,你知道我喜欢这里。我只是需要……"

"杰西,我真的很高兴你决定留在这里。但你是个聪明的姑娘,而有时候你让我觉得这个小城镇和这家小报社对你来说可能太屈就了。"

"我爱这座小城镇,"杰西连忙说,"我的家人、朋友都在这里。我就是觉得,即使是在小镇子上也会有大故事可写。"

---

① Nederduitse Gereformeerde Kerk 的缩写,是南非改革后的基督教派。
② 原文 ag,相当于"哦",但是又比"哦"包含更多的感情和意义在里面。它的发音也有点儿像德语中的"achtung"。

我将咖啡放在她们各自的桌上。尽管知道海蒂不到午餐时间是不会吃东西的，我还是把装着面包干的罐子递到她面前。杰西一看到我递来的面包干，棕色的眼睛立马发光，全然像是忘记了刚才的不愉快。

"多拿一个。"我说。

当杰西把手伸进面包干罐子里时，感觉像是她手臂上的壁虎正慢慢往下爬。我对她微笑。我喜欢胃口好的姑娘。

"Lekker①。"杰西刚说完，她的大腿上突然爆发出音乐来。

"那女孩热力四射……"歌声唱着。

"不好意思，"她边说边打开她腰上的一个口袋，"我的电话。"

她把电话拿出来时，音乐声变得更响了：比梦幻更火热，比高速公路更寂寞……

杰西拿着电话朝门那边走去。

"喂？"杰西接起电话说，"……理查德②吗？"

杰西朝着花园走去了，声音越来越远，我听不到她的说话声和那首《热力四射的女孩》了。于是，我在桌边坐下，拿一块面包干在咖啡里蘸了蘸，咬一口。我在这面包干里加了些葵花籽，所以吃起来有烤坚果的味道。吃着面包干，我又看了看桌上的那些信。

最上面的一封信是粉红色的，上面写着"玛利亚姨妈收"，还在我的名字旁边用小圆圈点缀了一下。我啜了口咖啡，展开信，读

---

① 南非荷兰语，好吃的意思。
② 此处 Reghardt 是一个阿富汗名字，发音类似英语中的理查特。在荷兰语中"g"总是发成"ch"，"Reg"意思是"right（正确的）"，"hart"意思是"heart（心）"。"Reggeard"意思是"教养好的"或者"品行好的"。

了起来，然后直到我读完这封信，我都没再吃一口面包干，我实在太震惊了。

这封信是这么写的：

亲爱的玛利亚姨妈：

我觉得我的人生就要完蛋了，而我还不到十三岁啊。可是就算我不自杀，我妈也会杀了我。

我有过三次性体验，但只吃过一次药。我是不是怀孕了？我已经很久没来过例假了。

他今年十五岁，皮肤光滑黝黑，笑容很灿烂。他说过他爱我。我们在树下见面，然后一起去小棚屋里，玩扮演冰淇淋的游戏。他说我的味道像他家乡生长在路边的甜芒果，而我觉得他的味道就像巧克力坚果冰淇淋，而这些都是在我变胖之后、开始节食减肥之前我最爱吃的东西。我曾尝试过结束这种游戏，但每当我看到他在树下的棚屋里时，就会对他饥饿难挡。

我不自觉地用粉色的信纸挡住自己的脸，再继续读下去：

当我告诉他我可能怀孕了后，他说我们决不能再见面了。后来放学后我依然跑到那棵树下，但他再也没出现过。

我一直都太焦虑了，以至于根本无法吃任何东西。我母亲说我日渐消瘦了。我知道我会下地狱的，所以我还没有杀了自己。

你能帮帮我吗？

很绝望。

读完信，我摇着头，天哪！简直是场灾难……

我们一定得让她恢复对食物的兴趣。我需要一份有巧克力和坚果的食谱，还有冰淇淋，里面得有些健康的东西。

我当然会告诉她口交是不会使人怀孕的。还有，为防止她实在无法跟自己母亲坦白交谈，我会给她莱迪史密斯的家庭计划诊所的电话，以及乔治的治疗神经性厌食症的诊所电话号码，都放在回信里面。但是，如果我能设计出一个令她难以抗拒的食谱来，或许能帮助每一个有类似情况的人摆脱很多麻烦。

嗯，我想到了香蕉，非常健康，还能让她重新恢复活力。那就冻香蕉如何？沾着融化的黑巧克力，裹上一层坚果。我用黑巧克力和烤榛子为她写了一道食谱。这道美味应该能帮助她忘却那个男孩。另外，如果她的小男朋友也碰巧读到了报纸，我还另附了一份制作芒果沙冰的食谱给他。现在正是吃芒果的季节，好的芒果吃起来会有蜜糖和阳光的味道。

第5章

想到这里,我长舒了一口气,今天太热了,这两道食谱看起来都很棒。但是我桌上还有两封信没读,可是我觉得,它们的呼声似乎并没有这冻香蕉那么急切。

"我要回家去工作。"我突然对海蒂说。

"嗯……呃……"海蒂嘴里叼着支铅笔,正皱着眉,专心工作,听见我的话,她算是回应地说。

"我想到一些食谱。我需要立即去实验看看。"我继续说。

"很好。"她说。

"在我把这食谱送给那可怜的小姑娘之前,我自己得先确保它万无一失。"

"海蒂,周六的游园会是几点钟?"杰西已经打完电话回到她的工位上了,她一边问海蒂,一边从腰间的小袋子里掏出了一本小小的记事本。

"真是的,多大点儿事儿……"海蒂按下她的电脑键盘说,

"嗯？下午两点钟。"

我站了起来，手里拿着信。

"保障食谱的质量，这真的很重要，"我说，"我要给的不止是好吃的食谱而已，而是要绝对诱人、让人难以抵抗的那种。"

海蒂终于从她手上专注的工作中抬起头来。

"哦，玛利亚，亲爱的，赶快去吧！"

我的小车子停在距离办公室几棵树远的地方，旁边是杰西的红色小摩托。我们都尽可能地让自己的车离海蒂的丰田远一点，我的车门上已经挨过她一次蹭了。这辆尼桑 1400 是天蓝色的，和小卡鲁清晨的天空一样的颜色，车顶上还有个顶篷，白得就像小卡鲁天上飘浮着的朵朵泡芙一样的云朵似的，尽管由于车顶篷上经常落灰，所以它可能其实也没那么白了。我把车停在一棵蓝花楹树的树荫下面，车窗全都大敞着，可是这天气还是太热了，车里依然烫得吓人。这真是个适合吃冰淇淋的天气啊！

我就这样突然出现在集市里，挑选需要的食材。这正是一天中逛集市的最好时候，我很幸运地挑完自己要的东西，且过程中只与三个人小聊了一会儿。倒不是我很介意跟人聊天，只不过，一边跟人说着话，那些漂亮的、闪着诱人金光的碗盘仿佛在无声地召唤着我，引诱我买走它们，哦，我实在很难在这样的诱惑面前还能不分心地跟人交谈。

开着我的小车经过农田，穿行在辽阔的大草原和低矮的棕色小山坡上时，我能闻到刚买的熟芒果的味道。转进通往我家方向的泥巴路，行经那些桉树，靠着一丛薰衣草，我把车停在了家门前的车道上。走到我家前面院子里的花园时，两只棕毛的小鸡正躺在天竺葵丛下面，它们都懒得起来跟我打招呼。

我径直走到厨房，把杂货包里的食物一股脑堆在那张大木头桌子上，然后直接拿出六根香蕉，剥了皮，放进一个特百惠盒子里，再放入冰箱冷冻。随后，我又剥又挖地把四个芒果的果肉放在另一个特百惠盒子里，也放进冰箱冷冻起来。接着，我就站在水槽边上舔着刚剥下的芒果皮上的果肉，甚至把芒果核都吮吸得干干净净。这当然把我弄得满手满嘴的狼狈，不过，味道确实不错。

然后，我用我的木碾槌和研钵在一个平底锅子里将榛子一边微火加热烘烤一边捣碎，趁热乎，我还尝了一些，确认口感正好。我把巧克力掰成小块，放进一个双层锅子里。我会在冰箱里的香蕉正在迅速冷冻的时候将这些巧克力缓缓熔化。我尝了些黑巧克力，又把烤好的坚果在巧克力熔浆中裹了一层，又尝了尝，嗯，这种混合的口味也好极了。于是，我又准备了更多的坚果和巧克力，这些是我接下来要做的食谱实验需要用到的原料。香蕉和芒果真正冷冻还需要两个小时，这段时间我怎么能就这么浪费了呢？我还有两封信没有读完，我得趁着时间做点工作去。

我决定，为了避免自己分心，我要把这些信拿到外面去看。我坐在绿荫下的长廊上，打开一封信。这封是一个小女孩写来的，她喜欢上一个小男孩，但不知道要怎么和他做朋友。我给了她一道美味又简单的冰冻软糖食谱，没有小男孩能抗拒得了软糖的诱惑。

接下来的一封信上写着：

  哦，该死！我是个彻头彻尾的白痴。请把上一封信撕毁吧。如果我丈夫看到了，或者听说了……我真是个大傻瓜。请别把它出版。毁了它。我求你了。

什么上一封信？她在怕什么？我看了看信封上的邮戳：兰迪史密斯，日期是两天前。我立刻给报社打电话，接电话的人是杰西。

"嗨，玛利亚姨妈。"她说。

"我是不是落下一封信在我桌子上？"我问她。

"等等，我去看一下。"

杰西去的时候，我看了一眼厨房的挂钟。从我把香蕉放进冷冻室到现在还不到一小时。

"不，没有。但你一走信就来了，是写给你的。"

"信封上面，邮戳是兰迪史密斯，寄信时间大概是两三天前，对吗？"

"嗯……"她一边查看一边说，"没错。"

"我正在做一些巧克力坚果冻香蕉，"我说，"如果你过会儿愿意过来的话……"

"我待会儿午餐休息的时候去找你怎么样？我会带上你的信的。"

"没问题。"我说。

女人信里面提到的丈夫让我感觉很不舒服，连我的胃都开始有种不适的焦虑感。于是，我决定给胃里放点儿甜的东西。香蕉还没有冻透，但伴着坚果和巧克力，味道依然不错。我需要正确地品尝食谱，必须是完全冷冻的香蕉和融化得丝丝入扣的巧克力。于是，一根香蕉之后，我就不再继续吃下去了。

为了让自己远离厨房的诱惑，我穿上沙地靴，套上件旧衣服，戴上草帽，去外面的蔬菜园里了。我有两双这种短靴，一双是淡卡其色的，另一双是深棕色的，我觉得深色的更适合在菜园里穿。这个蔬菜园就像个坐落在户外的烘炉,但菜园的一部分位于柠檬树的阴影下,所以我就跪在地上开始拔起了杂草。

我的莴笋上有些小蜗牛,我把它们移到了化肥堆那边,让小鸡去发现它们吧!

我很幸运地有一口不错的水井。已经很久没有下雨了,小卡鲁的太阳就好像要吸走这片土地和人的所有水分似的。但是我们牢牢扎根,坚守在此。相比之下,番杏科的植物和其他一些小肉植则要坚持得更好一些。夜晚时,我会在皮肤上抹些橄榄油,以免自己变成风干肉条。但如果在外面的阳光下,我是不会用橄榄油的,不然,炽烈的阳光就真的把我变成了一道玛利亚阿炸面团[①]了。

过了一会儿,太阳越来越烈了。我站起来,掸了掸膝盖上的泥土,用花园里的水龙头洗洗手,摘下帽子,用冷水拍了拍脸,再用手绢擦拭干。然后,我走进屋里,把巧克力放进双层锅里融化,同时从冷冻室里取出芒果。这些芒果已经冻好了,既不坚硬如石,也不软绵绵的,而是恰到好处的那种。我把这些芒果扔进搅拌机里打烂,再把搅出来的完美芒果沙冰放进特百惠的盒子里,重新置入冰箱。

这时候,我已经听见杰西卡的小摩托的声音,于是我把香蕉从冷冻柜里取出来,融化了的巧克力也从锅里倒出来。我用自己的小烤肉钳子夹着冻香蕉,在装着融化的黑巧克力的碗里蘸了蘸,再在盛着烤坚果的盘子里滚了一圈。

杰西站在厨房,朝我咧着嘴笑。

"哇哦,玛利亚姨妈,我好像闻到了什么美妙的味道,是什么?"

---

① vetkoek,南非传统糕点,字面意思就是胖胖的炸面团,形状蓬松。

她说着，脱下丹宁夹克，和头盔一起放在厨房的一把椅子上，盯着我刚放在蜡纸上的巧克力坚果香蕉看。我弄出了五个香蕉，再把它们放进冷冻室里。

"首先是我们的头盘。"我说着，把两盘芒果沙冰推到各自面前。

"哦，太美味了，这里面放了什么？"

"芒果啊。"

"我知道，还有呢？"

"只有芒果。"

"不可能吧？"

"嗯，吉尔芒是最适合的，但现在还不到季节。这些特金斯芒果也非常不错。哦，上面还滴了点青柠汁，增加点味道。"

"哇哦！真神奇！"

吃完芒果沙冰，我把空碗放进水槽，再取出两个餐盘放好，这是为我们的主餐准备的。趁这时候，杰西调整了下自己的腰带。

"你腰带上那么多小口袋里都装了些什么，杰西？"我将香蕉放在我们各自的餐盘上时问。

"嗯……"她用手拍着腰带上不同的口袋，一边指给我看一边介绍说，"照相机、手机、记事本、剪刀、手电筒、胡椒喷雾……就是这类东西。"介绍完，她又全神贯注地盯着面前盘中的巧克力香蕉了。"这东西看起来好美味啊……"

"这样看起来，它们有点搞笑。"我说。

"就这么用手吃吗？"

"我也不太清楚，"我说，"我也是第一次吃。这里有刀和叉……哦，等一下！还有奶油，需要加点儿奶油。"我挤了一大团生奶油在各自的餐盘里。"这下看起来好多了。"

刚开始吃的时候我们还是用刀叉的,但吃着吃着就直接上手了,实在太美味了,用餐具简直就是浪费时间。

杰西这姑娘最令人喜欢的地方就是她对食物的那种由衷的喜爱,好像她的身体总能做出明智的感受,将美味填入合适的位置。

我们吃东西的时候很投入,并没有交谈,而杰西会闭上眼睛,时不时地发出些许愉悦的呻吟。

吃完后,她说:"这是我这辈子吃过的最好吃的香蕉了。"

我微笑着,在她的盘子里分了些布丁。又加了根巧克力榛果冻香蕉和生奶油。同时我也给自己加了一份,算是陪她一起吃。我真希望这些美味此刻带给杰西的感受也能够同样传递给那个女孩——这份食谱将要传递给的人。

杰西清光了盘中最后一点巧克力,发出一声完结的叹息,她手臂上的壁虎文身随着她身体的摆动而跳跃,这是她觉得开心的时候常做的动作。

"我得走了,"说完,她站了起来,打开腰上的一个口袋,"这是你的信。"

那封信在我手中,感觉滚热。

第6章

杰西走后,我连餐盘都没洗,就走到屋外,坐在柠檬树荫下的一把铁质的椅子上,迫不及待地打开了那封信。信上的字迹和之前那封果然一模一样。

亲爱的玛利亚姨妈:

我一直都很喜欢你的食谱,每周都会拜读。

此时,我写信寻求你的意见,连我自己都对自己感到羞耻。我已经铺好了床,本应该好好躺下,但,鉴于刚刚发生的一切……

我曾发誓,一生都爱他,忠于他——我的丈夫。然而,这份爱已然干涸,但是,我真的尽力了,我相信他也是。他还要挣钱养我们的儿子,他患有脑部小儿麻痹症,正待在特殊儿童看护所里。

通常,他只会在喝醉酒后或者心生嫉妒时殴打我。如果我不还手，情况就不会太糟。打完我后，他会跟我道歉，很奇怪的是，我内心里总是相信他的歉意，相信他以后真的不会这么做了，但我错了。有时候，他突然就会猛烈地打我。我常常想，他这样的性格或许和他的父亲有关，又或许跟他在军队里的那段日子有关，他总是会做军营里的噩梦。我这么说并不是在为他找借口，我只是想说，他的本质并没那么坏。

看到这里，我有点儿口干了。于是我站起来，把没读完的信丢在椅子上，走进厨房，打开冰箱，给自己倒了杯水喝。我的手有点颤抖。由于喝冷水喝得太猛，感觉胸腔都有点儿疼痛。喝完，我又回到花园里，继续那封没有读完的信。

  一般情况下，他一个月打我一次，每周逼我做爱一次。所以，每个月我有二十五天的时间可以不太受他的侵扰。我和我的一位女性朋友在一起，我们总是很快乐。他不在家的时候，我朋友就会来我家玩。我每周只有两个早晨需要工作，所以大部分的时候我都待在家里。我和她之间有一种类似爱的感情，但我依然保持着我们之间柏拉图式的关系。
  她送了我三只宠物小鸭子。我们还为这些小东西修好了小水塘，供它们在里面游泳嬉戏。
  那些鸭子给了我有生以来第一次那么纯粹的爱，我是那样地没有任何痛苦和内疚地爱着它们，它们带给了我一种纯洁明媚的喜悦。有时候，我就这么看着它们，看它们游泳，看它们在草丛里走来走去，看它们把鸟嘴插进羽毛里的样子，一看就是好几个钟头。

然而，他把它们都射杀了。

三只全都被他杀死了。

用他那该死的枪。

它们当时还在睡觉。

我真想杀了他。我从厨房拿了把剪刀，冲向他。但他死死抓住了我的胳膊，我只能无助地哭着，哭到自己精疲力尽。

我丈夫刚已经喝下了一整瓶的克里普得利福特白兰地，他嫉妒我的朋友和那些可爱的小鸭子。但导致他爆发的最后导火索是我今天做的咖喱。他说羊肉太硬了，咖喱也太辣了。他说我一点也不关心他。他说得都没错。

你可以给我一道食谱，教我做出美味的羊肉咖喱吗？

以及其他的建议？

你最诚挚的

丧失自我的女人

读完信，我久久地坐在那里。信在我的大腿上，我低着头，看着我的皮短靴，想起了一些我本不想再记得的事情。阳光从树荫后面冒出来，追到了我，我的双腿和肩膀都感觉到了它的温暖。但我依然感到一股令我打颤的冷。然后突然间，我又觉得很热，阳光炙烧着我的皮肤的热。一阵风把周围的树叶吹得瑟瑟作响。我站起来，朝着屋内走去。

肚子里有一些令人不悦的感受。我吃掉了剩下的冻香蕉，那种不悦感才被暂时清理了出去。此时此刻，除了我胃里的巧克力香蕉，我感受不到其他。而我的思绪，它还是不听使唤地飘去了那些我不想它去的地方。我的手又在颤抖了。

我给自己泡了一大杯咖啡，放了很多很多糖，拿到外面长廊的桌上，还有女人的信、我的笔和纸一起。我以为一大杯甜甜的咖啡能让我恢复心绪。但即便喝下这一整杯，我依然感觉很低落。我的心里盛满了那令我挥之不去的悲伤。曾经的那些年里，我都是和一个跟她丈夫一模一样的男人在一起的。也不完全是一样的，我丈夫没有射杀我的鸭子，而我，当然也没有鸭子，更没有一位好朋友送我这些可爱的鸭子。而他对我的殴打，频率基本是一周一次，每月一次强行做爱，这已经算是我幸运的时候了。但我的故事还是感觉和她差不多，就连克里普得利福特白兰地都一样。我没有拿小刀对着他冲过去，也没有离开过他。我一直都怕死，也害怕这样的生活。

　　直到法尼突发心脏病死去，我的内心才获得了一种破碎了的解脱。当他活着的时候，我无处可逃，就连教堂的神父都说，我应该守候在我丈夫身旁，这是我的职责。所以，我留下来，忍受着。

　　我希望这个女人不要重蹈我的覆辙。想着想着，我拿起笔，开始给她写信。当然不能把她写的这些刊登出来，但我们可以刊登我给她的食谱，以及我的回信。我花了很长时间去思考该怎么做，不停地写写又划掉，整整折腾了我两个小时，其间消耗了一碗芒果，才最终写出了这些：

　　　　我和一个常常殴打我的男人住在一起很多很多年了。那些淤伤和骨头上的断裂都可以愈合，但心不能，心上的伤害是永久难愈的。爱本是一件珍贵的事情。如果你和一个虐待你的男人在一起，你应该离开他。我比你更清楚，有很多很多原因使你难以决断。但是，我相信，你一定可以找到方法离开。

　　　　你一定可以做得比我好的。你可以挽救你的心。

然后，我写出了一份我最好的慢火炖制的羊肉咖喱食谱。（脑海里突然闪现出一盘香喷喷的红酒炖鸭，但我当然不会把它写出来的。你会在这本书的最后找到这道食谱，还有很多其他的食谱都会列在书尾。）那是用非常温和美味的咖喱，混合上等的辣椒酱制成的。

第7章

两周后的这天早晨,弥漫着燥热的空气中,我的沙地靴刚踏上通往办公室的小径,就听见门后面说话的声音。

"你这也太唬人了,"海蒂说,"我知道你可以写出更好的游园会文章来的。"

"呃,海蒂,拜托。我现在想跟你讨论的故事不是这个,当地的农业实践活动,他们过度放牧和滥用农药,已经几乎完全弄坏了这里的生态系统……"

"玛利亚,"海蒂一看到我就拍着手叫道,"快来看看你桌上那堆信件,是不是很欣喜?"

我站在吊着风扇的天花板下面,让流动的风将我脸和脖子上的汗水吹干。我今天穿了件棕色棉布裙,刚穿上的时候还整洁干爽,现在却皱巴巴的,粘着我这一路的汗湿。海蒂就坐在她桌边,平整的杏黄色棉布裤上大概沾了一点点灰尘,她正用手轻轻掸去。我不知道海蒂是怎么做到的,在气候这么炎热的地方,还永远能把自己打扮得妥妥帖帖，看上去那么美丽。杰西朝我挤挤眼，递来一杯凉水，笑容挂在她那圆圆的棕色脸颊上。

"Dankie, skat（谢谢你，亲爱的），"我说着递给她一个特百惠饭盒，"这是给你的肉末咖喱。"

"哦，lekker（看上去很美味）。"杰西愉快地接过饭盒，转身放进了小冰箱里。

杰西驻足在冰箱边，冰箱的门还开着，她抬起脑后的马尾辫，借冰箱的冷气给自己的脸和黝黑的脖子背降降温。

《热力四射的女孩》又突然响起，杰西从腰上的小口袋里取出手机，按下了一个按键，音乐声戛然而止。

"只是个闹铃。"她说。

"好吧，杰西，我们可不需要这么热的闹铃。"海蒂打趣地说。

"不是，"杰西微笑着说，"是提醒我检查某个网页。到这个时候，网页应该已经建好了……"

杰西忙着在电脑上敲键盘，我坐在桌边，手里还拿着那杯凉水。我的美食与建议专栏已经开始两个礼拜了，人们的来信纷纷拥进来。很多人都渴望能得到我的食谱和建议。这是个相当大的责任，但我一直享受其中。要给别人食谱建议之前，我通常会自己先做一遍。所以，我的生活，不是在写东西，就是在做东西。这样一来，我做的东西自己根本吃不完。有时候我就会把做多的食物冷冻起来，带给杰西。

我放下杯子，捡起桌上厚厚一把来信。

"吉尼（杰西的小名），"我不禁说，"我该如何选择呢？"

我像在玩纸牌游戏似的，把这些信依次平铺在桌面上。每周，我们的报纸版面上只允许刊登一到两封信，对于那些我没有办法给出回复的人，我总是感觉很抱歉。他们有的人会在来信上附上地址，通常我会按照这地址给他们单独寄回信。但大多数的人是不会留下地址的。

"玛利亚，亲爱的，我们已经在解决你这个问题了，"海蒂说完，看向正在电脑前的杰西，杰西给了海蒂一个竖起大拇指的手势，"而我们很高兴地告诉你，我从小卡鲁房地产中介那儿得到了个赞助，现在，你的专栏已经有自己的网站了。我们可以把你的回信放在这网站上。人们也可以用电子邮件给你发信。"

"快来看看。"杰西招呼我说。

"哦，"我慢慢消化着这个消息，"谢谢，亲爱的。但问题是，我敢肯定，大多数写信给我的人都不会使用网络这类东西。他们只是……一些普通人。"希望我的声音听起来不会显得很不知好歹。

"你会有惊喜的，"杰西说，"这年头，很多人在家里就能上网了，而在大多数小城镇里也都有很多网吧可供上网。"

我走过去，瞅了一眼杰西电脑屏幕上的那个网页。网页的名字叫"小卡鲁公报"，这和报纸的名字一样。杰西又敲了什么键，屏幕上闪现出"玛利亚姨妈爱的建议和食谱专栏"几个字，旁边还配了一幅画，一个长得一点儿都不像我的漂亮阿姨手里正捧着个可爱的心形蛋糕。

"确实很漂亮，"我说，"我知道我已经跟不上潮流了……这些个……网页什么的。"

"哦，跟她说，杰西，告诉她你组织的那些东西。"

"我跟帕玛拉特芝士店的老板谈过，"杰西跟我描述，"他们买下了你专栏的一些广告位，还有……你知道他们店门口常放着个公告板，上面会有一些店内消息的东西吧？嗯，他们已经同意，为玛利亚的建议和食谱专门再放一块公告板。"

"哦，moderliefier（我的宝贝），"我对她俩笑着说，"这简直太贴心了。"

"而且现在，"海蒂继续补充道，"我们可以为你在这儿的工作多付一些薪水了，因为你还要把其他读者的来信都贴上来。"

"大部分人的来信都是匿名的，"我说，"所以，我不能把它们全登出来。"

"不，亲爱的，我的意思是贴在网上，还有公告板上。"

"就是帕玛拉特，"杰西补充说，"他们请求，如果你在你的食谱里需要用到奶制品的时候，是否可以用他们家的奶油和芝士？"

"全都用他们家的？"我问。

"嗯，不是，但是上公告板的食谱最好大多数材料都用他们家的。"

"那没问题，"我说，"我很喜欢芝士。"

我正准备冲杯咖啡，开始工作，突然，桌上一封手写的信封吸引了我的注意。我立即把其他信件都推到一旁，坐下来，打开这封信。

这是那个死了鸭子的女人写来的。

上面写着：

给玛利亚姨妈的便条（非出版用）

那个羊肉咖喱简直美味极了，它让我丈夫的情绪稍许得到了些安抚。我还为我朋友留了一些，她最爱吃咖喱了。

我正在做一个计划，或许能让我离开这里。在此之前，我需要原地踏步，直到一切准备周全。

　　谢谢你。

　　有时候，我真希望给我写信的人不是匿名的，那样我就可以给他们回信了。但我猜想，要是让这女人的丈夫看到我的回信，情况会变得危险。我在脑海里给这个养鸭子的女人回复：你可以做到的！我会给你我知道的每一道食谱，只要可以帮得到你。

　　我有一个抽屉，专门用来存放那些"感谢信"。但我不会把她的信放那儿。我很担心她的状况，她还没有逃离。我打算把她的信带回家，放置在一个特殊的地方。

　　我给我们每人做了一杯咖啡，然后坐下来读其他的来信。海蒂和杰西还在为一篇文章争论不休，但当我专心致志地在笔记本电脑前工作的时候，她们的声音几乎被我自动隔绝了。虽然我一向都喜欢用手写字，但用电脑确实很方便修正错误。

　　到了午餐时间，我有些头疼，但内心有种很满足的感觉，桌上只剩下两封信等待我回复了。对于所有那些给我写信的人——无论是年幼的孩子还是年迈的老人，无论是男人还是女人，在信里写下他们的问题以及他们的梦想——我会给他们一些小小的建议和一份好的食谱。我要给他们最好的食谱，想到那道薄荷奶油土豆沙拉的时候，它不断提醒我已经到了午餐时间，我想立刻回家去实验这道食谱。我还要把那个女人的信也带回家。我没有办法真正触及到她，但至少我可以照顾好她的信，就好像这些信是她的某一部分一样。

　　"我要回家了。"我对海蒂说。

我家的房子要比这办公室凉快许多,而且我还有一些自制的冰凉清爽的柠檬茶。

"我的天哪,"海蒂看了眼手表,惊呼,"都已经一点了。"

"我已经完成大部分信的回复了,我明天会把它们带回来的,"我说,"接下来,我只需要来决定哪些是放在报纸上的,哪些是用来放在那个芝士网站上的就可以了。"

海蒂听完大笑起来,她的笑声像银铃般清脆。

"你知道我的意思,"我说,"我现在又饿又热,连说话都不利索了。"

钻进我的蓝色小车之前,我把两边的车门都敞开着,用手扇着风,让车内的热气尽快散掉。然而,坐进去之后,我的皮肤所触及的每一个地方都有种烧着了的感觉。一路上我把车窗大开着,空气几乎把我的肺都吹干了。

群山低低地躺在远方,好像这样可以避开热气似的。斯瓦特山脉顶端的塔科①山峰倒是对这炽烈的太阳毫不羞涩,伸着它那光秃秃的、被劈成两半似的头颅,高耸地直插云霄。巍峨的山脉线条,在这热气中看起来模模糊糊的,好像还在有些颤巍巍地浮动。

我一回到屋子,还没来得及给自己倒上杯柠檬茶,就带着那女人的信钻进厨房,找到我母亲曾留给我的那本大大的食谱书。我在书里翻到《烹饪与享受》②那一页,折好女人的来信,插在这一页中,然后合上那本书,让书中的文字包裹着她的文字。好像这样就

---

① 属于小斯瓦特山脉的一座山峰,在莱迪史密斯附近,山顶形状呈穹顶状,正中间有裂缝。
② 《烹饪与享受》(*Kook en Geniet*),是南非一本著名的食谱书。

能够握住她，将她需要的一切都传送给她似的。

接下来的那个下午，我一直都在忙活我的土豆沙拉，准备材料，然后坐在长廊上享用。还没吃完，我就开始给那剩下的两封信写回信。

一封信是来自一个没有什么朋友的小女孩，她的学校里有一个烹饪项目。另一封来自一位独居在农场里的老男人，他的冰箱里冷冻了太多的碎肉。我读着他们的信，能感觉到写信的人字里行间的不快乐。读完，我坐在那里想了一会儿，想着我能给予他们什么。他们写信来，想问我要食谱，但实际上，很明显，他们都很孤独，他们想要爱，而我并没有可以让他们得到爱的食谱。

但如果我能够给他们美味的食谱，简单得他们自己在家就可以做的美味食谱，那么，他们就可以邀请别人来一起用餐。我知道一个完美的奶酪通心粉食谱，这个可以送给那个女孩。那位独居的老人嘛，就给他最好的意式肉面酱食谱。即便最后他们独自享用……

"如果你对自己足够坦诚，"想着想着，我不禁对着土豆沙拉自言自语起来，"那种爱的感觉，真的能比你从一顿美食中所获得的满足更好吗？"

食物是很好的陪伴，虽然它不会回答你，不会用言语安抚你，给你答案，但也许就是因为这样，它才是一个好的伴侣。然而，你要相信，食谱会用某种方式与你交流，因为我所想到的下一件事就是将我手边盘子里剩下的、搭配了奶油和薄荷的土豆沙拉一扫而光。

满足地咀嚼着美食的味道，摸着吃饱了而微鼓起来的肚皮，我回答起自己之前的问题来："我想不一定。"

第8章

第二天一大早,我的手机铃声就响了,是海蒂。

"你听说了吗?"海蒂的声音从电话那头传过来,"纳尔逊·曼德拉昨晚去世了。"

挂了电话,我给自己做了杯咖啡,拿了两块面包干,来到长廊的桌旁坐下。咖啡还没来得及触到我的唇边,我的眼泪就止不住地流了出来。

我知道曼德拉已经九十五岁了,而且也病了一阵子了,但这消息还是太令人震惊了。我望着屋外棕色的大草原、蜷曲的柿子树,还有远处高低起伏的山脉。我的眼泪就像是给这景色灌了一场雨似的,但此时的天空万里无云。我知道,这片土地上的所有人一定都在和我一同为了我父曼德拉而哭泣。

我的小腹开始因哭泣而颤抖,身体深处的眼泪一下子涌了上来,我才意识到,我的眼泪还为了我自己的父亲而流,我的那位过早离我而去的父亲。

有时候，我觉得我的父亲是因为曼德拉才离开了我母亲。但是当然，我不可能为此而责备曼德拉，毕竟，他在远离小卡鲁的罗宾岛的监狱里度过了漫长的二十年。我知道，我父亲爱过我母亲，爱过她那棕色的眼睛、柔软的双手，还有她做的美味食物。只是，我深深明白，小卡鲁这片地方即使有着最广袤的草原和最开阔的天空，对我父亲来说，它还是太小了，而我母亲的思想也太过狭隘了。

在我父亲眼里，曼德拉是一位自由的战士，一位伟大的领袖；而在我母亲看来，他则是个恐怖分子，是个异教徒①（尽管她从不会在他面前使用这个字眼）。他们不常在我面前争吵，但这一点是我听到过的他们意见最多的分歧。

我父亲是英国《卫报》驻非洲的记者，职业的关系，他经常要外出远行。年复一年，他出去后就越来越少回家，到最后就彻底不再回来了。但他会给我们寄来钱和明信片，那些明信片令我母亲非常生气，所以最后，明信片也不再寄来了；但是每个月，他会如期寄来一些钱给我们。当我想念他的时候，我就会读那些他曾寄给我们的明信片，大部分都是我从垃圾桶里捡回来的，有些被母亲撕成了碎片，我则找到后把它们重新粘贴起来。我把父亲的这些明信片全都小心翼翼地夹在一本书中，这本书是我小时候他经常读给我听的一本书——吉卜林的《原来如此的故事》。我就这样，读着父亲的明信片，盼望着自己快些长大，等我长到了十八岁，我就可以离开家出去找他，还可以去看一看他明信片里以及书里提到的这些神奇的地方。但是，一切并非如我所愿地发展。

---

① 此处为阿拉伯语。

当我终于长到十八岁的时候，有一天，我母亲接到一通长途电话，告诉她我父亲在一场意外中身亡。比起这个消息本身，母亲同样在意的是传达给她这个消息的是个黑人，好像这两件事令她沮丧的程度是一样的。

从此，我们不再收到父亲每月寄来的钱，但《卫报》会持续给我母亲每月一笔金额很小的抚恤金。为了补贴家用，我不得不在阿格里的农民合作社里找份工作。我二十几岁的青春年华，都是和我母亲一起度过的。

一九九〇年，种族隔离的政府终于解除了国家紧急状况，那些包括非洲人国民大会在内的政治组织被解禁了，所有政治关押犯和囚犯被释放了出来。曼德拉终于获得了自由。但是，整个国家到处都是战斗，到处都在流血。

当时，和这个国家里的许许多多白种人一样，我母亲感到非常恐慌。她成箱成箱地往家里买回罐头食物，然后给家中所有的门窗都上紧了螺丝钉。那时候我三十三岁，并不知道该如何思考政治，只觉得自己一天一天地越来越有种被囚禁在屋子里的感觉。法尼在那时候出现，开始热烈地追求我，当他向我求婚时，我唯一感到高兴的是，自己终于可以离开母亲的屋子了。

法尼刚在种族隔离军队里服完两年兵役，他对国家政党跟非洲人国民大会走得那么近乎感到非常生气，就是这个国家政党曾经训练他去杀掉那些非洲人国民大会的"恐怖分子"，而现如今他们却又拱手让那些曾经的"敌人"接管了我们的政府。曼德拉终于还是用自己的魅力赢得了我母亲这类人的信服，而法尼则从未对他或者黑人当权的政府，放松过警惕。

"我喜欢他跳舞的样子，"母亲这样评价曼德拉，而说到法尼，她只是说,"他在银行有份不错的工作,范·哈登是个值得人尊敬的大家庭,你知道,他父亲是归正教会牧师。"

只有当母亲放松了那些门窗上的螺丝钉,开始正常外出购物(尽管她还是在储藏室里保留着两大袋面粉)之后,她才告诉我关于父亲的真相:他曾是非洲人国民大会地下党的成员。即便如今这个组织已经被解禁,而我父亲也早已不在人世了,她还是小心翼翼地在我耳边悄悄地传递给我这个消息,并让我保守秘密。

对于父亲究竟是做什么的,又是怎样的意外让父亲身亡,以及为什么我们不为他举办一场葬礼这样的问题,母亲依然不肯对我透露更多。

潜意识里,我希望曼德拉能够治愈我母亲对我父亲的某些愤怒,也对那些黑人将父亲从她身边夺走的事情给予一些安慰,而母亲直到去世,都一个人固执地坚持着某种孤独的苦痛。

因为曼德拉是个好人,同时,和我父亲一样,他也是非洲人国民大会的一员,所以,我渐渐地发现自己开始聆听他的声音,就好像他代替了我父亲的角色,在对我进行人生的谆谆教诲一样。而在此之前,我从未关心过政治,觉得一切都离我太遥远了。总之,就如我们在电视里看到的一样,大多数的不安定都是与黑人有关的矛盾,而小卡鲁这个地方又是个以有色人种为主的小镇。聆听完曼德拉之后,我并没有投票给非洲人国民大会(事实上,我压根就没有投票),但是我参加了归正教会的妇女组织,这个组织为那些黑人学校和一些得了艾滋病的孤儿进行募捐帮助。我还为那些教堂的游园会烤了很多蛋糕。

嫁给法尼之后,他就开始打我,是曼德拉给了我生活下去的勇气。曼德拉支持妇女权益,强烈斥责和抵制那些针对妇女的暴力行为。有时候听完了他的话，我会觉得我一定要离开法尼，但是我的恐惧还是比勇气强大得多，同样还有来自我丈夫、我母亲以及教堂的声音：Staan by jou man（守候你的男人）。

然而，即便我一直都没有逃离法尼身边，曼德拉睿智的话语还是救赎了那个深陷孤独与疼痛中的我。我觉得，或许，只是有可能，这一切都不是我的错。

想着想着，我喝完了手中的咖啡，轻轻拂去掉落在笔记本电脑上的干面包屑，而眼泪则流得更汹涌了。这些为我父亲，为我们国家之父曼德拉而流的泪水，此时全都混在我的脸颊上了。

第9章

接下来的一整周，整个南非都在悼念曼德拉的逝世，缅怀他的人生。来自世界各地的人们都前来表达他们对曼德拉的敬意。在约翰内斯堡举行的追悼会上，连天堂都为此而敞开了怀抱，雨水一直不停地落着。我们在报社里通过广播聆听着追悼会现场报道。当时，办公室里又热又干燥，但我们都静静地坐在那里聆听，头顶上的吊扇吱呀吱呀地发出沉重的旋转声。坦桑尼亚的总统发言提醒我们，在非洲，雨水象征着一种盛大的祈福。当一位伟人降临的时候，天空会下雨；而当我们的伟大领袖曼德拉离开人世前往天堂的时候，天空以雨露表达祝福。

"你知道，他母亲是闪族人[①]，"杰西开口道，"而布须曼人知道如何招雨。"

奥巴马致辞的时候，杰西开始哭泣，就连海蒂也攥着块手帕，

[①] San，非洲南部的一种土著人，也称布须曼人（Bushmen）。

不停地擦拭着眼角。我已经哭过了，只是，看到杰西被感动成这样，我有些吃惊。杰西毕竟还太年轻，没有经历过曼德拉的那段时期。但他是曼德拉啊！他的梦想，他的故事早就超越了年龄的鸿沟，为人们所记忆。就像曼德拉和奥巴马一样，杰西对正义充满了热情。

我们都很喜欢奥巴马在致辞中引用的那段——曼德拉在狱中的那些年，支撑他所不断前进的——成为你自己灵魂的船长。

曼德拉葬礼的那天成了个非正式的公共假日。令我惊讶的是，就连莱迪史密斯都在这一天自发停止一切工作，以此来悼念纳尔逊·罗利拉拉·曼德拉。而二十多年前，这里的白人，甚至是大多数有色人种，都和我母亲一样，还将他视为一名恐怖分子。但是，曼德拉活着时的努力，以及如今他的去世，都成功地赢得了这些人的心。他提醒我们所有人记住我们自己和其他每一个人内心里的善良。

我去莱迪史密斯酒店和杰西以及海蒂会合，酒店的酒吧里挤满了来这里通过大屏幕电视观看葬礼的人们。酒店还为人们提供免费的咖啡和面包干，他们还在平常的木头椅子旁边特地搬来了很多白色的塑料椅子，尽可能供更多的人坐下来观看。为了人们能更好地观看电视，店里的窗帘全都是拉上的。

穿着西装的银行经理和那位常在店门口乞讨的黑皮肤老人并肩而坐。年轻的黑人警察正和那位在家具店里工作的白人妇女一起喝着咖啡。大家都这样像老朋友一样坐在一起，这场面在莱迪史密斯可是难得一见。

当曼德拉的棺材被抬出来时，我要强忍着才能让自己不哭出声来。杰西、海蒂还有我，我们三个坐在那里，高高地抬着头，盯着电视屏幕。我在心里祈愿，希望曼德拉的精神能永远住在我们心中。

第10章

第二天，我们又像往常一样回到报社上班，一切也都恢复了正常。尽管我有时会觉得，从那天之后，南非的每一个人都会善待彼此，尊敬你我。但也许我错了……

我正在翻阅摆在桌上的今天新来的一批信件。天花板上的电扇转啊转。整个屋子就像个带电扇的大烤箱。杰西、海蒂和我全都坐在里面，被均匀地烘烤着。

杰西穿着她常穿的黑色背心，手指头飞快地在她的键盘上敲打。有时候看着她打字的样子，我真不知道她脑袋里的思维是怎么跟得上这飞快的手上动作的。她手臂上那只壁虎文身也随着她敲打的频率，有节奏地一跳一跳的。海蒂也坐在她自己的电脑前，她这天穿了件桃色的亚麻短袖衬衫，搭配一条短裙，也是亚麻的，而且，依然没有一丝褶皱。

"玛利亚，这儿有五封信是给你的，"海蒂对我说，"是不是觉得很神奇？"

杰西的电话响了起来，是《我的黑人总统》的音乐。这首歌是布兰达·法赛为纪念曼德拉而创作的。我头也没抬，全部的注意力都集中在了桌上的那些信上面。我的手指触碰过信封上的字迹，有时候，我都不用拆开信，就能从这些信封上解读到关于寄信人的很多信息。我手中的这封信，写信的人用大写字母一字一画地用钢笔用力地写上去，似乎在表达这里面的信息非常重要。信封上的地址是南非方式的写法，号码跟在街道名的后面。伊兰街。信上的文字是某个人用圆珠笔写在带横线的纸上的。

玛利亚姨妈，我很害怕我朋友的丈夫会杀了她。他已经打断了她的胳膊。他觉得她要离开他了，他还说他会杀了她。我朋友不想报警，她说让我千万不要再去她家。如果我出于替她防卫而杀了他，我会被判在监狱里待多久？

我虚弱地整个脑袋都耷在了双手上。
"嗨，姨妈，怎么了？"杰西看到了问。
我把信递给她看。她三秒就读完了。
"天哪！你看上去好憔悴，玛利亚，"海蒂关心地说，"需要我给你沏壶茶吗？"我点点头。
"信上说什么，杰西？"
"又是个打老婆的混蛋男人，"杰西说着，把信递给海蒂看，"还威胁说要杀了她。Jislaaik（天哪）！我真希望能有一种专门消灭这些家伙的大型杀虫剂，我们可以从飞机上往下直接撒。"
"又是个跟你一样遭遇的女人，"海蒂一边看信一边说，"也有个无赖丈夫。"

"没错，"我说，"养宠物鸭子的女人，没有鸭子的女人。"

"那混蛋射杀了她的鸭子，对吧？"杰西说。

"我最近还收到另一封信，是这个女人自己写来的，"我说，"信上她告诉我，她正在制订一个离开她丈夫的计划。我想，写这封信的女人应该是那个养鸭子的女人的朋友，就是她送给她鸭子的。"

"信上没有地址吗？"海蒂问。

我摇摇头。

"我收到的信，几乎全都是匿名的，"我说，"但，这里有一个莱迪史密斯的邮戳。"

"也有可能是别人呢？"杰西说，"在南非，四分之一的女人都会遭受家暴，不是丈夫就是男朋友。"

"我觉得不是。我就是有这种感觉，强烈的感觉，这封信上说的朋友就是之前写信给我的养鸭子的女人。她在信里跟我说过她这个爱她的朋友。我让她想办法离开她丈夫。哦，而现在，他可能会杀了她。"

"胡说，"海蒂把一杯茶放在我桌上时说，"这样瞎猜没有必要。我们赶紧给这个女人回信吧！我肯定你能帮到她。我们可以现在就把你的回复贴在网站上，还有那个帕玛拉特店里的公告板上，我们还能在明天的报纸上也刊登你的回信。"

"哎，我们最好快点儿行动起来，"杰西说，"我这儿有个电话号码，是'反对女性虐待'组织的。"杰西边说边翻查着她的黑莓手机。"这事情很严重。在南非，每天至少有三名妇女是被他们的伴侣杀死的。好吧！我们把这个'被殴妇女收容所'的电话号码也给她，还有急救热线和法律援助热线。"

当杰西在一张小纸片上写下这些电话号码的时候,我抿了一口茶,脑中想着的不是南非那些被家庭暴力相待、被强奸甚至被杀害的妇女,也不是我和法尼在一起的那些备受折磨的日子,而是这个向我求助的女人和她的朋友,现在,她们需要什么呢?

"我可以很肯定地告诉你,"杰西把写着号码的纸递给我说,"如果她以保护她朋友为由而杀了人,自卫作为法律辩护的理由是没有用的。那个被丈夫殴打的女人可以得到一个保护令,警方为了保障她的安全,可以逮捕她丈夫。如果她丈夫违背了警方的保护令,那么警察就会有权逮捕他。但所有这一切,必须是由这位被殴打的妻子申诉的。她的朋友可以帮她,但不能替她做。"

接下来,我花了一个小时的时间打电话,又花了半个小时写回信,告诉她这些我刚知道的信息。杰西说得没错,即使是她的好朋友,能为她做的也确实不多,最终还是需要她为自己行动起来。她必须去找莱迪史密斯治安法庭负责国内家暴事件的处理专员,拿到保护令。而她朋友可以把我这里所有的信息,还有这些号码转达给她。这里面有咨询和法律援助,还有位于乔治市的庇护所,实在走投无路,她可以去那里。

如果那位鸭子女人读到这期报纸,或者是网络,或者是那个帕玛拉特的公告板,她自己就能看到我的回信。我真搞不懂自己怎么不在当初给她回复的第一封信里就告诉她这些信息,哦!我应该早点儿问杰西的意见,我真蠢!我甚至希望当我还在法尼身边的时候就有人能告诉我这些号码。

我想给这个给我写信的女人回一些能够安抚她的食物,比如鸡肉派和巧克力蛋糕这样的食谱,一些当你觉得一切都糟透了的时候能够有所慰藉和依赖感的食物。但我知道,即便她有烤箱,可能现在也没有心情去做烘焙，而我也没办法把食物给她送去。

然后，我忽然想到库鲁曼姨妈做的鸡肉派最棒了，咬上一口，肉质松软、多汁，外面的面包皮酥脆的。我立即给库鲁曼姨妈打电话，得到了她的鸡肉派食谱，并附在了我的回信最后面，标注：这个鸡肉派在"62公路咖啡馆"里有卖。

杰西把我的回信放在了网上，我则打印了一份，去贴在了帕玛拉特的公告板上面。回来的时候，我路过库鲁曼姨妈的咖啡馆，带回了两份热气腾腾的鸡肉派。

我坐在一把巨大的伞下，看着远处的山峰，斯瓦特山脉连着塔科山的顶峰，高耸在这个小镇上方。热气蒸腾着整个世界，让这风景看上去比它们的实际位置显得更缥缈、遥远了。倒映在山侧的阴影是紫绿色的，像是身上的淤青。

鸡肉派美味极了，我打算为了她们而吃。第一个，为那位鸭子女人；第二个，是为了她朋友。或许她们没有机会自己买来品尝。

第11章

接下去的两天,我去报社上班,给其他人的来信回复邮件。那些天中午,我都是去"62公路咖啡馆"点两份鸡肉派,坐在门口大伞下面的长凳子上吃,偶尔抬起头,望着远处的山景。库鲁曼姨妈从店里出来,在我身边坐下。她闻了闻鸡肉,这味道太香了。

库鲁曼姨妈是个六十几岁的黑人女人,比我还要矮,身材也更圆。她头上裹着白色头巾,用一小块布把碎头发都包裹在里面。她的肤色是比我更深些的棕色,头发也更鬈曲。但是,在乡下这里,有色人种和白人看起来并没有太大的区别。

"那边特别暗,"我咀嚼完,看着远处说,"在那些峡谷那儿。"

"是的,"她说,"那里长着很多大树。下雨的时候,那些岩石上会形成可爱的瀑布。"

那天晚上,我在床上翻来覆去,怎么都睡不着觉。我很担心那两个女人。我太了解她们的遭遇,也太清楚她们将要面临的是什么，同时，我也努力地不去回忆起自己之前经历过的那些。但有时候，那些记忆会像闪回的镜头，在脑海里突然浮现，就好像一切就发生在昨天，而不是很多年前似的。为了安抚自己，我只好背诵起我母亲的脱脂牛奶什锦早餐烤面包干食谱：黄油、面粉、葵花籽、苹果干……

我想起家里和办公室的甜面包干都吃完了，而面包干必须花一整夜的时间烘干才行。于是，我一骨碌从床上爬起来，着手做了一大批，把它们盛在两个烤盘上，放进烤箱。温暖香甜的气味充盈了我整个肺，不管怎么说，这味道暂时驱散了回忆和我的焦虑。或许，鸭子女人的丈夫没有我丈夫那么坏。而即便是我丈夫，他也没有要杀了我……

烤完生面团，待它稍微冷却一点儿，我就把面团切成一片一片的甜面包干的尺寸，再把它们放进电热屉里。然后，我喝着一杯茶，吃下了两片最大片的软面包，那味道就像是黄油蛋糕。吃完后，我心满意足地回到床上，脑海里不断想着那些甜面包变成面包干的样子，最终，想着想着，我睡着了。

第二天早晨，我起得刚好比鸟儿早一些，穿着我的睡袍坐在长廊上，看着外面大草原和群山的深色轮廓，喝着一杯咖啡，吃着两块烤得金黄色的饼干。随后，我穿上短靴，走到屋子侧边，打开鸡棚的门，数了数，我的五只母鸡都在睡着，发出鸡睡着时的鼾声。夜晚的时候，我总会把鸡棚的门关上，在这种地方，你永远要防着胡狼和大山猫的出入。我一边在鸡棚的草窝里撒了些碎玉米粒，一边发出"叽叽叽"的声音，它们迅速被我唤醒。

那些闪回的记忆随着清晨的日光而消失殆尽，但担忧和焦虑还在，我的脑袋就是不肯安定下来。于是，我用燕麦、葵花籽和糖浆做了个农场面包。

我把揉好的生面团放进一个生铁锅子里，拿到外面的长廊上放着，这时候，阳光已经全面照射了进来。

之后，我给报社打了电话，没有人接。当生面团逐渐隆起，我把它切成两半，分别装进面包模子里，再放进烤箱。面包在烘焙的时候，我换好了衣服，但依然赤着脚。然后，我给两块大面包刷了层黄油，再分别用纸袋子包裹起来。

我开始吃这刚出炉的松软面包，切下两块，一块上抹上杏子酱，另一块上抹上芝士。我并不知道我的脑袋是否能够安定下来，但此时此刻，这些食物确实非常完美地在我的肚子里安定了下来。

做清扫的时候，我听着外面的蝉"嗡嗡嗡"的歌声，想着，如果它们是在为雨水而尖叫，那样的话，天会越来越热的。但我觉得，它们多半是在为伴侣而叫。蝉这种生物，从不会羞涩于大声呼叫。它们在地底下待了那么多年，好不容易能爬出来，在天光之下待上那么短暂的一段时间，当然要铆足了劲儿地制造疯狂的音乐。但似乎，它们的音乐，永远只有一个调，而且一唱起来就没完没了。我想，它们在太阳下的时间太短了，短到连挑剔都令人不忍。或许，这对我来说过于喧嚣的声音，对某一位蝉小姐来说可能是动人的音乐吧！

我装了一听白脱什锦早餐饼干，准备带去报社。其实我内心里并不想去报社上班，说不出为什么。但是，我依然梳好头，抹上唇膏，穿上我的沙地靴，朝车子走去。

一团小小的毛乎乎的东西躺在我前车胎的正前方，走近一看，那是一只死鸟，是一只鸽子。我在想是不是自己不小心撞到了它，但它看起来又完全没有被车轮碾压过的迹象，身体都还很完整，就是软绵绵的,死了的一只鸟。我把早餐放在驾驶座上,然后双手捧起这只死去的鸟儿,它躺在我手心里,那么轻,却给了我心头一股沉甸甸的力量。我把它放在道路边上一丛纽子花的灌木丛里,那丛灌木上还有一朵小小的红色花朵。

我那辆天蓝色的小卡车今天并没有那么滚烫,感谢清晨里有这棵大桉树的树荫庇护。一边开车一边摇下车窗,热乎乎的风吹散了我的头发,吹干了我刚抹在唇上的唇膏。

到了报社,我把车停在距离海蒂的丰田稍有一段距离的地方。海蒂的车技依然那么可怕,超级歪斜地停在那里。从小径走到办公室,在门口就能听见海蒂大声说话的声音。

"天哪,杰西,"海蒂在说,"我从没想过你还是个救护车追踪好手。"

杰西的声音:"呃哦,海蒂,我……"

"还有那可怜的小伙子,那个刚失去自己亲人的家属的隐私呢?"

"我用的是长焦镜头,她甚至都不会发现我。"

"你受到邀请了吗?还是你真的只是跟踪了那辆救护车?"

"拜托……那车的警笛一直在响,而且正好停在我面前。我可是一名新闻记者。"

"好了好了。"

我推开门,她们俩都在杰西的桌边。海蒂皱着眉头,但一看到我,她就试着想转换一下面部表情。

"玛利亚……"海蒂对我说。

"嗨,姨妈。"杰西朝我挤挤眼。

海蒂是个非常讲究礼节的人,因此看到我来了,她绝不会当着我的面跟杰西争执。但杰西显然并没有放过这个话题。

"你看看这些照片,"杰西对我俩说。

我看了眼她电脑上的图片。

第一张图拍得有一点儿距离:一个农场,一辆救护车,几位医务人员在画面里。

她慢慢点着鼠标,划过一些其他的图片。

一个穿着白色衣服的男人,一个担架,一个女人的身体,手上还打着石膏。很漂亮的鼻子和嘴巴,棕色的头发披散在肩膀上。皮肤苍白,眼睛紧闭。女人看起来大约四十岁的样子,男人五十几岁的样子,站在那里,双手无力地放在侧边,看着救护车开走。男人的头发像钢丝一样卷曲,鬓角散乱着,嘴巴微微张开,脸上满是空洞的表情。

另一张照片,还是这个男人,蹲在一个小池塘前面,池塘周围用一圈芦苇植物精心圈起来了。男人的脸深埋在双手中,样子很痛苦。

"她死了吗?"尽管连我的骨头都已经猜到了答案,我还是问。

杰西点头。

"我跟我妈问过了,她在医院里,"杰西说,"她的名字是马蒂妮·范·沙尔克维克,她丈夫叫德克。"

"你能放大那张照片吗?"我说,"不,不是那男人的脸,是那个小池塘。"

池塘的水边上,陷在芦苇的根部,有一些羽毛,小小的,白色的。

我感觉很奇怪,不得不坐下来。好不容易,我才摸到我的办公椅。

"玛利亚，你看上去脸色苍白得吓死人。"海蒂注意到我的异常。

杰西赶忙去替我用水壶烧一壶热水，与此同时，还拿了一张纸在替我扇风、

她俩搬来椅子，一人坐我一边。杰西递给我一杯咖啡，我喝了一大口，甜甜的，口感很浓烈。

"鸭子，"我好不容易说出话来，"是那个鸭子女人。"

"哦，天哪！是啊，就是那个给我们写信的人。"海蒂恍然大悟道。

"混蛋，"杰西愤愤地说，"他杀了她。"

"哦，除非……"我说，但我知道，我想要找的借口，太遥远了。

"吃些饼干吧。"海蒂说着，打开面包干罐子，递了一块甜面包干给我。

"让我调查调查，"杰西说着，站起来，"拜托了，海蒂。"

海蒂叹了口气。

"去采访一下警察和医院，"她说，"但你不能单独去找那个丈夫。"

杰西张开嘴，像是要说什么，但什么都没说，又合上了。她抓起自己的记事本、头盔和夹克朝外面冲出去。

海蒂看着她的身影摇摇头。

"那个女孩。"

"我想她会走得很远。"我说。

"或许会走得过远。"海蒂说。

第12章

  我们听着杰西的小摩托车渐渐远去的声音，随后，又听见"咔哒咔哒"的声音，是一辆大车正朝这里驶来。停车刹车的时候，发出尖锐而刺耳的摩擦声，然后是车门被关得啪嗒作响，一双靴子重重地踩在了报社门前的小径上，越来越近。

  海蒂把门打开一条缝，小心地查看着外面的状况。突然，她的眉头一提，整个身体下意识地往后退了一下，但手还放在门上，像是想要关门的样子。

  "嘿嘿嘿！"一个女人吼叫的声音，"我要找玛利亚姨妈！"

  她是来找我的。这个女人声音粗犷，但又有种甜甜的味道，很像是圣诞蛋糕里藏了块石头的感觉。

  "恐怕她现在不太方便。"海蒂回答她说。

  "她在哪儿？你又是谁？"

  "你要是愿意的话，我可以替你给她带个口信？"

  尽管海蒂尽力抵着门，不让她进来，但女人还是一把推开了门，从她身边蹿了进来。

"闪开，我必须见她。"

女人穿着一身男士外套，没有化妆。她的头发很短，乱蓬蓬的，就像是刚用手狂抓了一通后的造型。但即便如此，你还是能看出她是个长得很不错的三十岁左右的女子，眼睛是棕色的，睫毛是深色的。

"你是？"她还是看到了我。

她的架势就像是要把我们俩都劈了似的。她会先劈谁呢？她没有海蒂高，但是很强壮，足够扳倒我们俩。

我正准备告诉这位粗鲁的女士我是这里的清洁工，而她刚刚把地板弄脏了。

然而我突然注意到，她那沾了泥土的大靴子上还轻轻地附着片小小的、白色的羽毛。

"我就是玛利亚姨妈，"我说，"请坐，请坐，我去给你倒杯咖啡。"

她坐在杰西的椅子边上，皱着眉看着我，就仿佛是不喜欢我往她咖啡里加糖似的。但我还是继续加了，还加了牛奶。

随后，出现了一种好像是有人站在了小狗狗身上时的声音，我吓了一跳。女人的脸开始抽搐，而那声音是她在哭泣。随后，她开始狂哭不止，发出呜咽的声音，就像是被人遗弃的小狗狗一样可怜。我把咖啡放在她桌上盛着面包干罐子的旁边，然后把自己的椅子拉过来，靠她更近一些。

"天哪。"海蒂去关上了门。

但她其实无需担心，因为这个女人现在安静多了。泪水顺着她的脸颊留下来，因为她脸上沾了点儿灰尘，所以当泪水划过的时

候,留下了一道清晰的泪痕,眼泪直接流进了她嘴里。现在,她的呜咽声变得轻柔了一些,终于可以说句话了:

"姨妈,我的姨妈,"她说,"我爱她。"

眼泪像不间断地溪流一样往下落。是的,我看着都替她难过。

紧接着,又是一阵重重的敲门声,海蒂跑去开了门。

"警察!"一个男人的声音,"我是卡尼梅耶中尉。我们正在找安娜·普利特瑞斯。她的车刚停在这外面。"

海蒂什么都没来得及说,而再一次,这人就这么径直从她身边走了进来。这位警探身材高大,短头发,留着八字胡。胡子的形状很漂亮,看得出来他精心照料过。胡子是栗色的,但他的发色是深棕色,夹杂着些许银丝在耳朵后面。

女人从椅子上跳起来,敲着桌上的铁皮罐,罐子里的面包干撒落在地上。

"安娜·普利特瑞斯,"男人说,"你必须跟我走一趟,验一下指纹。"

安娜用手背抹了抹自己脸上的泪,吸了口气,然后,她就用那双满是尘土现在又混了泪水的手,攒着拳头,猛然朝着探长的下巴打过去。他的身体颤巍了一下,很快回正,用手指碰了碰自己的脸。他的眼睛里有一种暴风雨将至时天空的那种让人感到畏惧的蓝色。他伸出了他的大长手臂。他们说,这是法律的长臂,但我之前还从未在一个人身上看到过它,就像这样,伸出来。但是,安娜迅速地躲过了他的长手臂,往门边冲了过去。他看上去似乎刻意比她慢一点儿的样子,但最后还是赶上了她。她在那儿气急败坏得直跳脚,用拳头猛烈地砸着,脸红得跟甜菜根似的。而他只是用自己的手包裹住她的拳头,像一只大熊一样,把她轻轻按在自己怀里,直到她安静下来为止。一道炫目的阳光照射在他的手臂上，又能看到他深棕色的头发了。

"皮耶特·威特布伊巡警。"他喊。

这时候，一个颧骨高高的，身材矮小的布须曼族男人出现在这位警官身边。小布须曼男人的头发像干胡椒，肤色是那种像无核小葡萄干一样的黄棕色的，满是皱纹。他默默地，迅速将一副手铐戴在了安娜的手腕上。我想，她可能还会又踢又咬地发泄吧？但当我看到她的脸时，我知道，那阵火气已经消失了，留下的是无声的悲伤，化作她此时滚下脸颊的泪水。

"你们为什么需要她的指纹呢？"我问探长。

但他们谁都没有回答我，而我也知道答案，安娜是谋杀她朋友的嫌疑犯。

"你要帮帮我。"被带走前，安娜睁着她那双湿润的、棕色的大眼睛看着我说。

我知道我会试着帮她的，但是我也知道，我永远都帮不了她现在最大的麻烦，那痛失自己所爱的人的巨大灾难。

而有一瞬间，我觉得自己有些嫉妒她，我知道自己这样想很自私，但是，她站在那里，看上去那么可怜，还有一名身材魁梧的警察抓着她。我还是羡慕她的爱，那深沉的、我从未拥有过的爱。

巡警威特布伊和警官卡尼梅耶带着安娜走了，留下我和海蒂站在那里，看着碎了的黄油牛奶面包干被踩烂在地上，到处都是。

我摇了摇头。多么悲伤的故事啊！

第13章

"你这该死的女同性恋婊子！"一个穿着卡其色短袖的红脸男人大声说。

这可不是我走进莱迪史密斯的警局后期待受到的"礼遇"。我来这里是想告诉那位警官关于那个死去的女人和她朋友之前给报社写信的事情。早些时候，我一直没机会跟他好好说上话。

那位红脸的粗鲁男人正对着安娜破口大骂："该死的婊子！"

安娜挨着皮耶特·威特布伊巡警一旁，站在一个长长的木头柜子前面。巡警皮耶特转过来跟我点头，算是打了个招呼。安娜手上的手铐已经没有了，她的手指上满是墨水印子。这个房间很大，黄色的墙壁上已经有惨白的斑驳，还有扇小小的铁框的窗户、一台一边运转一边发出吱吱呀呀声的老旧的空调系统。这间屋子门口是一条长长的走廊，这条走廊联接了这里大大小小的办公室。柜子的对面，一位年轻的黑人警察坐在一张木头桌子旁边，正忙于一些文书工作。

安娜怒视着那个红脸的粗鲁男人,她的眼睛闪着晶莹的光,鼻子还在抽抽。

"她恨你!你这丑陋的非洲野猪!"她嘴里骂道,"疣猪!"

他倒确实长得有点儿像只猪,身材矮小但健壮,眼睛小小的,头发像钢丝一样又硬又卷,有只大鼻子,下巴上一圈棕灰色的,凌乱的胡须。我是不是曾经在哪儿见过这人?

"你这该死的肥老鼠!"他回骂道。

她气得对他龇牙咧嘴。但是,安娜长得一点儿也不像只老鼠,倒是有点像只小兔子,确切的说是蹄兔,那种绒毛柔软、眼睛深邃的蹄兔。而此时,我觉得,这只小蹄兔就要将自己尖尖的牙齿插入那只野猪身上了。

"她是我的。"他说。

哦!我现在终于认出他了!他是德克·范·沙尔克维克,我在之前杰西偷拍的那些照片上看到过这张脸。

警察好像说了些什么,但因为那时候空调发出了一阵特别恼人的噪声,导致我根本没听见别人说什么。

"她恨死你了。"安娜唏嘘道。

"我他妈杀了你!你这只肥蟑螂!"他朝她怒吼。

这话显得真幼稚,安娜长得一点儿都不像蟑螂。

"嘿!"探长卡尼梅耶从后面的办公室里走出来,低头瞪着我们所有人,他真的好高啊。"停下!"他发出威严的声音。

"来啊,野猪!"安娜站直身子,耸耸肩,说,"来杀了我啊,你这杀人犯!"

"这次,你绝对别想逃。"德克说着,从他的衬衫底下掏出了一把枪来。

我以为她会踢他或者吓得瘫坐在地板上,但她只是微微昂起了下巴。或许,在那一刻她想到,这样就能随自己心爱的人一起去了,内心里还有一些快乐吧?

我还没有反应过来,皮耶特就以迅雷不及掩耳之势飞奔到德克身边,将他举着枪的手朝上,然后就听到"砰"的一声,一些塑料块和灰尘从天花板落了下来。

探长卡尼梅耶用自己的大手牢牢抓住了德克的手腕,从怀里掏出枪来。

"够了!"探长说。

卡尼梅耶将德克的手反扭到背后,德克的鼻子里喘着粗气,天花板的灰尘落在他俩的头发上面。

德克被警察按住肩膀,推搡着,从安娜身边经过时,嘴里还骂骂咧咧道:"你这只肥老鼠!"

我不禁摇摇脑袋。多粗鲁的人啊,真没必要。

安娜真没他说得那么肥。她只是有一点圆润,跟那些一日三餐都吃肉的女人一样。但,叫她肥胖,那就不准确了。

现在,警察局里突然冒出来很多人,都是来看看刚才的吼叫和枪声是怎么回事儿的。

"你好,埃尔纳阿姨。"我对在隔壁鞋店工作的女人打招呼。

她身材精瘦,矮小,跳来跳去,就像个急于找个好的观景位的猫鼬似的。

"怎么了?"她问我。

"你觉得她肥吗?"

我指着正在被一位女警官带走的安娜问。埃尔纳把脑袋歪向一边,嘴巴揉成一团,仔细打量了一下,随后摇了摇头。

"不啊，"她说，"真不肥啊……"

"有人开枪了吗？"酒吧经理也来凑热闹。

这个男人留着个小胡子，很傻气的那种，就像小男孩刚喝完巧克力牛奶后的样子。他脑袋上的头发被整整齐齐地梳向一边，以遮挡住秃掉的那一块。

"德克·范·沙尔克维克刚在这里。"埃尔纳说。

酒吧经理听了，皱了皱鼻子。

我不知道埃尔纳怎么会知道德克，我没告诉过她。不过，这么个小镇子不就是这样吗？有时候，消息传播的速度会比事情本身发展的速度还快。我曾经在一位老女人去世之前就听人说她死了，但她确实在我得知她死讯的第二天就挂了，所以，就好像她努力去身体力行地追赶上了自己的消息似的。

"我听说马蒂妮·范·沙尔克维克被杀了。"图书馆的德拉吉姨妈说。"她是谁？"一位身着粉色碎花连衣裙的女士问。

"她是德克的妻子，在阿格里工作，"埃尔纳说，"她在斯帕① 里是图书管理员。"

然后，这些人突然就这么议论开来了，各自七嘴八舌地说这说那，搞得我晕头转向。我四处张望，想找个稍微安静点的地方坐下来，这时候，探长又走了进来，用非常大的嗓音说："表演结束了，都散开吧！"

这些人这才安静了下来，一个个面面相觑。

"滚开！"他吼了一声，用手比划了个射击的姿势，人们纷纷像小鸡一样四处散开来。

---

① 超市连锁品牌。

但我依然站在那里,没有动。卡尼梅耶用手挠了挠他的短发。

"需要我帮你什么吗?"他问我。

"你的状态看上去需要一杯美味的咖啡。"我抬起头来看着他说。

他笑了起来,这是一个很不错的笑容,轻缓而又温暖,笑意刚好延伸到他的眼睛里。他那胡须随着笑容微微在嘴角蜷起,露出洁白而又坚固的牙齿。

"是啊,"他说,"你是在报社的那位?"

"我需要跟你谈谈,"我说,"关于马蒂妮·范·沙尔克维克的事情。"

他叹了口气,从口袋里掏出一支笔。

第14章

第二天清晨,我站在屋外的长廊上,望着最早的一缕阳光把那些远处的山峰和荆棘树拉出了一条长长的阴影。太阳暖洋洋地照在我脸上,这情景让我有一种好的预感,我也不确定这是为什么。很可能是因为羊肉,嗯,我要做慢炖羊肉,配上土豆、南瓜和青豆。还要做一个脱脂巧克力蛋糕作为餐后甜点。

在警局里,探长卡尼梅耶没有听我说完整个故事,但也了解了我的大意,并说他会第二天抽空去我房子里找我做一些笔录。我也看出他当时手头上正忙着些事儿,所以也就不再加以辩驳。他说他明天来之前会先给我打电话。

从警局回家的路上,我在肉店停留了一下,因为今天的羊腿有特价。要知道,没有什么肉能比小卡鲁的羊肉更鲜美的了。你能在小卡鲁的羊肉里尝到小卡鲁丰盛的大草原上阳光和甜美的野生草本植物的味道。

我今天的心情适合穿上我那件漂亮的、奶油色的、上面点缀了些蓝色小花朵的连衣裙。我脱掉常穿的短靴,找出我那双稍微带点跟的蓝色皮鞋穿上。系上围裙后,我就开始做羊肉了。

等到羊肉入烤箱之后,我趁这个时间到外面去采摘一些搭配马铃薯用的迷迭香。红色天竺葵正在热烈地开着花朵,我顺手割了几朵,插在厨房桌子上的花瓶里。

当我正在花园里忙碌的时候,电话铃响了起来。天竺葵丛和我放电话的地方有点小距离,我急着去接电话,一不小心鞋子绊了一下,导致我接起电话的时候心跳有点快。

"喂?"

"是玛利亚姨妈吗?"

"海蒂?"

"没错!哦,亲爱的,你的声音听起来怎么气喘吁吁的?"

我把迷迭香和割下的天竺葵放在电话桌上,找把椅子坐下来。继续跟海蒂说话。

"杰西有什么新发现吗?"我问。

"你能来一下办公室吗?我们一起讨论一下这宗谋杀案。"

"案子。"我喃喃道,这样说着这个词感觉很不错。

"嗯,这好像也不是大型谋杀谜案。我们都很清楚是谁干的。但我们都不想让混蛋逃脱,不是吗?"

"我现在还不能过去,"我说,"汉克·卡尼梅耶探长待会儿要过来。"

"就是那个手臂超长的家伙吗?"海蒂问。

"嗯,他来做些笔录,读一下那些信。"

"杰西去采访过他,但他不肯透露半点儿信息。或许你能碰到点儿运气。"

"我尽力吧。杰西在医院里有什么发现吗?"

"杰西的母亲莫斯特护士听说,好像是服药过量导致的死亡,安眠药。"

"自杀?"我惊得差点儿从椅子上摔下来。

"也许。他们还要进一步做尸检。"

"哦,海蒂,我现在不能继续跟你说了。探长待会儿可能会给我打电话过来。"

"你的口气听起来就像是在等待一场约会电话一样。"

"别开玩笑了,海蒂。我挂了哦!"

我轻轻摩挲着手指间的天竺葵叶子,将香气嗅入心脾。

自杀。用南非的语言来说就是 selfmoord(自我谋杀)。从某种程度上来说,这感觉要比谋杀糟糕得多。如果一个男人对一个女人坏到令女人想要结束自己的生命,那么,这就好像这个男人杀了她两次:先是她的心,然后是她的身体。

和法尼在一起的日子里,我也想过要自杀。最严重的时候,我甚至去买过安眠药。

我的胸口像是压了一袋土豆似的难受。于是,我就这么坐在那里,坐在电话边上。然后突然地,我就哭了起来。为马蒂妮,为安娜,还有我自己而哭。我已经很多年没有哭过了,但最近几个礼拜,这已经是我第二次哭了。或许这不是什么坏事儿。哭完之后,我觉得心口那儿轻了许多。

我没有自杀,所以,现在的我才能这样,坐在这里,这样活着。养一些可爱的小鸡,每天给予我漂亮的鸡蛋,有一个能看到最棒的风景的长廊,还有一些真正的朋友。

我又闻了闻天竺葵的香气，站起身。

我削掉马铃薯皮，在上面撒上我弄碎了的迷迭香，再加点儿盐和橄榄油，然后把这样弄好的马铃薯放进烤箱里，开火。随后，我去把马蒂妮和安娜之前写给我的信拿到外面长廊的桌子上面，又做好了一些茶和饼干，一起放在桌上。之后的时间里，我又读了一遍那女人写给我的信，以及我的回信。

"不！"我对着被我吃得只剩下最后一块的饼干说，"这个女人不可能自杀。她已经做好出逃的计划了。"

随后，我走进屋子，将南瓜切成小块，在上面撒上糖、肉桂，再加上一小块黄油。

"我是不是没挂好电话啊？"把南瓜放进烤箱里的时候，我又自言自语地对着南瓜说。

我跑去检查了一下电话。放得好好的。我又去摘掉青豆的根部，然后准备好做巧克力蛋糕的面粉。我正在给蛋糕模涂油，手指上沾满了黄油，电话铃响了。

第15章

"是玛利亚·范·哈特吗?我是汉克·卡尼梅耶中尉。我现在可以过去吗?"

我看了眼墙上的钟,正好是中午。

"你可以一点钟过来吗,探长先生?"

他清了清喉咙。在莱迪史密斯,每个人都知道下午一点到两点之间是休息打烊的,所有的商店在这个时候都会关门。这样,人们就可以回家吃午餐了。当然,除了餐吧和警察局。

"我可以给你些吃的,"我说,"还有,除非……"

或许他家里有人等他。

"没事儿,"他说,"我带了三明治。"

"不,不,我做好了烤羊肉。"

"烤羊肉?"

"还有土豆和南瓜。"

"哦,好吧,那就……"

我下意识地想，谁给他做的三明治？

我把蛋糕放进烤箱，拨开羊肉外面的锡箔纸，然后开始准备巧克力的糖衣。我还在巧克力里加了朗姆酒和脱脂奶，然后用指尖蘸了点这堆深色的混合物，尝了尝味道。

"嗯，"我若有所思地品味着，又顺手加了盐再尝尝，"完美。"

忙完这些，我清理了厨房，又去外面的长廊铺好了桌子。桌上放了一大扎配了新鲜薄荷的冰柠檬茶，旁边就是个托盘，托盘里放着马蒂妮和她的朋友的信，包括我的回信也在那里。

热气将深蓝色从天空中溶解开来，留下了小卡鲁特有的那种带点惨白色的蓝天。但还好有大树的遮挡，我的长廊还是一片阴凉。

我脱下围裙，整理了一下头发，再在嘴唇上抹了点口红。此时，刚好听到有车正在朝我的方向开来的声音。我轻轻抚平自己的连衣裙，走了出去。一只南非丛林伯劳①正在荆棘树上呼唤着自己的同伴。我看到他的警车正驶上我的车道。那些鸟儿发出如此美妙的声音，那声音仿佛直穿心脏。我走到门前的走道上，朝他挥了挥手，示意他方向没错。

我看着他从车里出来。他穿一条长裤，卡其色的棉衬衫在胸口处微微敞开。他看到我，下意识地摸了摸自己胡须尖儿处，微微朝我点了下头。

"听听那些百舌鸟的叫声。"我说。

"是呀，很可爱。"

---

① bokmakierie，一种蓝绿色的百灵鸟，能够用不同的音调唱出美丽的歌声。

我们一起朝着长廊走去。他坐下来,大长腿在桌下端正地摆好。

"很香的味道。"他说。

"要柠檬水吗?"我说着,给他面前的一只高筒玻璃杯倒满了柠檬水。他的笑容也很好,就像是檀木和蜂蜜的味道。"这些就是我跟你提到的那些信。我去厨房。"

在我去厨房照看烤羊肉和巧克力蛋糕的时候,他开始读那些信。蛋糕需要先自然冷却,然后才能放进冰箱。

当我端着烤羊肉和蔬菜出来的时候,卡尼梅耶正手握着那些信,透过外面的大草原,望着远处红色的群山。我还能听到那些百舌鸟的叫声,只是那声音似乎现在更远了些,大概它们已经飞到那棵巨大的柿子树上了吧。

他看到我出来,立即站起来,帮我把烤盘弄到桌上。

"能让我来帮你切吗?"他主动说。

我把刀子递给他。

"我要去核对一下笔迹,"他一边切着羊肉,一边说,"但是我想你是对的,这些信是马蒂妮·范·沙尔克维克和安娜·普利特瑞斯写的,"他摇着头道,"那些白色的鸭子……"

"你也读了我写的信了?"我一边用勺子将土豆和南瓜分装在他的餐盘里,一边说。

"嗯,我读完了这里所有的信。"

"所以,你应该知道我为什么觉得这件事和自己有关,甚至觉得自己有责任了吧?"我往他盘子里倒着青豆时说。

他微微皱了皱眉头。

"如果我没有告诉她让她离开,她丈夫就不会杀了她。"我说。

"你不该这么自责,范·哈特太太。"

"如果我早一点儿告诉她那些人、那些组织、那些可以帮到她的信息,让她得到安全和保护,"我说着,将一些切得最好的羊肉放在他的餐盘中,"她可能到现在还活着,就像我一样,可以享用一顿美味的午餐。"

一想到她再也不能吃午餐了,令我感到悲伤极了。

"玛利亚姨妈,"他说,"我们甚至都还不知道是不是她丈夫干的,也有可能是自杀。或者可能是安娜,我们也不知道。所以你不必自责。"

"不是自杀。还有,你不会真觉得是安娜吧……"

但是,我并不想这场争执扫了这顿美味午餐的兴致。

"我们吃吧,"我说,"这些肉汁,需要就自便。"

食物很完美。羊肉的表皮被烤得酥脆,里面的肉质又很柔韧,刚刚好;土豆烤成了金黄色;南瓜又黏又甜。卡尼梅耶在吃下第一口的时候,享受得闭上了眼睛。整顿用餐的过程中,我们没有交谈。我又能听到那些百舌鸟的声音,它们又飞到了外面的大草原上。

吃完之后,他说:"我已经很久很久没有吃到过这么好吃的烤肉了。"

他那栗子色的胡子上还沾了一丁点儿肉汁。他笑了,一种纯粹得有些可爱的笑容。但他的眼睛看上去总是有些悲伤。他用纸巾擦了擦嘴。现在是时候了,趁着他肚子里的食物还有余温,是该跟他直入主题了。

"卡尼梅耶探长,"我说,"你知道是她丈夫杀了她。"

"也许是,也许不是。你需要证据来证明是一个人干的。"

"你读过信了,"我说,"而且,当时在警局里,那个男人还试图杀了安娜,我当时也在场啊。"

"是的,安娜确实可以为此起诉他。但这是两码事儿。"

"你有证据显示,可能杀死马蒂妮的另有其人吗?"

"我们还在等待……报告出来。"

"什么报告?"

我以为可能是安娜的指纹或尸检报告什么的。

"太太,"他说,"范·哈特太太。我们正在处理这件事,您无需担心。"

"但是,探长,我很担心。那个男人,他不能这样逍遥法外。我们可以协助你调查这件事。"

"我们?"他疑惑地问,顺便扫了一眼粗壮的手腕上的手表。

"我们,小卡鲁报社的人,"我说,"我们有新闻记者,我们了解这个镇上的人们。我们可以帮你找到证据……"

"范·哈特太太,"他站起来说,"我很感谢您今天提供的这些信息,但这是一宗由警察处理的谋杀案件。"

"还有蛋糕,"我说,"脱脂巧克力蛋糕,还加了朗姆酒,正在冰箱里冷冻。"

"不好意思,我要走了。"

百舌鸟已经渐渐悄无声息了,遥远的 R62 公路上,一辆大卡车正在朝奥茨胡恩驶去。

第16章

我现在当然很生卡尼梅耶探长的气。事实上,他这个人简直又固执,又无理。他怎么可以不吃蛋糕就走呢?但是,我更生自己的气。我应该早点把蛋糕端出来呀!

我走进厨房,开始冷冻蛋糕。如果他看到它的话,或者哪怕是闻到它的香味儿……

"是我搞砸了,"我对着蛋糕自言自语,"如果他尝一尝你们,他会答应我的任何要求,"我切下了一片朗姆巧克力蛋糕,舔了舔手指上的糖霜,"任何。"

我给报社打电话,是杰西接的。

"卡尼梅耶刚来过,又走了,"我说,"你们两个能过来一起开个会吗?我这儿有个巧克力蛋糕,需要有人来把它吃掉。"

"好的!"杰西说,"告诉蛋糕,没问题。"

杰西坐了海蒂开的车,眼睛都被撑大了。炎热的午后,我们三个坐在长廊上。黄色小鸟在草坪上吃着昆虫,而我的小鸡惬意地躺在天竺葵丛的树荫下面。

"你今天看起来很漂亮呢,姨妈。"杰西看着我奶油色蓝碎花连衣裙和我脚上的蓝色高跟鞋说。

"是呀,你应该早点跟我们说,我们好盛装打扮来喝下午茶。"海蒂打趣地说。

"呃,海蒂,你无论何时都打扮得很美丽啊。"我说。

海蒂穿了件紧身上衣,一条白色棉长裙。杰西还是穿着无袖黑色背心和一条短裤。我给大家倒上咖啡和茶,切下一块蛋糕递给杰西,她的眼睛看到蛋糕的一刹那睁得更大了,而当她咬下第一大口的时候,眼睛都快睁到头顶了。吃下第二口的时候,她闭上了眼睛,很享受的样子。

"亲爱的,给我一小片就行,谢谢,"海蒂轻拍着她整齐的金色头发说,"那么!你跟大侦探的会开得怎么样了?"

"他读了信,也同意情况很符合。他说还要去验一下笔迹。"

我说着,递给海蒂一小块蛋糕,然后给我自己切了漂亮的一块。

杰西的电话铃声响了,《点亮我的爱火》。

"不好意思,"她说着从裤腰口袋里掏出手机,扫了一眼,嘴角扬起一抹笑意,"是条信息。你继续,玛利亚姨妈。"

"但是我搞砸了,"我说,"我没有及时地把蛋糕拿出来让他尝尝。他不会告诉我任何事情的。而且,他不需要我们的帮助。他想让我们置身事外。"

杰西说了些什么,但由于她的嘴里塞满了蛋糕,所以我没法理解她的话。

"她想说的是,"海蒂帮忙翻译道,"那个卡尼梅耶探长虽然没有跟她说什么,但理查德给她透露了不少信息。"海蒂还没有碰自己面前的蛋糕。

"谁是理查德?"我问。

"理查德·斯尼曼是杰西的老同学,恰好也是这里的警察。而且,他正好一直都很喜欢我们杰西。"

杰西对海蒂直皱鼻子。

"怎么了?"海蒂一脸无辜的表情说,"我看过他看你的神情好吗?"

杰西耸了耸肩,手臂上的壁虎文身也跟着抖了一抖。蛋糕吃得她心情愉悦,也可能是因为理查德的缘故。

"探长确实说过,也许并不是德克杀死了他妻子,"我说,"他考虑过这可能是自杀,而似乎他们又有些怀疑安娜。"

"这蛋糕简直赞爆了,姨妈,"杰西嚼着满嘴蛋糕,含糊不清地说,"这奶油里是不是加了白兰地?"

"是朗姆酒。"我说。

"海蒂告诉过你安眠药的事吗?"

"嗯,"我说,"但马蒂妮给我的信里说她做好了离开的打算。我不觉得她是自杀。"我顺手拿起桌上的信,读了起来:"我正在做一个计划,或许能让我离开这里。在此之前,我需要原地踏步,直到一切准备周全。"

"也许她指的是离开这人世间。"海蒂开始吃了点儿蛋糕。

"他们把尸体抬到医院的时候,我妈正好在转弯处看到,她说她亲眼看到马蒂妮的头部有伤口,"杰西说,"然后 LCRC 就来把尸体带去奥茨胡恩了,他们要在那里做尸检。"

"LCRC是什么?"我问。

"不好意思,就是当地犯罪等级中心,他们给这一区做法医鉴定。他们把一些与案件相关的东西送去开普敦的法医鉴定实验室去。还有,理查德跟我说,当然是在没有录音的情况下说的,犯罪等级中心还收到了一个火钳,上面有指纹。"

"一个火钳?"我说,"她丈夫用那玩意打她的吗?"

"好吧,如果她被打了头部,那我们就可以排除自杀这一项了。"海蒂说。

"也有可能她吞了太多药,然后昏倒的时候头部受了伤,"杰西说,"或者他用火钳打过她,而这也成了压倒她的最后一根稻草,她决定自杀。"

"我不信,"我把信递给杰西说,"你再看看这信。"

"你把这些给探长了吗?"海蒂问。

"没。我让他在这里读完,但当他不愿意留下来吃蛋糕之后,我就有点儿沮丧,并告诉他,信是报社的公物,我明天会复印一份给他。"

"他本来完全可以带走这些信,你知道的,"杰西说,"以调查谋杀案为名。"

"是个绅士,我说那位探长。"海蒂说。

"埃尔纳·勒·格兰说马蒂妮是斯帕的员工,管书的。"我说。

"嗯,没错,这是真的,"杰西说,"我表弟伯蒂也在那里工作。他跟我说,马蒂妮一周去两次。他还说她是个很温柔和善的女人,总是非常安静。"

杰西又迅速将我递给她的信扫了一眼。

"德克真是头猪,"她说,"但当马蒂妮告诉安娜让她别再来找她的时候,安娜也有可能非常生气。"

她大声读出安娜写的那封信:"她说让我千万不要再去她家。"

"哦,天哪!"海蒂惊呼,"也许,这就是他们要采集她的指纹的原因所在,要看看指纹是否和火钳上的吻合。但施虐的人肯定是德克,不是安娜。马蒂妮要逃走的计划被德克无意中知道了,于是他打算杀了她。"

杰西的蛋糕已经吃完了。她拿出纸和笔,开始做记录。

"我知道,在我们看来,现在很明显,是丈夫杀了妻子,"杰西说,"但是我们需要找到可以证明的方法。因为,客观来讲,也有可能是其他人干的。"说到这儿,她又拿起面前的咖啡酌了一口。当杰西在做自己的时候,她的样子有些不同,不太像个小城里的黑人女孩儿,倒是更像南非广播电台的电视评论员。"我们需要确认死因,确认犯罪嫌疑人和可能的犯罪动机。还需要找到证据来让有罪的一方心口服地认罪。"

"你说得没错,"我又给杰西切了一块蛋糕,"我猜想,安娜的信显示出了她愿意为爱杀了德克的倾向,然后马蒂妮就让她别再来找她了,这可能令安娜伤心。或许,安娜正在筹备的计划不只是要离开她丈夫,还包括离开安娜。"

"爱总是令人做出些荒唐的事来,"海蒂在读第一封信,喃喃道,"马蒂妮说,从她的角度出发,她希望和安娜的关系是柏拉图式的,但或许安娜想要的并不只是这些。"

我给海蒂斟了些茶。

"还有,"杰西说,"马蒂妮的儿子在乔治市。也许,她正在计划彻底离开莱迪史密斯,搬到一个离他儿子更近的地方住。"

我们都安静了良久,吃吃喝喝,还颇为享受这种像侦探一样分析案情的角色状态。草丛里，白蚁正在把草都聚拢在一起，就如同我们在一点点将线索聚拢起来一样。

　　同样令我感到愉悦的还有这巧克力蛋糕，它简直堪称完美，口感稠密，润滑，奶油丰富，令人心满意足的味道。人的脑海里总会保存着一份关于巧克力蛋糕的美好念头，就像是童年里令人难以忘怀的记忆一样，但是，当你吃到一块真正的巧克力蛋糕的时候，常常总会有那么一点失望，并不是脑海中想象的那个样子。

　　我听到百灵鸟在大草原上鸣叫。我忽然有些难过，想到了安娜，她请求我的帮助，而我们却在这里讨论着她可能的犯罪动机。而或许，此时此刻，她唯一感到内疚的，只是爱。

　　"我想，我应该去给安娜带些蛋糕吃，"我忽然说，"顺便看看她会有什么想说的。"

　　"好主意，"海蒂说，"她很信任你。"

　　"我还可以给卡尼梅耶探长也带一块去，"我说，"还有这些信的原件。"

第17章

"哦,玛利亚姨妈,你今天来得真早,"海蒂一走进办公室,惊讶地看着我说,"是不是心烦意乱啊?"

这个时间点,热气还未开始袭入白昼,天花板上的吊扇也没打开。

"我总不能因为一些人遇到了困境或死去了就忽视所有其他给我写信的人吧?"

我把马提妮和安娜的信以及一个装有两大块巧克力蛋糕的保鲜盒放在我的桌上,然后捡起一堆信件和一些从网上打印出来的邮件。就在这时,我听见杰西的小摩托车的声音,于是我顺势放上水壶烧开水。随后,我认真地拣选我今天要回复的信。以合适的信开始一天,这是格外重要的。

"嗨嗨,海蒂,玛利亚姨妈,"杰西进来了,"怎么样了?"

她说话的时候,眼睛盯着我桌上的保鲜盒。虽然从外面看不到保鲜盒里面装着什么的,但杰西就是对好吃的蛋糕有着天生的直觉。

"哦，亲爱的，不好意思，这蛋糕是给安娜和卡尼梅耶的。你能不能帮我用你的扫描仪复制一下这些信件？"我把安娜和马蒂妮的原信递给她，"这样我好把原件给探长。"我摇了摇面包干罐子，试图将杰西的注意力从蛋糕上转移，但其实里面只剩下些面包渣了。"咖啡要吗？"

我给我们大家都冲泡了咖啡和茶，没有配面包干，之后，选择了一封平凡无奇的灰色信封，有一个黑色油油的大拇指印章，旁边是里弗斯代尔的邮戳。里弗斯代尔是个离这里大约一百公里远的大镇，当然，也不是那么大，只是相对莱迪史密斯这个小镇子而言有点儿大。

这封信是一个陷入困境的小伙子写来的，签名是卡雷尔。显然，他有很多地方需要学习，但他似乎也乐在其中，我也要尽力帮他。

亲爱的玛利亚姨妈：

　　我写这封信给你，是想得到您关于恋爱的建议。不用麻烦为我准备食谱了，我连鸡蛋都不会煮。

　　我在白兰地节上遇到了一个女孩，我真的非常喜欢她。她的眼睛特别明亮，笑容超级美好。她叫露西亚。我们一起坐在一张木桌子边，虽然我一句话都说不出来，但我给她分享了我的薯片，她也吃了些。

　　当她对我微笑的时候，我感觉像是有一千只小鸟要从我的心脏里飞出来了一样。

　　我很想说些什么，但我说不出来。

　　我是个机修工，工作的关系，手指上几乎永远都有点儿黑乎乎的东西，不管我怎么勤奋地洗手都擦不掉。露西亚看上去那么干净，透着股清香。她身材小巧，打扮得整洁，就像是款迷你型小轿车，而我则更像是个大卡车。

我觉得自己是个白痴。可是我想再次见到她，又不知道见到了该如何跟她说话。

如果我约她出来，她会拒绝吗？或者，如果她出来了，但是我又全程不知道该说什么，怎么办？

卡雷尔

我拿出笔和纸，开始写回信：

亲爱的卡雷尔：

如果她同意了呢？发短信约她出来。约她一起看场电影。

没必要觉得自己是个白痴。你要想：煮鸡蛋看上去是很简单的事，但其实做起来真的需要些技巧的。完美的鸡蛋是那种刚好在沸水里煮上三分钟的鸡蛋。问题在于，如果你把鸡蛋直接放进沸水里，蛋壳就会碎裂。但如果你把鸡蛋放进冷水里，慢慢开火煮，这样你又不知道该从何开始计算时间。有三种方法可以处理这种情况。我自己最喜欢第一个。

在把鸡蛋放进沸水之前，先给鸡蛋加温。你可以先拿出一个盛有四分之一冷水的小碗，把鸡蛋放进碗里，然后慢慢往里面加热水，再用一个小勺子把温热的鸡蛋放进沸水中，煮三分钟即可。

或者，在沸水里加一茶勺醋，醋会使蛋壳不容易破裂。

又或者，把鸡蛋立着放在冷水里，然后等水沸腾。

你要准备一个勺子,还有鸡蛋杯,然后直接开吃。因为离开沸水后,鸡蛋在蛋壳里还在继续煮着。配上点土司、黄油、盐和胡椒,一切就很完美了。

我知道肯定有很多人都很高兴收到我的回复,而如何煮一个鸡蛋这种问题肯定令很多人都头痛不已,但又不好意思提出来。卡雷尔很勇敢地以这种公开的方式提出了这个问题。我对他寄予很高的期望。

我正准备阅读另一封蓝色小信封里的信,这时候电话铃响了。海蒂接了电话。

"探长,"她小声对我说了声,然后皱了皱眉,把电话递给我,"找你的。"

"我是玛利亚。"我接过电话说。

"安娜·普利特瑞斯已经被捕了,"探长说,"她不愿意请律师。她只要求见你。"

"被捕了?"

"你能来一趟警局吗?"他问。

"因为打了你的下巴被捕了?"

"因为谋杀范·哈特太太。"

"她杀了那个试图开枪射杀她的男人?"

我知道我显得很愚蠢。我们自己昨天就讨论过这个问题,但我还是不愿意相信。

"因为谋杀马蒂妮·范·沙尔克维克。"

这真是个坏消息。

但另一方面来说,我就可以一趟把两块蛋糕带给他们俩了。

第18章

我的车驶入警察局停车场的一棵橡胶树下,要交给探长的信和那个盛着两份巧克力蛋糕的保鲜盒就放在我旁边的副驾驶座上。

皮耶特从警局的门口探出脑袋来,看到是我,立马出来,穿过尘土飞扬的柏油路来迎我。

哦,天哪,我怎么没想到给巡警皮耶特也带一块蛋糕呢?我暗自思忖着。

我走出车子,皮耶特对我微笑。他那黄棕色脸上的皱纹显得更多了,而那杏子似的眼睛则更小了。他领我走进警局,穿过繁忙的接待区,经过一个长长的走廊,来到卡尼梅耶的办公室。整个过程中,皮耶特的皮拖鞋走在地面上没有发出一点儿声音。卡尼梅耶正在接电话,我坐下来等他。皮耶特离开了,我暗暗松了口气,想着总算不用为少带一块蛋糕的问题而纠结了。

探长一边打电话,一边朝我点点头,示意我稍等。即便坐着,他也显得身形魁梧。他的桌子是实木的,发出抛过光的红光,颜色和他栗子色的胡须很搭配。

"嗯……呃……"他靠在自己的皮椅子里,嘴里哼哼地回应着电话。

办公室窗户外面有一些荆棘树,阳光透过树枝的影子落在白色的墙壁上,洒在他的衬衫和胸前。

我坐的椅子也是实木的。这间办公室看起来很舒服,很适合一个男人在里面度过每天的大部分时间。我不禁开始想象他的家庭生活会是什么样子的。

他桌上摆了台电扇,我把身子微微朝前倾,让电扇的风吹到我脸上。刚才一路冒着酷暑过来,我的裙子都黏在身上了。在他桌上摆着的一堆文书和文件夹中,我发现一个镶着银色相框的照片。照片上的卡尼梅耶探长显得年轻许多,正搂着一个女人。女人长得很漂亮,整张脸都面朝着他,就像是一朵花朝着太阳一样,而他正在将眼里满满的爱意迎向她的笑容里。

"好的。嗯嗯,行。再见。"他对着电话说。

说完,他放下电话,清了清喉咙。

"范·哈特太太。"他说。

"我给你带来了些蛋糕,"我说,"还有一块是给安娜的。"

我把保鲜盒推到他面前,打开盖子,让他看到里面用油纸包裹着的两块诱人的大蛋糕。一抹缓缓的、不易察觉的微笑延伸到他脸上,露出了他白色的牙齿,嘴角边的胡须也微微上扬了些。

"谢谢你。"他说。

"安娜怎么样了?"

"这对她来说是一桩相当大的指控,"他用手指抚捋着自己的胡须说,"我们在那个用来打马蒂妮·范·沙尔克维克的火钳上面发现了她的指纹。泥泞的驾驶道上有她的车子留下的一道新鲜的车辙。"

"她自己怎么说？"我问。

"她不肯跟我们说话，也不愿叫律师。"

"安娜不可能杀了她朋友的，她没理由这么做。"

"也有可能是情杀。所有照片都被撕毁了，包括德克和马蒂妮的结婚照，"卡尼梅耶说着，下意识地瞟了一眼他自己桌上的照片，"范·沙尔克维克说那个女人爱上了自己老婆，而你的照片也证明了这一点。你带来照片了吗？"

我把信放在他桌上，但是，我并不希望这些信被用于这样的证明。他正在对我一一铺展开所有指控安娜罪行的证据，严谨规整得就像是在铺一张桌子一样。我不想在这张桌边吃东西了。

"信件中显示，马蒂妮的丈夫曾威胁说要杀了她，"我说，"他打断了她的胳膊。你应该逮捕的人是他。"

"并没有证据显示是他杀了她。"

"他的指纹没在火钳上吗？"

"没有。"

"你不觉得这很荒唐吗？"我说，"难道他就从没用过自己家的火钳？"

我从保鲜盒里取出一块蛋糕放在桌子上。蛋糕边角处的油纸都有些剥落了，露出了里面一小块闪烁着冰晶的暗色。他看了看巧克力蛋糕，又看看我，就好像刚刚第一次好好打量我似的。

"是呀，我们也觉得很奇怪，"他说，"把手上只有安娜一个人的指纹。"

"听起来像是某人用过它之后，抹去了指纹印。"

卡尼梅耶转动了一下椅子,望向窗外。天空中挂着几朵巨大的云,好像饱含了充足的雨水,但永远也不会落下似的。

　　"并不只是火钳让她致命的,"他终于开口说,"她曾服用了,或者是有人给了她一种很强的镇静剂,然后她的头部被火钳敲打了。之后,她一度窒息,或许是用枕头,有人用枕头令她窒息的,因为她嘴巴里有一些枕头垫里面的纤维。"

　　"什么?"我说。

　　"不好意思。"他说。

　　自杀已经算是杀了她两次,身体和心。但是这种谋杀方式简直杀她三次都不止了。我绝对不相信安娜会做出这种事。

　　"这在我看来可一点儿也不像情杀,"我说,"这肯定是早有预谋的。"

　　"你知道吗,玛利亚姨妈,"他说,"我最近也是这么想的。"

　　"那为什么还要逮捕安娜?"

　　"我们需要继续核实已有的证据。她被捕了,但是还没有受到指控。她还可以申请保释。我希望你能跟她讲讲道理,说服她。你是她唯一要见的人。你或许可以劝劝她,让她通过法律帮助对范·沙尔克维克提出起诉。"

　　"那德克·范·沙尔克维克怎么说?你审问过他了吗?"

　　"我们当然审问过他了。至于他说了什么,那是警方的事儿。我只是想告诉你安娜的事,因为她需要你的帮助。"

　　"那让我见见她吧。你能替我们弄些咖啡吗?"我从桌上拿起保鲜盒,盖好盖子,"用来搭配这份蛋糕。"

　　"我带你去见她。"

　　卡尼梅耶领我走下一个更幽暗的走道,通往一间密室,房间里只有一扇很小的窗户和一张瓷面桌,以及两把塑料椅子。房间的白墙壁上有大块大块经年日久的黄斑,墙皮都快脱落了,颜色像一个重度烟民的牙齿。

一位女警把安娜带了进来。安娜穿着一条牛仔裤、一件卡其布衬衫,衬衫皱皱巴巴,很久没有熨烫过了。她那蓬乱的黑色短发看上去真需要一把梳子。她阴沉着脸,对卡尼梅耶和女警皱了皱眉。

我打开保鲜盒的盖子,放在桌上。我们坐下。安娜试图对我微笑,但她的嘴巴似乎太紧了,无法张开。

女警探头瞄了一眼蛋糕。我打赌,她从未见过这么漂亮的巧克力蛋糕,但是即便这样,她也分不到一杯羹。因为此刻,我看得出来,安娜太需要独自享用这每一口浓郁的味道了,因此,即便她主动要跟我分享,我也拒绝了。女警在她身旁站着,这使得安娜的嘴巴闭得更紧了,紧到你都怀疑她的唇是不是消失了。如果我想让她跟我谈谈,或者吃这块蛋糕,就得先设法让她放松。

"巡警威特布伊待会儿会带咖啡过来。"卡尼梅耶站在门口说。

"能让我和她单独待一会儿吗?"我对女警说,"拜托。"

"我在这儿是为了保护你的安全的。"她说。

我用请求的眼神望向探长。他努了努下巴,告诉她可以先走了。随后,他俩都离开了房间,门被锁上了。

"你怎么样?"我开口说。

安娜正用她那双大大的棕色眼睛看着我。

"哦,姨妈。"她说。

安娜抬起手,手指托着前额,整个头都支撑在手上。

皮耶特进来送咖啡。

巡警皮耶特。

皮耶特走后,安娜才坐直身子,再次看着我。我正在往我们的咖啡杯里添牛奶和糖。

"该死的,"她穿着靴子的脚狠狠踢了下桌子角,说,"我全搞砸了。"

随着桌子的晃动,咖啡在杯中抖了抖,蛋糕也跟着跳了一跳。蛋糕上的糖霜都要化了。我把咖啡递给她,自己也尝试着酌了一口我的咖啡,但还是太烫了。安娜在大腿上摩擦着双手。

"她死了,死了!而这一切都是我的错。"她说。

难道她现在是在跟我认罪吗?

"哦,安娜。"我不禁说了一句,然后我让自己保持安静。

如果她愿意继续说,我会安静地聆听。

"我赶到的时候已经太晚了。"她说。

说着,她的一只手在头发里挠了挠,使得她的发型更凌乱了。

"我就知道那混蛋会杀了她。我早就应该阻止的。但是,她让我不要再来了,我这个蠢货,竟然就听了。我真永远都不该听她的话。周二的时候,我正在给我的小鸭子喂食,然后,突然间,我感觉像是有人打了我的胃一拳似的。我立马冲到她家,"她的眼神转向一旁的墙壁,"但已经太晚了……"

她并不是在凝视墙上斑驳的墙壁,而是在看着她脑海中的一幅画。

"吃点儿蛋糕吧。"我说。

但她并没有动蛋糕,而是喝了一口咖啡。

"那个火钳,"我说,"上面有你的指纹。"

"当我发现马蒂妮死了的时候,我当时非常难过,也很生气,"

她说,"我恨死他了,我也恨死马蒂妮了。我更恨死我自己了。那些该死的结婚照还挂在那里,好像在盯着我看,在对我说谎,和我每一次来看望她时一个样。我知道这样做真的很蠢,但我当时气疯了,我随手捡起那个火钳,把房间里所有的结婚照都砸烂了。"

我又饮了一口自己的咖啡。

"你打了马蒂妮吗?"我问。

她睁大了眼睛。

"玛利亚姨妈,我爱她。"

我继续看着她。

"没有,"她说,"我永远都不可能伤害她。永远。但是德克……"她又喝了一大口咖啡,"他必须为此付出代价。"

我轻轻剥开蛋糕外面的油纸,把蛋糕朝她推得更近一些,她才开始吃起蛋糕,一边吃,一边朝我点头,嘴里满满的蛋糕,对我竖起大拇指。现在,我知道她一定会好起来的。

"你有没有在警局里起诉他?"等她吃完蛋糕,我说。

她舔掉手指上的糖霜,对我摇了摇头。

"这是我和他之间的事儿。"

"安娜,你必须求助于法律。我给你带来了这些电话号码,这些是我之前写信给你的。打电话给法律援助,申请保释,"我从我的钱夹里拿出一张纸来,"这里。"

她大笑起来,但这可不是个快乐的笑。

"玛利亚姨妈,"她说,"你觉得我会在乎我会不会蹲监狱吗?"她拿出一张纸,但没有看。"你觉得我会在乎我会不会死?你有没有爱过一个人?我是说,真正地,爱上一个人?"

此时的我真希望自己有多带一份蛋糕,给我自己。她刚刚吃下去的那份蛋糕可是够大的一块。

"不。"我说完,脸都要埋进咖啡杯里了。

汉克·卡尼梅耶来到门边,带我和我的保鲜盒离开。他的下嘴唇上还留有巧克力蛋糕上的糖霜。

"她会申请保释吗?"我们俩走在走廊上的时候,他问我。

"我给了她一些法律援助的电话号码,"我说,"我不觉得她会这么做。"

"那蛋糕,"他说,"非常赞。"

回到他办公室,我才发现,探长跟皮耶特分享了那块蛋糕。此时,皮耶特正在研究般地对待自己盘中剩下的蛋糕屑,好像要从中找到蛛丝马迹,好看看这么完美的蛋糕究竟是怎么做出来的。电话响了,探长过去接电话,并举起手示意我等一分钟。但我急着从他身边走过。我想立刻就赶回家。我的厨房里还剩下半块巧克力蛋糕。

第19章

　　第二天早晨我醒来，感觉胃有点儿不消化，于是咀嚼了一片拜尔胃药。

　　昨晚回来后，我一个人几乎吃掉了剩下的那一半巧克力蛋糕，现在只有最后一块了，还放在厨房的桌子上。我想起昨天晚上，我一边拼命吃着这蛋糕，一边尽力不让自己去思考安娜问我的关于爱的问题。

　　我给自己泡了一杯咖啡，走到长廊上坐下，望着外面，等待一天的到来。在小卡鲁，天光的变幻总是那么突然，前一分钟天色还是柔和的，盛满了夜色交织的光影；然后，一眨眼工夫，太阳就在这天地间炸裂开来，万物都被它的刺眼而唤醒。你甚至都还没来得及喝完一杯咖啡，就看着整个山脉的颜色也从红色变成了赭黄色。

　　小鸟在空中飞来飞去，昆虫开始叽叽喳喳地发出鸣叫。卷尾燕在大草原上的柿子树上欢快地吃着紫浆果，百舌鸟在甜荆树的枝桠间蹦来蹦去。

我的五只小鸡也来问候我了,它们从篱笆围栏里朝我奔来,鸡冠一抖一抖的,还有那铁锈红色的羽毛,在他们奔跑的时候,有韵律地上下颤抖着。我在长廊上搁了一篮子碎包谷,伸手去抓了点玉米粒,朝它们撒去。

我一边喝着咖啡,一边观察着天上的云,寻找积雨云的迹象,但没有任何收获。我身上穿着一件薄薄的蓝色棉质连衣裙,光着脚,但此时我已经觉得热了。

我打包了一罐子全麦面包干准备带去报社,又看了一眼桌上剩下的那块蛋糕。这是我曾做过的最好吃的巧克力蛋糕的最后一块了。此时此刻,这块蛋糕显得责任重大。

我可不能就这么自己吃掉,这倒不是因为早晨的消化不良,毕竟这也不是第一次了,总会过去的。我只是觉得,有必要让这块蛋糕发挥更好的用途。

"我在想,你能不能对这个案子有所帮助呢?"我对着蛋糕说,"昨天在警局里,另两块蛋糕表现得很不错。可怜的安娜,我希望她能尽快出来。我敢肯定,监狱里的食物一定很糟糕。"

刚才嚼了一片拜尔胃药之后,感觉我的胃现在好多了,于是我起身给自己煮了个鸡蛋。就一个。我站在厨房的桌子边,就着面包和杏子酱,吃掉了这颗鸡蛋。

"我觉得那位丈夫德克,他才应该吃吃监狱里的食物呢,"我一边用茶勺挖掉了鸡蛋的顶端,一边对鸡蛋说,"我认为我们应该去找他谈谈。"

吃完鸡蛋,我又对着我面前那最后一块巧克力蛋糕说:"但我需要做些准备。总不能在毫无准备的情况下,就这么去找个杀人犯吧?"

说完，我立马收拾掉我的早餐残余，用农场面包做出了两个大大的烤羊肉三明治。一个是给德克的，一个是我自己的。我放了芥末和酸黄瓜，还有生菜。随后，我把每个三明治切成两半，放进保鲜盒里。蛋糕上的巧克力朗姆糖衣正散发着闪闪的光芒。我找了个油纸，包了蛋糕，也放进了保鲜盒里。

盛着美味的保鲜盒和面包干跟着我来到了报社。我把车停在蓝花楹下面。刚踏进报社，我就听到有手机铃声响起，海蒂一边接着电话，一边跟我挥手打招呼。杰西还没来。

"我是海蒂·克里斯汀，"海蒂对着听筒说，"是的，马吕斯先生……当然，先生……"

我桌上摆着一封厚厚的奶油色信封，上面用漂亮的手写笔迹写着我的名字和地址。邮戳是巴里代尔。

"我们正在尽力，马吕斯先生。"海蒂说。

马吕斯先生是报社的赞助商之一，是个房地产老板。海蒂拉长脸对我用手指头指着她的喉咙，示意我电话里的人令她感到恶心。我很庆幸自己不用做海蒂的工作。我坐下来，理清思绪，开始阅读我的信：

玛利亚姨妈，我很喜欢您的风格。我觉得您是个很有勇气的女士。

我是一名室内装潢设计师，离开了开普敦，来到光怪陆离的小卡鲁镇上安享退休后的生活。这里的大部分日子都很安逸，只是有些时候，小城市里的人思维的狭隘会令我想要连根拔起我的头发，大声尖叫，祈求同情。哎，我还是不要跑题了。因为这个月底就是我男朋友的生日了，我想着要为他准备一顿特别的晚餐。我为此还专门为这个场合买回了一套翠绿色的陶瓷餐具，纯手工制的盘子，做工真的非常精致。我男朋友就是个永远也长不大的老小孩儿，喜欢肉和碳酸饮料。但是我想，这样的场合，应该有一些更好也更适合的美味放在这么美好的盘子里，您觉得呢？一些无论是色泽还是口感都更配得上这个盘子的食物。一些特别的、活力四射（就像我男朋友一样）的东西。您懂的。

马可

读完信，我闭上眼睛，几乎可以想象那些美丽的宝石绿色的餐盘。而在我的想象中，这些餐盘上应该放着的食物是肉丸、番茄炖羊肉和玉米粥。没错，那些辛香的肉丸配上浓稠的番茄沙司，蓝色的盘子盛玉米粥肯定会非常漂亮。还有，在餐盘边上还可以摆上一大块色泽鲜嫩的烤蔬菜，像是甜菜根、白胡桃、黄胡椒，还有羊乳酪。哦，看起来简直漂亮极了……

"嘿，姨妈，"杰西的声音突然出现，驱散了我想象中的画面，"你在做什么美梦呢？"

"杰西，"我说，"你吓到我了。我在想肉丸。"

"昨天去监狱，情况如何？"海蒂放下电话，走过来问。

"他们喜欢你的蛋糕吗？"杰西问。

"哦，当然，"我说着，起身，给水壶倒满水，"咖啡和茶？"

"嗯。"杰西点头说。

"谢谢。"海蒂也应道。

杰西瞥了一眼我带的保鲜盒，说："我估计蛋糕所剩无几了吧?"

"只剩下一块了,"我说,"但我对它已经有计划了。我给你带来了一些脱脂什锦面包干。"

接下来,我详细地跟她们讲述了我昨天会面卡尼梅耶和安娜的情形。

"听起来确实像是有人在安娜拿起火钳之前故意把上面的所有指纹都抹掉了。"

第20章

  经济型酒店离这里只有两条街的距离，但是这夏季的太阳分分钟就能把我在路上烤焦，于是我决定开车过去。酒店外面停了很多辆车，我不得不把自己的车停在这条路不远处，然后下车。我和杰西在零零落落的荆棘树投下的稀松树荫里缓慢朝着大楼走去。楼房是那种建于上世纪七十年代的低矮的方形房子，漆着浅灰色的油漆，是没有什么个性的房屋建筑。跟富有创意的维多利亚式莱迪史密斯的房子一点都不一样。不过，比较有心的是，房子前面有一块漂亮的草坪，草坪的边缘栽满了一圈粉色小花，路两旁种了些小卡鲁的柳树，树荫下有一条长椅供人歇息。

  "那是德克的丰田车。"杰西指着一辆巨大的白色四座车说。

  外面还停着一辆皮卡，一家人正在从车上把自己的行李卸下来。

  "他们看着不像是来徒步旅行的。"我说。

  这家人穿着的衣服都很精良，绝不像是准备双靴沾泥的类型。

皮卡车的一边还贴着一张图，写着些字。

"基督复临安息日会，"杰西像发现了什么似的说，"我曾写过一篇报道……"她又抬头望着马路，"那人是不是安娜？"

是的，是她，正从她的农场卡车上跳下来，正朝着酒店的方向大步流星地走过去。她比我们离酒店还远一些，但步伐急促，低着头，双眉紧皱。

"她肯定是得到保释了。"我说。

"她也是来见德克的。"杰西说。

"但我打赌，她没有带蛋糕来。"我说。

"安娜。"我叫了一声，朝她挥手。但她并未抬头。我和杰西随之加快步伐，我又叫了声："安娜！"

她终于看到了我们，但看上去一点也不开心。杰西冲到前面，站在大门口挡住了她。但安娜并没有放慢脚步，她那气势像是要从杰西身上直冲过去似的。

"安娜，等等！"

我没有跑起来，因为我不太擅长跑，但是我尽力走得很快很快了，以至于急促的呼吸都快淹没了我的吼叫声。安娜停了下来，怒视着我。她还穿着那双农靴、牛仔裤和一件男士款的白衬衫。

我停下来，擦掉额头渗出的汗珠，喘了几口气，才终于能好好说出话来："你在这做什么？"

"玛利亚姨妈，"她说，"别拦着我。"

说完，安娜一把将杰西推到一边，就好像杰西轻得跟蛋黄酥似的。正当安娜穿过水泥路朝着前面的大门奔去的时候，一个大胡子男人跳了出来。安娜被他拦住了路，还一不小心被推到了一旁的花丛里。我注意到，安娜在起身跳回来之前，手下意识地摸了摸她腰间藏在衬衫后面的一个搭扣。那是一把枪,就夹在牛仔裤腰间上。

杰西掏出了自己的胡椒喷雾。

"这跟枪不配。"我说。

"我知道,"她说,"但德克也有一把枪,所以,安娜可能需要帮助。"

"杰西,不要,"我刚想阻拦,她已经走上了水泥路,走进了大楼里。

我只好抱着我的保鲜盒,尾随在她后面。穿过一条长长的深色斑点地毯,我来到了酒店接待区,那儿有一张看上去很舒服的沙发,一个红头发的年轻人站在一张桌子后面。我四处张望了一下,没看到安娜和杰西的身影。

"叫警察!现在就叫!"我对红发年轻人说,"再叫一辆救护车。"

红发女孩可能没反应过来,张着嘴,呆呆地看着我。我急了,伸手从桌上拽过电话,自己拨通了。

"女士……"女孩吓坏了。

她站在一边,用手指缠着一撮头发绕圈圈。那个接通我电话的警察试图问我好多问题,我直接让他给我接通卡尼梅耶中尉探长。

"安娜刚来酒店了,德克在这里,"我对探长说,"安娜还带了把枪。"

"我马上就到。"他说。

"我们还需要一辆救护车。"在他挂电话之前我赶紧说。

"德克·范·沙尔克维克在哪间房?"我挂了电话,问正在用手指绕头发的姑娘。

"女……"她张大眼睛,结结巴巴。

就在这时，我听到一阵嘈杂声，发现一扇门直通向一个院子，一个穿着碎花连衣裙，鬈发外面包着丝巾的女人蹒跚着从一个小公园里走出来。她正在跟身边的女儿说话。

此时，我已经跑到门那边去了。一整排客房都朝着外面的一个游泳池敞开，那儿还有一张桌子、几把椅子和一把巨大的遮阳伞，以及一些写字椅。孩子们和青少年们，有的在水池里游泳，有的躺在池边休息。杰西正示意把他们赶到外面的接待区，但他们完全不听她的。

"紧急疏散，"杰西大声说着，"赶快行动起来！"

一个坐在写字椅上的女孩转了个身，背对着杰西。

"我先来的。"她说。

一个小男孩奔跑着跳进了池子里，溅了我们一身的水花。尽管这么做很不礼貌，但这么热的天气下，我并不反感这冰凉的水珠砸在我的脸和胳膊上。

安娜正挨个儿检查着每一间房子，枪就握在她身后。有些年轻人确实比较讨厌，我想着，但他们也不至于死于枪乱啊。想着，我脱掉鞋，站在泳池的台阶上，打开手中的保鲜盒。我把盒子里的蛋糕在身前剥开来，以吸引孩子们的注意。

"蛋糕，"我说，"如果你们现在能迅速撤离到屋里，你们每个人都能得到一块这样的蛋糕。赶紧的，进去屋里，我不叫你们就别出来。"

孩子们立即像野兔子似的，上蹿下跳地动了起来。行动的时候，他们把水花溅到地板上，我听到红头发女人和她妈妈朝着这群孩子大声咆哮。我觉得拿食物对孩子们撒谎很不好，但我有个计划，所以，严格来说，这也不算是撒谎。

"清场。"杰西挥舞着手中的胡椒喷雾,朝着一对正从一间屋子里朝她凝视的夫妻说。他们疑惑地看了看杰西和安娜,然后迅速逃走了。

还有两间房子的门没有打开看过。

"别,安娜!"我大声叫住她,"来这里坐坐,和我谈谈。我带了羊腿三明治和蛋糕。"我一边说着,一边打开保险盒盖,举到我胸前。"拜托!"我用热切的眼神望着她。

但是,安娜就像一只专注地要捕捉自己猎物的狮子一样,完全不为我的话所动。杰西在她身后,跟着她,慢慢地靠近她。

"走开!"安娜说。

她的手转开了倒数第二间屋子的门把,门打开一条缝。我哑然,只好关上保鲜盒的盖子,下意识地朝后退了几步。情况看起来很不妙。杰西的手抓住了安娜的肩膀,安娜朝她推了一下,直接把杰西往后推飞了出去。杰西一个重心不稳,一头栽进了游泳池里,溅出了更大一摊水花出来。

安娜用脚踢开门,枪在她身体前面,被她紧握在手中。房间是空的。

随后,我听到厕所马桶冲水的声音,再然后,卫生间的门打开,传来更吵闹的声音。从里面走出来的人不是德克,而是一个身穿长裙子的女人。

"滚开。"安娜说着,跟上了那个女人。

女人尖叫着,往正房逃去。

怎么还有人在拍打水花,在泳池里发出咯咯声?

哦,天哪!杰西!她不会游泳!我突然想起来了。

我立即跳进泳池,好不容易才抓住杰西的下巴,把她拽离了水面。杰西大口喘着气,我夹着她的脑袋,把她拖到了浅水区,让她坐在台阶上,不断地咳嗽。

安娜已经在进攻最后一间客房的门了。门是锁着的,窗户上的窗帘也是紧闭着的。她往门后稍微退了两步,枪握在她侧边。我似乎看到有人轻微地拨动了一下窗帘,但是因为当时我的眼里有水,所以看得也不是很清楚。

安娜冲了上去,用她脚上的大靴子一脚踢在了门上。我听到门锁碎裂的"嘎吱"一声,随后,门就"吱呀呀"地开了,她冲了进去。

然后,枪声响起,声音很大,特别大。

再随后,一片死寂。

死寂的沉默被一阵越来越近的警笛声打破。他们终于来了。但是,现在一切都结束了。德克摇摇晃晃地从房间里出来了,他的脸上和鬓角处全都是血迹,胳膊也在不停地滴血,血留到他手上,顺着指尖滴落。我看着他跌跌撞撞地朝泳池走,他可能看不太清楚。

我本应该叫住他,阻止他跌进水里。但我并没有。

他跌入水中。我本应该试图跳下水救他,但我也没有那么做。

杰西和我第一时间想到的是冲进屋里找安娜。安娜正四肢平躺在房间的地板上。她的牛仔裤颜色变成了更深的深色,而白衬衫上像是撒了一瓶番茄酱一样,一大摊红色。

"不,"我叫起来,"安娜……"

我正想冲过去,但一只手,一只强有力的手把我从后面拉住了。一瞬间,房间里到处都是穿着制服的男人们。而我,只能被人按在屋外的椅子上,坐着。我想着,安娜,她现在终于去了她想去的地方，和她的爱人在一起了。她终于能和马蒂妮团聚了。

到处都是人，人们把房间围得水泄不通。

但我还是觉得，整个世界变得好孤单。

第21章

"他们都走了吗,阿姨?我妈妈说刚才那是爆竹声,但我爸爸说那是枪声。"

我不知道我已经坐在这里沉浸在自己的世界里多久了,直到我听到一个小小的声音,把我的思绪拉回了现实。我的蓝色连衣裙已经干透了,贴着我的皮肤。

"然后,我看到有人流血了,"小小的声音继续说,"所以,肯定是爸爸说得对。爆竹可不会把人弄成那样,你说呢,阿姨?妈妈说他们很危险。还来了好多警察,现在还有。"

小男孩睁着大大的眼睛,仰头看着我,他的双手在身子前握紧在一起。他还穿着游泳裤,精瘦精瘦的,身上的肋骨仿佛在发出饥饿的呻吟。还有警察正在屋子周围贴上黄色的胶带,胶带上用蓝色的大写字体写着醒目的"警察"字样。另一名警察正在屋子周围到处拍照。

"他们死了吗,阿姨?死了吗?"

"我不知道。"我说。

"按照你说的,我和我姐姐进屋里去了,我们就躲在沙发后面。"

我胸前还紧紧握着保鲜盒。我松开手,把它放在我的大腿上。小男儿的眼睛立马紧盯着食物。

"我很害怕,阿姨。我们都很害怕。但是,现在都结束了,是吗?"

"是的,"我说,"现在都过去了。"

一些大人和孩子陆续回到了房间,但还有一些孩子继续待在正屋的安全处,站在门口朝这里凝望。他们看起来都害怕极了。他们需要些东西能压压惊。

"蛋糕。"我站起来,把我身上的裙子拽整齐,对孩子们说。

小男孩跑在我前面,冲进屋子,嘴里说着:"阿姨带蛋糕来了。现在都结束了,她说的,她会给我们吃蛋糕。"

我坐在房间里卡其色的沙发上,孩子们陆陆续续地朝这边走来,站在我身边,更确切地说,是围在了我的保鲜盒周围。沙发是人造革的,感觉像是塑料,而且黏黏的。办公室的一位女警正和那位一头鬈发的母亲谈话。

"孩子们,"我开口说,"我答应过给你们所有人吃蛋糕,就一定会给你们。"

"我们害怕,阿姨,"一个小女孩说,"声音好大,还有血。我们都看到了。"

"就像番茄酱,"一个大一点儿的男孩说,"到处都是。一片狼藉。"

他说着,指了指前台,那位红发年轻人正忙着清理斑点地毯。

"我当时想赶紧让你们去安全的地方,"我说,"所以我没有解释清楚。我这儿只有一块蛋糕。"

孩子们的脸立马沉了下去,像是刚打开烤箱时那些迅速塌陷的面团。

一个小女孩开始哭泣,边哭边说着:"我饿……饿……"

"但这也是很大的一块,你们每人都能尝到一点儿,"我说着,打开保鲜盒盖,"然后等我回家后,我就会烘烤一大块蛋糕,保证让你们每个人都能得到一大块,好吗?"

这话似乎起了点儿作用,他们看起来有点儿受到鼓舞。小女孩停止了哭泣,朝着我和我的食物张开了双手。

"好吧,你们还可以吃这三明治,"尽管我自己也觉得相当饿,但我还是说,"现在,我们需要一把刀子……"

一位面色苍白的女士突然冲了过来,但她并不是来给我切蛋糕的刀子。她神情紧张地说:"等等!你给他们吃什么?"

于是我告诉了她,并解释,我还会烘烤另一个大蛋糕来给孩子们吃,而现在我需要一把切蛋糕的小刀。但是她依然无动于衷地站在那里。我想,或许她想自己独占这块蛋糕?那样的话也太贪心了吧!孩子们显然更需要这蛋糕啊。然后,杰西走了过来,从她的腰带上找出一把瑞士军刀,替我拔出了刀锋,递给我。我想,那女人真是很擅长扮演无用的角色啊。

"我跟警察做了陈述,"杰西说,"他们也想要你的陈述,但我说你现在状态不好,晚点儿再说。我跟探长说了,你晚点儿会亲自去警局的。"

"卡尼梅耶也在?"我一边把蛋糕切成漂亮的小块,一边说。

杰西点点头:"你不记得了?"

"蛋糕，"女士问，"是用黄油和鸡蛋做的吗？"

"哦，是的，"我解释说，"是我自己养的鸡下的鸡蛋，还有脱脂牛奶。"

我想，她大概是想知道食谱吧！但我还没来得及告诉她，她就把刚才那个小女孩和那个精瘦得小男孩带走了，走之前还抬起手示意我停下。

"不好意思，我们不吃肉或者奶制品。"她说。

几乎同时，我的嘴巴和那个小女孩的嘴巴都吃惊地张开了。小女孩转过头去，开始抹眼泪。小男孩紧咬着小嘴唇。连我都觉得自己要哭出来了。这真是奇怪的一天。

我脚下的地毯开始颤抖，好像连屋子的墙壁都在旋转。这是不是发生地震的感觉？

"玛利亚姨妈，"杰西说，"你还好吗？"

杰西看我拿着保鲜盒的手不太稳，就从我手里把保鲜盒接了过去。然后，她坐在沙发上，好像她并没有感觉到任何地震。妈妈们正在把她们哭哭啼啼的小孩子们带走，但孩子们显得依依不舍。

"情况没那么糟，"杰西拍拍我的肩膀说，"我跟我妈通过电话了，他们都还活着，安娜受了点儿皮肉伤，失血过多，但身体的器官都没有受到枪击。腿上有一块骨头被一颗子弹打裂了，两腿都受了伤，但她还活着。至于那头猪，德克，他也会好好的，尽管手臂伤得不轻。真神奇，他们竟然没有杀了对方。"

母亲们又开始呼唤孩子们的父亲，然后他们就带着所有的孩子离开了。只剩下杰西、保鲜盒和我留在沙发上。

"你受惊了。"杰西说。屋子已经不再旋转了，但依然感觉不那么平稳。

"我觉得现在，我们肯定比德克或那些孩子更需要这些食物。"杰西低头，看了看大腿上保鲜盒里的食物说。

她朝我扬起眉头，然后递给我一份三明治，自己也拿了一块。三明治还很新鲜，即便是经过了这么艰难的一天。

"嗯。"杰西闭上眼睛，咬了一口三明治，发出享受的声音。

我现在觉得好多了。食物很真实地握在我手中，大地也很坚固地踩在我脚下。哦，是的，芥末黄瓜和小羊肉。

"这些人都是基督复临安息日会的，"杰西结结实实地吞了一大口后说，"他们相信这是世界末日，又一次。过去几年，他们经历过一些假的警示，但这一次他们觉得是真的。他们从各个地方来到这里，就因为据说小斯瓦特山脉是一块很好的攀爬之地，在这里有一个地方，岩石看起来很像耶稣。"

世界末日。就在刚刚，那个母亲拒绝了我的食物的时候，我也感到了世界末日，地面都开始震颤。我想，如果我既不能吃肉也不能吃奶油制品，那对我来说无疑就是末日之世界了。

"来点儿蛋糕吧，"杰西把三明治吃了个精光后说，"我在想……既然德克和安娜都在医院里，那么，这是探寻犯罪现场的好时机啊！"

糖和朗姆很好地抚慰了我紧绷的神经，还有这浓郁的巧克力，适时地把我的思绪清理得当。

"你今晚要去哪儿？"她问我。

"我想，我今晚打算和你一起来场小小的外出。"我说完，杰西朝我眨巴了下眼睛。

第22章

　　回家的路上，我在警局顺路停留了一下，想完我的陈述。一个年轻的女文秘接待了我，她似乎对于我告诉她的一切都兴趣缺缺的样子，或许她已经听过不止一次。警局里，我没看到理查德或者皮耶特，或者卡尼梅耶探长。女文秘告诉我，探长还在医院里。我觉得她写字的速度超慢，加上老旧的空调发出"吱吱呀呀"的哼唧声，我感觉她好像永远也写不完我的名字和地址。所以，我只告诉了她一个极简版本的目击故事。

　　"好了，如果有问题，我们会进一步联系你的。"我签完字，她说。

　　那天下午我才回到家就感觉疲惫极了。我拿了些面包干，给自己泡了杯茶，坐在长廊上，仰头看着天空，打了个大大的哈欠。有点困，但我并没有打算躺下来。

　　"我可不是个信仰白天睡觉的人，"我对着手里的茶杯自言自语道，"因为那样会令我困惑，醒来的时候不知道自己是该吃早饭、午饭还是晚饭。"我拿了块面包干，蘸了点儿茶水吃起来。"还是面包干好，一天里，不管啥时候我都可以吃。"

我看着天空的云朵朝着北边聚拢。那团云看上去美美的，胖胖的，我希望接下来会有一场雨。一阵凉风吹过，我院子里那棵柠檬树上的叶子也随之打着旋儿飘落下来。

小卡鲁这里的天空可是广袤无垠的，经常是一片透蓝，空旷无边。然而现在，这天空倒是演起了奇异秀。我就坐那儿，看着云朵的运动，漫无目的地想着。不一会儿，思绪就开始在我后脑勺堆积。那些有思想的云朵们，用它们千奇百怪的形状激起了我无穷的思绪。一只鸭子。一个女人。马蒂妮，逐渐消失了。安娜和德克，慢慢肿胀起来，胖胖的，暗色的。一个长长的钳子，像是把天空一劈两半了似的。

如果是安娜用那个钳子打了马蒂妮，她没有道理在用钳子之前先把上面的指纹给抹掉啊。但如果钳子上的指纹被人擦掉了，而谋杀者又没有戴手套，那肯定还会有别的指纹的啊！也被谋杀者抹掉了吗？

我闭目养神，让思绪自己转动。

再次睁开眼睛，我发现杯里的茶已经凉了，云朵也朝这里靠近，墨蓝色的，大大的。所有的植物和大树都仰着头，渴望着雨水，又并不渴求什么。小卡鲁的植物都非常有耐心，它们数月数月地等待，其间可以滴水不沾。但即便如此，它们也不会变得苛刻，不会枯萎，也不会死去。它们只是固执地占据着已有的那一点点潮湿，继续坚韧地等待着。

我并不觉得自己可以做到像它们这样。

第23章

　　我煎了片培根，用我的农场面包烤了几片土司，准备做培根果酱三明治。我把做好的三明治装进一个保鲜盒里，这是稍晚些时候我和杰西的晚餐。然后，我又做了一份三明治，就坐在长廊上，看着天空吃了起来。我看到那肥肥的、伞状的云朵变成粉红色，然后又变成血红色，再然后逐渐变成灰色，并且云朵们越来越聚拢，变得越来越大，也越来越暗。我知道自己应该开心才对，因为在这团硕大的云朵的某一处一定蕴含着雨水，只是它们看起来太黑暗，也太沉重了。而且在这些云朵的形状里，我看到了男人的脸，鼓鼓囊囊的额头里装满了坏东西的、留着黑色胡子的男人。我丈夫法尼已经死了，但有时候，我就是会感觉他又出现在我身边似的，就像是嘴巴里突然出现的恶心的味道，然后一瞬间，我好像能看到他脸上那种每次在要打我之前都会出现的表情。我的额头冒着冷汗，心跳加速。这感觉就像是我做了场噩梦，但我一直都醒着呀！

　　这个时候，我很高兴听到杰西的小摩托车朝我这里驶来的声音。我去水池边漱了漱口，洗了把脸，穿上我那双卡其色的小短靴。

杰西带了两顶头盔，背了个小双肩包就走进我的厨房。她身着牛仔裤，脚蹬黑色的靴子，身披一件夹克，腰间还是那一如既往的有很多小口袋环绕着的皮带。

"你确定现在德克家没有人吗？"我问。

"我们一会儿就知道了。"

"警察已经清理了犯罪现场吗？"

"是的，他们已经拍过照了，也清理了指纹和其他东西。哦，顺便告诉你，他们刚离开，现场还封了胶带。"

"你确定？我们可不想搞乱了他们的调查。"

"我们不会搞乱任何东西，"杰西说，"我们只是尝试着看看能不能帮上忙。越多脑袋去思考越有好处啊。"

"我在想我要不要换身衣服。"我看了看杰西的一身黑色打扮，又看了看自己身上的连衣裙说。

"也是，你最好穿裤子去，换身深色的衣服。我们可以骑我的小摩托车去，"杰西说，"那样，我们就能很方便地藏在树丛里了。"

"我，骑摩托车？我连自行车都不会骑。"

"我会骑，你就坐在后面。"

"不危险吗？"

"没事儿的。你有风衣吗？"

于是，我就这样坐上了杰西的小摩托。我换了双棕色的短靴、蓝色的裤子和一件深绿色的雨衣。坐在杰西身后的我还戴着顶头盔，背着她的小背包。悬挂在我们头顶的云层越来越暗，显得越来越沉重，好像整个天空都在吃力地裹住它们似的。

"抓紧了，"杰西说，"但身体放松。如果我们在转弯的时候车子倾斜了，你的身子也跟着倾就好了。"

我深呼一口气，摩托车就"嗖"地一声，启动了。

一路上，我能够清楚地感觉到下面的路，每一次颠簸都像是我的心跳。拐弯的时候，我差点儿以为车子要翻了，但我们安然无恙地过去了。风飞驰在我们身边，划过我的脸颊，我的全身都能够听到车子的咆哮声，这感觉很危险，但不是坏的那种危险。和法尼在一起的时候，我总是小心翼翼的，试图躲避一切危险，结果呢？连我自己的影子都会吓到我。

我们上了一个小坡，朝着塔沃坎驶去，我能看到莱迪史密斯小镇上星星点点的灯火，就在伊兰堡那里，那里有斯坦利伯父的灯。五十年前，斯坦利伯父在那座高耸的山上建起了那个小小的灯，一盏自行车灯和一个发电机，用瀑布发电。如果没有水流落差，就不会有亮光，我们也知道，我们的水流落差越来越低了。伯父曾经穿着他的短靴，至少三百次爬到那座山顶去检查他的灯。两年前，斯坦利伯父去世了，但他的小灯依然亮在那里，照亮着这里的夜色。

我默默地从那盏小灯汲取勇气，就在这时候，一道闪电让我们看到了朗格堡，远处的山一直通往那边。

一只兔子突然窜到了路上来，杰西有些摇晃，但还好没有倒下。她放慢车速，然而兔子还在不断地在路上来回奔跑。

杰西只好停下车，关了引擎。但兔子并没有走开，依然在那儿来来回回地蹦跳。

"呃，愚蠢的东西。"杰西说。

"不是愚蠢，"我说，"它只是害怕。"

"被自己的影子吓到了。"她说。

因为杰西的车灯的关系,当这只兔子跑到路的一边时,另一边就会叠出它巨大的影子,吓得它连连往路中间退。但它又害怕待在路中间,因为我们在那里;可是离开路中间也令它恐惧。于是,它只好这样不安地来来回回。

"关掉车灯。"我说。

黑暗中,兔子终于一个箭步窜回了草丛里。

黄色的月亮拖着它肥硕的脸盘,从云朵的缝隙中挤了出来,替我们照亮了眼前的路,所以,通往山那边的这条泥泞的路上,我们没有再开车灯。

不久后,在一扇写着"范·沙尔克维克的甜水园"标识的大门前,杰西停了车。

"我们就从这里走过去,可以吗,玛利亚姨妈?"我从她的摩托上爬了下来,脱了头盔,对她微笑。

"哦,看吧,这很有趣的!"

她从我手上接过自己的背包,然后把摩托车停在了路旁的马齿苋树后面,那些树朝着路边的一侧长得尤其茂密。我们穿过那道门,沿着泥泞的马路,朝着农田走去。

在我们下面有一座深色的农屋,屋外的长廊上亮着灯,而在农田的最底部有一间小小的茅屋,窗户是黄色的,还有蜡烛亮着光。

"一个农夫和他妻子住在那下面呢。"杰西对我说。

我们一起朝着峡谷里的主屋走去。月亮又躲进云里去了,只从云朵的缝隙中透出些微亮的光,照在我们的石子路上。昏暗中,一些芦荟状的东西在我们眼前,我看到中间有一对闪着光的眼睛。

"嗨啊！"我惊叫道。

"是只豺狼。"杰西轻松地说。

随着我们越走越近，那只豺狼拖着条毛发浓密的尾巴，一溜烟地走了。我们也在屋后面一棵硕大的桉树那乌压压的树荫下停了下来。

"嘘——"杰西对我示意。

我屏住了呼吸。什么声音？有脚步声，正在朝这边过来。

我的鞋子好像被什么根茎状的东西卡住了，差点跌倒，发现是一根有裂缝的树枝绊了我。

脚步声停了下来。

"嘿！"一个男人发出试探的声音。

听着男人的脚步声越来越近，我抱紧了面前的树干。这棵树真大，上面满是褶子。一道闪光灯朝这边打来，这时候，灌木丛中沙沙作响，豺狼在大草原上飞奔而过。

"嗨！"男人又叫了一声，他就站在树的另一边，我们听见划火柴的声音，随后像是一个人吸了口烟后发出的声音。杰西和我面面相觑，我们都惊得睁大了眼睛。

空中传来轰隆隆的雷声，男人渐渐走开了。我们听见他的咳嗽声，走到房子附近的时候，他还吐了口痰，随后，他的脚步声就越来越远了。

当周围一切又归于平静，我们才偷偷往外看。那红色的烟头闪闪烁烁，朝着远处的茅屋去了。直到他走到门边，借着屋里柔和的灯光，我们才看清男人的身形，还有他驼背的肩膀。

"咻……"杰西长出一口气，"希望他能老实地待在屋里。"

说着，她打开背包，从里面拿出了两双外科医生用的那种手套,还给了我一双。

"现在,"她说,"我们进去吧!"

我们尽量远离那小屋长廊上的灯光,试着从屋子的后门进入。

杰西尝试了一下后门,但是不行。一条蓝黄相间的胶带横亘在门上。杰西拿出一张卡,想要学电影里那样,从门的侧边把门划开。"不太行,门从里面被闩住了。"

"这里,"我像发现新大陆似地说,"这边的推拉窗没有上锁。"

杰西帮我把窗户拉开。随后,她坐在窗台上,脱掉她的黑靴子,递给我,然后从窗户上爬了进去。

"最好不要留下你的指纹印啊。"我说。

我也脱了自己的短靴,把两双鞋都放在大花盆旁边。杰西钻进去后,打开后门,替我把围住犯罪现场的胶带稍微提了一下,我则从胶带下面钻了过去。我俩就穿着袜子站在房间里,两人面面相觑。黑暗中,我能看到杰西微笑时露出的白牙。

"我们成功了,姨妈,"杰西兴奋地说,"我们进来了。"

一只豺狼发出吼叫声,那是一种疯狂而野性的声音。借着黑暗中我们的影子,我对杰西回以微笑。此时此刻,我一点儿也不感到害怕。

第24章

"小心,"杰西说,"到处都是杂草。我们把门窗关了吧,这样我们可以开自己的手电筒了。"

"我没带手电筒。"我说。

杰西关上窗帘,我拉上百叶窗。现在,屋子里真的漆黑一片了。

"这里,"杰西说着,拧开一个手电筒,又递给我一个,"这是戴头式手电筒。像这样,把绑带系上,然后按这个按钮,可以调节灯光的亮度。"

趁着杰西帮我戴手电筒的时候,我环顾了四周,这真是个大房间。房子是老式的农房,比我的房子还大,但是风格差不多。和我家一样,厨房和客厅之间的墙壁被打掉了,这样两间屋子就连通了。厨房里有一张木头桌子,还有一个小小的食品储物柜。客厅的墙壁一侧则有个火炉。

"噢哧!"杰西突然发出声音。

我以为是她不小心切到了自己,但实际上是地板上的东西弄伤了她。那是马蒂妮的相片,穿着婚纱的她在照片里还那么地年轻,楚楚动人,旁边站着的是德克,虽然没有马蒂妮显得年轻,但看上去并不像那么坏的家伙。照片里的他们朝着我们微笑,周围则到处都是碎玻璃。

"这就是安娜跟我提到过的相片。"我说。

我的手电照到了杂草丛中的另一张相片,上面有两个身着制服的男人。

"是德克,"我说,相片中的德克还很年轻,没有鬓角,"旁边的,也许是他爸爸。"

两个男人穿的是老式南非军装。德克在相片中笑嘻嘻的,而那个年长的家伙的薄唇笔直僵硬。

"他父亲看上去像个刻薄的混蛋。"杰西说。

我丈夫也在军中待过两年。那样的地方可不会把他们训练成什么好男人。

"看!"杰西的手电筒找到沙发上有一块深色的污迹,"是血。"

我点点头,此时此刻,我努力控制住自己悲伤的情感,试着像个真正的侦探一样去思考和观察。沙发上这摊血迹离火炉不远。

"嗯,"我说着,拿手电筒的光照在了沙发旁边的地板上,光斑里面呈现的是一个非常小的深色圆圈,"这儿也有一滴血。"

我踮脚绕过地上的碎玻璃,来到厨房的区域,打开冰箱。干净的架子、莴笋、兰迪史密斯奶酪、调味酱。这些东西看上去并不令人欢欣鼓舞,却让我感到了饥饿,尽管我知道自己刚吃完一个三明治没多久。但是,现在我们要先工作。

"你继续看看这里,我去检查一下房子的其他地方。"杰西说。

我关上冰箱。炉子旁边有一个放调味料的架子，上面的调味品按照字母顺序依次摆放得整整齐齐。食品储藏柜里有一层架子上放满了各种瓶瓶罐罐，同样整齐有序，但不是按照字母顺序排列，而是按组分类：有蔬菜类、肉类、烧烤类和食谱类。有一层架子上放了一小排的食谱书，按照书的尺寸大小整齐摆列。我看到一本《烹饪与享受》的影印版。我也有一本，是南非版的。

我在储物柜和厨房四周到处看看，发现水池的一边，还有厨房里的木头桌的一些边角上有一层明显的黑灰，跟警察用来录指纹的灰一样。我从头上取下手电筒，从各个角度来照这些黑灰，倾身、弯腰、凑近仔细地检查它们。

"卧室和卫生间里都没什么东西，"杰西走过来说，"但马蒂妮在对一份文件做研究。她绝对是个有条不紊的人，账单啊，信件啊，文件啊，所有的东西都整整齐齐地归类。我打赌她是个很好的图书管理员。"

"看看桌子这里，杰西，这里被擦过。就是这一块，这里的两张桌子曾经从里面拖出来。"

"是吗？"

"只擦了一半的桌子。你擦桌子难道不擦全部吗？"

"不一定，我会把脏乱的擦掉。你觉得这一块脏了吗？"

"呃，嗯，"我摇摇头，"凶手擦掉了钳子上的指纹，这就说明凶手没有戴手套，因此说不定别的地方还留有凶手的指纹。马蒂妮不是那种只擦一半桌子的女人。你瞧，这儿，桌子中间还有些碎屑和灰尘。依她的性格，绝不会留下这些置之不理。你去看看她那整洁有序的调味料架子就知道了。"

"哇哦，确实哦，符合她的归档系统。但是，也许她当时正好赶时间。或者，她有一个有点儿懒散的用人，"杰西照着桌上的灰尘说，"警察之前也在这上面找过指纹来着。"

"但他们不可能找得到，因为指纹被抹掉了。我想，凶手应该和她一起坐在这桌边。"我抚摸着椅背说。

"他们一起喝了茶？"

"不是，茶壶在架子上高高挂着，而且是干的。但水槽边放着两个洗过的玻璃杯。"

"所以，凶手可能是她认识的某个人，"杰西扫了一眼自己的手表说，"我再回去看看那些文件。"

杰西在研究那些文书的时候，我打开了厨房里所有的抽屉查看。我把手电筒放回到头上，这样双手就能解放出来翻东西。抽屉里的一切都完美无瑕，餐具、抹布全都整整齐齐地摆放在里面。塑料袋也折叠成像萨莫萨饺子似的三角形摆放在一起。

我又拿棍子翻捡了一下垃圾箱，里面有一个皱巴巴的斯帕的包装袋，为什么不是折叠起来的呢？她的手臂，我记得她有一只手受伤了。一个人能用一只手完好地折叠袋子吗？我试了一下，虽然并不简单，但也是能做到的，即便戴着手套也问题不大。

我又回到冰箱前，去翻看那袋莴笋的保质期。莴笋是到今天过期，今天，星期五。斯帕里供应的莴笋通常都是新鲜的，所以说，这袋莴笋应该是几天前就买来了。

"你是怎么到这儿的？"我自言自语般对着莴笋说，"什么时候？"我又把包装袋在手里翻了个面。"周日和周一，斯帕不供应新鲜的莴笋。所以，你肯定是在周二或者周三的时候被买回来的，马蒂妮是不是周二买了你？那天也是她死掉的日子。她的手臂受伤了，所以肯定不是她开的车。是德克开的车吗？还说是德克把你买回来的?"我把莴笋放回冰箱的架子上,"我不了解男人,也不了解沙拉,但是,我还从没听说过有男人会给自己买莴笋。难道是别的人为马蒂妮买的?"

关上冰箱门,我有点为这袋莴笋感到难过,它明显已经有些干巴巴的了。看着好好的食物变质,是令我感到悲伤的事情。但是,我必须继续工作。

水槽旁边有块抹布,我借着手电筒的光研究了半天。抹布是白色的,上面有些蓝色的检验标。水槽的一个角落里好像有一块淡淡的红色印迹。我用光仔细照了一遍水槽,发现水龙头旁边有一个小小的红色液体块。我用戴着手套的手指碰了一下,又用舌头轻触了一下手指,闭上眼睛。

我知道这甜甜的、带有金属感的味道是什么了!

"石榴!杰西!"

第25章

"也许你是对的，玛利亚姨妈，"杰西说，"我也尝到了那种铁的味道。"

"我知道，我不会搞错的，"我说，"我小时候，家里的花园里就种着棵石榴树。"

"所以说，他们在吃石榴喽？"

"不一定，也许是在喝石榴汁。"我指了指玻璃杯说。

这时候，我们听到长廊上的铁皮屋顶传来一阵轻微的击打声。

"下雨了！"杰西说。

我们来到后门，关掉手电筒，看着外面。黑夜中，雨水哗啦啦地落下。那么柔软、凉爽的雨。杰西和我互望了一下，最终，连大地都仿佛为这场终于来临的雨水而如释重负地叹了口气。我也深深舒了口气。

"哦，这久违的味道。"我嗅着空气中的雨味感慨道。

再也没有什么可以媲美这长久干燥而温暖的大地上落下的第一

场雨了。大地发出酣畅的气味后,紧接着传来的是植物的气息,就好像每一种植物都在竭尽全力以自己的方式释放出对这场雨水的感激之情。大地万物,这一切的味道混合在空气中,像是上苍制造的一道美味的空气汤。我尽情地呼吸着,享受着。

"我们吃个三明治庆祝一下吧。"我提议道。

杰西从背包里取出保鲜盒递给我,我给我俩一人分了一个培根果酱熏烤三明治。

"农舍里的灯光灭了,"杰西说,"我们应该找机会跟那屋里的男人聊聊。哇哦,这三明治味道真不错哦,姨妈。"

"我可以给他做一份油炸面包饺。"我说。

"嗯,有肉馅的。"杰西说。

"你有没有在马蒂妮的那堆文件中看到什么购物小票?"

"嗯,有。"她说。

"我在找一张星期二的购物小票。我想,那天有人替她去购物了,而那个人很有可能就是凶手。"

我跟杰西解释了关于莴笋上的日期,还有包装袋以及马蒂妮一条受伤的胳膊等种种疑点。

"我们去看看。"杰西说。

我们拍了拍手套上的食物碎屑,朝书房走去。

"你看,所有的东西都收拾得规规整整的,"杰西说,"私人信件、银行收据、账单、关于他儿子的文件、购物小票,都在这里。"杰西用头顶上的电筒照着文件,仔细翻找。"就是这个……这是她最近一次在斯帕的购物小票,是五号的,那天是周五。我查看过她的钱包,里面没有购物小票。"

"看上去周二那天她不是亲自去购物的……"

"也许是德克，也许是安娜，或者是其他什么人……你可能是对的，玛利亚姨妈，那个人很可能就是凶手。我在想警察有没有对那石榴汁取样。你看到石榴汁的瓶子了吗？"

"没有。"我说。

我伸手触碰那些被标上"私人信件"的文件夹。

"这里有我们报社的来信吗？"我问。

"不在这里，"杰西说，"我想她可能是故意把信藏起来的，避免被她丈夫看到。"

"那这些信是哪儿寄来的？"

"两封是她德班维尔的一个无聊兄弟寄来的。但这里面的信大多数是她表妹写来的，旧一点儿的是她在德克萨斯的地址，然后最近几年的信都是她从纽约写来的。"

"是吗？"

杰西从里面拿出一个奶油色的小小信封，还有一个普通的棕色信封。

"表妹叫坎迪·韦伯斯特，住的公寓可以俯瞰纽约的中央公园。听起来她应该在从事时尚行业，经常到处旅行，从一些很酷的地方给马蒂妮寄明信片。她们俩的关系似乎很要好，信里面特别多抱抱、亲亲的。那个兄弟叫大卫·布朗，曾写过一封信抱怨他们的'父亲'，那位父亲好像对大卫做的每一件事都不会给予赞赏。"说着，杰西又拿起一封上面标着"杰米"的来信。"这些是乔治市的医生和社工寄来的，关于她那患有大脑麻痹症的儿子的报告。"

雨点声像锤子一样敲打在屋顶上，随后一道电闪雷鸣，闪电声极其近，且巨响无比。我走到窗边，拉上窗帘，从窗户偷偷向外张望。

"杰西，看！"

透过那棵大桉树的树杈，我们看到山顶上停着一辆大车，正缓缓爬下车道。

"哦，该死，"杰西吓得跳起来，"快关了电筒！"

"我想那辆车是在掉头。"

我俩躲在窗户后面，看着那辆车在做三点掉头，掉头后它并没有就此开走，而是停了下来，熄了灯。有一瞬间，雨停了一下，就好像连天公都跟我们一起屏住了呼吸似的。随后，一道非常大的电闪雷鸣。就在闪电的那一刻，我们看到一辆四驱皮卡，而车前面的一个男人正朝着我们这边走来。

男人的头上戴着顶防雨帽兜，一只手中拿着手电筒，另一只手里则握着一把枪。

雨还在哗啦啦敲打着屋顶，接下来的那声雷就像是天空朝着我们扫射而来。

第26章

"苍天,大地啊!"我说。

"滚开!"杰西说。

但此时此刻,不管是天公,还是土地爷爷,还是闪电,都无法阻挡这个男人朝我们走来,他的手电筒已经照到了屋子的前门。

杰西拿出她的胡椒喷雾,跑到客厅,正对着前门处。

"他有一把枪。"我说。

"我们不能就这样跑掉。"她说。

我深呼一口气。我不想在他的手电光下像那只兔子一样,但我也没准备跟他打起来。

"我们先得搞明白他是谁。"杰西说。

"我们躲起来吧,"我说,雨又停了,我们能听见走廊上有一些声音,"躲到食品储藏柜里去。"

我们关掉手电筒,穿着袜子爬进了食品储藏柜里。这里面真是一片漆黑。柜门上挂着一把钥匙,我本来想把它拔出来,但我从柜子里面伸手出去，怎么都摸不到钥匙孔。

这时候，我听到屋子的前门被打开的声音。我下意识地朝后退，不小心把杰西撞倒了。还好我们没弄出声响来。一道光束从门口射入，把整个大休息厅一切为二。好不容易从柜门上拔下来的钥匙，此刻凉凉地躺在我手心。

光束缓缓在厨房扫射，从柜子的门缝里钻进来，落在了架子上的一罐焗豆子上。我屏住呼吸。不一会儿，我听到沙沙的响声，像是脚踩在塑料袋上的声音。声音像是从我们周围走开了。我偷偷从柜门缝里往外瞄，看见那人的手电筒光正落在书房里。我想，他翻看书房里那堆文件的时候肯定会希望自己用的是个头戴式探照灯，我才不会把我的借给他呢！

"我们要报警吗？"我小声对杰西说。

"他们会想知道我们在这儿干什么。这人说不定是德克。"

"那车看上去是像。但我觉得不是，他还在住院呢。"

"也可能雨衣里面就是绷带。那些该死的疯子都不会消停。该不会是安娜吧？"

"她走路时有点儿像个男人。"我说。

我试着拿门钥匙，把我们自己锁进储藏柜似乎有些蠢。

"一起悄悄溜出去，看一下车牌。"杰西说。

我们蹑手蹑脚走到了前门。但杰西一开门，我们就看见一支燃着的烟闪过，一个身影在夜色里显现，朝着门廊走来。

我们退回了储藏柜，虚掩着门，由此好观察到休息厅那黑漆漆的一片。我们直直地站着，竖着耳朵听动静。门外那人咳了两声，吐了痰，接着踏上廊庭。他敲了敲前门。

"先生？"他叫道。

这个男人的声音我们当晚曾听到过。

"先生，是我，劳伦斯。"

他的嗓门大了起来，他一定是把前门打开了。

"对不起，先生，那个，但是警察要我看着点儿这里，他们说不能让人进到屋子里来。"

我听见细雨又淅淅沥沥地打在锡制的屋顶上。

"那个，先生。"

他的声音越来越响，好像已经进到屋里来了。

"我并不是想给你制造麻烦，先生，那天……"

劳伦斯咳了一声。

"先生？"

书房里传来沙沙的脚步声。我们狭长而有限的视野里闪过一道强光。

"先生？……哦，这光。"

那个人是用电筒照了劳伦斯的脸吗？

"砰砰!!"一阵枪响。

传来什么东西倒下的声响。

"天啊。"杰西暗暗咋舌。

我拉紧了储藏柜的门。

我的手抖得厉害，但还是锁上了门。杰西在按手机键，我看见她的手里透出一些光。她的手指发抖，好像总没按对。

脚步声径直朝储藏柜传来，门把手转动了，但没被打开，接着就是一阵捶门声。幸好这老式的门够坚固。我希望它是柚木做的。我们往后躲，紧贴在深处的架子上。

咣当! 一声枪响。

金属的锐利声音一直在我耳朵里回响。

他再试着开门，门还是没开。整个储藏柜都听得见我心跳的声音。

我好像听到了鸣声。一开始我以为那是杰西的电话铃，接着我意识到是警车鸣笛。他们怎么来得这么快？杰西甚至都还没打电话。

枪又响了两声，响得厉害，感觉离得很近，我几乎肯定枪打着我们了。我摸了摸我的胃和胸，没发现弹孔。脚步声走远了。警笛还在响，但我不确定警车是否离得近了些。

有样东西软塌塌地倒在我的皮肤上，可能是鸡皮疙瘩。我伸手找杰西，摸到了她的手。即使隔着手套，我也能感到她的手上黏黏的。

"哦，不，"我小声说道，"杰西？"

她的手指微微动了动。

"你还好吗，杰西？"

"我不确定，"她说，"我感觉怪怪的，有东西在我手臂上裂开了。那人走了吗？"

"听。"

警笛声停了。传来像是四驱皮卡发动的声音，接着驶远了。

"这头戴式探照灯怎么打开呀？"我说，"等一下，就这样。"

我试着打开了探照灯，照向我们自己。我俩全身撒满了白色粉末，杰西的一条胳膊上还裹着黏稠的橘子状物体。

"是杏子酱，"我边说边吮手指，"还有蛋糕粉。"

被射中的果酱罐头和爆开的面粉袋正好在我们上方的架子上。面粉撒得到处都是，罐头上有，食谱上也有。杰西把她手指上的果酱舔掉了些，糖好像起到了作用。她脱下手套，打了个电话。

"理查德，"她说，"是我。"

"警察来了吗?"我在杰西挂了电话后问道,"警笛声停了。"

"没有,"她说,"那不是警笛,那是手机铃声。我用我的手机放的。"

我们打开了储藏柜的门,朝外张望。地上躺着一个黑人,前额有个红色的弹孔,胸前洇着深色斑痕。

"这是劳伦斯?"杰西说道。

他穿着褪了色的蓝衬衫,袖口和领口都有些磨损。他的卡其裤上可见雨滴打上的黑印。杰西在他身边跪下。

他睁着眼,好像盯着天花板。我想帮他合上眼,但最后还是选择开了灯。好像这就能让一切归复平静似的。

他的右臂悬在头上,左臂搁在身侧,左手拿着抽了一半的烟。他已经掐掉了烟头,好下次再接着抽。

杰西搭了他的脉,看着我,摇了摇头。劳伦斯再没有抽烟的机会了。杰西站起身,打开了后门,直立着凝视外面的暮色。一阵凉风穿堂而过。

在这之前,我曾看到过两具尸体。那都是在棺材里,分别是我的母亲和我的丈夫。当时看着他们,我心潮翻涌,以至于难以呼吸。

但我并不认识劳伦斯这个男人,所以相同的感受袭来时让我难免吃惊。

他没有躺在棺材里。他的血还温热。就在不久前,他还走在雨里,抽烟,说话。他曾是活生生的。接着有人拿枪对着他,砰砰。他就这么被夺去了生命。谋杀是最坏的盗窃。

马蒂妮的生命就这么被偷去了。现在轮到了劳伦斯。

"玛丽亚姨妈!"杰西叫道,"我们的鞋子不见了。"

第27章

雷雨飘向了南面,但我们坐等在门廊时,小雨仍不停。朗格堡上空不时划过闪电,警笛由远及近。

"我们要怎么和他们说?"我问杰西,"我们不应该在这儿的。"

"见鬼。现在已经有两起谋杀了,我认为我们应该老实交代。"

"太迟了,"我说,低头看自己这乱糟糟的一身,"纸巾在哪儿?"

当警察到的时候,我们正忙着抖落裤子上的面粉,他们戴的头灯直直地照着我们。等他们把头灯灭了,我才能借着廊庭上的灯看清他们。皮耶特和卡尼梅耶从小货车里走下来,一个年轻人从小轿车里出来,这个年轻人高高瘦瘦的,站在皮耶特身边,看上去比皮耶特要高,却不及卡尼梅耶高。

我双腿想要往卡尼梅耶跑去,这很不寻常,因为我曾说过,我并不喜欢奔跑,何况我还只穿着袜子。

警察靠近的时候,杰西好像也想奔上前,但我们都驻足在廊庭上。皮耶特拿着手电筒带队前行,朝着地上指指这儿,指指那儿。他穿着卡其短裤,脚上是一双皮制凉拖。

"这雨把一切都搅了。"年轻的警察说道。

他脸色苍白,前额盖着软塌塌的黑发,就像少年。

皮耶特放低电筒照着,轻声说:"看,这些脚印都来自那儿。"他指向小屋,"这些就不一样了,看那后跟。"

"对,"卡尼梅耶说,"这个更宽些。"

皮耶特示意他们该在哪处落脚,所以他们并没有搅乱那些印痕。

"你们在这儿干吗?"汉克·卡尼梅耶踏上廊庭皱着眉问道,"你们没事儿吧?"

他穿着牛仔裤和白色长袖棉衬衫,衬衫上两颗扣子没扣上,露出栗色的胸毛。

"这人已经死了。"我指向前门说道。

卡尼梅耶走进了房间,俯身看尸体。年轻人站在杰西旁,显得很高。

"杰西。"他说。

他的双眼幽黑柔和,就像黑眼秀智。他有浓密的睫毛和眉毛。

"理查德。"杰西忽闪着眼睛抬头看着他。

"你受伤了?"他问道,轻触她的胳膊。

"只是果酱。"

皮耶特和理查德走到门口,卡尼梅耶用手指摸那人的颈脖。他们三人就在那儿站了一会儿,俯看这个已经死去的男人,雨轻轻地打在锡制屋顶上。

"西尼曼准尉,"卡尼梅耶对理查德说,"帮他打电话,但先别叫'急救',等几分钟。他们现在也帮不了他了。我还想在他们把这里弄得乱七八糟之前再好好检查一遍。"

"那是紧急救援队。"杰西对我小声说道。

理查德走到廊庭边上,小声打起了电话。卡尼梅耶向皮耶尔打了个手势,他走进屋内——他的眼、鼻、手动作细微,好像能感知我们所不能感知的。他在嗅周围的空气,也在侦查这一切,就好像一只在新环境里的野兽。

卡尼梅耶来到室外,看着我。他看上去好像要大叫出声来,最终还是憋着,细声说话。这或多或少反倒有些糟糕。

"你差一点儿就被干掉。"他说。

他的小胡子看着有点乱,可能二十分钟前他还在酣睡。他的肩膀上落着雨点。

"都发生什么了?"他问道。

"唔,我们是来看……"我开口说,可抬头一看见卡尼梅耶就说不下去了,他看着比我的块头大很多,"我们……"

"是谁干的?"

"啊……"我支吾着,话总说不出口,"嗯……"

"我们是来查证一个故事的,"杰西说,"然后一辆白色四驱皮卡开来了。大概是在十一点十分到的。我们没能看到车牌,有个男人拿着手电筒和枪走了出来。闪电的时候我们看到了他的身影,中等身材,穿着雨衣,戴着兜帽。我们躲在储物间里,他也到了屋内。我们没能瞧见他。他走路声音有些怪,像是沙沙的声响。他去的是书房。"

皮耶尔和理查德也都过来听杰西汇报的情况。皮耶尔全身打量着她,找寻线索。

"不一会儿,劳伦斯,就是躺在那里的男人,到了屋前。我想他是住在南面小屋里的工人。我们当时在储物间,所以看不到。但我们听到他倚着门对那男人喊话。他叫那男的'先生'。他说警察让他看着这栋房子。"

理查德点了点头。可能他知道劳伦斯,也可能他只是示意杰西说下去。皮耶特正在研究这个廊庭,他的眼睛就好像蜻蜓,四处游移,然后又会在某处停悬。

"我应该把你们俩都逮起来的,因为擅闯民宅。"卡尼梅耶瞪着我和杰西说道。

杰西就当卡尼梅耶什么都没说,继续讲:"他还说他很抱歉,他本意并不是要让先生陷入麻烦。"

"所以他知道凶手是谁?"卡尼梅耶问道。

我摇摇头,杰西解释道:

"或许不知道。他可能以为他知道是谁,但是他说话的时候并没有看到那个人。他也许是看到了车,误以为是某人。劳伦斯喊他的时候看不到他。他可能以为那人就是德克先生。接着我们就听到了脚步声,看见了电筒光亮。劳伦斯就说'哦,这光',我认为凶手是把手电直照着劳伦斯的眼睛。"杰西看着我,我点了点头。

"然后我们就听到了枪响,两声。我们锁上了储物间的门,凶手意识到我们在这儿,但他打不开门,就用枪射门。我开用了手机里的铃声,模仿警笛的声音。"理查德对杰西的机智报以微笑,但卡尼梅耶看上去不以为然。

"他枪击了两次,子弹直穿过门,然后他就开车跑了。我们走出来就发现了劳伦斯。"

卡尼梅耶胡须下的嘴紧抿着。皮耶特在杰西和我的身边踱着步，好将我俩打量清楚。

"你们真不应该待在这儿，"卡尼梅耶边说边挠着他一头又厚又短的头发，"你们差一点儿就要死了。"

我低头看我的袜子。桉树枝叶间的风声充耳可闻。

"他拿走了我们的鞋子。"我说道。

卡尼梅耶眨了眨眼睛。

"我们把鞋脱在了外面，"杰西说，"我的是长筒靴，玛丽亚阿姨是沙地靴。"

卡尼梅耶冲我们皱着眉头，深吸了口气，想要说些什么，但随之就摇了摇头。他转身走向理查德。

"西尼曼准尉，警方的摄影师在哪儿？"他问道。

"还没接电话，"理查德说，"但是犯罪等级中心会派出一支侦测小队，一大早就到。"

卡尼梅耶说："我想在验尸官和急救队来之前，拍几张犯罪现场照片。"

"或许，"理查德看着一旁的杰西，转身对卡尼梅耶说，"杰西可以帮忙拍照片。"

杰西拿出了她的相机。卡尼梅耶又冲着我们皱眉头，接着就示意让杰西进屋。

"就照着我们说的去做，不要乱跑。"

他跟着进屋，走到门槛处，对我说道："你，就待在这儿。别……"

然后他叹了口气，转身走开。我在门口看着皮耶特向别人解释发生的事。杰西照着他或者卡尼梅耶所指的地方拍照。

皮耶特比划着演示事发时的情景，理查德用一支电筒打着光。

皮耶特展示了劳伦斯如何走进屋内，在门垫上擦了擦脚，但是仍在地板上留下了细微的印迹。他指着一小块乱糟糟的泥地，劳伦斯就在那儿右脚前踢，当时他正抬起右臂护住眼睛，为了不让电筒照到。脚跟打滑掀起了大块污泥，在他被击中倒下时，溅到了背上。

"看这儿，尘土里的这些印迹，"皮耶特说道，"杀手在他的鞋上套了塑料袋。"

理查德放低电筒照着地面，杰西从各个角度拍了照。

"他的脚很大。"皮耶特边说边双手比划。

"大概是十号尺码。"卡尼梅耶说。理查德点头同意。

"他的步调类似这样，"皮耶特说，"腿要比我长，但不及你长。"他手举到卡尼梅耶的肩部。"他可能这么高。"

皮耶特继续模拟凶手的动作。"他走向前，像是这样，就开了枪。"

"这儿，"他蹲伏在劳伦斯身边说，"就是他碰到他的地方。"

杰西把劳伦斯手腕上的果酱印拍了下来。接着皮耶特带着队伍朝储物间走，继续讲述整个案发过程，拍照。

"子弹，"皮耶特说，"这儿，那儿，还有那儿，子弹穿过果酱瓶，打进了墙里。"

"一共有多少颗子弹？"卡尼梅耶问道。

"五颗。"杰西和皮耶特齐声说。

"对，是 A38 特殊弹。"理查德说。

"把面粉上的这些袜印都拍下来，"卡尼梅耶对杰西说道，"在我踏进去之前。"

看完储物柜，他们到了书房。我看不到他们，但间或能听见一两句话。

是卡尼梅耶的声音:"在文件柜和桌子上撒点指纹粉,采集指纹。"

过了一会儿,我听见理查德说:"没有指纹,他好像戴了手套。我们到时听犯罪等级中心怎么说。"

他们在书房里侦查完之后,就从后门走了出来。我坐在廊庭的一张藤椅上,张望着被雨水洗刷的夜。乌云间透过几道月光,如同夜的血管。

风现在停了。我听见沙哑的呱呱叫声。声音越来越响,也越来越有节奏。这是青蛙在叫。在微弱的光下,我现在能依稀辨出池塘的模样,周围绕着芦苇。那儿常有鸭子在游水。越来越多的青蛙加入了合唱。鸭子死了,可这些青蛙还活着,还在聒噪。雨后,每一只都在召唤一个同伴,不停地叫啊叫。我很好奇它们是否都能找到一个伴儿,或许其中的一些唱到死都是形单影只。

第28章

"皮耶特太厉害了。"杰西对我说道,她比别人早回来。

"他的眼光很毒!"杰西在房间的前段绕着圈,她的袜子满是泥土,成了棕色,"他在桉树下发现了我们的行踪。还发现了那辆四驱皮卡转弯时留下的轮胎印。因为土地很松软,顶上还有棵大树遮着雨,所以轮胎印保留得很清晰。他说那是凡世通轮胎。他为他所发现的东西而兴奋,就像只跳羚一样四处蹦跶,还让我把轮胎印从两边都照下来,然后他就拉着卡尼梅耶到一边汇报他的这个发现。但我没听清他们具体说了什么。"

那三个人靠近了廊庭。

"皮耶特在这些印迹里发现了什么?"杰西问卡尼梅耶。

他摇了摇头问:"你们是怎么到这儿的?"

"我们是骑着我的小摩托来的,"杰西回答,"它就停在进口大门附近。"

"你们在这儿没事了,"他对我俩说道,"你们差一点儿就让自己死了。西尼曼准尉，带她们去车站签一封声明，然后就送她们回家。威特布伊警员和我待在这儿等验尸官来。"

"我们可以骑车回去。"杰西说。

"你不能不穿鞋子骑车。"他回答道。

我深吸了一口气。

"探长，"我说道，"有些事儿，我们……注意到，就是可能会帮到……嗯……帮助调查。我们发现在水槽附近有几滴石榴汁。还有一个购物袋，没折起来。她通常都会把购物袋折得好好的，折成小小的三角形……"

他的脸色开始发红。

"还有桌子，只擦了一块地方……"我继续说。

他的胡子开始抽搐。

"冰箱里还有袋莴苣，它的出售日期是……"

"够了！"他说，"你就不应该在这儿！这里是犯罪现场，不是个……不是一张该死的购物单！"

"但是，探长……"我说道。

"西尼曼准尉，"他说，"带她们走。"

他比我的块头大得多，但我就站在那儿，抬头看着他。

"探长，"我说道，"或许我们能帮上忙。"

手机响了，他走进夜色中去接电话，在鸭塘边驻足，开始通话。

卡尼梅耶并不想听我觉得非说不可的事，但是皮耶特听着。他朝我点了点头，就往屋里走，在水槽边、桌子旁以及冰箱里四处打量。他叫杰西去拍了些照片。我听见杰西向他和理查德重述了我之前告诉卡尼梅耶的话。

那队人再次出去的时候，卡尼梅耶回来了，重重地踩在廊庭上。杰西说："阿姨，我们走。"

　　当我们只穿着满是泥土的袜子爬进理查德的轿车时，我们听见豺狼在嚎叫，呼唤着同伴。我向黑漆漆的草原望去，但看不见一只动物。倒有个人穿过草坪，朝屋子这边走来，是个裹着薄毯的女人。她的样子让我想到一头野鹿，或者是一头捻角羚，走路的姿态是如此优雅，挺着脖颈，昂着头。月光从云层缝隙里洒下，她的脸在发光，好似光洁的黑石。她的头发编得齐整，横绕头顶。

　　"是劳伦斯吗？"她说。

　　卡尼梅耶探长低下脑袋撑着额头好一会儿，然后直起身子，下了廊庭，向她走去。

　　豺狼又在嚎叫，那是悠长且寂寥的一声，而这次没有回应。

第29章

  我到家时已经很晚了。我很累,但总睡不着。我的花园里有蟾蜍,雨后叫得更厉害了。格雷蛙也是如此。我的房间背面向山处有一口小泉,每逢下雨还会流出一条小涧。但并不是青蛙声让我睡不着,是我脑子里总想着事。劳伦斯的尸体横躺在那儿,仍清晰可见,还有卡尼梅耶那张不高兴的脸。那个漂亮的女人走路就像只捻角羚,而卡尼梅耶向她走了过去。
  我起身给自己做了杯热牛奶,加了蜂蜜和肉桂,就穿着睡袍坐在厨房的桌边,各种问题在我脑子里转圈:
  谁是凶手?
  杀马蒂妮和劳伦斯的是同一个人吗?
  马蒂妮是和凶手一起喝的石榴汁吗?
  我找了支钢笔和纸,开始把我的一些问题写下来:

  为什么购物袋没折好?

我们的鞋去哪儿了？

我还拟了一串我们要去采访的名单。我早上要带着名单去办公室，和杰西、海蒂商量。杰西和我已经敲定一早就碰面，而海蒂总是在周六早上来办公室。她一般在那个时候整理书。

我把想法一股脑儿都写到纸上后，才发现我的身子倦极了。我一头倒在床上。

我躺着听汹涌的蟾蜍求欢声。雨又下了起来，滴在窗外的树叶上。我闻着湿润泥土和着樟脑叶的气味。嗨，我想到，现在还没到石榴的季节……

但我迷迷糊糊地睡着了，我脑子里记得的最后一桩事不是石榴，而是汉克·卡尼梅耶探长。他穿着白衬衫，最上面几个扣子开着，踏上了廊庭。但画面里，他不是走向叫唤着死去男人名字的那个女人。他在朝我走来。

第30章

第二天早上,我在鸟叫声中醒来。吃过早饭,我就开车进城。我打开车窗,吸了口新鲜空气。天变得舒服又清爽。雨后天空格外地干净,远远地能看见朗格堡连绵叠翠的山岗。草原碧绿如洗。

公报的办公室里,杰西坐在她的办公桌旁。她正轮流用脚趾顶着一只鞋,自己在那儿笑着。看到我的时候,她笑得更厉害了。她的眸子亮晶晶的,就好像也被雨水冲洗过一样。在背心外面,她罩了件短袖棉衬衫,有点儿褪色的棕色。

"玛丽亚姨妈,"她说道,"海蒂去银行了。我把昨晚的事都告诉她了。"

"她生气了吗?"

"呃,更多的是担心,我想。"

"你看上去倒不怎么担心。"我说道。

她没做声,但把手放到肩上,摸了摸她的壁虎文身。衬衣对她来说太大了,那是件男士衬衣。她清了清嗓子,开始在她的电脑上敲字。我轻轻拍着桌上的信件。

"我得在海蒂回来之前把这些信处理了。"我说道。

我准备了一杯咖啡,还给我们几个各做了甜面包干,都弄妥帖了,我才开始做事。我给马可打了一封信和一份配有特价小菜的肉丸食谱。接着我又翻看一堆新信件。我认出一个棕色信封,虽然这次信封上没有机器油墨。

我把我那份甜面包干蘸了咖啡,咬了一口,打开了卡雷尔的信。

玛丽亚阿姨:

谢谢你,我做到啦!我发了那条短信。我不得不先给自己买了个手机。但在 PEP① 上只卖 140 南非兰特,所以我就买了两台。一个给露西亚。我托我的朋友把手机捎给她,然后在我见着她之前,我们已经来回通了十五条短信了。我们一起去了电影俱乐部,看了《就像在天堂》。我很喜欢这部片子,虽然我还没完全看懂。电影开始有些忧伤的时候,她也好像一台需要维护的机器般抖着。我伸出胳膊抱着她,一开始她战栗着就好像她的发动机坏了,但很快就运作得很顺了。当她不再哭泣的时候,我仍抱着她。

之后,我们出去吃了点儿汉堡和色拉。我几乎都没怎么说话,她从我的盘子里吃了几块薯片。我们在桌子底下牵手了。

我们说再见的时候并没有吻别,但她给了我一个微笑,让我的心脏就好像 V8 引擎一般加速。她回到家后,给了我短信。

---

① 南非廉价连锁店。

我们那一晚一直在给彼此发信息。我还要谢谢你关于鸡蛋那件事。我知道你的意思,就好像在引擎还热的时候就把凉水倒进散热器,一定会把引擎壳弄裂一样。我在想我还能做点别的什么简单的,现在我知道怎么料理鸡蛋了。

亲爱的卡雷尔,我写道:
  干得漂亮!现在你可以做一道"威尔士兔子",这道菜可没听起来那美妙,其实就是个芝士酱。把这酱倒在配有切片水煮蛋的吐司上,味道会很不错。
  帕玛拉特公司正好有一种陈年干酪——车达奶酪在做特价,拿这个来做这道沙司应该很棒。

我把这份我爸爸原先很爱的秘方给了他,那里面还加了啤酒和芥末酱。我们听见海蒂回来了。她停车就好像在停一架哈雷。我们等着听撞击声,但这次她没撞到任何东西。

她站在办公室门口,紧紧闭着嘴看着我。

"你们两个!"她终于开腔了,"老实说,你们活着真是运气。"

她走过来给了我一个拥抱。

"好了,"杰西说,"现在把我们知道的都写下来吧。"

办公室里有块大白板,我们时不时拿来列清单或者排计划。杰西用抹布把所有的旧字迹都擦干净了。海蒂的嘴张了又开好几次,终究还是没阻止她。杰西写了"罪行""线索"分别当标题,在"罪行"那栏,她写了"马蒂妮被杀"和"劳伦斯被杀"。

"这儿,"我说,递给杰西我昨晚列的单子,"是一些我们要问的问题和一些我们要采访的人。"

她写了个标题"问题",然后又加了个"人物"。

我打开了电水壶。

"悠着点儿吧,姑娘们,"海蒂说,"你们不能太当回事儿。"

"要茶吗?"我问海蒂。

杰西正把我的单子抄写到白板上。

"这件事已经变得太危险了。"海蒂说。

"是从什么时候开始,记者要绕着危险跑了?"杰西说道。

"两起谋杀!这真的是刑事案件了。"海蒂说。

"我们可以帮警方的忙,"我说道,"我们双方应该彼此合作。"

"都是无聊的事,"海蒂回道,"杰西告诉我了,说警方并不感兴趣。那位探长十分粗鲁。"

"好吧,是的,他是挺粗鲁,"我说,"但是我也觉得我们的确不该去那儿。"

"你现在不会是在为他辩解吧?"杰西说着,使了个眼色。

"他是在担心我,我们,"我说道,"他说我们差点儿就被杀了。"

"他完全是对的。姑娘们,蠢话说得够多了。警方会在合适的时候提供给公报信息的。"

"我已经从警方那儿拿到了点儿报告,"杰西说,"算是吧。"

她的脚趾又在晃她的凉鞋了。

"是理查德给的消息吗?"海蒂问,"你们两个到了什么地步了,杰西?都能不保守警方秘密了?"

"那真不是故意的。但他的确在电话甚至外出时提过,如果我能站在浴室窗口的话……"

"老天爷,杰西!"

"哦,海蒂,挖掘这类事是我的职责。还记得吗,玛丽亚,我昨晚告诉你,皮耶特看到四驱皮卡轮胎印。"

"记得。"我说着,把咖啡递给了她。

"那个,我听见理查德和犯罪等级中心谈起这件事,在今天早上。"

"那些是从奥茨胡恩来的人,是来做监测的。"我向海蒂解释道。

"那些就是凡世通轮胎,很多四驱皮卡上都有这种轮胎,"杰西继续说道,"但是轮胎也装得各不相同,就像每一个动物都有自己独特的踪迹,这取决于它的走法。如果你是个优秀的追踪者,像皮耶特一样,就能发现其中的差异。"

"所以……"海蒂说。

杰西呷了口咖啡。

"皮耶特认为那晚的车轮痕迹和他在马蒂妮被杀后看到的完全一样,"杰西说,"犯罪等级中心会确认这一点。"

"天啊,这是否就意味着安娜和德克都没有嫌疑了?因为他们都在住院。"海蒂问道。

杰西加了个标题"嫌疑人",在标题下面,她写着"德克?""安娜?"

"也可能他们逃出来……"我说。

"不,我妈说他们整晚都待在那儿,被打了安定剂。无论如何,他们都没法带着伤开车出去。而且安娜还绑着石膏——她都没法走路。"

"所以不可能是他们。"海蒂说。

"不是前一晚。等犯罪等级中心返来消息可能要花一些时间,因为轮胎痕得送到开普敦的实验室,而那里还总排长队。指纹检验由他们自己做,所以快一些。我今早打电话给中心就是要感受一下警方程序,当然并没有涉及和这件案子相关的事。但是这段时间里,警方相信皮耶特,他们会寻找别的嫌疑人。如果他们抓到谋杀劳伦斯的凶手,那么由轮胎印相同也会找到杀害马蒂妮的凶手。"

"哦,"海蒂说道,"听上去警察知道他们在干什么。"

"但是有很多事警方都没发现,"我说,"而且我们不能就这样坐着干瞪眼。"

"对,"杰西说,在白板上又添上了"要做的事"的标题,"有些线索他们漏掉了。"

"他们有时候对一些细微但很重要的事并不太注意,"我说,"像是对食物。"

"莴苣和石榴是怎么一回事儿?"海蒂指着杰西写在"线索"下的字问道,"杰西之前和我提过,但我没明白。"

"斯帕超市周一并不会有新鲜的莴苣,"我解释说,"所以莴苣上的出售日期显示这是周二买的,也就是谋杀案发生的当天。没折好的购物袋、丢失的纸条、骨折的手臂——这都让我觉得是别人替她购物的。而天知道,那可能就是凶手。石榴还没到当季,所以我觉得是他给她买的石榴汁,他们当时一起喝的可能就是这个。还可能他在她的饮料里放了一片安眠药。"

我真希望我昨晚能这么完美地向卡尼梅耶解释。

"皮耶特正在拆马蒂妮家的水槽,"杰西说,"所以可能他们会发现一些果汁送去检测。"

"哦,"海蒂说,"可能是她丈夫替她采购。"

"对,好好先生,"杰西说,"我会问我的朋友桑娜,她在阿格里和德克一起工作。马蒂妮在早上某个时候被杀,而他们通常只在午餐休息时分才能出来。"

杰西把桑娜的名字加在白板的"人物"栏里。

"你觉得他可能提前离开去了商店,然后再把他老婆杀了?"海蒂问。

"你认为我们应该先采访谁,海蒂?"杰西说。

海蒂仔细看了我们在白板上的记录。

"我会想从昨晚现身的那个女人开始,就是来找死者的那个。"

"我找到了她的名字,她叫格蕾丝,"杰西边说边把这个名字加到白板上,"我不太确定她的姓,她在范·沙尔克维克家当女仆。"

"当然,你们必须和德克与安娜谈谈。还有你在阿格里的朋友。或许还有和马蒂妮一起共事的人……我在那儿没看见他们的名字。还有照管他们脑瘫儿子的人呢?其他朋友、家人或者教友?再深挖一下她以前的事,看看是不是有谁值得关注。"

"那真是一个长名单了。"杰西说着,把海蒂的想法写到了白板上。

"如果你们真要调查,那就得尽可能地做好,看在上帝的份上。"

杰西喔了口咖啡,朝我眨了眨眼。

"这里面有些人可能不会就这样和我们聊,"我说道,"我们得花点功夫劝劝。"

"对,"杰西说,"我觉得你那个炸面团的点子很不错,再加点咖喱肉馅。"

"哦,"海蒂叹道,因为即使不吃这个糕点的英国人也能想象得到这里面加肉馅能成什么样,"好的,你俩尽可能找找能发现什么。但是一定要小心。然后任何文章在刊登前都要拿给我看。"她看着杰西。"而且公报别的工作也不能落下。"

"我正在给我的报道收尾,"杰西边说边转到电脑面前,"这篇关于菲利普斯敦缝被节和车线德比的文章就要写完了,我这个下午还准备去采访莱迪史密斯学校节。"她咧嘴笑道:"很期待。"

"我会把这些都带回家,"我边说边挑拣剩下的信件,"我要到斯帕去买点儿东西,然后煮点儿东西。"

"玛利亚阿姨,你能五点来接我吗?"杰西问道,"这样我们就能直接去找劳伦斯的妻子格蕾丝,我的小摩托还在他们农场里。"

"没问题。"我回答。

"然后我们可以去医院找德克和安娜,你也会为他们做炸面团,对吗?或许还有其他的人……"她说。

"当然。"

我已经走到门口。我要煮很多东西,首先要做一道"威尔士兔子"。

第31章

开车路过连锁酒店时，我放慢了速度。我对住在里面的那些孩子感到愧疚——我曾答应给他们做蛋糕。或许我能找到一份蛋糕秘方，里面不需要黄油和鸡蛋。

我注意到有三辆白色四驱皮卡停在那条街上。我靠边停车，下车去检查那些车胎。第一辆是丰田兰德酷路泽，我们去酒店时杰西曾告诉我这款车的轮胎和德克的一样。轮胎是凡世通的。车子挡住了雨，使得轮胎上半部分干燥，还有些尘土。我不是专家，但这辆车看着也不像下雨时开过的样子。

第二辆车的轮胎满是泥土，但不是凡世通的。第三辆车是奶白色的四驱风骏。轮胎是凡世通的。四个轮胎没有泥土，十分干净。有人最近洗过轮胎？我蹲着看车轮时，从酒店走出来一个男人，他脸色发红，有一把浓密的胡子，眉毛则像是两条毛毛虫。他一皱眉，毛毛虫就在前额交错。

"嘿！"他说，"你在干吗？"

"啊，我刚掉了点儿东西，"我说，"早，我是玛利亚姨妈。"

"我赶时间。"他说着爬上了车。

"你是基督复临安息日会的教徒吗？"我说。

他甩上车门，疾驰而去。一切都发生得太快。

在莱迪史密斯，人们从不匆忙。他们最起码都有时间说声早安，问声好。通常他们还会想多聊一会儿，而且想要在城里找人聊上一整天也不会太难，即使那些人你才认识。那个人一定不是本城的人。

他赶着要去哪儿呢？我猜想在世界末日来之前一定有很多事要做。

我回到自己的车上时想，假如世界末日来了，我会做些什么呢。我并不信神、教堂或别的什么，所以我想我不会花时间去祈祷或者上升。我可能会做点儿好吃的。但我要做什么呢？我还会邀谁一起吃呢？

我思绪飘到了我和卡尼梅耶探长一起吃午餐的时候。那顿饭真不错，蛋糕也很赞。当然，我还是不确定是否会选择那样一顿饭当我的最后一餐。

在斯帕超市前的一个街区，我看到不止五辆四驱车，而其中三辆都是白色的。我停好车走过，检查了一下轮胎。有两个是凡世通的，而且都带泥。我叹了口气。我能花所有时间来检查轮胎，可又能证明什么呢？我还有一堆采购任务和料理要完成。

我急匆匆走进鞋店，又从埃尔纳·勒·格兰那里买了些橄榄油。她的兄弟在里弗斯代尔有家橄榄农场，她说她嫂子怀孕了。她很想再多聊些，但我还得赶路。我去了图书馆，要求图书管理员德拉吉姨妈帮我在谷歌网页上找一份美味且适合素食者的蛋糕食谱。

没用多少时间，阿姨还没和我说完芹菜如何对她的关节有益时菜谱就打印出来了，是个由核桃和枣做成的适合素食者的蛋糕菜谱。我对她表示感谢，把菜谱折好放进了包里。

就在我进斯帕超市前，我看见那个经理坐进了他那辆小型蓝色大众高尔夫里。这个男人蓄着巧克力牛奶色的胡子。我们也应该和他聊聊，他是马蒂妮的老板。但在我靠近打招呼前他就开走了。

超市里人不多，采购很快就完成了。我买了枣子、核桃和素食者蛋糕需要的别的一些材料。我买了足够分量的面粉来做蛋糕和炸面团，但我还需要些配料来做咖喱馅。我一般都自己调馅儿，但我看到有卖冷冻野味馅儿的，时间紧迫，我就买现成的了。在夏天，野味并不常见，但我猜这应该是冬天狩猎季里打下的猎物用冷冻保存下来的。

我走到了玛丽特吉的收银台。我知道她很能聊，但现在这正是我想要的。

"你好吗，玛利亚姨妈？"

玛丽特吉肤色浅棕，有一张漂亮的圆脸。她的头发拉直过，在头上挽成一个顺滑的卷。

"没什么可抱怨的，"我说，"这雨不烦人。"

"哦，是啊。"她边说边扫了肉馅的条码。

"你的经理不常待在这里吗？"我说。

"他是斯帕在整个卡鲁的区域经理。"她说道，口气好像很替他骄傲。

我看了看表。

"在周六这个点儿去别的分属超市有点儿晚了。"

"哦，可能他只是离开得早一些，"她说，"在周末，他喜欢去自己的地盘,在图茨堡他自己的猎场那儿。"

她把我的东西装进了塑料袋里。

"和他的妻子一起。"她补充了一句,好像觉得我能从中得到些有趣的想法。

"你和马蒂妮,就是沙尔克维克夫人,相处得好吗?"我问道。

"哦,她的遭遇太糟糕了,不是吗?"玛丽特吉说,"我从没喜欢过她的丈夫。你觉得这是自杀吗?我听说她有抑郁症。"

"你觉得她抑郁吗?"

"哦,我不知道。库那吕斯先生觉得她是。你知道她不交际,总待在办公室里。"

"那边是她的办公室吗?"我问道。

"对,她和库那吕斯先生一个办公室。"

"谢谢,玛丽特吉。再见。"

"再见,玛利亚姨妈,祝你一天都愉快。"

我出来的路上经过了马蒂妮的办公室。那里面有一扇大窗户可以望到商店的地板。窗户上有些银纹,就好像一些薄薄的镜子。我敲了敲了门,试着打开,但门是锁着的。我把脸贴着玻璃,在那些细长的镜子间张望。我可以看见一张大桌子上散落着许多文件,还有一个已经空了的馅饼盒。在角落里有一张空荡荡的小桌,上面整齐地摆着收件框和发件框。我能猜出哪一张是马蒂妮的办公桌。

* * *

回家的路上,我又看到了另外五辆白色四驱皮卡。我之前从没好好地辨认过,而现在这种车几乎无处不在。

我很馋那道"威尔士兔子",但在做这个之前,我要先准备炸面团所需的面团。我喜欢老派的做法,用点儿酵母粉。当阳光洒在走廊上，面团膨胀时我坐在一旁尝着"威尔士兔子"。在把浓厚的芝士酱浇上去之前，我先在吐司上放了一片鸡蛋。啤酒、芥末、奶油，还有成熟车达奶酪的味道和在一起，浓烈的奶香气扑鼻。

我向外凝望，看着花园、草地。雨后的一切都显得干净葱绿，看着就好像新芽都已经开始长起来了。这个午后有些温热，不是那种很燥的热。我的那群母鸡正在柠檬树荫下啄着土地。

阳光下的炸面团，面团已经涨得很大，我配制了特殊的馅料。我用黄油把肉煎到漂亮的深棕色，再加了洋葱、姜黄粉、香菜和丁香，最后再配上西红柿和我的绿番茄酸辣酱，整锅地开始炖。

我从走廊上取来面团，轻轻地揉开，搓成一个个球，再把这些球压扁成片状，擦点油，再让它们发酵。

当油滚热的时候，我炸了炸面团，一次三个，炸成金黄色，再把它们晾在空鸡蛋盒上。

当然，我得趁热先尝一个。我把点心一切二，用勺把温热的馅料塞进去，就在有一堆面粉和砧板的厨房桌旁吃了起来。味道很好，不，不是很好，而是完美。

做炸面团配咖喱馅儿是一门手艺活儿，一代又一代的南非姨妈不断改善。当我坐着享用美食时，我对她们心存感激，特别是我的母亲，是她教会了我怎么做。我在厨房嚼着带馅儿的炸面团时，好像和那些去教堂的人有了些相同的感受。

我说过我不信任何事，我的信仰已经飞出窗外，但或许说得不对。我信有咖喱馅的炸面团，我信所有的姨妈都会做这道料理。如果世界末日到了，这是我要做的最后的晚餐。

第32章

  我那辆天蓝色的老尼桑载着两个特百惠保鲜盒（每盒装四个炸面团）、杰西和我，一起到了犯罪现场——德克的农场。我们要拜访格蕾丝。车子停在火炬树树荫里。我们提着一盒炸面团，走过空荡荡的农屋和高大的橡胶树，那儿都绕满了警戒带。我穿着一双卡其色沙地靴，朝后门望去，那是最后见到我那双棕色沙地靴的地方。我很担心那双相伴我好久的老旧鞋子，希望它们都好。我们向农场尽头的农舍走去，那是劳伦斯的农舍。
  "看，"在我们路过小池塘时杰西说，"那儿散着一地鸭毛。"
  那些鸭毛缠在水塘边的芦苇丛中，一只青蛙用金黄色的眼睛瞪着我。
  "看上去那儿就像一个靠着苹果树林的牲畜栏，"我们继续往前走时杰西说道，"但我没看见一个动物。"
  "那里也有些别的水果树，"我说道，"那儿，那些荆棘灌木丛后面，我们去看一眼。"

太阳西斜，但是天仍热得很，所以我走得比杰西慢。

"玛利亚姨妈，"她先到了那儿说，"这是一棵石榴树。"

"我也是这么想的。"

"果子都还完全是绿的。"

她摸了摸其中一个，又小又硬。

"即使是狒狒，也不会吃这个。"我边说边赶上了她。

"对，就像你说的，还没到季节。我真想知道那石榴汁的来处，可能是利惠牌果汁或是别的。"

"有可能，但我从没见过利惠牌的石榴汁，而且那果汁尝起来很新鲜，不像盒装果汁。"

我们沿着一条小石子路走向农舍，敲木头门，能听到里面有动静，但没人开门。台阶很干净，擦得很亮。木门两边各有小花坛，里面种着红玫瑰、粉色天竺葵和橘色毛茛。玫瑰都修得很好。我自己从没种过玫瑰——作为一样不能吃的东西，玫瑰要求的太多了，要花数年的时间不断修剪，才能保证花开得漂亮。

我还在考虑要不要再敲次门，门开了。是那个女人，穿着蓝色非洲印染裙，正用洗碗布擦手，夕阳里的她就和那天在月光下一样美。她的颧骨略高，皮肤有光泽，散发着可可黄油的香气。

"你好，姐妹，"杰西说，"这是玛丽姨妈，我是杰西。"

我朝着她微笑。

"玫瑰真美，"我说，"你学过园艺吧？"

她摇了摇头。

"是劳伦斯弄的。"她说。

"格蕾丝，我们是《小卡鲁公报》的，"杰西说着上前向她递上一张名片，"我们能进来吗？"

这个女人接了名片却没看。她朝身后看了一眼,接着又看着我们。

"昨晚我们在这儿,"杰西说,"劳伦斯被枪杀了。我们感到很抱歉。"

这个女人垂眼看着脚,哽咽着,好像要吞下所有悲伤。

"我们带来一些炸面团,"我说,"里面有馅儿。"

她抬起眼。

"是咖喱馅的?"

"我们随便吃点儿吧。"我边说边给她看装在蜡纸袋里的四个胖乎乎的炸面团。

"这里乱糟糟的,"她说,但已往后退让我们进门,"我在整理他的东西。"

狭小的厨房里放着打开的箱子,装着各种物件。我看见一些盘子、珐琅杯和一只陶瓷狗。我们跟着她到了一间小客厅。她关上了卧室的门。在门合上之前,我看见双人床上摆着一只破旧的手提箱。

"你在收拾打包吗?"杰西坐在一张扶手椅里问道。

这个妇人坐在一张木制椅上,直着背,合着腿,双膝微微侧向一边。

"太不好意思了,"我说,"这一切对您来说肯定不好过……太太?"

我坐在一张沙发上,旁边是一叠整齐的衣服和一个工具箱,有物件露在外面,是一把小园艺叉和一把剃羊毛刀。

"芝朗古,"她说,"我的名字叫格蕾丝·芝朗古。我还没结婚。"

"劳伦斯是你的男朋友?"杰西问道。

格蕾丝点点头。她环视着屋子,屋里堆着劳伦斯的东西。她叹息着,整个身子好像不自觉地蜷曲起来。是时候吃炸面团了。我打开了保鲜盒,递给她、杰西和我自己各一个,每一个都裹着我们自己的纸巾。

"谢谢你,妈妈。"格蕾丝说道。科萨人就像布尔人,叫每个人都像叫家人一样:姨妈,妈妈,姐妹……

"你是准备走了吗,姐妹?"杰西问。

格蕾丝没有回答,只是咬了一口蛋糕。吃了一会儿后,她又坐直了身子。在吃东西的时候,我们都没有说话,但是在吃的时候,格蕾丝一直在观察我们。下午的阳光透过上下推窗涌了进来,我可以看见空中细小的尘土颗粒,而窗玻璃亮闪闪的,十分干净。农舍的墙面有细缝,可以看出曾修葺粉刷过。我的面前是张咖啡桌,我所能看到的别的台面也都十分干净,没有东西是草草打扫的。

"那真是最好吃的带馅儿炸面团,"杰西说,"太赞了。"

格蕾丝已经吃完她那份点心,她用纸巾擦了擦她的嘴和手指,然后把我们的纸巾也一起收拾了扔到厨房垃圾桶里。

"我想离开这里,"她说,她又坐了下来,准备好好谈一场,"要去开普敦。"

第33章

"你在开普敦有家人吗?"杰西问道。

"他们在东开普省,"格蕾丝说,"我准备去那儿参加劳伦斯的葬礼。而我还想去开普敦的秘书训练学院,我在那儿有朋友。"

"你曾在马蒂妮,也就是范·沙尔克维克太太家里工作过,是吗?"我说。

"是的,每周两次,每周三和周五。"

"所以你周二并不在这儿,当她……"我说。

"对,我不在。周一、周二和周四我都在城里的马吕斯先生家工作。"

"你觉得范·沙尔克维克太太怎么样?"杰西问。

"我喜欢她。发生那样的事实在太糟糕了,她是位好夫人,为她工作我觉得很高兴。我希望我只为她服务,而不用……"

杰西抬了抬眉毛,而格蕾丝没再说什么。

"马吕斯先生家的活儿是不是太重了?"我问。

"我不怕干重活儿,"格蕾丝说,"他就是,你知道……"

她双手放在裙子上。

"他会骚扰你吗?"杰西说。

"我不喜欢他看我的样子。他不是个正人君子。范·沙尔克维克太太也不喜欢他,她不喜欢他。"

"你怎么知道?"

"大概在两星期前,他说他想去看看范·沙尔克维克一家,就在晚间开车送我到那儿。他敲了敲门。范·沙尔克维克还没下班回来。范·沙尔克维克夫人则叫他走开。她就当着他的面关上了门。马昂斯不太高兴,他开车碾过了路边的玫瑰,是劳伦斯种的玫瑰。"

"他想要什么呢?"杰西问。

"我不知道,"格蕾丝说,"我就走回我的房子,没听清所有的话。"

"他开的是什么样的车?"我说。

"白色的大车,和范·沙尔克维克先生的车很像,车身一侧写着'卡鲁房地产'。"

"一家房地产代理?"杰西说。

我点了点头。他是卡鲁公报的广告商之一——让海蒂头疼的人。

"对的。他房间的办公室里有一些照片,都是房屋、草坪,还有从空中俯拍的。"

"马蒂妮有别的访客吗?"杰西问。

"她的朋友安娜会来。她们在一起大笑,这很好。她的丈夫从没让她这么笑过。"

"他会打她吗?"

"我没看见过，但我见过青肿的伤痕，"她摇着头，"垃圾中的垃圾。"

"还有别的人来吗？"杰西说。

"有个男的来过，大概在一个月前。当他喝完茶后，范·沙尔克维克夫人说他必须走，她的丈夫不会喜欢他在那儿，是她说的。他又来过一次，在一个周五，但那天范·沙尔克维克夫人上班，所以他就走了。"

"你知道这个男人是谁吗？"杰西说。

"他叫约翰。我有时早上在城里见过他，他在一张木桌上卖农产品，鸡蛋、蔬菜和植物。"

"是在市场上？"我问。

格蕾丝点了点头。

"马蒂妮和他说了些什么？"杰西说。

"我不知道。我没听。"

我低头看了一眼最后一个炸面团，问："你别的一点儿都没听到？或者不小心听见什么？"

"我正在旁边一个屋子里打扫，她说过去的都过去了。然后他就骂骂咧咧。我觉得他是生气了。"

"骂骂咧咧？"杰西说。

格蕾丝咬着下嘴唇，低头看着她的指甲。

我换了个别的问题问她：

"如果范·沙尔克维克夫人擦桌子，她会只擦半张吗？"

"哦，不会！"她说，"她绝不是那种人。她和我一样，是不会那么干的。"

"警察来找你谈过吗？"我问道。

"我那晚和他们聊过,就是那晚劳伦斯……但我没听到任何声响,只有雷声和雨声。劳伦斯起身的时候我没有醒。我不知道我是怎么醒过来的,但我醒后就一直在等。我在等,可他再也没回来。我呼喊着,然后就去找他。"她摩擦着垂在身体两侧的手。"我和警察说了,没人想杀劳伦斯。他是个好人,他只是尽自己的本分。"

"对不起,"我说,"我们觉得杀死他和马蒂妮的是同一个人。"

"我不想待在这儿。我想走。但我没足够的钱,我必须向范·沙尔克维克先生和马吕斯先生求助。"

"劳伦斯每天都在这里工作?"杰西问。

"是的。这里以前是牧羊场,但他们在我来这儿之前很久就不干了。他们买了一大块地,很多工人都没了工作。但他们留下了劳伦斯,让他照看剩下的地,这座花园,这些水果树,他打理得很好。"

"马蒂妮被杀的那天,劳伦斯在这儿吗?"

"在。警方问过他那一天的事,他们谈话的时候我也在。"

"他怎么和警方说的?"

"他说他看见范·沙尔克维克先生那天早上回了家。他挥了挥手,但是先生并没回应。警方问他是否确信那就是范·沙尔克维克先生,他说肯定。"

杰西坐在扶手椅里向前倾,格蕾丝继续讲着。

"他们问范·沙尔克维克后来是否走近,他说没有,范·沙尔克维克在树林尽头往下走了,"格蕾丝朝着窗挥了挥手,"他那时正在清理枯树枝,劈木头。然后他们就问他为什么这么确定,他们告诉他范·沙尔克维克先生那时在上班。阿格里的工人们说整个早上他都在那儿。劳伦斯说,或许他不是很确定,但那的确是范·沙尔克维克先生的车。他们问他是否确定那就是范·沙尔克维克先生的车,或者只是相同型号的车。劳伦斯说那看上去好像是先生的车,但也可能不是。

格蕾丝双手关节互相摩擦着。我点着头,她继续说了下去:

"警方走后,我问他是不是真看见范·沙尔克维克先生了,他说他可不想成为让自家主人陷入麻烦的家伙。我跟他说,一个女人现在已经死了,他一定得说实话。但他只是沉默着,摇着头。劳伦斯,他不是个坏人,只是他不是那么坚强。"

"你爱他吗?"我问。

"劳伦斯?"她看着沙发上折得齐整的男士衬衫还有紧闭的卧室门说,"我不爱他。"

我打开保鲜盒,递给了她最后一块炸面团。

第34章

在医院外,我待在我的老尼桑里看夕阳西下,等着杰西。

整齐的花床环绕着医院狭长的白色建筑。植物都被照料得很好。我知道如同这家小医院里面一样:病人们也都被照顾得很好——即使食物不太理想。医院的伙食很糟糕,这也是炸面团可能会对安娜和德克更有用的原因。

这家医院建在一座矮山坡的顶端,处于斯瓦特山麓。这是一道小而黑的山脉,棕色的山坡连绵至罗伊博格山,那是座红色的山。当西斜的阳光照来,整座山真的都是红色的。它看上去就像一只躺倒休息的大型动物,不想受到任何打扰。我不知道现在来医院看德克是否是个好主意。

天空一片绿蓝色,就像能见到的那些老旧的铜管色,中间点缀着几缕或粉或黄的云。

我能听见杰西红色小摩托的声响,此外还有别的声音,像是远处的雷声和嘎嘎作响的窗户,那是从医院里面传来的。杰西越过小坡,把摩托停在了我旁边。我们一起走向医院入口。

"那噪声是什么?"杰西问。

我们走进了医院,我提着我的特百惠保鲜盒,她拿着她的头盔。呼啸声和咔哒咔哒的声响停了下来,而我们一动声音,又响了起来。小病房的门都开着,我们看见了病人。我们走过一个撑在床上脸色发黄的男子,他身旁坐着一个年轻女人,正盯着一瓶鲜花。一位老妇人歪着嘴朝我们笑,就好像我们是来看她一样。接着,我们到了安娜的房间,看到了她。

"嘿,姨妈!"她叫道。

她试着朝我们挥手,但是她的双手都被铐在床两侧。她的左腿打着石膏,右小腿肚上绑着绑带,身边有一辆轮椅。

那种奇怪的声音越来越近了,听着就好像一头发怒的动物在灌木丛里横冲直撞。

"他们把我锁着了。"安娜说着,把链子弄得叮当响。

"哦,安娜,你是被捕了吗?"杰西在门道上说。

"对,算是吧,"安娜说,"但他们把我铐在床上是因为我找到了德克,还把他打的点滴给拔了!"

狂野的声音现在更加响了。我从走廊望下去,正巧有个活物走到了角落。

"哦!"杰西又说了一声。

那是德克,穿着淡绿色的病号服,像一头受伤的野兽一样号叫着,拖着好多乱哄哄的东西:牵住他脚踝的是一条金属板,看着好像一张病床;紧抓着他双腿的是两个身穿白裤的男子;德克的双臂都绑着绷带,其中一只上还挂着悬带;一群勤务工试着在不伤到他的情况下让他慢下来。你看,这是多么好的一家医院。

一个护士姐妹正追着他们，他们立马都叫了起来。她手里拿着针头和注射器，分量看上去大得足够给一匹马注射。但德克没给她足够的时间来扎针，他踢翻了按着他右腿的男人，那个人被踢得飞过走廊，紧接着又跳起来，整个人朝着德克扑了过去。这里的职工都太拼了。

杰西和我试着堵住门，但是德克带着他的马戏团朝我们的右侧推进了。德克的病服背面露出了屁股，能看见那儿的毛发像他的头发和鬓角一样卷曲。安娜坐了起来，准备好战斗，她手腕上的锁链叮当做响，德克也一路哐当响地朝她的床靠近。杰西跑上前，在德克抓住安娜之前朝他脸上喷辣椒水。他又咳嗽又吐口水，但还是到了安娜床头。他用牙扯出了她的点滴。要在那么呛人的胡椒味道下呼吸真是件很困难的事，我的眼睛不停地流泪。德克在踢安娜的床，还试着要把床踢翻，而这次护士姐妹把他逮住了，把粗大的针头猛扎进他的大腿里。

德克是现在唯一看上去平静的人，他靠在安娜腿上，而剩下的我们边哭边咳嗽。

第35章

"我们给你带了炸面团,安娜,"我说,"带咖喱馅儿的。希望辣椒水喷剂不会让这个味道变得很滑稽。"

勤务工已经带德克离开了,又将安娜转到另一个病房。室外已经暗了下来,室内则灯火辉煌。

"哦,谢谢了,姨妈。"安娜说。

他们已经把她手臂上的锁链拿了下来,她伸手够到了炸面团。

她的双臂上有淤青,一条腿上打着石膏,另一只绑着绷带,但她的眼睛亮晶晶的,双颊也泛着光,完全不同于我之前见到她时那副阴沉又失落的神情。

"我觉得这样打一架可能对她是件好事,"我对杰西说,"让她更坚强。"

"对,对德克而言也是这样,"杰西说,"他并不是个大块头,但你看他竟然拖着那么一群人还有半张床。"

安娜并没有听我们说话。她正大口嚼那块蛋糕,就好像她整周都没有吃东西。

"我们是不是应该告知他们他俩可能都是无罪的?"

"可能复仇这样的事倒能弥补他们所失去的。"

"前提是这不会让他们去死。"我说。

安娜用纸巾擦了擦嘴,盯着特百惠保鲜盒看。但是她在吃另一个之前,还有一堆问题要回答。

"马蒂妮死的那天,你替她去买东西了吗?"我问道。

"没有,"她皱着眉说,"那天没去。"

"那德克有没有去买?"

"那头蠢猪一辈子都没去采购过一次。总之,马蒂妮都是在下班后去斯帕超市买东西。"

"她的手断了,记得吗,她不可能自己开车去上班。"杰西说。

"可能他感到愧疚。"我记起了马蒂妮写给我的第一封信,说道。

"哈!"安娜说,"他没任何感情。"

"马蒂妮喜欢石榴吗?"我说。

"喜欢,"安娜说,"但是她真正爱的是石榴汁。斯帕超市有时候会从罗贝尔森进几瓶冷冻的果汁,马蒂妮会邀我过去一起喝。我就只喝一小杯,但她真太爱喝这个了,我很喜欢看她喝石榴汁的样子。"

我没打算告诉她马蒂妮和别人一起喝石榴汁的事,以免让她感到嫉妒。

安娜微笑着,说话声音软软的:"她喝的时候会闭上眼睛,我可以毫不害羞地看着她。当她闭上眼睛的时候,我可以放任我所有的感觉和想象。"安娜自己闭上了眼睛。"我爱妮妮,你知道,即使她是个英国人。我的曾祖母死在瓦尔河的集中营,英国人把我们的农庄烧得什么都不剩。"

英布战争①已经是很久以前的事了,但是安娜睁开眼睛直视着我们时,这场战争就如同发生在昨日。我父亲是英国人,这点从没让我感到愧疚。我想告诉她,我的爸爸有苏格兰和爱尔兰的血统,我的曾祖母和爱尔兰英雄罗伯特·埃米特沾亲带故,这位英雄是被英国人绞死、五马分尸的。

安娜的拇指在指尖上轻轻地蹭着,眼神越过我的肩,好像在回想旧日时光:"但是妮妮不一样,我和你们说,她让我觉得又成了一个孩子,在河边玩耍,让我回到了初识生活艰辛之前的日子。她就像那清澈河水的味道,香甜新鲜。"

她看着杰西说:"我爱她。但我不是傻子,我知道她不能用同样的方式来爱我,但她有她自己的方式。"她定定的眼神好像探到了思绪深处。"她见到我会显露出那微笑,她的眼睛会发亮,而我的心就会翻跟头,你知道就是通通直跳。我们一起喝咖啡,看着鸭子扑扇翅膀时,我感觉就好像身处幸福的河流之中。"

现在她直视着我。

"我曾希望有一天她会搬来和我住。她再也不会感到饥饿。如果雨能下下来,玉米的价格不掉,我甚至有钱给她买漂亮衣服。在那个家里,最珍贵的东西就是她的儿子。我曾说她儿子也可以过来和我们一起住,但她总说他需要特别的料理。她爱那个男孩。"安娜的脸色又变得阴郁失落。"应该是爱过……她现在已经死了……

---

① 又称南非战争,1899—1902年英国同荷兰移民后裔布尔人为争夺南非资源而进行的战争。

这么重要的一件事怎么说不见就不见了呢？"

她摇了摇头，把手放在胸口上。她的眼神又越过了我们，一团火在她眼里烧了起来。

"那个杂种别想脱干系，"她说，"我要让他付出代价。我什么都不怕。如果我死了，我就直接去见妮妮了。我们会在一起，再也不用烦恼男人或是玉米……"

"安娜，"我说，"安娜。"

她眨了眨眼，就好像刚醒一样。

"听我说。昨晚有人去了范·沙尔克维克家。劳伦斯，那里的工人，去看发生了什么，然后就被射杀，死了。"

"啊，不，"她用手捂着嘴说，"可怜的劳伦斯。"

"我们觉得这个人可能和杀死马蒂妮的是同一个人，现场轮胎痕迹都一致。"

杰西说："德克不可能干这事，他没法用他那两条伤手臂开车，他当时整晚就待在这儿，被喂了药。"

安娜看着她在打的点滴，手指轻拍在她绑着的石膏上。

"可能是别的人杀了劳伦斯，"她说，"德克还是有杀马蒂妮的嫌疑。"

"可能吧。"我说。

"也可能不是。"杰西说。

我看见安娜质疑着，皱着眉，她的脸变小了，脑袋陷进了胸口。

"我想她，"安娜说着，抬头用棕色的眼睛看着我们，她的睫毛湿漉漉的，"你们不明白我有多想她。"

第36章

我们留下安娜一个人和她的回忆与一只炸面团待着,去找德克的病房。

德克仰躺着,在打鼾。他的络腮胡看上去好像野生草原上的灌木丛,嘴角流出些许口水。病床边有一台电视机和一张白色桌子,上面摆着一盘病号饭,还没动过。德克的左臂挂在胸前,右臂从肩到手掌都打着绷带,露出直直的手指。一只脚被铐在床栏杆上。

在病房里的另一张床上躺着一个少年,戴着耳机。这个男孩床头的信息牌上写着"禁食"。我朝着这个男孩微笑,因为我为他感到遗憾,但他没看着我们,眼睛直盯着电视。

"德克?"杰西说。

他的鼾声听着就像疣猪在打呼噜。

"范·沙尔克维克叔叔。"我说。

范·沙尔克维克叔叔的腿抽动了下,但眼没睁开。那一针堪比给马注射的剂量一定让他好睡。我希望自己能带着嗅盐来就好了。

然后我想到我的炸面团，就拿出了一只，放到他脸边。他的鼻子呼哧着，一只眼开了条缝。

"炸面团？"他哼哼着。

他的鼻子抽动着，睁开了双眼，盯着炸面团边上那条棕色的咖喱线。

"妈妈？"他说。

"坐直了，德克，吃你的蛋糕。"我说。

"怎么把这床竖起来？"杰西说，点着一组按钮。

德克床边的电视机突然弹出了五朵玫瑰① 红茶广告。德克眨了眨眼。接着电视又关了，德克的床竖了起来，摆成了坐式的样子。

"嘿！"他叫着，无精打采地盯着我们。

我递给他一个炸面团，他试着用露在绷带外面的右手指接过送到嘴里。他的吃相有点难看，所以我从他的餐盘里拿了张纸巾塞进他病服的领口。

"好吃……谢谢，妈，"他说，"这家……旅馆的饮食太烂了。"

"德克，"我说，"你这周替马蒂妮采购过吗？周二，她死的那天。"

"马蒂妮……"德克哀嚎着，把蛋糕放在一旁，哭了起来，"她死……死了。"

"你替她采购了吗？"我问。

"没，"他呜咽着，碎咖喱馅从他的嘴里掉了下来，滚过纸巾落到了吊带上，"我从没替她买过东西，从来没有。我是个糟糕的丈夫，太糟了。"

---

① 南非特产茶叶品牌，有南非"国宝茶"之称。

"你杀了她？"杰西问。

"不，"他抬头看着我们说，红色的大眼睛就好像那些猎犬，"那个女人，那只耗子，是她干的。他们发现了她的指纹。"

"德克，听我说，"我说道，"我们不认为是安娜干的，杀马蒂妮的应该另有其人。昨晚有人枪杀了劳伦斯。"

"劳伦斯？"德克说，"他死了？"我点了点头。德克抬头看着天花板，就好像想在那儿找到一个答案一样。

"啊，不，我喜欢劳伦斯……"

德克的眼皮耷拉了下来，接着又睁开眼，他在和镇静剂作斗争。

"我们觉得杀了劳伦斯的男人可能和杀死马蒂妮的是一个人，"杰西说，"你能想到有谁可能想伤害马蒂妮吗？"

他低头看着手，好像很惊讶地发现还有半个炸面团，就咬了一大口。他用绑着绷带的上臂抹了抹嘴。

"她是个好女人，"他说，"我是个坏丈夫，我打断了她的胳膊。"

"有没有谁，男的，他……"

"我会杀了他的，"他含糊地说道，"我发誓我会杀了他俩。那个男的还有那个女的。"

他的眼皮又沉了下去。突然他又睁圆了眼，就好像看见鬼一样。那个少年也望了过去，睁着眼，下巴都要掉了。我们转过身，看见门道上站着个女人，看起来就好像是从二十世纪四十年代的电影里走出来的人一样，身着一件时髦的黑色短裙和一双黑色天鹅绒高跟鞋。那条短裙把她圆润的胸部和长腿都衬了出来。她的头发是阳光般的金色，系在颈部。她的唇如同樱桃般鲜红，嘴角有一丝微笑。

"德克·范·沙尔克维克。"她说道，走向我们。德克的头随着她的臀摇晃着。

"你看看你这副样子。"

她说话带美国腔。我觉得是美国南部，就像小说《飘》里那些人的声调一样，但她叫德克的名字却是字正腔圆的南非口音。

"你是马蒂妮的表姐，"杰西说，"纽约的时尚设计师。"

突如其来的刺激、炸面团还有像马一样多剂量的镇定剂终于压倒了德克，他昏厥了过去。

"你说对了，甜心，"这个电影明星般的声音盖过了德克的打呼声，"这里有没有一个姑娘能拿来一杯像样的马提尼酒？"

第37章

"坎迪·丰伯斯特,"马蒂妮的表姐说着,伸出了手,"叫我糖糖①。"

"杰西·莫斯特,"杰西说,握了握表姐的手,"这是范·哈特·玛利亚姨妈。"

她也和我握了手。她的手很有力,但是皮肤很柔软。

"你们是德克的朋友?我觉得能在葬礼上帮上忙。"

"我们更应该算是马蒂妮的朋友,"杰西说,"我们一起出去喝杯马提尼吧。"

我们离开了打着鼾的德克和床头挂着禁食牌的少年。

"德克是个白痴,"糖糖说,她的高跟鞋响声在医院走廊回荡,"那个家伙都没法利用重力摘下一个苹果。要是他不是这么没用,

---

① 此处 Candice(坎迪)和 Candy(糖果)发音相似。

我觉得倒有可能杀了她。如果想要给马蒂妮办个体面的葬礼,全得靠我。幸运的是,我接到电话时正好在南非。我在开普敦有家时装店。"

"她有其他更亲近的家人吗?"杰西问。

"她的爸爸是个吝啬鬼,她的兄弟是个卑鄙小人。总之不管怎么说,他们都在这一带,所以至少他们能来参加葬礼。我觉得我们可以在周三举办。"

"我保证我们能来帮忙,"杰西说,"跟我去楼下的莱迪史密斯酒店,他们有不错的马提尼。"

我们现在在停车场。糖糖打开一辆红色小型名爵车的车门,这辆车看着就像是从老派电影里出来的一样。

"这车太赞了。"杰西说。

"是啊,它很可爱,不是吗?"糖糖说,"我租来的。"

"我们在店里见,玛利亚姨妈。"

我摇了摇头。

"抱歉,"我说,"今天这一天已经够了,我需要回家好好休息一下。我明天会过来。"

杰西抱了抱我,糖糖在我的脸颊旁隔空亲了下。红色的名爵车跟着红色小摩托下了山,一只剩下的炸面团和我在我的蓝色小尼桑里跟着他们。他们拐弯去莱迪史密斯酒店,我朝右开车出了城,沿着泥路回家。

我们一起坐在厨房桌子旁,那只炸面团和我。然后,只剩下我了。

第38章

我沉沉地睡去，当太阳升得又高又亮时才醒来。在鸟叫后很久才开始新的一天并不是好事，但我的确需要休息。而且毕竟今天是周日。

我穿上我的晨袍，把鸡放了出去。它们奔向属于它们的二十四小时餐馆——施肥堆。晨光洒在它们的羽毛上，泛着金色和红色的光。

我坐在门廊上，就着面包干喝着早茶。罐里的面包干下去得很快。

"我应该再做些面包干，"我对着茶说，"再烘些素食蛋糕，我曾经向那些孩子许诺过。"

我换了身衣服，吃了农场面包和白煮蛋，再吃了些杏子酱，然后我开始做枣仁核桃素蛋糕。我准备了足够的面糊，可以再做一个小蛋糕尝味道，而不用给孩子们坏的那个。

我还准备了可以做两大盘黄油牛奶面包干的面团。我要把两个罐子填满，一个在家里的，一个在公报办公室。我还想在我的尼桑车里放一罐，既可以作伴又可以当零嘴。在路上能吃点什么总是好的。

一切都准备妥当后，我从烤箱里拿出了蛋糕和托盘，把甜面包切成片状，打开烤炉，把火开到最小，再把面包片放进去烘干。给孩子们的蛋糕一晾凉，我就在厨房桌旁尝了起来。

"嗯，不太坏，"我咬了第一口说道，"好吧，可能加点儿奶油会更好吃，但这肯定不是世界末日。"我吃了半个小蛋糕，还挺合口。"基督复临安息日会的那些人一定有别的理由要跑进山里。我想想有没有可能再找到点儿头绪，"我对着大一点儿的枣仁核桃蛋糕说，"在我把你寄给孩子们之前。"

面包干正在烤箱里烘干，我榨了一罐西瓜汁坐在走廊上喝，用来解渴。太阳还很高，院子里的树影都显得小。越过草原，我望向罗伊博格山。山坡呈红棕色，或棕或绿的灌木丛点缀其间。我能隐约看见红色山顶触及蓝天的天际线。天太热了，整座山要蒸发了。

我坐了一会儿，听着草原和花园里的声响。我的那群鸡很安静，但是鸟儿在互相鸣叫着。南非丛鸥的嗓音最漂亮，它们的调子要比别的所有鸟儿加起来的都多。此时此刻，我又听见路上往返于城镇的车声，可能是人们从教堂回来，开车回家吃周日午饭。

但是最嘈杂的声音，比所有噪声合起来都要大的，是寂静。

有的时候，寂静会把我吓到，因为它让我感到如此地孤独。但是今天我很享受这一切。前几天嘈杂不已的噪声让我渴求安静，我在独饮寂静，配着西瓜汁。

我甚至可以听见自己的呼吸声，感到自己的心跳。接着我听见嗡嗡声，我环望四周，寻找哪里有只大虫，或许是大黄蜂？我没看见什么，但是噪声更响了。是一辆小摩托，它穿过尘土飞扬的小路，朝我开来。我看见杰西停下了车，摘下头盔，甩着她的黑发。我朝她挥手，要马上站起来就太热了。她走到走廊这儿的阴凉地。

她在我身边的椅子上坐下，但没说话。她的脸色苍白，好像有谁把那脸上的气色都挤走了。

我给她倒了一杯西瓜汁，但是她都没看一眼。

"杰西，"我说，"你都好吗，我的宝贝？"

她张开了口，吸了一口气，接着整个身体都摇晃起来。

"哦，玛利亚姨妈……"

第39章

杰西闭上了眼,但是眼泪从睫毛中流出,滚到了双颊上。我单手搂着她,她靠着我在我的围裙上大哭起来。我拍拍她的头,轻抚着她的头发。

"啊,好了。"我说道。

等她哭完,我说:"听那南非丛鹀的叫声。"

它们又发出悦人的嗓音。杰西把头靠在我的肩上时,我看到一只南非丛鹀从柿子树飞到荆棘树上,它提了提黄色的喉部,发出漂亮的咕噜咕噜声,就像小溪在歌唱。

"喝点儿西瓜汁吧,"我说,"哭成这样,这么热的天。你一定渴坏了。"

她坐直了,喝了一大口。

"啊,玛利亚姨妈……"她说。

她又立马哽咽起来,她嘴里只能说出我的名字。

"到底怎么了?杰西,我的好姑娘。"

"我真是个傻子。"她说。

我立马知道她遇到的是爱情问题,只有爱情才能让杰西这样聪明的姑娘变傻。

"是理查德?"我问。

她点点头,抽了抽鼻子。

"我们曾一起上学,他一直比较喜欢我,你知道,但是我那时只是想做普通朋友。我在格拉罕镇时会想他。我也想我的妈妈、家人和每一个人,但我真的很想他。我搬回来后,我们时不时地会碰面。但我告诉他我还没真正准备好有一个男朋友。我喜欢上了一个人。"

她又喝了一口果汁,接着就抱住自己,手上的虎口正对着上臂的文身。

"一个晚上,就是枪杀案后,我们送完你,我跟着他回了家。他是那么温柔,我都有点儿被吓到了,那事原来是这样的……我之前从来没有和一个男生有过这样的感觉……"她朝着草原望出去,"但那一切都很美好,真的很美好。我完全向他敞开了心扉,你知道我的意思。"

我点了点头,但不太确定我是否真的知道。

"那真的很特别。太奇妙了,他表现得也好像感到很美好一样。但是后来……"

她打量着桌子,好像在寻求帮助。桌子上只摆着我的一只碟子,里面盛着蛋糕的碎屑……帮不上一点儿忙。

"昨晚他在吧里,"她说,"和他的爸爸,还有一群人看橄榄球赛。他都没怎么跟我打招呼,我就有点想说,好吧,不管怎么说,但我还以为他中场的时候会过来,而且我也在忙着采访糖糖。"

我想知道糖糖说了些什么,不过那可以等到后面再说。

"然后中场他没过来,虽然他像是和我们挥过手。一些人送过来些喝的,马提尼酒。糖糖喝了大部分。我感觉很累,在十一点左右回了家。理查德和我挥手告别,没和我吻别,没陪着我一起走出去,没做别的任何事。我到家的时候,我的姐姐还醒着,我和她说了这事,而她告诉了我我早应知道的事。"

杰西在她腿上找到一张餐巾,擤起鼻子来。

"我都忘了我们是来自一个种族歧视严重的小镇,"她说,"理查德不会希望他的父亲和朋友看见他和一个有淡棕色皮肤的女孩在一起。"

"啊,不是这样的,杰西。"我说。

但是当我说出口时,我又意识到那可能是真的。

"我对他来说就是可有可无……对他来说就是一块可以随意丢弃的抹布。"

我不知道该说什么,然后我想到有蛋糕。我不知道我怎么才想起来里面还有一个小蛋糕。

"就在这儿等一会儿,我的宝贝,我马上回来。"

整个厨房里充斥了正慢慢烘干的黄油牛奶面包干香气。我快冲了一杯咖啡,拿着枣仁核桃蛋糕一起给杰西。

她咬了满满一口,然后喝了一大口咖啡咽了下去,但是这并没有让她振作起来。

"还有更糟的,"她说道,她的喉咙上下蠕动着,即使她没吃任何东西,"今天早上我开车路过莱迪史密斯酒店,看见糖糖的红色跑车在那儿。我走进酒店,想她可能睡在那儿了,虽然她曾告诉我她住在连锁酒店。总之,在酒店里我遇见了詹尼,他昨晚在吧台值班，他和我说糖糖没有待在这家。"

杰西的喉咙处又好像在吞东西，但她没在咽任何蛋糕。可能没有加鸡蛋和黄油的蛋糕就是不够让人舒服，我应该给她配片奶油的。

"他告诉我糖糖是和理查德一起走的，"杰西说，"他们互相搭着膀子。詹尼对我使了个眼色说，'那妞儿真性感地要命，他一定会和她上床。'"

杰西又开始哭起来，但她的泪水都流干了，所以那更像是在一抽一抽地咳嗽。

我不知道该干什么。我明白我有一个专栏，专门给人各种爱情上的建议，但给人写信和安慰一个就在身边的人是不一样的。我只想让她不再痛苦。这份工作看来不适合我——爱情这方面的事。看看，它把一个如此坚强的姑娘给打垮了，它让每一个聪明的姑娘都觉得自己像是个傻瓜。

我给了她一个拥抱，吻吻她的额头，是小小的吻，小小的，就像是我母亲曾给过我的一样，在我感到受伤之时。

"那是你需要的，"我说，"小小的吻。"

当她的身子不再发抖，我双手搭在她的双肩上，让她站了起来。

"进来，杰西，"我说，"我们一起来烘焙那些小饼干吧——小小的吻。"

我带着她走进了厨房。

"递给我你身后那一大团黄油，"我边说边打开了橱柜，拿糖瓶、面粉和玉米粉，"我们需要黄油，很多黄油。把它放进电热屉里，软化一下。"

她照着我说的去做了，虽然行动迟缓，就像一个松垮垮、破碎的娃娃。

"现在用一点儿黄油来润滑一下这只烤盘，"我说着，把所有原料都拿出来堆在桌子上，"真是个好姑娘。现在拍打黄油，对……然后慢慢地加一点糖。继续拍打……不错。"

我能看见她的双手忙起来，臂膀渐渐有了力气。我需要让她的脑子也忙起来。

"现在把这些都筛在一块儿……对，"我说道，"所以，你知道点儿什么吗？可能对我们这个案子有帮助的？从……那个表姐那儿？"

杰西的手上都是面粉和黄油。

"那个，"杰西说，"她告诉我很多事。"

"是吗？"我说道，打了三个蛋到碗里，搅拌起来。

"格蕾丝和我谈到的那个家伙，"她说，"那个叫约翰的，糖糖说他可能是马蒂妮以前的男友，约翰·维瑟，是个有机农场场主。"

"现在把那面粉加到黄油混合物里，在加的时候，对，不停地搅拌。"

"他想娶她，但是她没答应。糖糖认为他对马蒂妮来说还不够可靠。"

"好的，现在用你的双手来做这事儿，揉捏面团。所以她就选了德克？"

我把面包干从烤箱移到电热屉，把烤箱加温到一百八十度，准备烤"小小的吻"饼干。

"德克在经济上比较让人放心，而且他们结婚后他看上去也像个坚强的人。糖糖不知道德克打马蒂妮，她知道这事儿后吓了一大跳,还埋怨马蒂妮没告诉她。"

我想到了我和丈夫的那段时光,想到了马蒂妮写给我的信。她说她已经给自己铺好了床,准备好睡在那上面。

"你不会想让别的人知道你的男人在打你,"我说,"那就好像一切都是自己的错。"

"糖糖说马蒂妮十分骄傲,"她说,"没向任何人求助。"

我把糖放回了橱柜,又拿出了糖霜,旁边是花生黄油。我觉得在常规的"小小的吻"里可以新增这一样。

"我觉得我们要试着加一点儿这个,"我边说边指着杰西身旁的罐子,"你觉得怎么样?"

"好吃,"杰西说,她的眼睛现在亮亮的,"他们的家庭很有趣。马蒂妮和坎迪的爸爸是兄弟,都是巨富。他们的祖父有个金矿,就是真的金矿。糖糖的父亲让她从商,给她留了一小笔遗产。"

"嗯?"我说道,拿着汤匙伸进花生黄油里。

"但是马蒂妮的父亲在这事上觉得,他的两个孩子得学着独立,所以他没给他们留下一分钱,"她把花生黄油揉进了面团,"在马蒂妮的母亲死后,他和马蒂妮有段时间起些争执,他们至今都没有联系。马蒂妮的兄弟在他爸爸身边晃着,想要讨点儿什么,但是什么也没讨到。他们的父亲现在八十岁了,病得厉害。他现在坐轮椅。"

"现在把它们揉成球,就像这样,"我说,"然后用叉子把它们按平。"

"这个怎么样?"杰西说,很快就揉了很多个小面团,"马蒂妮的兄弟甚至都不知道她有个儿子!你知道,那个家里特别想要儿子。"

烘焙和聊天已经让破碎的娃娃杰西回过神来。她拿着叉子把一排面团砸扁,乓乓乓,接着把它们"嘭"地放到烤盘上。

"我在想那是为什么,"我说,"你觉得她感到羞愧吗?"

"坎迪觉得那只是因为她是个非常注重隐私的人,而且和她兄弟也不亲近。听上去好像有些家族秘密,但没有找到什么细节。"

"马蒂妮没有足够多的钱,否则她会离开德克。"我说道。烤盘里现在摆满了小小、扁扁的饼干,我把它们放进了烤箱。"但是她说她有个计划……我不知道她想要做什么。"

"她的最后几张银行报表看不出有什么情况,就是一些小额提款,还有她的薪水。"

杰西擦了擦桌上乱糟糟的部分,接着她看着我,把整张桌子都擦干净了。

做好"小小的吻"要不了多少时间。我们用糖霜和柠檬汁做黏合剂,把每一片"小小的吻"饼干都和另一块"小伙伴吻"放在一起。我们把饼干放在盘子上,再拿了一大罐罗伊博格茶来到走廊。

天气凉快点儿了,我的鸡到处走动,在施堆肥里扑腾。山上的影子拉长了,下午的光让所有多刺的树木和灌木都看着柔和起来。我没听到南非丛鸭的叫声,但是有别的鸟儿在叫。

"小小的吻"很好吃,松脆,带着坚果香和黄油香。杰西总算能吃下些东西了。

"天呐,姨妈,这些太赞了。"她吃了五块之后说道。

能看到杰西嘴角重现微笑真好。

《我是你的男人》——她的电话铃声响了。

她从腰包里拿出她的黑莓手机,看到手机上的名字,脸上的笑容立马不见了。

"理查德,"她说着,按键把歌声掐断了,"我得立刻把铃声换了。"

手机又响了,但她没有接。

这次的铃声是《在黑暗的河畔》。

第40章

  杰西离开的时候不带一点儿笑容,但带走了一只满装着饼干的特百惠保鲜盒。到了该打扫的时候,天气够凉快,可以在蔬菜园里干活。我想念我那双棕色的沙地靴,却只能穿上卡其色的,戴上草帽。

  "我希望她一切都好,"我拔出野草,对莴苣说道,"我肯定她一定会好的,她是这样地年轻漂亮,"我在西红柿边修整着,"她会找到别的人。"

  我从施堆肥底部铲出一勺深色的肥。我的那些铁锈色的鸡在周边草丛里啄着,它们靠拢过来,看土壤里是否有新鲜食物。

  "过来,把咬我蔬菜的虫子都吃了。"我对着它们说,但它们没理我。

  我用一支小的园艺叉把肥撒在植物间,还把卧在紫色莴苣心里的一条鼻涕虫给拿了下来。

  "唧唧唧唧。"我叫道,鸡都跑了过来。

我把鼻涕虫丢给它们，动作最快的那只一口就吞了下去。它们都在蔬菜地里徘徊，找东西吃。我把肥料堆在金盏花和野蒜周围，这些植物和这群鸡都能帮我驱虫。

"她会好的，"我对鸡说道，"杰西，她会找到所爱的人。"

有一只母鸡走过来，站得很近，抬头用亮亮的眼睛看着我。它的头斜靠在一边。

"你问我？"我说着，将叉子戳进土里，在肥堆里拌着，"我也很好。"

我把色拉蔬菜放在一边，朝着甜菜根和土豆走去。那只母鸡跟着我。

"我很好。"

夕阳西下，我把鸡群关进鸡棚里，离开了菜园，披上了睡衣。我用剩余的咖喱馅做了个三明治，坐在走廊上一边吃一边看着天慢慢变黑，天空挂满星辰。

"我现在很好。"在我吃掉最后一口前，我对着我的咖喱馅三明治说道。

鸟儿都入睡了，所以我听着蛤蟆和青蛙的叫声。我上床时，它们还在，用它们的全身心在歌唱。

第二天早上，我起得比鸟儿还早，看着太阳升上大斯瓦特山脉。我感到有些空落落的，就好像丢了些什么……可能是因为到了要吃早饭的时候。

我把我的鸡放出去，喂了它们（玉米），接着喂了我自己（炒蛋和培根、吐司、杏仁酱和"小小的吻"）。我开着我那辆蓝色小尼桑进了城，两罐黄油牛奶面包在我旁边晃着。一罐放在车里，一罐放在办公室。素食的枣仁蛋糕好好地打包在蜡纸里，装在特百惠保鲜盒里。路边电话杆上站着三只大黑鸟，我一靠近，它们全飞走了。是乌鸦，它们越飞越高，消失在天际。我不信那些鸟，不知道为什么。

我把车停在连锁酒店外，沿着人行道走到阳光下，路过了德克的尼桑和一辆四驱皮卡，那是一个狂奔的男人的。旅店米黄色的墙面在亮光下熠熠生辉。前门正躲在蓝花楹树的阴影下。花园里，两个女人正坐在卡鲁柳树下的一张凳子上边喝茶边聊天，她们都转过脸背对着我，所以我决定就在我驻足的地方小憩一下。

"我只是不想在活着的最后几天里还和他一起过。"高个子的女人说着，把她的红色长发扭成一条绳，绑在头上。

"但是，艾米丽，你摆脱不了他，"另一个女人说，"他是你丈夫，我们的头儿。"

那个女人更矮更胖些，一头卷曲的灰发。

"我不在乎，我理应要找点儿乐子。你可以和他在一起，乔治娅。"

"哎哟哟哟！哎！"乔治娅连声尖叫，用一张纸扇着扇子，"那约尔怎么办？"

"两个都要。你肉体上能享乐的日子也没几天了。"

"上天堂的时候，我们的快乐肯定会无穷大。"乔治娅说。

"肉体，我说的是肉体。"

"哦，艾米丽，你是个无赖。"

"不，我是认真的，"她把她红色头发散在背上说，"我和那个自大的暴躁狂多待一天都不行。反正，能意识到一切都结束了倒让事情都清楚了。"

"但你去哪儿呢？"

"我存了一点儿钱,我一直想做一些事。"

"但是如果你不能及时回来和我们一起升天怎么办?"

"那要是我能及时回来呢?"

"但是,艾米丽,如果埃曼纽尔发现了,你知道他会……"

这时一个男人走出来,是那个狂奔的男人,他有一把大胡子。

"到这儿来,"他从前门喊道,"你俩错过早饭时间了。"

"哎哟哟,"乔治娅说,她的双手在空中挥舞,就像惊慌的小鸟。

"来,亲爱的。"艾米丽说,两个女人站起来。

那个男人看到我站在门口,皱了皱眉,转身离开。我深吸了一口气,拿起前面的特百惠保鲜盒,走到了里面。我跟着他们到了饭厅。基督复临安息日会的教徒都坐在一张长桌旁吃早饭。一位块头不小的妈妈管着事,她的头卷得很漂亮,和她的女儿坐在另一张桌旁。一个有着淡肤色的年轻女人正在给成员分发装有热香肠、培根和鸡蛋的餐食。那个妈妈嘟囔着说了声"谢谢",那女人就跑回去又拿来了吐司、人造黄油和果酱,这些是由她带给长桌的。

之前想要蛋糕的一个瘦小男孩正在把一盒豆奶倒进一碗木斯里麦片里。我从没喝过豆奶。

"一颗豆怎么能做出奶呢?"我说。

有一头红色长发的艾米丽微笑着看着我,但是没说什么。

"你好,"我说,"我是玛利亚姨妈。"

"我叫艾米丽。"她说。

没有人叫我坐下,或者让我和他们一起吃早餐。这些人肯定是从莱迪史密斯之外来的。

"我做了一个素食的枣仁核桃蛋糕,"我说着,拍拍我的保鲜盒,"是为孩子们准备的。"

艾米丽对我皱着眉头,没有理解。

"素食,"我重复道,"就是没有任何黄油、鸡蛋和其他任何东西。"

"哦,素食。"她明白过来,重复道,"素"字被她说得就像"俗"一样。

"你们有谁认识马蒂妮吗?马蒂妮·范·沙尔克维克?"我说。

"她不是那个在斯帕上班的人吗?"艾米丽说。

乔治娅点头说道:"是个好心肠。"

坐在乔治娅旁脸色发白的女士摇了摇头——就是她上次阻拦我给孩子们吃的。

"她不是和我们一起的,"她说,"我们不认识她。"

坐在桌子一头的男人仍皱着眉。他站起身,离开了房间,盘里的吐司吃了一半,或许是因为别桌的肉和鸡蛋发出的味道打扰了他。

其余的人好像很享受他们的素食餐。当孩子们看见我打开保鲜盒,都跳了起来,挤到我身旁。

"啊,求求你,妈妈,我们能吃一点儿吗?"那个瘦瘦的男孩对着脸色苍白的女人说道。

"哦,可以,只要你吃完你的粥。谢谢……姨妈,"她说着,把保鲜盒递给了我,"你真好。"

"如果不介意,我想问一下,"我说,"世界末日的具体时间是什么时候?"

艾米丽笑着说:"去年的五月二十一日。"

那个脸色苍白的女人微微地皱了皱眉头。

"我们不怎么讨论具体时间,"她说,"但是我们觉得那天可能在十二月二十一日。"

"那么还有三个星期就到了?"我说,"没剩多少时间了。"

她摇了摇头,在吐司上抹了点橘子酱。

"你看着不怎么担心。"我说。

"哦,我们会没事的。"她说着,咬了口吐司。

乔治娅附和地点头,一头灰色的小鬈发上下跳动着。

"我们会升天的。"乔治娅说。

"谁会升天?"我问。

"我们信徒!"脸色苍白的女人说。

她微笑着,眼睛是蓝色的,闪着光,充满虔诚。她的牙上粘着橘子酱。

第41章

在报社办公室里,我放下一罐面包干,开始烧开水。

"你们都信仰什么?"我问海蒂和杰西。

杰西从电脑前抬头看了看,但见到我和面包干,她连个微笑都没有。她的马尾辫扎得没以往整齐。海蒂坐在她的办公桌旁,头发收拾得很妥帖。

海蒂和杰西都没搭话。我准备了杯子,为海蒂泡杯茶,给杰西和我自己泡杯咖啡。

"我们到十二月二十一日前,"我说,"都得相信点儿什么。"

"哦,亲爱的,"海蒂说,"你是不是和那些七日造世会的人聊过什么?"

"世界末日快到了。"杰西说道,那语气满不在乎。

"哦,亲爱的,"海蒂说,"那些人都是疯子。"

"但我们都会死,"杰西说,"即使不在二十一日,也会在某一天。"

"我也这么认为，"海蒂说着，起身拿了茶，"可能这就是我上教堂的原因，为了死后的事着想。但说实话，我不确定我到底信什么……"

"我还是喜欢考虑死前的事。"我说。

杰西从电脑前抬头看了看。海蒂挑了挑眉。

"你都好吗，玛利亚？"海蒂问。

"不好意思，好，我很好。我不知道我在说些什么，我过得很好。"

我递给杰西咖啡，然后给她俩拿了黄油牛奶面包干。我很高兴杰西还没糟糕到吃不下一块面包干。当然，海蒂摇了摇头。

"我午饭的时候会要吃一块，"她说，"我听杰西说，你俩周末很忙。"

"我告诉她德克和安娜的事了，"杰西说，"还有我从糖糖那儿听到的事。"

"这里面有几条线索需要我们跟进。"海蒂说。

"踢踏踢踏"声传来，就像是小马走在走廊上。门开了，探进一个头、橘色的唇、黑而长的睫毛，还有一顶太阳草帽。

"哦，太好了，"糖糖说，"你们都在这儿。"

她推开门，踩着紫色高跟鞋小跑进来。她今天穿一身淡紫色棉质连衣裙，看着就觉得很凉快。她的金发披散着，不及肩。杰西缩进了椅子里，背朝前弓起来。

"海蒂，"我说，"这是糖糖，马蒂妮的表姐。"

糖糖脱下帽子，拿着扇了会儿风，就把它挂到了杰西椅子的后面。接着她在杰西办公桌旁的凳子上坐了下来。

"葬礼在这周三早上十点，"糖糖说，"我先自己找了一位神甫，定了个场地，但我还需要负责置办食物的，用来招待到场的人。"

"我们能在公报上登个讣告，在明天的版面上。"海蒂说。

"好，那太好了，"糖糖说，"我们也应该私下请点儿人。我在想……杰西告诉我关于寻找凶手后，我觉得私下邀请各种人可能是一次性筛选一遍的好方法。我们可以一起做。"

杰西脸色发白，盯着自己的双手。我看着糖糖橘色的指甲。

我不想和糖糖一起做事，让杰西难受。另一方面，糖糖并不知道杰西和理查德的事，所以她也不是有意伤害杰西。杰西和我都在各自想心事的时候，海蒂给我们的访客倒了杯茶，把葬礼的细节记了下来。至少我们三个里有一个还记得招待的礼节。

"杰西，谢谢你，那个晚上真不错，"糖糖说着，呷了口茶，"抱歉，我那时还昏头昏脑的。我承认我对我表妹的离世仍很震惊。不过，你们城里有不少好小伙儿。真是体贴。为什么他们中的一个——"

走廊上传来脚步声，一个男人敲门走了进来。是理查德。杰西跳了起来。

"你怎么来了，理基！"糖糖对他笑着说道，"正说到你呢。"

理查德的嘴开了又合，就像一条鱼。杰西看了他一眼，那眼神就像是把鱼叉。她推开他走了过去。

"杰西……"他边说边追了出去。

但等到他的话刚说出口，杰西的小摩托已经疾驰而去了。理查德折了回来，徘徊在走廊上。

"不会吧？"他说，"她走了……"

"我得去见个人，搞定鲜花的事。"糖糖看着表说。

她小步跑过理查德身边时，拍了拍他的脸颊。理查德的脸红了起来，嘴再次像那鱼一样一张一合。

"理查德，"我说，"我在想，你在管道里发现了什么东西没？范·沙尔克维克家里的，有石榴汁吗？"

"是的，"他说，"我是说没有，我不能告诉你这些事儿，还不能。对不起，姨妈，上尉他……这是警察的事，你知道。"

"犯罪等级中心会自己测试里面是否有镇定剂的成分还是要把这个测试送到开普敦去做？"

"不，姨妈，我不能告诉你，抱歉。你可以问新闻联络官，但是没什么值得报道的事……目前看来。你知道杰西去哪儿了吗？她回来了吗？"

"我不能告诉你，抱歉。"我说道。

"我会去看看的……"他说。

他对我俩客气地点了点头就走了。海蒂走到门口朝外望了望。

"老天啊，都发生了些什么？"她说。

"鸡肉派和鲜奶挞，"我说，"科鲁曼姨妈的鲜奶挞是最好的。她可以负责餐食。"

"什么？"海蒂说。

"葬礼。"我说。

海蒂坐在门口，望着走道深处，摇着头。

第42章

"老天爷,"海蒂拉直裙子坐回桌前说,"杰西为什么急得跑成这样?"

"她会回来的。"我说。

由我来向海蒂解释杰西的爱情生活,这感觉不太对头。我煮上开水,为我们俩泡了茶,后就坐下来处理我的信件。我打开了一个纯白色的信封,上面盖着莱迪史密斯的邮戳。

亲爱的玛利亚姨妈:

有两件事困扰着我,也许你能给我点儿帮助。

第一件事——我在思考什么事真正很重要,真正的。家人?责任?神明?朋友?美食?爱情?

另一件事——对于露营菜单,你有什么好的建议吗?不要肉和冷冻食品。我有些小扁豆和适合新手用的罐装土豆。

满心期待,

迷茫的露西

信虽短，要求却高。我坐着思考，看到早晨的阳光拂过墙照在海蒂的桌上。最大的问题就是，我自己从未真正野营过。

而且她询问的那些问题也不是我所擅长的。我没有家人。我丈夫死后，我的责任也没了。神明于我而言就是个陌生人。我有朋友：海蒂和杰西。我烹饪，也吃了很多美食。但是关于爱，我又了解什么呢？我怎么知道什么是真正重要的事？

"海蒂，"我说，"记得两年前的那个时候，雨下个不停，我家附近的路都冲没了，变成了一条河。"

"哦，对，你被困了两个星期。"

"你过来，站在离我房子较近的河的另一边。"

"但是你太固执了，都不让我给你扔新鲜的食物过来。"

"海蒂，那些西红柿会落在水里，我不能冒险看着更多好食材流到河里。我吃那些干货和罐头就很不错，还有些水果和蔬菜也保存得不错。"

"我不信你。但是水退了，我过来吃你做的那顿饭——炖冬瓜和甜菜根，味道真不错。"

"还有我新烤的面包。"

"甚至还有一些苹果粒。是不是洪水过后你就开始种蔬菜园养鸡了？"

我没搭话。我正忙着给露西写信。现在我想到，我有很多野营菜单。

亲爱的露西，我写道：
　　说到底，最重要的就是爱和美食。没有它们，你会饿。你也需要靠它们来享受你所提到的别的。

然后我给了她两份露营菜单。一份是扁豆肉酱意大利面,用罐装番茄、新鲜香葱、大蒜、生姜和柠檬皮做。另一份是我给海蒂做的那个炖菜。当我把菜谱打完,听见走廊上传来脚步声。我希望那是杰西,但也知道不可能。

糖糖直接走进来,说:"老天,我刚见了他,他就坐在堆满水果的桌子边。哦,我的帽子。"

她从杰西椅子后取了戴上。我用一个信封给自己扇着风。

"马蒂妮的前男友——约翰,他在集市上,"她说,"他没看见我。"糖糖看着我说:"我们一起和他聊聊吧。"

"你们一起去吧。"海蒂点头说道。

但我没立即起身。我不想让杰西伤心,她是我一起做调查的朋友,在这些事发生后,和糖糖一起……但是糖糖了解约翰,而且从某个角度来看,她就像一只炸面团,能让任何一个男人开口说话。

"我猜我能和他单独谈谈……"糖糖说道,脚不时点着木地板。

她的橘色指甲油和唇膏颜色很配。我把信放下,站了起来。

去找杀人犯。

第43章

我们在糖糖的红色名爵里一路疾驰，风太大，我的睫毛都要被吹没了。她把草帽扔到我的腿上，我紧拽着。接着，就在之后，杰西骑着她的摩托从另一个方向驰来，超过了我们。她一定看见我们了，但没回头。

在停车场，有一排市集小摊，离人行道很近。当地人一天付一百元南非兰特就能租一个木桌子和一把大伞。伞支在一个平台上，有个很重的水泥底座。伞遮不住整个桌子，只能跟着太阳转，所以商品通常只堆在桌子的一部分上，然后跟着影子调动。你可以买到五颜六色的帽子、难看的手提袋或者在到家之前就可能坏了的廉价塑料制品。不过也有些摊位卖从附近农场运来的鲜货。

"就是他。"糖糖说。

我们把车停在一个摆了两张堆满蔬果台的摊位前。一个长相不错的男人站在阳光里，在两把伞之间。他有一头棕色鬈发，戴皮帽，穿着牛仔衬衫。他整理过桌台，所以绿叶植物都在阴凉处，西瓜、土豆和南瓜则晒着。他也调节过遮阳伞，留了一些阴凉给他的顾客。真是想得周到，或者说就是个精明商人。我认出这个男人和他的桌台，他住在莱迪史密斯这一带已经好几年了，但举止仍像个城外人。他只是在那儿兜售商品，不闲聊。我不知道他现在是否会和我们聊。

糖糖停好了车，约翰在车的侧面。她下车的时候没看他，但她知道他在看着她。她动作迟缓，好像有谁在给她的每一个动作拍照：红色车门打开——她的紫色高跟鞋和长腿跨出来；她站起来，扶了扶太阳眼镜，甩了甩一头金发；双手用力拽了拽淡紫色连衣裙的裙边，整件衣服在臀部和胸部绷得更紧了。

这个男人的双眼记录下了每一个画面。我也下了车，拿着糖糖的帽子。

"看看这些芒果，真不错，玛利亚姨妈。"她说着，穿过人行道，朝他的摊子走去。

他的水果和蔬菜都是精心筛选过的。我拿起一只芒果，闻了闻。甜得就像蜂蜜。有些芒果上有些小包，但那不是在园子里栽种时造成的。东西的卖相没有商店里陈列的食品好，但是味道更胜一筹。芒果旁摆着一堆饱满的黑葡萄。

"我能尝一个吗？"我看着他问道。

他和穿着高跟鞋的糖糖一样高，皮帽下的眼睛仍注视着糖糖。

"可以。"他说。

哦，葡萄不错，香甜多汁。

糖糖也在尝葡萄，但是她显然要花更长时间。她用唇磨着葡萄，用舌尖轻触，接着慢慢舔食。等到她把葡萄吸进嘴里时，我猜那个男人要爆炸了。糖糖微笑着，然后推起太阳镜看着他，好像这才发现他似的。

"哎哟,这不是约翰吗?约翰·维瑟。"

这个男人咽了咽口水,抹了下嘴。

"记得我吗,甜心?我是马蒂妮的表姐,坎迪。"

"糖糖?"他说。

"我想你应该听到了,"她说,"关于马蒂妮的事。"

他皱着眉头,把一个卷心菜移到了阴凉处。

"是啊,太糟了。"

"我不知道怎么联系你。这周三早上十点举行葬礼。"

"太糟了,"他又说道,双手垂到了身旁,"那个男人。"

"她的丈夫?"

"对。"

他的双手握成了拳。

"你觉得是他干的?"

"他待她不好。"

"你常见到马蒂妮吗?"

他的拳一会儿松,一会儿紧。

"她的丈夫嫉妒心太重了,都不让任何人接近她,"他说,"但我和她保持着联系……"

"你最后见到她是什么时候?"

"几个星期前了。她不应该嫁给他。"

"你到她家里去过吗?"

"这是什么意思?盘问?"

糖糖微笑着。她从我手上拿过帽子,稳稳地戴上。

"这位是我们家里的朋友,玛利亚,"她说,"这是约翰·维瑟,马蒂妮的一位……老朋友。玛利亚正在帮我置办葬礼的事。约翰是个农民,还是有机的吧?"

他点了点头。

"这不错,"我说道,拍着一个南瓜,"我自己也有一个小院子,靠我的鸡和野蒜来除虫。"

"所以你也是个有机农民。"他说。

"我从没想过这个,"我说,"但我是不用杀虫剂,我是用手来除草。"

"你的肥料呢?"他问。

"用蔬菜积肥,还有鸡的屎。"我说。

"太棒了,"他说,双手相合,没有拍出声音,"那你也是有机的。大多数家庭菜园都是这样的,直到他们被农业公司的垃圾不停地骚扰。他们用他们的产品破坏了非洲整个耕种链:杀虫剂、除草剂、化学肥料,现在还有转基因种子。犯罪,这是犯罪。"

糖糖微笑着。

"总不能由着自然随便生长。"她说。

"这不是发财的工具。利润,利润是最重要的。"

"钱钱钱。"

他放低了声音,靠着桌台。

"可能还不只是因为这个,"他说,"控制,这些人太邪恶了。他们是有计划的。"

"你和马蒂妮没能在一起,我很遗憾。"糖糖说道。

他退后捡起了一个土豆。

"她那会儿做了一个错误的决定。"他边说边朝空中抛起一个土豆又接住。

"可能吧。"糖糖说。

"看看事情变成了什么样。"他说。

他身侧的拳头里攥着土豆。他在捏那只土豆,红色的汁水从他的手指缝里滴出来。

"这些葡萄,"我说,"多少钱?"

"一盒50南非兰特。"他说,扔掉了那个被挤过的土豆。

我不喜欢看到食物被这么糟蹋。

"我要一盒,"我说,"还要一袋土豆。"

"我要三个芒果。"糖糖说。

"我要从我的车里去拿一盒新鲜的,"他说,"我把它们放在遮阳布里,好凉爽些。"

他把手在牛仔裤上擦了擦。我跟着他穿过停车场,糖糖则在挑她的芒果。

"现在离葡萄上市还早。"我说。

"这些是早熟的品种,"他说,"但是我有个暖房,我想可能算是有点欺骗性质。我本来是想防豪猪和狒狒的,后来我意识到我可以用这个来调节湿度和温度,有时候我可以有些反季节的水果。"

他的车是一辆大型白色四驱皮卡,轮胎是凡世通的。

"你种石榴树吗?"

约翰像是没听见我说话一样,拿出一盒葡萄。我看见他的车背后贴着粘纸,又大又红,写着"反对液压破碎法"。"液压破碎"?我之前在哪里听过这个说法?

"液压破碎法是什么意思?"我问道。

"她很爱石榴,"约翰说道,声音轻得像对自己说,"我为她种了整片的石榴树。但是这对我而言并没好处。"

他提着葡萄走到桌台，嘟囔着，我没法听清。

我付钱给他时，又问："你车上的粘纸写的'液压破碎'是什么意思？"

"是那些用液压破碎法挖矿的杂种。他们不把地球上所有的煤矿、原油和天然气挖尽，就不罢休。液压破碎是他们用来探测天然气的方法，他们用爆破炸穿深部地层的岩石，这就会排出有毒物质，会让我们的地下水完全污染。他们想从更深的地下蓄水层取水。如果他们继续这么做，卡鲁会有一场灾难，彻头彻尾的灾难。我们这里的生态系统十分脆弱。"

"他们想在这里做这种事？在小卡鲁？"

"主要是在大卡鲁，"他边说边把糖糖的芒果装进一只棕色纸袋里，"但是他们也开始在这里探测了，我听说他们在附近买土地。他们从天上到地上研究得很仔细，用他们的红外线卫星装备。去年的旱灾之后，很多农民过得很艰难，就廉价把土地给卖了……"

"你和马蒂妮说过液压破碎的事吗？"我问。

他开始重新陈列桌台上的西瓜。

"这些挖矿公司都是地球上的渣滓，我们得阻止他们。"他抬头看着天说，"看样子要下雨了。我得收拾一下了。"

天空中有了些云，但是离下雨还早。他开始把他的瓜和卷心菜装进纸箱里。

糖糖说："地点在归正教会教堂，葬礼地点。这周三。你能当护柩人吗？"

"天啊。"约翰自言自语道，边摇头边提着箱子走开了。

"我觉得那家伙真是脑子缺根筋。"当我们坐进车里的时候，糖糖说道。

"可能他脑子里有别的筋。"我说道。

连我都不太明白自己在说什么,但是我知道现在到了午餐时间。

第44章

我们去了库鲁曼姨妈咖啡馆,在那儿我们做了两件事:点了两份她家美味的鸡肉派。在鸡肉派加热的时候,我们讨论了葬礼上的餐饮。

"你觉得我们应该准备些什么?"坎迪问库鲁曼姨妈。

库鲁曼姨妈拉了拉头上的红色小头巾,打量着糖糖的紫色高跟鞋、淡紫色连衣裙还有她的脸。糖糖真是让姨妈打量了好一会儿,她的身高和高跟鞋。库鲁曼姨妈的身宽感觉要大于身高,她双手插在胸前,然后又回过头看着糖糖的橘色指甲。或许她是被糖糖的样子惊到了,也可能是她没听懂糖糖的美式英语。

所以我又重复了糖糖的话:"我们要给人准备些什么小食?在葬礼上用的。"

库鲁曼姨妈清了清嗓子说:"我的小派怎么样?我可以做些鸡肉派。"

"好的,"我说,"还可以来点儿你做的香肠卷。"

"哦，可以，还可以来点儿奶挞，就是小的鲜奶挞。"她看着糖糖解释道。"还有炸麻花糕……像是蛋糕姐妹？"她指了指玻璃柜台里放着的炸过的麻花状面团，蘸着糖浆，"就是那些东西。"

糖糖微笑着说："甜心，我知道炸麻花糕是什么，那听上去很棒。你俩不管决定要做什么，给我寄账单就行。"

"好，要是每个人按三十南非兰特的标准，我就做些简单的；如果五十南非兰特的话，我可以弄些特别的。有几个人？"

"'特别的'听上去不错。"糖糖说。她看着我："六十个人？你觉得呢？"

"听着还行。"在莱迪史密斯，葬礼没以前流行了，"你还能准备些不加肉、奶的派和布丁吗？"我说，"万一那些基督复临安息日会的教徒来……"

"好的，"库鲁曼姨妈说，"我之前给他们做过吃的，那些孩子在我看来都皮包骨头，你知道的……"

鸡肉派闻上去太棒了，我们拿着到了室外，坐在蓝花楹树下的一张凳子上，望着教堂路。糖糖小口咬着派，我大口嚼着，这样我才能一口就吃到脆边和馅儿。就在这时，我听见摩托的声音，是杰西——朝着咖啡厅转过来。她可能是来吃午饭的。糖糖朝着她挥手，她看见我们坐在凳子上一起吃着派。

杰西脸上的神情让我嚼不下去。

我想把满口的派吐出来，叫她，告诉她她才是我的调查拍档，是我最想一起吃饭的人。我飞快地嚼着，等我嘴里空了，她已经掉头加速走了。

吃得快意味着食物消失得也快，这一点很不明智，因为这让我感到饥饿。但这时糖糖的手机响了,她把她剩下的半个派给了我。

"很好吃,"她说,"但是我饱了。"

"大卫!甜心!"她对着手机说,接着安静了许多,"你穿着什么?"她大笑道,"你收到我的消息了吗?对……周三。我的皮特叔叔怎么样?……真的?我不认为他会哭。你确定他不是眼睛感染?他身体怎么样?"她站起来,离远了凳子,"今天下午……不,她的律师现在在这儿,在莱迪史密斯……对……"

之后我就再也听不到她说什么了。她回来时拉长了脸。

"是大卫,"她说,"马蒂妮的兄弟。我希望他在葬礼上能穿身得体的西服,他根本就没什么时尚品位。"

我把手上的糕点碎屑抖了抖,站了起来。第二次了,我听到她对这个男人的差评,这是她的表兄,但是她的语气听上去对他并不友好。或许家庭政治就是这样。

"见鬼,有时候我在想大卫的事,"我们走回糖糖的车里时她说,"他想染指他家老爹的钱很久了。我的叔叔是个吝啬鬼,但是去年得了胃癌,医生说他太老了,挨不起手术的折腾。大卫在老爷子身边打转,就像一只秃鹫一样。他说要让老头有点儿用处,在带着他度假呢。现在他们在桑伯恩。你知道,那个豪华的猎屋……"

我们坐进车里,椅子发烫。

"大卫上周去看过马蒂妮吗?"我问。

"他说他没有,"糖糖说着发动了跑车,开了出去,"他们本来要去看她的,但没抽出时间。"

"他和马蒂妮走得近吗?"

"大卫唯一亲近的就是他那身廉价的西服,而且他还渴望有钱的生活。但他毕竟是马蒂妮的兄弟,我不能想象,你知道……"

"但是马蒂妮死了的话,他就能得到他父亲所有的钱。"我说。

"那是他自己一厢情愿。"糖糖说。

风大得我们都说不了话了。

糖糖把我连同一盒葡萄和土豆送到公报办公室门外。

"马蒂妮的律师叫我去聊一聊,"她边说边对着车内镜抹她那橙色的唇膏,"大概是关于她的遗嘱,我估计。我最后再顺道去和德克聊聊葬礼。"

我在外面没看到杰西的摩托,但我还是走进去想找她。我把水果放在我的办公桌上。

"杰西不太舒服,"海蒂说,"她说会在家办公。约翰怎么样?"

"有点儿意思,"我说,"另外库鲁曼姨妈会帮忙做餐饮服务。"

我告诉她我们和约翰的谈话。之后我打杰西的手机,没打通。我又打她家里的电话,没人接。

"我有点担心杰西。"我对海蒂说。

"嗯,"她说,"她有点怪怪的。"

海蒂不知道整件事,但我仍觉得不该由我告诉她关于杰西的私生活。

"来杯茶怎么样?"我说。

我拿着茶和面包干坐回了办公桌前,这样我才能定下心来思考。接着,办公室电话响了。

"是莫斯特护士,"海蒂放下听筒后说,"杰西的妈妈。她想让我们去医院,马上。"

第45章

"坐我的车吧。"我们走到外面时,海蒂说。

"不用,"我说道,转身坐进我的小尼桑里,"你觉得杰西还好吗?为什么她妈妈没说是什么问题?"

我们朝着医院,看到了山上。

"我都没听清她的话,杰西没问题。这窗户不能再开大点儿了吗?"

"抱歉,"我说道,"这窗户卡住了。这儿,我把风扇对着你吹。"

我一路都在试图把车窗摇下来,一股暖风在我的小尼桑里流动。我觉得我们应该坐海蒂的车,但我在已经有各种事情要担心的情况下不能再直面海蒂开车这件事。

"我真讨厌医院来电话却不告诉你发生了什么,"当开上山的时候,我说道,"我妈妈那时也是这样。他们会说这是为了不让你路上出事。但这都是胡扯,我觉得。担心要比知道真相糟得多。"

"那里没有遮阴的地方,"我们在医院停车场停好车后,海蒂说,"你的车一定会被晒得很热。"

一辆警察和一辆奶白色的四驱皮卡把一棵大漆树下唯一的阴凉地给占了。

知了一直在叫。我们朝着医院入口走的路上,知了声好像越来越大。我们路过了四驱皮卡,是凡世通牌轮胎,车的一侧写着"小卡鲁房产"几个黑色的字。

知了声听着好像是从医院入口花床里的火棍树上传来的。

我们进门时,一个男人正冲出来,撞了我的肩膀。

"马吕斯先生!"海蒂说。那男人转了身。

他一点都不比海蒂高,却是低着眼看她的。他有一头黑发,整齐的分头,嘴边留着一圈小卷胡。他的嘴看着就好像在吃什么苦东西。他透过那双小眼睛盯着我俩,接着用指头指指我,又用指指海蒂。

知了的噪声停住了。我能听到他鼻子出气的声音。

他张了嘴。我以为他要开口说话了,结果他却转身迈步走过柏油马路,坐进皮卡,发动引擎,开车走了。知了又开始鸣叫。

"你们来了!"莫斯特护士说。

她是一个矮小的女人,有着一张圆脸和姣好的身材。她让我想到一只炸面团,由一张白色干净的纸巾包着——她穿着一身迷人的护士服。

"杰西都好吗?"我问。

"杰西?"她看着海蒂说,接着又看了看我,"不,不,不是杰西的事,是普利特瑞斯小姐和范·沙尔克维克先生,他们又打起来了。我们现在只能让警卫介入了。我希望你们能和他们谈谈。让他们停止这场闹剧。"

她说话时，我们一路跟着下了走廊。

"他们逮到普利特瑞斯小姐，当时她正要把滴露① 倒进睡着了的范·沙尔克维克先生的点滴里。我们铐着她，只在她上洗手间时才松开，她就是那个时候溜开的——坐着她的轮椅！然后在一个午夜，范·沙尔克维克先生带着整张床到了安娜的病房。我不知道他是怎么做到的，但是看上去好像是他用点滴挂杆把自己推得那么远的——就像是在船上划着桨。床卡在了门口，但是我们把他们再次分开前他们还是免不了又踢又扔东西。"

"说实话，"海蒂说，"就像孩子一样。"

"但是更危险。我们没法二十四小时监视着他们，所以我们报了警。理查德说或许你们能和他们聊聊，让他们清醒点儿。杰西在哪儿？"

"她感觉不舒服，回家了。"海蒂说。

"我打不通她的手机，"莫斯特护士说，"希望她没事。"

"没什么大事，"海蒂说，"就是一点儿胃不舒服。但是你当时给我们电话让我们到这儿时，我们还以为可能是杰西的事……"

"啊，不好意思，不是杰西，我打给你们的时候正好那个警员到了，所以我没有时间来解释这一切。"

"卡尼梅耶？"我问道，"他在这儿？"

"对，他想给他们录口供，这样他们就能开出强制令或是些别的。"

"强制令？"我说，想到了我曾经和法律援助组织的谈话。

"对，就是让他们都互相保持几米的距离。"

---

① 一种杀菌剂。

"马吕斯先生——他在这里干什么?"海蒂问道。

"来看范·沙尔克维克先生。"她说。

我们到了安娜的病房,我看到了卡尼梅耶警员正站在她的窗前。我的头发看起来一定很糟糕。坐糖糖的车回来后,我就没打理过头发。我用手扒了扒,但是我更需要的是镜子。

"我要去一下洗手间。"我对海蒂说。

但是为时已晚——安娜看到了我们。

"玛利亚姨妈!"她喊道,"进来,来给警察解释解释'不'的意思。"

我深深吸了口气,走了进去。

"不,不,不可能,见鬼。"安娜说。

警员穿了身奶白色棉衬衫,带了条红色领带,看上去很精神,就好像他一直坐在空调房里而不是在风里和大太阳底下坐着跑车。他朝我们点点头,又站了回去。莫斯特护士拿了个枕头垫在安娜的一只脚下——那只脚打着石膏,还绷着。她又调节了一下床边的点滴。

安娜的头发比我的还乱,绿色的病服皱着,但是脸颊透着玫瑰红。她微笑着,拍打着床边,叫我们靠近些。莫斯特护士对我眨了眨眼,就走开了。

卡尼梅耶警员清了清嗓子。他手里拿着个夹板,上面有一张纸和一支钢笔。

"普利特瑞斯小姐说她不会控告范·沙尔克维克,"他说,"她甚至都没说明发生了什么。"

安娜把嘴抿在了一起。

"但是,安娜,"我说,"德克会把所有事都怪在你头上。"

她摇了摇头,抬眼看着卡尼梅耶,用手做了走开的动作。

他叹着气说:"范·沙尔克维克也什么都没说。"

"只是个意外。"安娜说。

"他也是这么说的。"卡尼梅耶说。他手指敲着夹板:"你们两个都被指控扰乱公共秩序及滥用枪支。医院也会因为滴露这场闹剧指控你们,你们逃不掉蓄意杀人的指控——"

"你能不能带给我点儿炸面团?"安娜对我说。

"抱歉。"我说。

"玛利亚姨妈,那个……夫人……"卡尼梅耶看着海蒂说。

"海蒂,"她说,"海蒂·克里斯蒂。"

"玛利亚姨妈,克里斯蒂夫人,我希望你们能和她讲讲理,让她明白她犯的这些事的严重性。"

"蛋糕呢?"安娜又问。

"什么都没有,"我说,"我抱歉。"

卡尼梅耶低头看着夹板上的纸。一片空白。他拿着夹板拍着大腿往门外走去,在快要离开病房前,他才记得有寒暄这件事,回过身。

"午安,女士们。"他说。

第46章

"发生了什么，安娜？"我说，"你为什么不指控？"

安娜嗤之以鼻。

"没什么事，"她说，"和谁都没关系，这只是我和德克之间的事。"

"但是安娜，我们想说的是，"我说道，"他应该没有杀马蒂妮。"

"他可能杀了，也可能没杀。但是马蒂妮活着的时候，那男的就像头臭猪猡的屁眼，他总是这么碍事，"她倚着靠垫，"马蒂妮本该和我在一起的。"

"马吕斯先生刚才在这儿，"我说，"来看德克。马蒂妮曾和你提起过他吗？"

"谁？"安娜说，定神想着。

"房地产商。"海蒂说。

"她不喜欢他，"安娜说，"他们吵过架或是出过什么事。"

"马蒂妮买卖过房产吗?"

"我不知道,"安娜说,"她没说过这种事。她很注重隐私,姨妈。她把事装在自己心里。但每当她对我大笑的时候,她都那么敞开心扉,就好像太阳底下的一朵小野花。"

"她和你谈过约翰·维瑟的事吗?"我问。

她眨了眨眼,打量着房间,就好像她刚来这儿一样。

"她的前男友。"我说。

"她有前男友?我会杀了他!"

我看着海蒂,摇了摇头。

"我打算去看德克,"我说,"你试着给她讲讲理吧。别让她再惹麻烦。"

我不知道理智是不是能灌进灌出的东西。那东西,你要么有,要么没有。

理查德·西尼曼准尉正守在德克病房外。

他说:"杰西在这儿?"

我摇摇头。

"她感觉不舒服。"我说。

"她不接我的电话。我叫莫斯特给你们打电话,我想或许你们能……"

他朝被铐在床上的德克挥了挥手。

"我们会尽力。"我说。

"玛利亚姨妈?"理查德说道,他的眼就像条小狗一样睁着。

他环视了一圈医院走道,我等着他说下去。地板和墙面都十分干净,闪亮。要在这里挑骨头不太容易。

"算了。"他嘟囔着。

莫斯特护士在德克的床边,为他的左臂调整挂带。德克的脸看着就好像被醉汉除过草的草坪,新胡子稀稀落落地长在浓密的鬓角旁。他的挂带和绷带倒显得整洁雪白。

"我们现在就给你剃一下,把你弄干净。"莫斯特护士说道,就好像听到我脑子里想的。

德克对我皱着眉,好像他不确定我是谁。我觉得那次我们见到他时跟马一样多剂量的镇定剂药效还没退。

"这是玛利亚姨妈,"护士说,"她是来和你聊聊的。"

她在德克的表单上写了点儿东西就留下我们两个走了。

"哦,范·沙尔克维克,"我说,"你和安娜必须结束这场闹剧,这对抓到凶手并没有帮助。"

"她杀了马蒂妮。"

"不,德克。我不这么认为。凶手可能是射杀了劳伦斯的人。"

他眯着双眼看着我说:"你知道,我曾做过梦。我的母亲,她给了我一个炸面团,告诉我劳伦斯的事,还有那个杀了他俩的凶手的事。"他抬头看天花板。"我妈死了好久了,她曾做过最好吃的炸面团,"他拿了床边一张手纸,擤了擤鼻子,"现在看起来那是真的,关于劳伦斯的事。"

"对,没错。在劳伦斯被杀的那个晚上,安娜待在医院里。她没杀人。"

"那个该死的安娜,她对马蒂妮没好处。她来拜访的时候,我总能知道。马蒂妮会把我弄出去,就好像当我不在。对着我,她的丈夫,锁上她的门!在马蒂妮死前,安娜就已经要把她从我的身边带走了……"

他晃着绑了绷带的那支胳膊,突然攥紧了拳头。

"可能她把你关在外面是因为你对她太糟了。"我说。

"什么?!"

他的脸变得通红。

"你打她。"我说。

"你以为你是谁?"

他的腮帮子鼓了起来,像一只气球。我就在那儿坐着看着他。他叹了口气,红气球一样的脸吐出了一点气。

"你说得对,姨妈,"他说,"我是个垃圾丈夫,现在太晚了……"

"安娜对马蒂妮而言是个很好的朋友,如果你疼爱你的妻子的话,你就会得到安娜的尊重。"

"我知道大家都觉得是我杀了她。我有时是没法控制自己。"

他坐起来,身子朝向我:"但不是我,我没有杀她,你要相信我。"

"我不觉得是你杀的。我同样也不认为是安娜杀的。"

"你是警局的?"

"不,我在为《小卡鲁公报》做调查。马蒂妮死前曾写信给我。"

"是谁?姨妈,是哪个杂种杀了她?"

"我们还不知道。但如果你不再和安娜打架了,或许能帮我们一起找出凶手。"

"我不知道谁对马蒂妮下了毒手,这让我真该死地要发疯了。"

他到处挥着绑着绷带的手。我拉过一张塑料椅,坐在他身边。他准备回答我的问题了。我希望我能记得所有问题。

"劳伦斯说他很抱歉——他并不想让你有麻烦,"我说,"他那么说是什么意思?"

"麻烦？哦，对了，劳伦斯对警察说马蒂妮被杀的那个早上我在家。但那是乱说，我那天直到午饭前都在上班，每个上班的人都见到了我。我不知道他为什么那么说。"

"可能他看见有谁开的车和你的一样。"

"对，可能吧……劳伦斯不是那种随便乱说话的人。"

"凶手可能觉得劳伦斯已经看到他了。"

"你觉得那是他挨枪子儿的原因？"

"也可能是因为那晚凶手在你房间里时，劳伦斯也进去了，被他撞见了。"

"那个杂种在我的房间干什么？"他说。

"在马蒂妮的书房里找材料。"

德克摸着他乱糟糟的下巴。

我问道："马吕斯先生，他来这里干什么？"

"他找到了想买我们的地的人，"他咽了咽口水说，"我的地。"

"你在卖地？"

"啊，我不知道。好吧，劳伦斯又给了一个有用的消息，所以我要说没有就该死的真蠢了。但是马蒂妮不想卖。她说马吕斯不干好事。她现在一走，我不知道……马吕斯希望我签一个协议。但是这太快了，我还没在家待过，自从……"

他环视四周，若有所失。他的目光落在床边的水杯上。

"要我替你倒些水吗？"我说。

他摇了摇头，但仍盯着水杯，好像这让他很感伤。

"买家是谁？"我问。

他看上去很困惑，好像已经忘了我们谈的事。

"那个想买你地的人。"我说。

"不知道,马吕斯想低调行事……"

"马蒂妮有信仰吗?"

"她是个好女人,正直。"

"她和基督复临安息日会的人有瓜葛吗?"

"什么人?哦,那些人,世界末日什么的。老天爷,我不知道。她曾说过……我并没怎么听。我不是个好丈夫。"

"你认识马蒂妮的朋友约翰·维瑟吗?"

"那个没用的垃圾。你是什么意思,她的朋友?"他的脸又变得像只红气球,"你看见过他们在一起?在哪儿?"

"不,不,我只是在问。我听说很久以前他们在一起过。"

"她把他甩了,很早以前,你知道吗?他有辆白色的皮卡!我看见过,和我的很像!是他……我要杀了他!"

第47章

在停车场打开我那辆尼桑的车门时,一股热浪扑面而来。我理了腿部的裙子,这样我的皮肤就不会碰到椅子了。

"我的老天,"海蒂说,"你应该装一个空调,玛利亚姨妈。"

"空调的钱比我的尼桑都贵。"我说。

"这热浪能把你杀了,"她说,"下次我们坐我的车。"

我把海蒂送到公报办公室,然后拿了葡萄和土豆回家。尘土和热浪织成一片薄雾,笼罩在棕色的山坡上。路上浮着歪斜的天际线,看着好像一个个水洼——如同海市蜃楼。这真是很有趣,干燥的热浪却能让事物看上去像凉爽的清水,就好像太渴求什么,索性就创造什么。空气也如是。问题在于,对一些事过于渴求,那种念头会让你发疯。

回家路上,我的裙子黏在车座椅上。我很想来一杯好喝的柠檬水加冰。我把车停在漆树树荫下,把自己从车座上剥了下来。我提着葡萄和土豆,包里的土豆都冒出了水。

"我现在立马就把你们放到冰箱里。"我说道。

周遭太安静了，安静得有些过分。可能连鸟儿都热得叫不动了。我在想，昆虫怎么也没声了？当我走到小路上，我的脚步声显得很大。

我的鸡呢，我的鸡去哪儿了？我想。它们没在刨肥料堆里，我没在阴影处看到它们。

接着我死死地站住了。走廊门垫上有个棕色的东西躺着。

我上前了一步。

是我的棕色沙地靴！

曾有一瞬间，我很高兴能再见到它们。我的卡其色沙地靴和我都很欢迎它们能在长途之后回家。然后我想起来它们失踪的时刻——那是在劳伦斯被杀的夜晚。

每一只鞋都成了两半，就好像曾被面包刀切开的。

我扔下装葡萄的盒子，听见沙哑的叫声。我原以为是我自己发出的，但我抬头看到了一只乌鸦扑扇着翅膀飞过天空。我想把这切遮起来，就跨过散落的葡萄和地上的沙地靴打开前门。前门没锁，我几乎不怎么锁门。我进去想锁上，但是找不着钥匙了。房子里十分安静，只有我的心跳声。

我把土豆放进冰箱，然后走到了电话那儿。我想见汉克·卡尼梅耶，就给警察局打了电话找他。接我电话的男人声音厚实慵懒。

"他不在这儿，"他说，"我能为您做什么吗，太太？"

"派辆警车到我家来。"

我报出了我的名字和地址，他花了好长时间才拼写好。

"出什么事了吗，太太？"

"我需要警察。"

"家里是否被非法闯入?"

"我不是很确定。我的钥匙不见了。"

"你丢了钥匙?"他说。

"这里发生了谋杀。"

"有谁被杀了吗?"她问。

"我的沙地靴,"我说,"被切成两半了。"

"你的沙地靴被杀了?"那个男人说,"女士,你在说笑吗?"

"没有,"我说,"我需要卡尼梅耶警官。他有手机吗?"

"我们不会把调查警督的号码说出去的。"

"皮耶特呢?巡警皮耶特·威特布伊在吗?"

没有回答。

"我要和他说话,这事很严重。"

电话那头很安静。我不确定他是放下了听筒,还是打电话给皮耶特了。接着我听到了背景的嘈杂声,于是我继续等着。

终于,线那头有了声音:"你好,我是皮耶特·威特布伊巡警。"

"皮耶特,是我,玛利亚姨妈。我的棕色沙地靴,就是劳伦斯被杀的那晚不见的那双,它们在我的门廊上,被切成了两半。"

"我们在路上了。"

我打杰西的手机。没人接。我给她家里打电话,一个女孩接了电话,是她的姐姐或者表亲。她有个大家庭。

"我是玛利亚·范·哈特,请问杰西在吗?"

"杰西——"她叫道。

我听见她走开的脚步声。嗵嗵。我的心跳得更快了——我屏住气。

"她不想说话，姨妈，"那女孩回来说，"她说她不舒服。"

"但是她还好吗？"我说道，呼了口气。

"好——啊。"女孩说。

"去看看你们的门廊——告诉我那儿是不是有什么东西，"我说，"一双靴子。"

"啊？"女孩说。

"乖，姑娘，去看一看。"我说。

她踏着步子走开了，一会儿又回来。

"什么都没有，姨妈。"

电话断了。我听见扑扇的声响，吓得心都要跳出嗓子眼了。

那是只小鸟，在窗户上啄着自己的影子。

它正和自己的影子搏斗。

第48章

"皮耶特,"我说,"谢天谢地你来了。"

我很高兴能见到他。他和一个年轻警察一起来的,那个年轻警察介绍自己是弗斯特中士。弗斯特有一头柔软的鬈发,棕色皮肤顺滑得像婴儿一样。皮耶特的皱纹长得就像是老人,但是动起来像个年轻人。他绕过葡萄,弯腰盯着门垫上的沙地靴,这边那边地来回看。他细究了走廊上的灰尘,挥手示意弗斯特回去,不要挡道。

柠檬水,我想到。我应该给我们几个都倒上杯柠檬水加冰块,那才是我回家要干的事,而不是鞋子被杀这桩事。弗斯特用手机接了个电话。

"对,"他说,"我们在这儿。"他放下电话;"卡尼梅耶上尉在路上了。"

"失陪。"我说。

我要把自己弄得精神一些,至少要换一条干净的裙子,身上这条已经汗津津的了。我从卧室衣橱里拿了条紫色玫瑰花纹的裙子，我有段时间没穿这件了，但是这件很不错。我冲进了浴室，脱掉黏黏的裙子，把它扔进洗衣篮中。没时间冲澡了，不过我洗了把脸，用洗脸毛巾擦了擦身子。我听见驰来的车声，"嘭"的一声开门声。

我把紫色玫瑰裙套过头，往下拉。裙子很紧，过不了肩。什么问题？之前都没碰到过这种情况。我又用劲拉了一把，不行。我只能把裙子再往回拽，但是裙子一动都不动。我的双臂腾在空中，走廊上传来了脚步声。

我上下蹦跶，猛拽裙子，纹丝不动。我被卡住了。

"巡警威特布伊，"卡尼梅耶在前门喊道，"我能进来吗？"

我在那件裙子里扭来扭去，嘴都被裙子堵着了，以至于呼吸都有些不畅。皮耶特和卡尼梅耶在房间里交谈。我听见一辆货车开走的声音。是弗斯特，他走了。我的两只胳膊越来越沉重，感到有点儿晕乎乎。我靠着墙，喘两口气。

我使劲拽，感到裙子被撕开了，那就索性再撕开些。把裙子脱了下来，我整个人又松快了。

呼！我坐在马桶盖上。先是我的沙地靴切成了两半，现在我的裙子又扯坏了。

我看着镜子里的自己。我的脸红得就像个番茄，和这条裙子的较量让我全身又变得汗津津的。我又用毛巾擦了一遍脸和身体。

有人在敲浴室的门。

"不好意思，范·哈特太太，"是卡尼梅耶的声音，"你一切都好吗？"

"很好，"我说，"就来。"

我从洗衣篮里找出了之前的裙子，现在不单有汗臭，还因为挤做一团而显得皱巴巴的。我试着把衣服展平,但效果并不好。皮耶特和卡尼梅耶就在外边,我没法到卧室去。我拿起紫色玫瑰花纹的裙子。扯坏的部分只在背面。我又把这条裙子穿上。这次裙子很合身。我拉好了拉链,转身的时候,从镜子里看到两条大裂口,但是正面看起来还不错。我梳了梳头发,涂了点儿唇膏。我喝了一小口水,但是并没有用。柠檬水,我需要冰镇柠檬水。

我出了浴室,靠墙站着。他们站在不远处,在看我的推窗。

"这个没上锁。"卡尼梅耶皱着眉对皮耶特说。

"探长,"我说,"需要柠檬水吗?"

他看着我,带着微笑。他的胡须微微翘起。我横着走过,就像只螃蟹,这样他们就看不到我的后背了。

"看起来,那个人好像只走到门口。"卡尼梅耶说。

他把我的棕色沙地靴放进一个干净的塑料袋里,那袋子好像一个装尸袋。我继续横着走过碗碟架,取了三只玻璃杯。

"你的门是上锁的吗?"卡尼梅耶问。

"没有,"我说,"钥匙在前门,现在不见了。"

卡尼梅耶摇着头,拉着胡子。

"你能离开这儿,在别的地方待一段时间吗?"他问。

我正忙着走向冰箱。

"这样好了,"他说,"威特布伊警员已经检查过底楼,你可以到那儿去。"

"我不想走。"我说着打开身后的冰箱。

卡尼梅耶皱了皱眉头。我摸到身后冰箱架上装柠檬水的罐子。我把杯子倒满,然后横走到离厨房桌不远的座椅上。啊,终于喝到冰爽的柠檬水了。皮耶特一饮而尽,但是卡尼梅耶连杯子都没拿起来。

"我觉得你还没意识到这件事的严重性，范·哈登太太。威特布伊巡警在检查轮胎印痕和鞋印，这和杀死劳伦斯的是一个人，可能这个人也杀了马蒂妮。这不是在开玩笑。"

"这是我的家。"我说。

"就暂时离开，等我们抓到他。"

"你们怎么做到呢？有线索了？"

"你在这儿不安全。你的窗甚至都不上锁。"

"有嫌疑人吗？"

"玛利亚。那些鞋子——被切成那样——这就是对你性命的警告。"

我喝了口饮料，低头看着脚上这双完好无损的卡其色沙地靴。

"我们一定离真相不远了，"我说，"否则他不会来威胁我。"

"不远？你说离得不远是什么意思？我告诉过你，离这件事远点儿！"

"喝点儿柠檬水，探长。"

他来回走着。

"你又把你自己卷进麻烦里了，看看现在什么找上门来了？我希望这能吓到你。"

我又喝了一口饮料，看着天花板上一处油漆剥落的地方。我在想，除了卡尼梅耶探长，我们还把谁惹急了？

"卡尼梅耶探长，有谁知道杰西和我在劳伦斯被杀的那晚也在那栋房子里吗？"

"我没有告诉任何人，但是我肯定现在半个城镇都知道了。硬件工厂里的麦弗洛·高邬斯到处在散播消息。"

"如果那人真想杀我，为什么只对我的沙地靴做这种事？他是想吓跑我。有人一定觉得我知道些什么……"

"这——不是你的案子。"

"的确不是我的，而是你要调查的。但是如果你想找到凶手，你就要听有线索的人要告诉你的事。"

卡尼梅耶坐在厨房的桌边。他捋了捋头发，喝了半杯柠檬水，好像消了点儿气。

"好的，"他说，"告诉我你都知道些什么。"

"我觉得你得拿支钢笔拿张纸。"我说。

他掏出笔和一本小笔记本，对坐在一旁的皮耶特点了点头。

"你自己倒柠檬水喝，皮耶特。"我说道。

他照我说的做了，也给我们的杯子加满了柠檬水，而我把我知道的每一件事都告诉了他们，关于格蕾丝、约翰、马吕斯先生、马蒂妮的兄弟、坎迪，甚至关于七日造世会的人。

我把一切都说了之后，又加了一句："那么你们能和我说一下你们的情报了。"

卡尼梅耶摇了摇头。

"你还不罢休？这是警方的事。但我要说的是，在石榴果汁这一点上，你是对的。果汁里有镇定剂。我们正在让 Spar 超市回忆他们把果汁都卖给谁了。"

"肯定有很多人买，收银员不会记得的。"

"并不会很多。上周的装货箱里只有六升石榴汁。"

"另外，就像我告诉你的，可能约翰能让石榴早熟，也有可能他自己找到了冷冻果汁的供货渠道……"

"我们会查明的，但请你不要搅进来了，玛利亚，求你了。我们不希望你也被杀了。"

最后一口里有柠檬碎渣，我嚼着。

"杰西可能也有危险。"我说。

"她的鞋子也出现自己家里了？"

"没有，我之前给她家打电话的时候还没有。"

"我们要把你转移到安全的地方。"他说。

"探长，我不会跑开的，否则谁来照看我的鸡？"

"我们会派人待在这儿，以防那人回来。警察会喂你的鸡。"

"谁来喂警察？我要待在这儿。"

第49章

"我不放心我的鸡。"我对皮耶特说。卡尼梅耶已经走了。

"它们通常在前院。"

皮耶特把三只玻璃杯放进水池,走了出去。我找到一件我亡夫的旧棉衬衣披着盖住裙子的裂口,然后跟着皮耶特到了后院。他在鸡群旁蹲着,发出轻微的鸟叫声。它们都挤在屋后灌木丛的下面。灌木丛上开的花看着好像大滴的血迹,鸡群一见到我就跑了起来。

一只、两只、三只、四只、五只。它们都待在那儿,安然无恙。

"咕咕咕。"它们叫。

"叽叽叽。"我叫。它们就跟着我回到了走廊。

我看着散落在地上的葡萄。

"对不起。"我说着,弯腰捡了起来。

我把摔烂的葡萄喂了鸡,没摔坏的洗后放进了冰箱。鸡群还在等着,我只得撒了一把碎玉米,看着它们在草地上啄着。皮耶特在花园和车行道四周走动，查看诸如蚂蚁、尘土这些小东西。

不一会儿，警车来了，捎走了皮耶特，留下了弗斯特中士。他坐在走廊上，注视着罗伊博格山上不停变换的光色。影子在山头蔓延，一阵凉风吹跑了淤积在身上一整天的热气。柠檬水喝完了，我给了他一点儿咖啡和面包干。

"谢谢你，姨妈。"他说。

"你们不该暗中行动吗？"我问他。

他皱着眉。

"就是，"我说，"穿便衣，躲着。万一他回来的话。"

他摇了摇头。

"我在这儿是为了保护你。"他说道，喝了口咖啡。

我在客房铺了床，还用"威尔士兔子"做一道简单的晚餐。我走出门去鸡窝捡了几只蛋。往回走时，路过弗斯特那儿，我觉得还是要问问他对晚餐的意见，可能他是七日造世会的，又或者有别的情况。

"你吃鸡蛋和芝士沙司吗？作为晚饭。"

"我准备回家吃晚饭。卡尼梅耶警探晚上七点会来换班。"

厨房里的钟指向五点了。我把鸡蛋放到了厨房橱柜上的碗里，决定明天早饭再做这个。我突然想炖个番茄羊肉煲，再做个蜂蜜太妃糖蛇形蛋糕。蛋糕所需的发酵面团要花些时间，但是如果我马上把面团放到夕阳下，应该没什么问题。煲里的羊肉需要煮一整天，我又看了一眼钟，但无济于事，时间还是在飞逝。冰箱里有一些文火炖过的羊肉，我只要加点西红柿和炖菜所需的香料。得赶快开始做这耗时的一餐。等到羊肉在炉子上的铸铁锅里解冻，走廊上的面团也胀起来了，我煮熟土豆，用开水烫西红柿剥了皮，找出了香料。能有齐全的香料和豆肉蔻真让我高兴，因为我太爱在番茄煲里加这些了。我在锅里又给羊肉配了些辅菜。煮到微甜，要开的时候，我把整道菜包了放进焖烧保暖包，继续煨炖。

我去走廊看蜂蜜蛋糕面团的发酵情况，这时我听到了车开来的声音。我双手沾满了面粉，裙子和衬衫都罩在围裙下，不过我不准备再去换一次衣服了。我把面团拿进房间，理了理头发，烧了开水。

接着我把面团和一条又长又肥的香肠揉在一块儿，放在烘烤盘上摆成了松散的螺旋形。

他敲了敲门，虽然门是开着的。

"好香。"

他的小胡子两端尖尖的，好像上了蜡。他换了身牛仔和白色棉衬衫，衬衫很软，褪了色，就好像穿了很久。他的胯上别着枪，手里还提着一个小行李箱和一些塑料袋。

"要咖啡吗？"我边说边把杏仁蜂蜜酱倒在蛋糕上。

"谢谢，"他说，"加奶，一块糖。"

他把袋子放在厨房的椅子上，把行李箱放在客厅的沙发上。他站着喝了咖啡，边喝边检查了前门。我把蜂蜜蛋糕放进了电热屉继续发胀，肉豆蔻的香味已经飘出来了。

"你得装个新锁，"他说着从塑料袋里拿出了工具，把一个大门闩固定在门上，"即刻就做。这是扣锁，还有前门闩的钥匙。"

他把那些东西放在了桌上，挨着一袋面粉。他又在锁坏了的一扇窗上定了个小门闩。我没跟他说我喜欢我的门窗都是开着的。

"你饿吗？"我说。

"我带了点儿派。"他说着指指椅子上的袋子。

"哦,好,"我说着洗了手,用洗碗布擦干,"我做了番茄羊肉煲,探长。"

"叫我汉克就好了。"

"我还做了蜂蜜太妃糖蛇形蛋糕。"我说。

要直接叫他的名字,我还做不到。

"哎呀,我觉得我能用这些派来做明天的午饭。"

他指着我的脸。

"你那儿沾了些面粉,脸颊上。"

我用手背擦了擦。

"你没擦到。"他说。

我又擦了一下。

他摇了摇头,靠过来。我能感到他身上散发的热度,就好像他刚从烤箱出来一样。他比我高好多,我能看到他胸口红棕色的毛发。他的手在我嘴边掠过。

"是那儿。"他说。

他闻起来就像一块刚出炉的肉桂面包,带着蜂蜜香。他走了回去。我口干舌燥,给自己倒了杯咖啡,手一直在抖。我拿起了咖啡杯,咖啡洒在了手上。

"你还好吗?"他说。

我放下了杯子,双手在围裙上擦了擦。

"这一天过得……"我说。

"坐下来。"他说。

我坐了下来,双肘支在桌上,双手撑着前额。

"你有白兰地吗?"他说。

我指了指最上面的橱柜。他在香草精后面找到了白兰地,倒了些在玻璃杯里，拌进一勺糖，放到我的面前。白兰地甜甜的，暖暖的，在我的肚子里好像生了一小团火。

"压压惊。"他说。

他指的是我门廊前出现的沙地靴。是的，那很吓人。但是让我整个身子发抖的，是一个男人摸了我的脸，那么温柔。

第50章

可能是白兰地,也可能不是,因为我几乎没怎么喝,总之整个晚上感觉都像一场梦。

汉克·卡尼梅耶擦干净了厨房桌台,找到了碟和刀叉,摆得整整齐齐。他看了看炉子上的米饭,饭一熟他就摆到了桌上。

"我闻到了煲的香味,但我没看到。"他说。

我朝焖烧保暖包指了指。他又把煲端到了桌上,摆好了我的盘子,再摆好他的。

"吃饭吧。"他说。

我瞪大眼睛看着桌子上的盘子。在这之前,我从没见到过一个男人铺桌子摆碟子。一切看起来都很好。番茄煲的香气涌来,我吃了起来。

"蛋糕要什么时候出炉?"他说。

难以置信,我竟然忘了蛋糕!我还记得我把蛋糕放进了烤炉,但是没拿出来。我看了一眼钟。

"再过两分钟。"我说。

然后我又一次忘了,但他记得。

吃完饭,他把蜂蜜太妃糖蛇形蛋糕端到了桌上,还拿了些小碟子和蛋糕叉。他拿的是沙拉碟,但无伤大雅。

"你做的菜真不错,玛利亚。我好久没吃到这么可口的饭菜了。"

他朝我微笑,但双眼很伤感。

然后白兰地让我开口问:"你没有妻子吗,探长?"

他眼里的伤感变成了痛苦,移开了视线。

"她以前真是个好厨师。"他说着,哽咽起来,"她四年前去世了,四年零三个月。"

"我很抱歉。"我说。

但我并不是真的感到抱歉,听到他没有妻子,我很高兴,很雀跃。接着我就为我的高兴感到很羞愧,因为隔着桌子我都能感到他的痛苦。

"我很抱歉,汉克。"我又说了一声,这次是真心的。

我切了一大块蛋糕放在他的盘子里。蜂蜜太妃糖已经完全渗进蛋糕顶部的脆皮里,还有烤过且浇了焦糖的杏仁。吃完蛋糕,我们坐着听蛙声。

他一动不动地坐着,看着桌子;我则在一旁整理洗碗。

这个傍晚很安静,我们虽然谈得不多,却好像说了很多。

然而最奇怪的是,那时我正站在水池旁,双手浸在肥皂水里,肚子里装满了美味和白兰地,一个魁梧的男子坐在我身后的桌子旁,我感受到了一种与平时截然不同的幸福,完全不同于烘焙一个好蛋糕,看着鸡群或是和海蒂一起时的幸福。

我尝到了我一直在渴求却从不知如何处理的滋味。或许我能活着尝尝生活的真滋味。

卡尼梅耶探长绕了房子一圈，把该锁的都锁上了。我卧室里的推窗上方留有缝隙，我很高兴地看到他没锁上，透着气。

他在沙发上铺了个睡袋。

"客房有床可以睡。"我说。

"我在这儿可以留心听着动静，"他说，"那个人可能会从前门进来。"

他走了出去，提着手电筒绕屋子一圈。我从客房里拿出床上用品，在沙发上铺了被单和枕头。像今晚这样温热的夜，睡袋可能会太热，被单可能刚刚好。

我刷了牙，穿上了睡衣，是长袍款，还涂了些口红。然后我走出去说晚安。

"我的睡眠质量不好，"他说，"不过如果你听到声响，任何声响，都要叫我。"

我躺了下来，脑袋里晕乎乎的。那可能是白兰地在里面蒸腾。我的门虚掩着，我听到他进了浴室，不知道他是不是带了牙刷和睡衣。

我听到他躺在了沙发上。我聆听着蛙鸣，还有一只猫头鹰在叫唤，它的同伴在回应。接着传来了低沉的隆隆声。我坐了起来。我并不害怕，那声音听着像是动物发出来的，而不是凶手。我下了床，向房门走去。隆隆的声音更大了。那声音在房子里！我准备叫卡尼梅耶，但随即我意识到了那是什么声音。那是一个男人在打鼾的声音。我蹑手蹑脚地来到客厅。汉克和衣睡在床铺上，他的嘴微微张开，呼噜声平稳。我站了一会儿，看着他的胸一起一伏。

他突然抽动了一下，然后坐直了，手里拿着枪。

"是玛利亚？"

"抱歉，"我说道，"我听到隆隆的声响，但发现那是你的呼噜声。我忘了……"

"啊，对不起，"他说，"我会侧着睡。"

"不，"我说，"不用，我喜欢那声音。"

他大笑，是低沉又温暖的声音，甚至比呼噜声还好听。他还在看着我。

我意识到月光在我的背后，我的睡衣是薄棉布料。

我脸红了，感觉烧了起来。我向后退，撞到了墙上，就匆忙退回了房间。

我关上了卧室门，跳回床上。即使是我的丈夫也从没看过裸体的我，甚至在我们那个的时候，你知道，就是亲热的时候，我也盖着床单。汉克·卡尼梅耶把我看了个透，我的整个样子，背着月光。

我整个身子都通红，胸和大腿太烫了。我摸了摸，确保没着火。

第51章

我很热，无法入睡，即使扔掉床单，只穿着睡衣躺在床上也不行。我想把窗开得大些，但不想发出声响让卡尼梅耶听到。

我听着夜晚的声音，还有卡尼梅耶温柔的呼噜声。声音不大，但是我全身能感受到。过了一会儿，呼噜声停了。蛙声不停。吹来一阵凉风，但我仍睡不着。蛙声也渐渐消停了，只剩下蟋蟀在鸣叫，时不时从R62公路上传来远处卡车的轰鸣。之后，终于什么声音都没了，沉寂一片。

我沉沉地陷入小卡鲁的静寂中。

在缠作一团的睡衣里，我醒了过来。阳光明媚，清晨鸟鸣也已经很久了。我关上门，穿上沙地靴和棕色裙子。裙子不太漂亮，但合身。我去浴室洗漱了一下，去客厅之前梳了头发，擦了点口红。客厅里空无一人，床被整齐地叠在沙发上。

前门开着，我探头出去。

"早上好,夫人。"弗斯特说。

"早,弗斯特探长,"我说,"卡尼梅耶在哪儿呀?"

"上班去了。"

"要咖啡吗?"我问道。

"来点儿,谢谢。"

他当然是上班去了。我看着厨房的钟,八点。我环视一圈,找便签。他为什么要给我留便签呢?他只是个警察不是吗……我想象,一个警察当然会说再见,或者保证我一切正常。

我想起来我的卧室门。今早门是虚掩着的,而我确定我是把门关上的。他应该敲过门,见我没回应就开门检查我是否安好。

他先是在月光映照的情况下见到我几乎什么都没穿的样子,然后又看到了躺在床上的我。

我感到有点儿晕。月光可能让他看到的只是我的身形,但是阳光会让他发现我最真实最糟的一面:我的双腿就像生面团一样干瘪,头发乱做一团,还没有戴胸罩。

我煮了咖啡,把给弗斯特的那杯放到了走廊上,还配了块蜂蜜蛋糕。我坐在厨房桌边,用面包干沾了咖啡,但没有咬一口的欲望。我把湿了的面包干搁在了茶碟上。现在是吃早饭的时间,但是我一点儿都不饿。

我喝完了咖啡,给鸡群撒了些玉米,然后打包了给杰西的蛇形蛋糕,往城里去了。

海蒂在公报办公室,杰西不在。我把杰西的那份放进了冰箱。

"天啊,玛利亚阿姨,"海蒂说,"你看上去太憔悴了。"

"我知道。"我说。

"你知道杰西病了吗?"

"像是病了,"我说,"她怎么样?"

"她今天还没来,但应该不会很糟,因为她在家里也干了不少活儿。她写了篇关于液压破碎法的文章,我已经登到网站上了。还有一篇写得不错,是关于格蕾丝·芝朗古的,她是范·沙尔克维克的用人。这两篇都极具煽动性,不过这就是我们杰西的风格。"

海蒂把水壶放在我的桌上。

"我来煮点儿茶换换口味吧,"她说,"这里有一封你的信,早上被塞在门下。"

谁会亲自送信来?我拿起白色小信封。信封上写着"**玛利亚姨妈**",字是加粗的还有下划线。背面什么都没写。

信封里是一张有条纹的A4纸,对折两下成了四折。我坐下,把信展平。

亲爱的玛利亚姨妈:

请你帮帮我,我不知道该怎么办。事情是这样的。有一个女孩,在我很小的时候我就知道,她是我要找的那个人。

我叹了口气。这种爱情病,谁都在劫难逃。海蒂在茶里加了奶和糖,递给了我。

"谢谢,宝贝。"我说。

她递给我面包干,但我摇了摇头。

"我的天,"海蒂说,"怎么了,玛利亚?"

"大概是胃不舒服。"我说。

"我从没见过你这副样子。"

"好像有点儿受伤。"我说。
"这听上去像是杰西的毛病。"
"我会好的。"我说。
海蒂端着茶走回了她的桌子,我则继续看信。

  我们一直都只是朋友。然后她曾经远走他乡,之后又回来了。她一直都很聪明,她也一直是我的那个女孩。但这一次她好像对我有了兴趣,你知道,是那种关系上的。但是她说她不想要男朋友,她想一个人,就是这样。但是有一个晚上,一切就那么发生了。她在我的怀里,然后——你知道。

我喝了口茶,不错。海蒂煮的茶比咖啡好多了。

  我不知道该怎么形容,我只能说那很棒。我觉这对我两个人而言都意义非凡,我真是这么觉得的。我还记得她说的想一个人的话,不想给她很大压力,所以我就等她的电话,但是没有等到。第二天晚上,我和一群朋友出去看橄榄球赛,她也和一个朋友来了,打了声招呼,但感觉她不太友好。所以我想,好吧,可能她不想公开我们的事。我真的很希望我们之间能发展下去,所以只要如她的意,我什么都愿意做。她没有叫我过去和她们坐一块儿。但喝了好多别的家伙送去的酒。我就呆呆地着看比赛。

电话铃响了,海蒂接了。
"我是海蒂·克里斯蒂,"她说,"你好,马吕斯先生。"

接下来很长一段时间，她都没说话，好像都是电话那头在不停地讲。她只说"但是……"或者是"马吕斯先生……"好像她试着要说话，但总被打断。我继续读信。

　　她走的时候都没好好打招呼。但我仍希望她能成为我的女朋友，我们之间能有结果。第二天我给她打了几个电话，但是她没有接。然后周一，我想去她上班的地方找他。她看我的样子就好像很恨我，还跑了出去。
　　我不知道该怎么办。我在考虑是否该放弃了，因为这些对她而言显然都不算什么，她甚至不想让人看见她和我在一起。但是我就是没办法放弃。
　　你能帮我吗？

信后没有署名，但是我能猜出来是谁写的。

第52章

"马吕斯先生,"海蒂对着电话说,"如果你能让我讲一句话……"她面色苍白,双颊一阵阵泛红,"这是独立报纸。赞助并不等于报纸就属于您……"

马吕斯先生咆哮得很大声,我都能听见了,却说的话听不清,只是能听到声响——听着就好像一只发怒的猴子。海蒂把听筒拿远。

"我们有新闻报道的原则……"她说道,听筒那边的噪声停了一拍。

接着,又传来猴子的吼叫声,这一次我听到了他吼出来的话:"你们会后悔的!"

海蒂看着听筒。

"无稽之谈!"她说,"他把电话挂了。"

我咂了咂嘴。

"真粗鲁。"她边说边在桌上敲着铅笔,跺着脚。

她端起茶喝了一口。从她的表情看得出，茶已经凉了，所以我去烧了水。

"是杰西的那篇文章，"她说，"关于液压破碎法和格蕾丝的文章。政治意味太浓了，他说，他想从网站上撤下来，也不刊登在报上。"

"我不喜欢那个男人。"我说。

"他是莱迪史密斯商会的主席，"海蒂叹着气说，"我们离不开他们的资助。"

海蒂就像一棵又高又壮的树，现在则俯着身子，好像被暴风吹着，但是没折断。

我给我们两个人新泡了杯茶，给她那杯多加了块糖，好让她的脸色好回来。

"看一眼网页，"她说，"告诉我你对杰西文章的想法。我要打一圈电话，和我们另外几个赞助人说说这件事。"

我坐在杰西的电脑前，按了公报的图片，网页打开了。网站总是让我不知所措，因为那就好像一个灯火通明的百货商厦而不是一家亲切的街角小店。但我还是找到了杰西的文章。

杰西所写的文章要比海蒂简述得高明，但是她的文章很好读，也总是很生动，有很多故事和引文。关于格蕾丝的那篇，名叫《那一天的尾声》。她在讲格蕾丝的故事，同时也是所有家庭用人的故事。他们工作得如此辛苦，享受到的权利却十分有限。她让读者关心这个女人，格蕾丝，关心她所失去的和她的梦想。她言辞含蓄，但能让人分明感到作者的想法，如果格蕾丝的雇主不帮她，那就一定是个尖刻的雇主。我猜马吕斯先生可能读了这个之后觉得对他而言是一种侮辱。

"哦，一派胡言，"海蒂挂了电话说道，"Spar超市的经理库那吕斯也同意马吕斯的说法，他抱怨我们的记者是在侦查案子而不是报道，他说商会可能会撤走赞助。"

"哦，海蒂。"我说。

"我要打电话给范·德·斯普夫人，她是秘书长。"海蒂说。

范·德·斯普夫人在街角开着一家家具店。

"问问她有没有蜂蜜。"我说。

她自己养蜂。

我开始读关于液压破碎法的那篇文章，名字叫"反对液压破碎法"，和约翰车上贴的标语一样。这篇文章不像格蕾丝那篇那样有个人风格，但里面引用了些有用的信息：一个人和北极熊一起游泳，会有很多可聊的。他描述了液压破碎法在世界各地带来的破坏，还说明了对卡鲁和整个南非地区会造成的负面影响。液压破碎法产生的化学物质会污染我们的水源和庞大的地下水系。另外，政府还支持采矿公司，因为财源滚滚。

"哦，亲爱的。"我说。

杰西还提到了气候变化和可再生能源——太阳、风等能源比天然气、原油和煤更优质，但是由于很难从可再生能源上盈利，因为没有人能声称对太阳和风占有"专属权"，就像他们占有天然气和煤矿一样，所以少有人去支持。整个做法听上去就好像都是为了钱，而不是为了卡鲁的未来。

杰西写的东西，有些我并不懂，但是关于污染水源这件事不难理解，也足以引发我的担忧，担忧小卡鲁这块土地上的人和植物，还有南非丛鸦、胡狼和青蛙。这也让我觉得约翰的行事可能并不极端，液压破碎法的确是令人焦虑的事。我不是很确定马吕斯先生对这篇文章如此恼怒的原因。如果他在意卡鲁的未来，他应该希望这里的人能够了解液压破碎法的危险。

"她有蜂蜜，"海蒂说着站了起来，拿了块面包干，"范·德·斯普夫人有，而且她也支持我们，谢天谢地，她说我可以在下一次商会开会的时候出席。马吕斯和库那吕斯可以撤回他们的广告，但是商会基金要是没有超过商行半数的投票反对，就不能断。"

"不会所有人都像马吕斯那么不讲理，"我说，"你觉得是采矿公司收买他了吗？"

"天知道。那家伙说不定能从魔鬼那里收钱，如果他自己不是魔鬼的话。"

"这两篇是好文章，海蒂。"

我关上了杰西的电脑。

"文章也会印出来。"她说。

海蒂又站直了。风已吹过，但我觉得风暴还没结束。

第53章

我回到自己的桌前,拿起那份直接送来的信。

"我觉得是时候让杰西回来工作了。"我说。

"我真想知道她怎么了。"海蒂说。

"她心碎了,"我说,"但是可以补好。"

我打电话给警察局,想找理查德。但是他不在那儿,他们也不给我他的手机号。

"理查德?"海蒂挑着眉说,"我有他的手机号,他就是伤了杰西的心的人?"

"他自己也是伤心人。"我说。

有人敲门。

"喂——"坎迪说着,走了进来。

她穿了双皮制凉鞋,所以我们没听见踢踏踢踏的声音。她穿了件合身的奶白色裙子,散发着柠檬花的香味,唇膏和脚趾甲的颜色都是珠粉色。她很轻易地就能让自己容光焕发。

"玛利亚？"坎迪说。

"对不起，我正在想事儿，"我说，"你说什么？"

"明天葬礼的事儿都安排好了。你这儿进行得怎么样了？我能帮点儿什么忙吗？"

"你和杰西出去的那晚喝醉了，"我说，"你是在哪儿睡的？"

海蒂对我皱皱眉头。

"你要喝点儿茶吗，坎迪？"她问道。

"当然，谢谢，"糖糖说，"我那天喝醉了，开不了车。那个好小伙儿是个警察，是他开车送我回去的，送到了阳光旅馆，我就住那儿。"

"是理查德？"

她点点头。

"这很重要，糖糖，你要说真话，"我说，"那对我们的调查很有帮助。"

"真的，就是那样的。我还没醉到什么都记不得。我们闹出了挺大动静，店主都被吵醒了。"

"所以理查德和你一起回去了？"

坎迪大笑。

"哦，不！他只是扶我进了房间，我走路都不利索了。店主威利斯先生皱着眉头看着我俩，就让理查德出去了。"

"所以你和理查德什么都没发生？"

"天啊，当然没有，"她说，"他是一个体贴的小伙子，但不是我的菜，而且我也不是他的菜。他有女朋友。"

"是他告诉你的？"

"对，他好像很为他的女朋友骄傲，但没告诉我她的名字。"

"是杰西。"我说。

"哦,我的天,"坎迪说,"她不会以为……"

我点了点头。坎迪坐了下来,海蒂递给她一杯茶。

"可怜的家伙。"糖糖说。

"你能给我手机号吗,海蒂?"我说。

理查德立马接了电话。

"是杰西吗?"他说。

"是我,玛利亚姨妈,"我说,"我收到一个年轻人的信,我想帮助他。我在想或许你能给我点儿建议……"

理查德没说话。

"他的女朋友忽视他,是因为那个女朋友以为他和另一个女人过夜。"我说。

"她怎么会这么想?"

"因为她听说,他离开酒吧的时候,是抱着那女人走的。"

"什么?"

"那个女人长得美,还喝醉了。"

"哦,是这样,她喝醉了,不能开车。"

"对。"

"所以我……我是说,他就开车送她回去了。"

"对,然后……"

"然后?没然后了,哦,不,她认为……啊,不。"

"她真的很伤心,那个男人对她而言很特别。"

"他?"

"我不觉得那个男孩应该放弃她。"

"你不觉得?"

"我该和他怎么说呢？"

"或许他可以让她的朋友告诉她真相，你觉得呢，姨妈？"

"如果她真的觉得很受伤，可能也不会理她的朋友。我觉得那个男孩应该写一封信告诉她事情的始末，还有对她的感情，然后一定要亲自去找她。如果她不想见到他，他可以留下那封信。"

"对，这是个好主意，姨妈，你应该就这么和他说。"

"给她带一点儿炸麻花糕不错，她很喜欢。"

我刚放下听筒，电话就响了，我接了电话。是莫斯特护士从医院打来的。

"他们不见了，"她告诉我，"安娜和德克，刚才他们还在吃早饭，可一眨眼就不见了。"

"警卫呢？"

"你不会相信，但是他俩真的成了朋友，德克和安娜，不再打架了，所以撤了警卫。"

"德克和安娜还不能出院，是吗？"

"还不能。还有一件事，一辆救护车被偷了。"

"你觉得是他们偷的？"

"那是谁开呢？安娜的腿绑着石膏，德克的手也挂着吊带……我真想不明白。我报了警但也想告诉你一声。"

"怎么了？"我挂了电话，坎迪问道。

"是德克和安娜不见了，还有救护车也不见了。"

"照他们的情形……"海蒂说。

"他俩合起来有一双完整的手臂和一双好腿，"我说，"如果他们合作的话，就是一个完人，但是他们会偷救护车吗？"

海蒂大笑。

"说实话，这两个人会合作吗？"她说。

"莫斯特护士说，他们和好了，现在是朋友。"

"他们会去哪儿？"坎迪说。

"报仇，"我说，"我觉得这是我的错……他们听了我的话，做了改变……坎迪，我们能用你的车吗？会快一些。我们要去约翰的农场。"

"你觉得他们认为是约翰杀了马蒂妮？"海蒂说。

我点点头，问糖糖："你有手机吗？"

"有。"

"海蒂，我们到了那儿再给你电话，同时也给警局电话。告诉卡尼梅耶这件事，让他派一辆货车去约翰的农场。"

山顶很远，但是无风，所以车子开得挺快，飞快。但是一切正常，糖糖的开车技术不错。我们冲出城镇后，看见草原遍地开出的或黄或紫的花朵。糖糖也看见了。

"真漂亮。"她说。

"因为下雨了，"我说，"雨后这些花都开出来了。"

"漂亮。"她又说道。

"你是天生丽质吗？"我看着她蜜桃一样的皮肤和金色的头发问道，"还是说你的美是慢慢养起来的，就像养花一样？你是怎么做到的？"

她微笑着。

"漂亮是我的职业。"

"我穿不了你的那些衣服。"我说。

"不，你得找到适合你自己的衣服，那才会呈现你最好的一面。"

"嘿，我根本没最好的一面。"

"胡说。你的脸、屁股和胸的比例都很完美，线条很棒，双手和脚踝也很好看。我了解像你这样的。如果你愿意，我可以让我的店里送点儿合适的款式来。你穿多大码？38？鞋呢？4号？"

我点点头，低头看着我的棕色裙子和卡其色沙地靴。他们都很实用，但是我也明白它们对我来说并不是最合适的。我裙子的尺寸以前是34号，是结婚前。接着就变成了36号，现在是38号。

"我穿不了纽约那些时髦衣服。"我说。

"是免费的。"

"没用……"

"哦，乱讲，你这么可爱。还有这么好的肤质，即使这里这么热，这么干。你平时都用什么？"

"橄榄油。"

"我们年纪上去了，就得注意锻炼，还要节食。"

"这就是你的秘诀？"

"秘诀？我没有秘诀。"

我们路过一个种满马齿苋树的果园。

"我猜我学到了一个秘诀，"她说，"衣服、皮肤和化妆都有用，但是如果一个女人觉得自己好看，她就会散发出独特的韵味。"

"对，可能。但是即使她觉得自己一直都很有韵味，男人看得到吗？"

"男的没你想象中的木讷，玛利亚。"

"看，"我说，"一只小鸭子。"

"什么？"

"一只小鸭子,在那儿,在马齿苋树的阴影下,在那些大岩石旁边。一只黄小鸭。"

但是她看不到。人很容易看到色彩明亮的花朵,但是要看到阴影里的棕色动物,需要很好的眼力。

可能我要找一个眼力好的男人。

第54章

"那儿有个标识，"我说，"'野生有机农场'。"

坎迪急转开到了尘土飞扬的路上。一只猫鼬钻进了灌木丛里。我们朝斯瓦特山脚的农屋开去，这里的草原看上去又绿又新鲜，灌木丛和树木间长着茂密的野草和鲜花。附近有河床，草原上还遍布着老柿子树和马齿苋树。

"慢一点儿开。"我对糖糖说。

我们路过一排树林，外面围着奇怪的篱笆。

"是石榴树，"我说，"但是果实还很小，还是绿的。"

"这篱笆看起来像是通了电，"糖糖说，"接着太阳能板。"

她说得没错——田原的尽头有两块太阳能板，在采集阳光。

"什么东西在嚎叫？"她说。

"是狒狒。"我说道，心里暗暗希望那不是德克和安娜发出的声音。

那声音的确是狒狒的。我们在路上稍稍一拐，就看见一群狒狒跑出暖房。它们跑着，臂弯里都是东西，就好像夏季折扣时那些粗鲁抢购的消费者。一只狒狒坐在玻璃屋顶上，吃着一串黑葡萄。

现在我们到了农屋跟前。

"救护车就在这儿。"坎迪说。

"你有手机吗？"我说。

我们把车停在救护车旁。糖糖把手机递给了我，我打电话给海蒂。

"救护车在这里。"我说。

"天啊！一切都好吗？"

"我还不清楚。现在我们要进屋了，警察来了吗？"

"我总算和卡尼梅耶通上电话了，他现在就来。我会再给他一个电话，告诉他救护车在那儿。玛利亚，一定要小心。"

糖糖和我下了车，走到了一台轮椅旁。轮椅停在游廊阶梯一侧，看着像是安娜的轮椅。但是她在哪儿？

游廊又大又宽，瓦楞铁屋顶，周围围着铁栏。屋子一看就是很老旧的农舍，虽然已经用白漆很好地刷过，但是厚实的泥砖墙面上还是有些缝隙，还积着灰。一个很瘦、穿着蓝色T恤的女人站在游廊上，从门口往里张望。

"放开他。"那女人喊道。

坎迪走到她前面，我跟在她身后。

"小心点儿，"她对我们说道，"他们疯了。"

"走开！"我们一走进去安娜就叫道，"否则我们就杀了他。"

"安娜。"我说。

"德克。"坎迪支着胯说。

安娜和德克抬头看着我们，就像是两条狗被抓住但仍不想松口放走猎物。约翰脸朝下躺着,德克坐在他的背上,把他死死按在地上。德克双眼怒睁,双臂仍绑着绷带,却用腿牢牢压着约翰,毛茸茸的屁股从绿色病服缝里露了出来。安娜在约翰附近的地上坐着,她的病号服倒是齐整,绑着绷带的腿坐在身下,打着石膏的腿则直直地竖在前面。她一手用金属长棍按着约翰脖子的一边,一只手里拿着注射器抵住他耳朵下方。

那金属棍看着像是医院打点滴用的支杆。安娜的双颊呈粉色,头发乱蓬蓬的。"野生有机农场",我脑子里出现了这几个字。

"你在干吗,安娜?"我问。

"呃。"约翰说。

安娜呼了口气,杆子和注射器抓得更紧了。

"那里面有空气,"站在门口的女人说,"她说如果我进去或者报警,她就要把那个注射到他的血管里,把他杀了。"

坎迪拿来两把椅子,我们坐了下来。那女人走了进去,又找了一把椅子,我们三个并排坐成一排看着他们。

"他们是逃出来的疯子吗?"那女人问我们。

坎迪点点头。我摇摇头。

"我们知道他都干了什么,"安娜说,"他就是不说。"

"他干了什么?"穿T恤的女孩说。

"她杀了妮妮。"安娜说。

"她睡了我的老婆。"德克同时说道。

"咳咳。"约翰咳着。

"这三个人喜欢同一个女的,"坎迪说道,"她叫马蒂妮,被杀了。那两个人觉得是约翰干的。"

"劳伦斯那天看到你的车了,"德克说,"这就是你为什么把他杀了的原因。"

"马蒂妮?"穿T恤的女人说,"是照片上的那个女人?你还在见他?"

约翰大声地喘气。

"我看到过这个女人的照片,"她对我们说,"那照片夹在他床头边的书里,那时我们在一起都一年了!"她转身对约翰说,"你答应我你永远不会见她了。"

约翰的舌头在唇间伸直了。

"你又去见她了吗,约翰?"T恤女人说。

约翰像是要摇头,但是没能找到合适的空间。

"安娜,"我说,"你要是那样压着他的脖子,他怎么说话?"

安娜松开了拿着棍子的手,但仍攥着注射器。约翰大口大口地吸气。

"救命。"他说。

T恤女人抱着胳膊。

"你见了她吗?"

"我没做错事。"约翰说。

"你喊了她的名字,约翰,在错的时间。我假装没在意,但你叫的是马蒂妮,而那时你应该叫的是迪蒂,我的名字,迪蒂。"

"你找过马蒂妮吗?"我问。

约翰吸着鼻子。安娜又把棍子压了下去,他就像一只被噎住的鸡一样呻吟着。安娜松了点儿力道。

"请不要杀我。"他说。

"说真话,约翰。"迪蒂说。

"我是去看她了,但不是因为我爱她,而是因为液压破碎的事。"

"我知道这事儿。"德克说。

他把整个人的分量都加在了约翰的背上,我好像听到了什么东西断裂的声音。

"不是!"约翰说,"不是你们想的那样的,是液压破碎法的事。矿产公司用这个来找天然气,他们正在收购农场,我觉得马吕斯是为他们做事的,是矿井方面的人。他想买你们那块地。我告诉马蒂妮她绝不能卖,液压破碎会毁掉整个卡鲁的。"

"是,那会很糟,液压破碎,"我说,"你明天会在公报上看到杰西的相关文章。"

"所以,你还爱着她。"迪蒂说。

"不。我爱你,迪蒂。她是我的过去,有了她,才有了现在的我。"

"你给她过石榴汁吗?"我问。

"没,"他说,"没有。"

"你们有石榴汁吗?"我问迪蒂。

"还没到季节,"迪蒂说,"它们都在三月份成熟。"

"没有冷冻的?"我问。

她摇摇头。

"暖房呢?你们在暖房里种哪些可以早熟的东西?"

迪蒂看着约翰。

"你在那儿种了棵石榴树,是吗,约翰?它们熟了吗?"

"没,"约翰说,"还是绿的。求求你,让我起来,我喘不上气。"

"那个马吕斯先生,"德克压轻了些,转向安娜说,"你觉得他是因为马蒂妮不卖地,所以杀了她吗?"

德克一动,约翰就直叫。

"德克，"我说，"你和安娜得去医院收拾收拾，明天就是葬礼了。"

"我不相信那个马吕斯，"约翰说，"如果他是为矿产公司做事……而且他是希望能用那块地来钻油……那对马蒂妮这样挡着他道儿的女人，他会干出什么事来呢？"

安娜拿着棍子的手松了下来，注射器也从约翰的脖子上拔了出来。她盯着屋子的角落，喃喃自语，听不见说了什么。但是德克和约翰听见了，他俩都点了点头。我知道那是什么了，因为我在这之前听她说过："我要杀了他。"

德克从约翰身上爬了起来，坐进一把扶手椅里。安娜把棍子推开，把注射器塞进了椅垫。她用胳膊把自己和约翰推开了点儿距离，压在身下的腿舒展开，伸直了。约翰翻过身，摸着肋骨。

"那个该死的混蛋。"德克说。

"我们会抓到他的。"约翰说。

约翰看着安娜，安娜又看着德克，他们脸上的表情已经不是先前的或恨或怕。现在他们就好像淘气的小孩，共同守着一个秘密。

一路传来汽车疾驰而来的声音。

"是警察。"我说。

"来一点儿茶怎么样？"迪蒂起身说道。

演出结束了。我去厨房帮她的忙。

一会儿，警察到了门口，是卡尼梅耶和皮耶特。卡尼梅耶清了清嗓子。坎迪站了起来，冲他笑得很灿烂，是那种连同大长腿和珍珠色指甲一起秀出来的迷人笑容。

"哦，你好，大个子。"她说。

她的目标不是皮耶特。

第55章

卡尼梅耶对糖糖微笑,对我们剩下的几个人则皱着眉头,对我皱的眉头尤其厉害。

他说:"好吧,这里发生了什么?"

"什么都没发生。"安娜边说边扭着脚趾。

"没什么事。"约翰应声附和,扶着肋骨坐直了。

德克闭口不言。

"这些面包干看上去不错,"我一边对迪蒂说一边把面包干和茶杯端到客厅的咖啡桌上,"是你自己做的吗?"

"有机的农场面包干。"她说着把茶盘放在同一张桌子上。

卡尼梅耶看我的样子就好像一切都是我的错。他摇了摇头。

皮耶特像一只猫鼬一样穿过草地,在我们中间走来走去。他看着约翰的脖颈,上面有一块血迹。他发现了椅垫下的注射器,但没去动它。他双手摸了摸我们前排的椅垫。

"你自己加奶加糖。"迪蒂说着,倒了茶。

坎迪给一杯加了奶,又给另一杯加了奶放了两块糖。

"我要咖啡。"德克边说边整理了一下绿色的病号服,试着看上去像样些。

"好的,我也要咖啡。"卡尼梅耶说。

安娜和约翰两个人小声嘟囔着,达成一致。迪蒂放下了茶壶,到厨房准备咖啡。

坎迪拿了一块面包干和加了糖的茶递给了卡尼梅耶。他说了声"谢谢"。我看他呷了口杯子里的茶,看着糖糖微笑、喝茶。要想不注意糖糖是一桩难事,她知道那件奶白色小连衣裙是多么适合她,她整个人都熠熠生辉。

皮耶特把卡尼梅耶拉到一旁,告诉他发生了什么。从皮耶特的手势里,我能看出他对事情的真相非常了解。

我也想来一杯咖啡,但要是大家都不喝茶的话显得有点没礼貌。我只得给自己倒了杯茶,站在厨房门口。门敞开着,我朝外望着种着一棵大樟树的花园。我不饿,但还是回到客厅拿了块面包干——只是想有个伴儿。卡尼梅耶正一边听皮耶特说话一边盯着糖糖。我走出厨房,站在樟树的阴影下,握着我的面包干和茶。

我站在当地一株散发着甜味的药用灌木丛旁,另一边是五蕊美洲苦树。天空湛蓝,蓝得过分,让我觉得自己也沾染上了蓝色,不是明亮的那种。

我喝了些茶,低头看了看温室。狒狒都已经走了。我把茶喝完,把杯子放在面包干旁边。

"我们还得去调查一下凶手。"我对面包干说,那块面包干我并没有吃掉。

东西很不错,但还是没有我妈妈做的农场面包干好吃,况且我不饿。

我们来到了太阳底下,面包干和我,朝着温室方向走去。我的沙地靴踩坏了些草。雨后,杏番科植物都开了。我踩到了一株多肉植物,它那鲜艳的花瓣就在我鞋底折断了。

踩断这个小生命,我感到很抱歉,更加小心地迈步。我发现一条窄窄的泥路,就沿着它走到了温室那儿。路不长,但是很晒。能躲进温室门口一株漆树树荫里,实在让人高兴。

"瞎眼了,"我对着面包干说,"这真是一团糟。"

这儿一看就知道曾有一群狒狒在这里撒泼:一盆盆的土被倒翻,植物都被搞坏了,地上红一块绿一块,可能是被砸坏的水果和蔬菜。在一个角落里,我发现了我要找的东西。

"这是一棵石榴树,"我对面包干说,"但是上面没有果子,甚至连小小的、青色的果子也没有。"

我穿过一块块或红或紫的区域,我猜它们那些是番茄和葡萄。

"但是之前是有果实的。"一个声音冒了出来。

我跳了起来,看着手里的面包干。有一刹那,我以为我疯了,竟然觉得是面包干在对我说话,但是不一会儿,皮耶特走到我身旁。

"天哪,皮耶特,你走路就像只猫,"我说,"我都没听见你的动静。"

皮耶特的手指伸过石榴枝头。

"你看——它在这儿被掐了。"

"果实熟了吗?"我问。

他耸耸肩。

"那些讨厌的狒狒。"我说。

"让我们问问它们。"他说。

他指着地上的一个番茄色爪印说道。我跟在皮耶特身后,循着爪印走出了温室,穿过田野,来到了干涸的河床上。即使是我,也能看到它们在沙地上留下的印迹。我站在一片甜蒺藜和野橄榄树交织的阴影下,抬头看着皮耶特指着的峡谷。

一路上,树都开了花,空气里充斥着蜜蜂和花朵盛开散发出的香甜味。皮耶特走在我前面,爬上了多沙的河床。他时不时停下来观察蚂蚁,好让我能跟得上他。我也停下来看看蚂蚁,好让我那口气能跟上。蚂蚁成排前进,运着花粉和花朵。

我们朝着山的方向沿着已经干涸的河流的上游走去。我很庆幸穿了沙地靴,走在砂石上也如履平地。我们走到一棵大柿子树那儿。皮耶特朝它点点头,就好像在和一位老妇人打招呼,然后就屈膝蹲在树荫里。我站在他身旁,也在阴凉处缓口气。他一只手轻触一根树枝,淡棕色的皮肤又粗又干,就像柿子树深色的树皮一样,而他的脸也皱得和树叶一样。柿子树长得很慢,这棵树的主干很粗——应该是长了几千年了。皮耶特这一族的布须曼人在这一带等了数千年,他对着树说了什么话,我没有听清。之后我们就走出树荫,又朝着河床走。

皮耶特竖着耳朵,我站着听。狒狒的叫声从峡谷里传出。一会儿我们就到了山阴里,离峡谷不远了。皮耶特指着峡谷里一棵巨大的无花果树,它那灰色的根茎布满了整座巨石。

狒狒正在树底下聚餐。我们一走近,它们就往更上方的枝头跑。两只年轻的狒狒在互相追逐,争着一些葡萄。一只狒狒幼崽依偎在妈妈的肚子上,嘴边正放着一只红番茄。

皮耶特环视了树根,发现了一片瓜皮、一些新鲜叶子,除此没有更多别的东西留下了。

皮耶特指着一只大狒狒,那只狒狒的一个爪子正擎着某样东西,另一个爪子在挠肚皮,对着我们龇牙。我觉得它是想要我的面包干,就把面包干递给了皮耶特。皮耶特边嚼着面包干,边抬头看它。那狒狒发出咕噜咕噜的声响,又龇出了牙。

皮耶特吃完面包干后,从河床那儿捡了块白色石头。

他向后退了几步喊道:"你这个无赖!"

随即他朝着大狒狒扔了石头——嗖,石子打中了它毛茸茸的肚皮。

不难看出狒狒并不喜欢被这么叫,因为它大声叫唤,还朝皮耶特扔东西来反击。一阵震天响的狂吠后,劈头盖脸地扔来各种食物,接着有样硬东西砸到了我的头上,疼。

"闹这一出!"我边说边揉着头。

狒狒们从树上跳到山崖壁上,发出不高兴的咕噜声。我们搞砸了它们的野餐:沙地上散落着葡萄、瓜皮和番茄。皮耶特的脸上溅到了番茄汁,仍挂着笑容。

我脚边是刚才砸到我头的东西——一个吃了一半的熟石榴,鲜红的果实闪着光,好像宝石。

第56章

"为什么我总能在麻烦堆里找你呢,范·哈特太太?"卡尼梅耶说。

我们回去了,站在农舍的门廊上。皮耶特把石榴递给了卡尼梅耶。他看了看石榴,又看了看皮耶特,再看了看我。屋子里,我能听见约翰的呻吟,还有迪蒂盖过他呻吟的抱怨声。

"那些狒狒,"我说,"它们从温室里拿走了石榴。"

"干得漂亮,"卡尼梅耶对石榴说道,"你们去追狒狒了?"

"是皮耶特发现的,"我说,"它们在一棵无花果树上。"

"那个女人,坎迪,她带着安娜和德克去看那个男孩了,要告诉他关于他妈妈的事情。"

"哦。"

"我跟他们说现在去不合适,"他说,"但是这附近的人都不听。"

皮耶特正盯着门廊另一头的蚁群看。

"你能把救护车开回医院吗?"卡尼梅耶说,"带着约翰,他的肋骨需要检查一下。"

"他们告诉你这里发生的一切了吗?"

"没有,但是我们自己搞明白了,"他摇了摇头,"当然,没有人想上诉。"

"至少安娜和德克不吵架了。"我说。

"或许吧。"

"你打算怎么处理这个?"我看着他手里的石榴说。

"我要和约翰谈一谈。"

"最好乘迪蒂不在旁边的时候。"我说。

他点点头,朝外望向山阴面的蓝色斜坡。

"这个叫糖糖的女人,"他说,"你和她交情不错?"

"算是吧。"我说。

现在他叫她糖糖了。

皮耶特看着我,又看了看卡尼梅耶,再回头看我,就好像有什么事要发生一样。

"你觉得她怎么样?"警探问。

"我昨天告诉过你了,她是马蒂妮的表姐。"

他昨天没有问我糖糖的事,但现在他见到了她,想要了解她的一切。

"说得再具体一点儿。"他说。

我耸了耸肩。

"她酗酒,"我说,说完就觉得自己很蠢,"只是偶尔吧。关于马蒂妮的事,她很难过。"

卡尼梅耶手捋着胡子。

"你为什么问这个?"我说。

"好奇。"卡尼梅耶说。

海蒂开着她那辆丰田到医院来接我。我一上车,她就递给我一个棕色信封,盖的是里弗斯代尔的邮戳。

"是加急件,"她说,"所以我想可能很紧急。"

我原本是想走回报社的,而不是搭海蒂的车,但是我的腿都走瘸了,天又太热,至少她的车里有空调。车横斜地跑出停车场,我吸了一大口的凉气。

"所以,告诉我,玛利亚,你发现了什么?"

她驶在了错的车道上,还轻刮了一面矮墙,为了不撞上迎面开来的汽车。

我把乱哄哄的场面都和她说了一遍,狒狒,还有石榴。她边摇头,边打着响舌,把该问的都问了一遍。海蒂虽然是个很糟的司机,但是个很好的听众。

"你一定没吃午饭。"在我们下坡时,她说道。

"没吃。"我说。

"我也是。"她说,"我觉得我们应该去吃一份鸡肉派。"

"我不饿。"我说。

她猛地拉了手刹,把车停到路边,撞到了兰花楹树上。

"玛利亚,"她说,"你有些事不该告诉我吗?"

我看着一些紫色的花落在引擎盖上,都是被撞下来的。

她说:"警探给了我电话,告诉我发生的一切,关于你的那双鞋的事。"

树上有种昆虫正嘎吱嘎吱地在叫,就好像一扇铰链脱落的门发出的声音。

"我不想让你心烦。"我说。

"看在上帝的分上,别傻了,"她说,"你为什么不来和我待两天呢?"

"是警探让你这么做的吗?"

"那个男人很担心你的安全,"她说,"我比他还担心。这不是你一个人的事。"

现在那昆虫又叫了两声,我想,它是在呼唤伴侣。

"我累了,"我说,"我昨晚没睡好。"

"现在你说你累了,早先你说你的胃在疼,你得了和杰西一样的病。不过事实证明杰西一点儿都没病。好吧,也可能就是相思病。"

我听见像是另一只虫的回应。嘎吱,嘎——吱。

"好吧,我从没……"海蒂说,"玛利亚姨妈,你是恋爱了吗?"

我嗤之以鼻,双臂抱在胸前。现在那两只虫一块儿唱了。

"我的天,是那个大块头警探吗?"她说。

"别傻了,海蒂。"

"他说昨晚有个警员保护你,是他自己吗?"

我看着树枝的阴影划过我的手。

"玛利亚·范·哈特,"她说,"你脸红了。"她笑着,用手肘推了推我,"都发生了什么?"

"没什么,什么都没发生。而且也不会发生什么。这里太热了。我们快走吧。"

到报社的一路上都鸦雀无声。是的,我们都没说话,车里一如既往仍是车轮倒转、再是急促的尖利声响。

海蒂把车停在离我的蓝色尼桑不到几英寸的地方。

"我们早上葬礼见,"她说,"明早我第一件要做的事是去和范·德·斯普夫人谈谈,关于商会的事儿。"

"希望一切顺利,"我下车时说,"谢谢送我回来。"

"他真是个大高个,"海蒂说,"而且他明显很在意你——连环打我的手机打成那样。"

"这只是他的工作。"我说着,上了我自己的车。

我的尼桑和烘面包干的烤箱差不多热,但是我没开窗就一路开回去了。我不想听海蒂说的任何话。她说的都太让人伤心了,不知道为什么。可能那些话给了我希望,而希望总是伤人。

在街区尽头,我把车窗摇了下来。一股暖风吹来,天空布满了厚厚的云层。我希望下一场雨,那种希望就没那么伤人了。

第57章

回到家,迎接我的是我的鸡群和弗斯特警员。

"咕咕咕。"我对鸡叫道,给它们撒了些玉米粒。

"来点儿柠檬水吗?"我把水递给在游廊上的弗斯特。

我给自己也倒了点儿,然后坐在了院子里的一张金属椅上,旁边有柠檬树遮阴。我看着渐变的罗伊博格山色,云层变得又厚又黑,我觉得很孤独。我走进屋里,给自己倒了一杯茶,拿了块面包干,然后取了棕色信封和纸笔回到院中的椅子上。

我看着草原上最大的一棵柿子树。它是离我最近的一棵,和别的柿子树都离得远。它单独在那儿已经好几千年了。

即使有茶,有面包干,有鸡群和弗斯特,我仍感到孤独。我觉得我自己并不是那种适合独处的人。

我吃了点儿面包干,不是饿,只是想确信我的身体都还在。我的脑子都感觉不是真的了,那种感觉有些疯狂。我真是个傻子,在我这个年龄竟然还抱有对爱的希望。我的身体也是这么反应的,对汉克·卡尼梅耶这样的男人。但即使如此，我们仍是朋友。

我决定今天的晚餐给我们俩做咖喱肉末。但我先打开了棕色的信封，如我所料，这封信是来自之前的"白煮蛋"机修工。

谢谢，姨妈，他写道。

那真是美妙绝伦的芝士酱，和啤酒一起煮更是美味。

我不是很确定食谱里说的一大调羹是多少，但后来明白这并没有关系，只要它们都是一样的量就好了。那酱的味道太棒了，有时候我自己的晚饭也会这么做，旁边加一块煎牛排。

一切都进展得很顺利，她现在真的是我的女朋友了。我已经见过了她的父母和所有朋友。他们对我的少言并不介意，我有一份好工作，还爱他们的女儿，这让他们很高兴。

我总在示爱，和她在一起，我是总笑不停。她好像很乐意我用笑来代替说话。如果有什么重要的事要说，我们就用发短信。

这周末，她要来和我吃晚饭。那天天气不错，很适合坐在户外看星星，所以我想我应该搞一次户外烤肉。我有一些上好的辣味肥肉肠。就只有我和她两个人。你知道我想要一些特别的食谱。我应该做些什么？我觉得可能"威尔士兔子"不太合适了。

求助。

卡雷尔

他和他的姑娘进展顺利，真让我高兴。我用信封扇着风，空气闷热而潮湿，雨都卡在云层里下不下来。我写了个简单又美味的食谱给他，是用铁锅来煮辣味肥肉肠。我还写了我的农场面包配方。面包很容易做，那也会让他的女朋友印象深刻。我还准备给他一些沙拉食谱，但又想可能为时尚早。

给他写信让我觉得不太孤单了，能手把手地教人不停进步真是美好。

我为咖喱肉末做了些准备，一切都就位了。我穿上了奶油色蓝色小碎花裙子。弗斯特喊了声"再见"，我听见他走远的脚步声，有一辆车来了。我听见卡尼梅耶朝房里走来，挤出欢迎的笑脸，打开了前门。

是皮耶特，他站在门口。

我的脸色挂着微笑。

"晚上好，皮耶特。"

皮耶特点点头说："卡尼梅耶上尉有一个会，今晚我在这儿。"

电话铃响了。

"抱歉，皮耶特。"我边说边去接电话。

"玛利亚姨妈！"

"杰西。"

"我很抱歉没一直陪着你，姨妈。我一直想着你。"

"我也记挂你，我的宝贝。"

"理查德写给了我一封信，姨妈，信上解释了一切，还有一盒炸麻花糕。我们全家都爱吃。"

"我真高兴，杰西，我在报社的冰箱里给你留了点儿蜂蜜太妃蛇形蛋糕。"

"太棒了。谢谢你，玛利亚姨妈。我去问了连锁酒店的老板，他告诉我理查德说的都是真的，他们那晚没住在那里。"

"真是我的好孩子。"

"只是记者本能，"她说，"从各方面验证事实。"

"我也问过坎迪，"我说，"她说什么都没发生，他不是她的菜。"

"真是没皮没脸，"杰西说，"那谁是她的菜？"

"你见过理查德了吗？"我说。

"我正要去见他，在62号公路咖啡馆，"她说，"我正走过去。我就想和你说谢谢，姨妈，还有要说声抱歉。哦，我看到他了。一会儿再给你电话，姨妈。等一下——你永远猜不到还有谁在这儿。他们就坐在街角，是那个甜妞。她是和卡尼梅耶探长……"

第58章

远处的朗格堡下着雨,但是我周围的草原却是干的。午夜,有闪电和雷声,但没下一滴雨。在闪电中,我看见她那珍珠色的裙子;在隆隆作响的雷声中,我听见了他的声音。

第二天早上,我到了举行马蒂妮葬礼的教堂。天空万里无云,一点儿也没有下雨的迹象。糖糖正在和卡尼梅耶说话,她的手搭在他的胳膊上。他穿着蓝衬衫,打着黑领带。她戴着顶配着面纱的圆盒帽,穿着一身黑色短裙,正面一竖排珍珠纽扣。我穿着我的棕色棉布裙。

"甜心,感谢上帝你在这儿。"她说着,摇摇摆摆朝我走来,穿着黑紫色高跟鞋。

"你好,坎迪。"我说。

我的鞋穿着不舒服,它们是我最精致但是最不舒服的一双鞋。

"我需要你的帮忙。"她说。

她指着教堂。归正教派教堂又高又白,但看着并不让人舒服。我曾和我的丈夫法尼一起来过这儿。一群人聚集在远处宽大的白色楼梯上。

"我没法清醒思考了,"坎迪说,"我让家人和亲近的朋友来得早些是想他们帮点忙。但是瞧瞧这群人。"

汉克已经不见了。那儿现在有一位坐在轮椅里的老人,站在他旁边的是一个看着个子很小的男人,穿着一件亮晶晶的蓝色衬衣。安娜坐在轮椅里,打石膏的腿弯成一个角度,靠在一个金属平台上——从轮椅脚踏延伸出的一块。她穿了条牛仔裤,一条裤腿在石膏上方切掉了,另一条遮住绷带。她穿了一件合身的黑色上衣,配一双黑色软鞋。即使离得很远,我也能感受到她的双眼又没了光采。我朝她挥挥手,但是她没看到我。

迪蒂在那边调整约翰肋骨上的绷带。德克一只胳膊吊着绷带,穿了一套黑西装,外衣披在肩上。他的胡子都刮干净了,脸色白得就和他手上的绑带一样。

"这些家伙都需要有人帮忙搬上楼梯,"糖糖说,"这里竟然该死地没有斜坡。感谢上帝,汉克·卡尼梅耶在这儿,他也是护柩人。"

杰西来到了我的身边,穿着她常穿的黑色马甲,但搭的是合身的海军裤。

她清了清嗓子说:"我也能帮忙。"

"谢谢你,甜心,你真是太体贴了。库鲁曼姨妈现在在接待厅里摆盘有点麻烦,因为那些人都在添乱。"她指着大厅,我能看见库鲁曼姨妈正端着一个银盘在一小群人里找出一条路走,我觉得我好像认识其中几个人。"但是我们最大的问题是牧师。他病了,在俗司祭去了利弗代尔。你有什么办法吗?"

我看着糖糖,她的皮肤和头发闪着光,就像是她裙子上的珍珠纽扣一样。我试着开口,但是声音不知怎么却不见了。

"理查德和我会把轮椅都搬上楼梯。"杰西说。

我咽了口口水说:"我来解决食物的问题,还有牧师。"

"你们俩都是天使,谢谢。哦,我的天,詹姆斯来了,"糖糖说,"是马蒂妮的儿子。我一定要把他介绍给彼得祖父和大卫叔叔,他们从来都没见过。事实上,大卫才知道他的存在。"

她摇摇摆摆地走开了,朝一个坐在轮椅里的年轻男孩走去,那个男孩被一个身穿白色护工服的男人推过了人行道。

男孩的头低垂,他的脖子软绵绵的。坎迪蹲下了和他说话。他们离得太远,听不见说的什么话,但是能看到男孩抬起了头,张开了嘴,露出了一个灿烂的笑容。

糖糖的裙子比她站直时显得更紧更短了。德克跌跌撞撞地走过去加入他们,把他绑着绷带的手搭在他儿子的肩上。

"那个穿着亮晶晶外套、戴粉色领带的一定就是马蒂妮的兄弟大卫。"杰西说。

他正推着老人朝男孩走去。外公自己用手加快转动轮椅,把大卫留在了后面。

坎迪站定了,让两架轮椅面对面,詹姆斯就和他的外公膝对膝地见面了。男孩的头靠在一边,仍在微笑。外公穿了件上了浆的黑衬衫,衬得脖子和脸上的皮肤苍白且布满皱纹。他的身形很小,就像一只鸟,在他的衣服里显得太小了。

外公双眼圆睁,就好像看见一个鬼,他一直盯着詹姆斯。那个男孩有一头和马蒂妮一样的金发,还有和她一样的尖鼻子。他外公的鼻子也一样。詹姆斯咧嘴笑着，脑袋从一边摇到另一边。护工擦了擦他的嘴角。

詹姆斯向他的外公挥了挥手，老人伸手抓住了手。

光打在老人的脸颊上，我看见他的双颊都濡湿了。

"他在哭。"杰西说。

糖糖拿了块手帕轻拭双眼，她的手指搭在大卫的胳膊上。大卫现在正站在他父亲的轮椅后。他们都看着男孩，他正抓着他外公的手。

"快看大卫叔叔。"杰西说。

他的脸扭曲着，看着好像是处于愤怒甚至是恨意之中。他的脸色就好像一束阴影打在男孩身上。之后他用嘴挤出微笑，但是双目无神，就好像关掉的手电筒。

男孩抬头看大卫，接着他的头就像一朵枯萎的花般垂了下来。詹姆斯从外公那儿抽回了双手，蜷曲的手放在腿上，就像两只睡着了的老鼠。

他们都转身朝教堂进发。德克和外公离男孩很近，大卫和坎迪在后面稍远处。

"所以真的有这么一个人，"当他们经过我们时，大卫说，"好吧，某种意义上是的。"

第59章

"姨妈,姨妈,"一个精瘦的男孩边喊边朝我跑来,"你带蛋糕了吗?"

"抱歉。"我说。

我没猜错。大厅外面的人是基督复临安息日会的教徒,他们进教堂都穿戴齐整,系着领带,戴着好帽子。

"这里有我们能吃的食物,姨妈,我妈妈说的,"他看上去异乎寻常地饿,"我们正在山里攒粮食。我们准备露营了。"

一个脸色苍白的女人阻止了我给孩子们食物,过来站到了小男孩的身边。她戴着一顶蓝色的圆盒帽。

我告诉他俩:"是的,这里提供素食,但是得等到葬礼之后,而我们现在还缺一个牧师。你们有能帮忙的牧师吗?"

"好吧,"戴着圆盒帽的女人说,"埃曼纽尔是牧师,但是他不在这儿。"

"他去看他的老婆艾米丽了。"乔治娅走到我们这儿说。

她的银色鬈发上戴着一顶粉色帽子。

"乔治娅在这里也是司祭。"那女人说。

"哇哦哦,"乔治娅说,"不不,我从没在创世会以外布道。"

"她办过葬礼,"一个女人说,"为造世会的两个会员办过。"

乔治娅飞快地摇着头,头上粉色的小玫瑰好像要飞出来了。

"我肯定我们会准备一些酬金。"我说。

乔治娅看着她的朋友,又看看我。

"多少钱?"

"先给你一个菠菜派,事后给你200南非兰特。"我说。

"哇哦,"乔治娅,"成交。"

越来越多的人来了,走着来或开车来,都穿着礼拜时最好的衣服。坎迪和大卫站在门口招呼着走进来的人。轮椅—绷带小组安置在了最前端。我坐在中间,旁边是斯帕超市的几个工人,他们大多仍穿着工作服。但是玛丽特吉穿了件连衣裙,蹬了双高跟鞋,她正坐在经理库那吕斯先生旁边,我猜他可能用种胶水涂在了头发上,好让分头的缝保持完好。坐在最后的是基督复临安息日会的教徒。

阳光从教堂高悬的窗户照进来,让人感觉像在水面之下。等长椅几乎都坐满了,音乐奏起,护柩人抬着灵柩走进来。理查德、皮耶特和杰西抬着一边,卡尼梅耶、大卫和迪蒂在另一边。我猜迪蒂可能已经原谅约翰了,可能她就不是吃醋的料。她可能不知道熟石榴这件事。杰西和汉克靠着糖糖坐在前排,格蕾丝也离前排很近。她戴着一条南非传统手工头饰带,坐得异常笔直。海蒂来晚了,和基督复临安息日会的人坐在后排。我身边有一个空位,那是给法尼,我丈夫的鬼魂坐的。我想把他赶走,但是他对我来说仍是一个巨大的存在。

乔治娅做了一个很棒的布道，她谈了生命结束的历程，告诉我们一些神的启示。她也加了点儿世界末日的言论，但并没有邀请我们在那天到来时去山里加入他们。之后她请逝者的家庭成员讲话。德克起身，但是当他站在大家面前，却一时语塞，只得坐了回去。糖糖站起来，发表了一些对她表妹还有莱迪史密斯的一些好人的溢美之词。

法尼这个坏脾气的鬼魂仍坐在我身边。没有迹象表明马蒂妮的丈夫打了她或者谁杀了她，葬礼让一切尘归尘，土归土。我们唱了《万物有灵且美》。

接着我们唱了《耶和华是我牧者》，护枢人随之将灵枢放到了侧廊。卡尼梅耶看上去很忧伤，他的小胡子垂着。我的胃又感觉很奇怪了，当他走过我身边，我的胃就好像被捏做一团。我站起身加入行进的队伍，把法尼生气的魂魄留在教堂长椅上。

灵枢后跟着马蒂妮的全家，还有轮椅小组：坎迪推着外公，护工推着詹姆斯，安娜自己转轮椅，德克慢慢跟在后面。灵枢先搬到楼下，再来是搬轮椅。

之后我们一行人或坐轮椅或蹒跚而行至教堂后的墓地。有人已经挖了一个很深的洞。轮椅停在了墓穴较平坦的前端，安娜、外公和詹姆斯在前，他们后面站了几排人：德克和护工，大卫、坎迪和卡尼梅耶，约翰和迪蒂，杰西、理查德和皮耶特。海蒂也站在那头，和他们在一起。

我站在墓穴的另一头，和基督复临安息日会的教徒一起，还有斯帕超市的一些工人。就在我以为一切都结束了时，乔治娅又为马蒂妮说了一些告别的结词。我看见詹姆斯的轮椅朝前滑动，护工要去抓，却没抓住，轮椅挂在墓穴边缘。皮耶特纵身向前要在轮椅掉下去前抓住。他把轮椅安全拉回了地面。大卫向后退了几步。

"噢噢噢噢。"乔治娅叫道。

"刹车松了，"护工抓着椅背说道，"我不知道怎么会这样。"

外公伸手探到了乔治娅，拍了拍他的膝盖。坎迪蹲在男孩的身边，但是那男孩看上去没事，自己哼哼着抓着他祖父的手。

女牧师乔治娅轻声说，我们都从土中来，要回土里去。穿着工作服的工人们用绳子把棺材放进墓穴，接着一铲铲地用土盖上。旁边有一大堆土。

土撒在棺盖上发出柔和、沉闷的声响。

马蒂妮再也回不来了。

我捡起一把土，撒进了墓穴。

"我会尽我所能，马蒂妮，"我对她说，"我会尽我所能地找出对你做了这种事的人。"

第60章

守夜时，我和海蒂坐在食物旁边。一小圈男人，包括汉克都绕着站在糖糖身旁，就好像围着团火来烤火取暖一样。她光滑的裙子完美凸显了她的身材线条。经过一个漫长的早上，我身上穿的这件棕色裙子全是褶子了。

"所以那个正在和杰西说话的就是格蕾丝？"海蒂边问边把腿上的一小块鸡肉派碎片掸去。

我点了点头。格蕾丝穿着一条深蓝色裙子，和她的头饰带很配。"她看上去就像一位公主，"海蒂说，"玛利亚，你什么都不吃吗？"

我摇了摇头。汉克把手搭在糖糖裸露的胳膊上，他靠她很近，在她耳边说着什么。之后他走了。他没和我打一声招呼。

大卫拿了一杯茶和一个鲜奶挞给他的爸爸。老人家坐的轮椅正靠在詹姆斯的轮椅旁，离糖糖不远。老人拿起杯子送到口边，双手在抖。他表情温和，又显得沮丧。他的外孙看上去很高兴，当护工喂给他吃素食的菠菜饼时。能拿来一个素食派,说明护工真是尽心尽力了,因为基督复临安息日会的人早就抢着大吃起来了。

"我真想知道他明不明白他妈妈死了这事儿。"我说。

糖糖弯下腰,抚摸着男孩的头发。杰西来到海蒂和我的身边,她的盘子里堆满了炸麻花糕。

"格蕾丝说德克给了她一点儿钱。"她说。

"真不赖。可能他也没那么坏。"海蒂说。

"嗯,"杰西说,"狗改不了吃屎。他用钱也脱不了干系。不管怎么说,有了劳伦斯的生命保险费,她现在有足够的钱在开普敦重新开始了。"

"嗯。所以,她是劳伦斯生命保险的受益人?"海蒂说。

"哦,打住,海蒂,她没杀任何人。"

"凶手经常都是最亲近的人。"海蒂说。

"她从马吕斯那里得到了什么?"我问。

"什么都没有,"杰西说,"格蕾丝告诉我,如果她为马吕斯做点儿事,马吕斯就会给她一笔钱。"

"马吕斯真是头猪,"海蒂说,"我今天早上拜访了范·德·斯普夫人,她告诉我,马吕斯正和我们对着干。如果我们得不到商会的支持,公报就没有足够的基金办下去了。"

"哦,海蒂。"我说。

"我今晚要参加他们的聚会,希望有好运气。马吕斯现在在哪儿?我之前看到过他……"

"哈,"杰西说,"就刚才,在外面,德克、安娜和约翰在追着他。看他们那群人。"她朝坐着的三人点着头,那三人由迪蒂照看着。"虽然打着绷带,坐着轮椅,但是他们还是打了他。理查德和卡尼梅耶介入进来后,马吕斯就乘乱逃走了。"

我向海蒂和杰西解释了在约翰农场发生的事,还有德克和安娜不再折磨约翰而是结盟对付马吕斯的事。

"天啊,"杰西说,"液压破碎法,继马蒂妮的土地之后。"

"我的老天爷,"海蒂说,"如果马吕斯是为矿产公司做事的,就能解释为什么他对杰西那篇文章这么恼火了。好吧,他最好小心点儿,有那可怕的三人组。"

"你是指他们?"杰西用她的炸麻花糕指着约翰、德克和安娜说,"还是说我们?"

"我也想告诉你,"我说,"虽然石榴现在不当季,但是我们在约翰的农庄发现一个熟的,他有个温室。"

"所以你觉得可能是他……"海蒂说。

"他以前和马蒂妮相爱过,"我说,"马蒂妮很喜欢石榴汁。"

"他现在的女朋友知道吗?"杰西望着迪蒂问,迪蒂正在喂约翰吃鸡肉派。

我点点头。

海蒂挑了挑眉毛说:"地狱烈火不及……"

"我在想斯帕可能从哪里进到石榴汁。"我说。

"我会问问我的表弟,"杰西说,"他在那儿工作。"

海蒂环视着大厅。她比我俩都高,可以看到从莱迪史密斯来的所有人,甚至可以看得更远:马蒂妮的家人、朋友、工作伙伴、基督复临安息日会。

接着她看着我们说:"任何一个在这间屋子里的人……"

杰西补上她的话:"……都可能是凶手。"

在人群嘈杂的交谈声外,我们听见又长又低沉的呻吟。

"是什么声音?"杰西问。

"是外公。"海蒂说。

外公弓着身子,抓着胃部。他的杯子和装着吃了半块鲜奶挞的盘子从腿上滑落,掉到地板上。

坎迪跑到他的身边,我们紧随其后,在围着他的众人间开了一条道。

"救命,"外公说,他脸色发青,"我被下毒了。"

第61章

我们公报的三个人行动起来就像一支队伍。杰西站在外公的轮椅前，就像是电影里的保镖；海蒂站在轮椅后，就像一棵又壮又尖利的荆棘树，给予保护和遮掩；我到那儿太晚了，没能救起库鲁曼姨妈的鲜奶挞。鲜奶挞砸在了地上，粘在了基督复临安息日会教徒的鞋底。

"打电话给卡尼梅耶。"我说，杰西已经拿起了手机。

"他们在路上了。"她说。

"我们需要一辆救护车。"海蒂说。

"我的车更快。"坎迪说。

海蒂站到旁边，让糖糖推着老人向前。

杰西走近他们身边，为他们开路。

"让一让，让一让。"她对着挡道的人说。

坎迪推轮椅就像开跑车一样，但是外公好像仍控制着轮椅。海蒂和我跟在他们的车后，但还是落在后面了。大卫也开车跟着，但没有着急开快。

我们目视着坎迪、杰西和老人坐在红色古董车里开远了。

"你看上去好憔悴。"海蒂拍拍我的肩说道。

"这一天很糟糕。"我说。

"你为什么不回家休息一会儿呢？我会待在这儿处理其他的事的。"

"谢谢，海蒂，葬礼太累人了。"

我从教堂走过一个街区去取我的尼桑。道路平坦，但我感觉好像在爬卡鲁的那些山坡。

我开车出了城，山坡间好像有几头大型动物在暖和的蓝天下酣睡。我想把车停到一边和它们待在一块儿，但最后还是自己开回家了。我甚至还不忘给弗斯特煮一杯咖啡，给我的鸡撒一点儿玉米。然后我就脱了鞋躺在床上，陷入睡眠的幽黑深洞。

我没有做一个梦。

我醒来，眨了眨眼，从窗外看见大块灰色云朵，意识到已经是傍晚了。我一定睡了好几个小时。

我听见厨房里发出叮当响的声音。我感觉胸口的心跳快得就像有只兔子在跑一样。接着我很生气，我不想在我自己家里还胆战心惊。如果有什么要发生，那就让它发生吧！我不会做那只害怕自己影子的兔子。我环视着想找一件武器，但我能找到的只是我的梳子，所以我就拿着它。

我走向厨房，赤着脚，带着武器。厨房里是汉克·卡尼梅耶，正在把一个煎锅放到炉灶上。我倒退回走廊，把梳子插在我的头发上。

"玛利亚？"他说。

"就来。"我说。

我迅速跑进浴室,看到镜子里的自己,吓了一大跳。因为刚睡醒,我的双颊上都是印子,双眼肿胀。我尽力地收拾了自己,又换了件鲜蓝色的裙子走进厨房。

"希望你喜欢炒鸡蛋。"他边说边打鸡蛋。

他穿的衣服仍是葬礼上的那件蓝衬衫,但是领带不见了,袖子卷了起来。

"我不太饿。"

有东西爆开了,我吓了一跳,是吐司机烤好吐司的声音。他把吐司拿出来,又拿了两片放进吐司机,回身打鸡蛋。

"我只会做这个,"他说,"我把鸡赶回棚里的时候,那里正好留着几个蛋。"

他打开冰箱。这个男人怎么能就这样去我的鸡棚,进我的厨房,开我的冰箱?

"你有酸奶吗?"

"没有。"我说。

"这里有一些。"他加了一勺到打的鸡蛋里,"我找不到刀叉。要摆桌。"

"我来吧。"

我掉了刀子,我俩同时弯腰去捡。起身的时候我们的手臂相触。我拿着刀往后退,然后洗了刀,把刀放在桌上。

他把吐司和鸡蛋装进盘里,给自己的吐司涂上了黄油。

"我要和你谈谈,"他用那双暴风雨般蓝的眼睛看着我说,"关于坎迪的事。"

我盯着自己的干吐司。

"这不是一件容易的事，"他说，"我知道你和她关系不错。"

他放下餐刀说："你可能信任她。"

"你不必这样做，警官。"我说。

"我担心你……"他说。

"你没有……"他说了什么？"必要，对我。"

"或许我不该和你说这个……"

"不，你不应该。你不必向我解释任何事。你想怎么做就怎么做。"

"可能你已经了解关于她的事。"

"是的，我不是傻子。"

"所以你现在很小心。"

他把炒蛋放到他的吐司上，我对他皱着眉。一阵风吹来，推窗嘎嘎作响。

"我担心你的安危。"他说。

"我的安危？"

"玛利亚，坎迪可能是凶手。"

第62章

"你说什么?"我惊讶地问。

"我不想和她单独待在一起。"

"啊?"我说,"你刚还和她一起吃了东西。"

"她有目的,有手段,还会把握时机。"

"我不明白你在说什么,"我不可思议地看着他,"我不相信。"

"她得到了一大笔钱,马蒂妮让坎迪做她儿子的受托人。"

我一边听着,一边重新摆弄桌上的刀叉,所有的餐具都平行对齐。

"马蒂妮没那么多钱啊,"我说,"还是德克为他们的儿子提供特殊照顾所需的费用,她没有足够的钱能离开她丈夫。"

"马蒂妮的父亲给她存了一笔信托资金。"

"是,我是听说她爸爸有不少钱,但他不会给自己孩子多少钱,他总想着孩子们应该独立什么的……"

"其实我本来不想告诉你整件事情,但如果这是唯一能让你相信我的话——"他吃了点儿眼前的东西,继续解释道,"很久以前,马蒂妮有过一次流产,她为此非常难过。她的父亲当时告诉她,想要得到她那份钱,唯一的方法就是她得有孩子。她父亲荒唐地觉得这法子能帮自己女儿走出丧子之痛,但实际上马蒂妮可不这么认为。"

"那么,等她生了这个儿子之后,她父亲就给了马蒂妮她的那份钱?"

"没有,因为她生了这个孩子后,根本不允许自己父亲来看孩子。所以,她父亲把她从自己的遗嘱上剔除了,但是把这份本该给马蒂妮的财产。用信托基金的形式留给了自己的外孙子,詹姆斯只能等外公死了之后才能得到这笔钱。那是很大一笔钱。"

"我还是不明白,"我说,"就算你说的都是真的,可是糖糖很富有啊,她根本不需要钱。"

卡尼梅耶摇了摇头。

"她以前是很有钱,做模特的时候,她赚了不少。然后她父亲,也就是马蒂妮的叔叔给她留下了一笔不小的财产。但是后来她嫁给了一个德克萨斯的产油农,这个油农在一笔糟糕的交易中损失了大部分钱。不仅如此,他还背着她在外面乱搞。他们离婚后,她分到一笔钱,这笔钱足够她建立自己的服装事业。这门生意她做得还不错,但和她可能会得到的这笔钱比起来,就不算什么了。"

"那位爷爷就不介意她窃取一个生病小男孩的钱吗?"

"他巴不得糖糖成为受托人,这样他们俩就有花不完的钱了。"

"你怎么知道这些?"

他轻轻抚了抚胡须尖。

"当我们不用忙着拯救你们于水深火热的时候,"他说,"我们还是做了点儿调查的。"

"但马蒂妮死的时候,糖糖不在场呀,"我说,"她只是刚到而已。"

自己这么替糖糖辩护,感觉挺奇怪的。相信她偷了男人的心是一回事儿,但一想到她几乎偷了别人的人生,谋杀了她自己的堂兄,就又另当别论了。

"她的租车记录显示,她是一个礼拜前租了这辆车。"

"凶手是个男人,在劳伦斯被杀的那天晚上,我们看到的确实是个男人。"

"你确定?她可是个大块头女人,而且那晚她很可能穿了一双男人的鞋子。"

"她走路的样子一点儿也不像个男人。"

"你看到的只是暴风雨中闪过的某个人影。"

"探长,你见过她,她走路的样子可不像个男人。"

卡尼梅耶叹了口气,说:"她有可能是和别人联手作案。"

"如果还有一个男人,他也能从马蒂妮的死中获利的话……"我沉思了片刻说,"她弟弟!他也住这附近,他上星期还在桑伯纳的野生动物保护区里。"

"你不要担心,"他说,"我只是想提醒你凡事都要小心,不是想跟你讨论谋杀案。"

他吃完食物,把刀叉放在一起。我起身打开嘎吱作响的窗户,让凉风进来,吹拂过整个房间。

"那你想跟我谈些别的什么吗?"我说着,重新坐下来,"你最近过得怎么样?"

我们可以假装他不是我的保镖,只是顺道来探望我的朋友。我在吐司上抹了点儿黄油,饥饿感涌了上来,像只走失的老狗回到了家的感觉。

"好吧……"他用手指随意搅动着胡须尖,谈话进入状态了,"我在来这里的路上看到了一只小鹿。"

"什么样的鹿?"

"非洲羚鹿。"

"这种鹿难得一见,"我一边嚼着东西一边说,"它们一般都会一动不动地待在阴影下。"

"它们都是会和爱人终身相守的动物,"他说,"我还去了斯帕。"

"如果它们的爱人死去了,怎么办呢?"

"那它们就会寻找另一个伴侣,除非它们老得不行了。"

窗外吹来的微风中夹着一股潮湿的泥土味儿,或许斯瓦特山脉刚下过一场雨。

"你去斯帕买什么去了?"我随意地聊着。

今天的煎蛋很美味,软硬刚好,又很蓬松。

"我不是去购物,是有人从那里的货架上偷了些东西,罐头啊,干货啊,扁豆大米之类的。"

"他们打电话让你去?"

"经理觉得是他的员工干的,那个打包罐头的工人。"

"他为什么那么觉得?"

"哦,我也不清楚,或许是因为连着几天老有东西被偷,还都是些小东西的缘故吧。"

"我觉得他那么做不值当呀,一旦被发现会丢了工作,在这种小镇上,再找到一份工作可不容易。"

卡尼梅耶耸了耸肩。

"我让他们留意那些每天都来店里光顾的常客,那些中午来买午餐、薯条和派的人。"

我点点头,继续问:"为什么不给他们安装监视摄像头呢?"

"太贵了。那可比那些罐头大米什么的贵多了。"

我用最后一片吐司把餐盘抹了个干净,再放进嘴里。此时,他开始起身帮我收拾餐桌。我吃完吐司也一起帮着收拾,在洗碗槽里倒入洗涤剂。然后,我拿出最后一块蛇蛋糕给他。他身上闻起来有蜂蜜的味道,就像这蛋糕一样。

"那你呢?"他问。

蛋糕看起来很美味,但不够我们两个人享用。

"我吃饱了。"我说。

"我是说,你最近过得怎么样?"

"我?"

现在,我们又都在桌边坐了下来。他一边用手拿着吃面前的太妃乳糖蛋糕,一边用灰蓝色的眼睛看着我,想聆听我说话。

这种感觉很奇怪,一个男人坐在那里要听我说话。我想这大概是一直以来我都渴望的某种东西,只是现在我得到了,却不知该怎么办才好。

"葬礼之后我感觉身心俱疲,我也不知道为什么。"我开口道。

"我明白你的感受。"

"感觉很沉重,就好像,我承载着一个死人的身体一般。"

他点头。我想起葬礼上的卡尼梅耶抬着棺材时那张悲伤的脸庞。

"但感觉又不只是那个死去的人的身体,"我说,"好像所有在此之前死去的人的身体都在那儿了。"

他低头看着面前的餐盘,用手指去按住那些掉落的面包屑。面包屑不断地掉落下来,他的手指一遍又一遍地按着它们。

此时此刻,我听到雨水温柔地滴落在长廊的屋顶上。

第63章

第二天早晨,我起得比鸟儿还早,给我们俩做早餐。我不太擅长做煎蛋,就做了水煮荷包蛋。我母亲以前叫这种蛋是"小牛眼"蛋,加上香煎牛肉肠,配上一些番茄做装饰,就是一盘像样的早餐。除此之外,我还烤了一些芝士司康,煮了一小锅玉米粥。卡尼梅耶起床后,把他睡的沙发床上的床单叠好,然后帮我把早餐拿到户外。我们有黄油和杏子酱配面包,有牛奶和糖配玉米粥,还有一小盘约翰送的葡萄,至今仍又黑又紧实。

我们坐在长廊上吃着早餐,一边看着整座罗伊博格山渐渐变红,那棕色山脉的顶端就像是被点燃了一般。我很饿,吃了一些芝士司康、一个荷包蛋和香肠后,我的胃终于得到了满足。吃饱后,我望着远处通红的山脉,看着卡尼梅耶吃东西。他看上去需要刮一刮胡子了,但他的胡须又非常好看。他是个胃口好的男人,我做的东西他几乎都会吃完。当他吃完热乎乎的食物,就开始慢慢地一边吃着葡萄一边看着我和我的花园。

鸟儿被吵醒了，开始追逐着吵闹，所以在叽叽喳喳的背景中我们也无需谈话了。随后，我们听到一辆车正驶向62号公路，朝我们的方向开来。

"应该是弗斯特巡警。"卡尼梅耶说着，检查了一下胡须里有没有沾着面包屑。

"你是不是会给你的胡子打蜡？"我好奇地问。

"有时候，就在须尖上弄点儿蜂蜡。"他说。

难怪他身上总有股蜂蜜的味儿。

"我得走了。"他说。

"医院里那个老人，"我刚开口，又摇了摇头，"算了。"

我知道他不会告诉我，而我也不想毁了我们的游戏。

"祝你有愉快的一天。"我说。

"回见。"他站起来对我说。

他弯下腰，身上蜂蜜和肉桂的气味靠近了我，有那么一二刻，我以为他会跟我吻别，但当然不是，他只是弯腰把桌上的碗和餐盘拿到厨房里去。游戏结束了。

"我来收拾吧，"我说，"不要紧的。"

我把最后剩的一些粥盛了出来给弗斯特吃。

卡尼梅耶驱车离去了，我站在草地上，一边喂着我的小鸡，一边听着他车子的声音越驶越远。

第64章

电话铃响起,我猜想是海蒂打来,要告诉我昨天晚上的会议消息的。但其实是杰西。

"这里有个律师,在医院里。"

"那老人还好吗?"

"还活着,但是很虚弱。"

"糖糖也在那儿吗?"

"嗯,还有她弟弟。她问我母亲和警卫,他们是否签署过一份目击文件,但他们都说没有。"

"会不会是他的遗嘱?"我说,"警察就不能阻止吗?"

"他们没做犯法的事儿。"杰西说。

"那我们得自己想法阻止他们啊!"我说。

在医院的停车场,我把自己的小蓝车挨着停在杰西的红摩托车旁边,共享一棵橡胶树的树荫。天气已然燥热不堪了,蝉儿还在无止尽地咏叹着不成调子的音律。

杰西匆忙往医院门口走来迎我。她穿了条卡其裤子，脚上蹬着的鞋看起来像是一双军靴，手里夹着笔和纸。我穿的是卡其色短靴，带了个保鲜盒，里面装着些葡萄。我们俩这副打扮，是准备打一架吗？

又能有杰西陪在身旁了，感觉很好。我们一起步行至医院，途中遇到了莫斯特护士，她身穿的制服一如既往地纯白鲜亮。

"你好。"杰西打了个招呼，并在她脸颊上轻轻一吻。

"我带你们去。"莫斯特护士说。

我们到了病房，一名女警卫正守在门口。

莫斯特护士领我们穿过警卫，说了句："布朗爷爷，有人来探望您。"

然而，房子里的三个人挡在了我们和爷爷之间。

糖糖又穿了一身奶油色，皮肤如水蜜桃，微笑像阳光。她弟弟仍穿着那件闪瞎人眼的衣服，只是有些褶皱，好像穿着睡了一觉。他朝我们皱了皱眉头，像是闻到了空气中不好的味道似的。但我怎么只闻到消毒水的味道呢？

从律师那看上去就很昂贵的发型和随身的公文包就能对他有所判断。他既不皱眉也不微笑，就那么看着我们，好像在用眼睛测量我们的斤两、毫厘。我想他大概在内心里揣摩着，我们对他有什么用处。

"玛利亚，"糖糖开口道，"杰西，很高兴你们能来。"

"你叔叔怎么样了？"我问。

"就像你看到的，已经好多了。"

但其实我看不到布朗爷爷，因为他们挡住了我的视线，一个挨着一个,还有一个站在床边。我打开带来的保鲜盒,拿出葡萄,摇了摇,靠它们从糖糖身边绕到老人的病床边。

"爷爷,我给您带来了些甜甜的葡萄哦。"我说。

弟弟扭过头去朝我皱了皱鼻子,杰西趁他转过身的间隙钻了过来。现在,我俩都站在老人的病床边上了。老爷爷看起来很苍老,似乎看我们一眼都很费力,不过他伸出手去拿我带来的葡萄。这时候,警卫上前一步把葡萄拿走了。老人大声抱怨着。

"别这样。"我开口说。

我只有最后这点儿完美的黑葡萄了。

"不好意思,夫人,"警卫说,"医院里不能有外面带进来的食物,这也是我们出于对你的保护。"

"毒,"老人对杰西耳语道,"有人试图毒害我。"

"你正好赶上了,"糖糖说,"做目击证人。"

律师手里拿着的剪贴板上夹着一张纸。

"我们需要你作为皮特·布朗先生的目击人在这份文件上签字。"

我立即睁大眼睛,像是在看一件正在我眼前发生的重大新闻。杰西给我使了个眼色。

"你知道这文件里写了什么吗,布朗先生?"杰西忍不住问。

"哦,伙计,"大卫说,"我们已经就这个文件讨论过两次了,就不能痛快地结束流程吗?"

杰西无视他,继续问:"布朗先生?"

"是我的遗嘱,"老人说,"要做一些变更。"

"你读过并完全理解这里面的变更内容吗?"杰西继续问。

"我找不着我的眼镜了,但糖糖已经跟我解释了里面的内容。"

他说。

"我们只需要您在上面签字作证,"律师说着,把钢笔放在老人手中,"其他细节无关紧要。"

老人在文件上签下歪歪斜斜的名字,笔画像是清晨的水槽里蛇留下的足迹。随后,律师把笔递给杰西,敲了敲纸上的某个地方,示意她签字。

"哪里?"杰西看着纸上,故意问,她明明已经看到他展示的签名位置。

"就在这里签。"他说。

笔突然从她手上掉落。

"糟糕。"她轻声道。

律师弯腰准备去捡,但不知道是被什么人的脚踢了一下,笔又顺势滚到了屋子的另一边。屋子里的空调发出嗡嗡的声音。

"哦,该死的。"大卫抱怨着。

趁着大卫和律师找笔的时候,杰西迅速浏览了文件。她就像个阅读机似的。等律师捡回笔的时候,她又将文件递给了我。律师伸手去够文件,但胳膊没那么长。我以为糖糖会从我手上夺走文件,但她并没有这么做。

律师拿出手机,给什么人拨通了电话,让电话里的人迅速赶过来见证一份文件。

我的阅读速度比较慢,文件上的这些文字全都方方正正的,而且都是长篇法律用语。但我基本上还是理解了里面说的是什么。

"我的助理已经在路上了,"律师说,"你们可以走了。"

"等一下。"我说。

阅读完,我抬头看了看杰西,我们相互点了点头。我签了字,然后她也签了。

"停!"一个声音突然传来。

是卡尼梅耶。我没听见他进来的声音,他怎么会突然站在床边低头看着我们呢?他的胡须抖动着,像随风扬起的鼠尾草。

"坎迪·韦伯斯特和大卫·布朗,我要请你们来警局做些笔录,现在。"

"我的客户没有义务回答你们任何问题。"律师说。

坎迪的一只手放在大腿上,头朝一边昂起。

"怎么了,探长先生?"她说,"只是我想见的一个男人而已。"

她给了他一个微笑,不是她平时的那种甜甜的笑,而是一种陌生的轻笑,就仿佛她正在忍着疼痛似的。但他并没有回以微笑。

"或许这个可以替你回答问题。"她边说边将手里的文件夹递过去给他。

我看着他阅览遗嘱里变更的部分,他的阅读速度没有杰西那么快,但也没我那么慢。

新的遗嘱表示,马蒂妮从她父亲那的基金份额全部用于照顾她的儿子。剩余的资金全都捐给照看她儿子的机构。钱款由受托人的一位股东,包括其家庭成员以及坎迪一起照管。坎迪不能私自使用这笔钱。还有一段表示,如果老人死于"非自然"方式,那么他的儿子大卫·布朗将无法从遗嘱里得到任何东西。

卡尼梅耶读完,抬头看了看杰西和我,然后又看了看坎迪。

坎迪避开他的目光,随手掸了掸她叔叔的床单,说:"现在你可以继续去查找杀害马蒂妮的凶手了,不必在我们这儿浪费您宝贵的时间了。"

随后,医生进来了。这位穿着白褂的医生皮肤非常黑,大概是从津巴布韦来的，不然肤色不会那么重。但他的眼睛和牙齿都雪白，跟身上的白大褂一样，笑起来的时候好像会发光。

"你们在这儿开派对吗？"他说，"希望你们没有准备冰淇淋。您的化验结果已经出来了，布朗先生。好消息是，你的胃癌还处于缓和期；坏消息是，您对牛奶过敏，而您的胃溃疡应该就是过敏导致的。"

"是的，是的，我知道这胃癌……"老人说。

"你没告诉我，"大卫说，"你说你要死了。"

"但是牛奶，"老人无视大卫的话，继续说，"我一直都有喝牛奶的习惯啊，牛奶对身体好。"

"我想并非如此，"医生说，"尽管大多数医生都会同意您的说法，但是，医生们基本上不会特别地去为你检查有没有乳糖不耐症。但事实上，很多人都有不能适当地消化乳糖的症状，而有些人会把这种不耐症发展成为一种严重的过敏，而且随着年龄的增长，情况会越发严重，就会受到压力。您的这个肿瘤可能就是被你的过敏症加重了。如果你能戒除掉由过敏引起的溃疡，你的胃癌就有很大的可能一直停在缓和状态。"

"所以说他不是中毒了？"大卫按捺不住了，对着医生说。

"不是的，除非鲜奶挞也算是毒。"

"你看！"大卫说，"你看看！这么多年，这，这就是我所得到的感谢吗？"

"现在，大卫，"坎迪说，"没有人说你实际上……"

"垃圾！"大卫说，"他说过的，遗嘱也说过的。上帝啊！这是侮辱。"他说得很激动，有一些唾沫星子喷出来，"我做了那么多！"

他大步走了出去，卡尼梅耶也转过身，好像要去追他，但随后只是用手擦拭了一下额头，和我们待在了一起。

"他给了我那个鲜奶挞。"老人说。

我无法站在那里任由清白被抹黑。

我也不想让任何人说库鲁曼姨妈的鲜奶挞的坏话。

"那些都是上好的鲜奶挞，"我说，"而做鲜奶挞总要放牛奶，没人能绕开不放。"

第65章

卡尼梅耶和我分别站在老人的病床两侧,其他人都已经走了。

"你看,我又在麻烦中找到你了。"卡尼梅耶皱了皱眉对我说。

但他的表情看起来又没那么生气,爷爷正在吃那串被警察还回来的葡萄。

"你怎么知道我来这儿了?"我说。

卡尼梅耶狡黠地一笑,摇了摇头。这种笑实在太有他的标志性了。

"所以,你是不是打算跟坎迪道歉呢?"我说。

"为什么?"

"因为你怀疑了她啊。"

老人往嘴里拨着葡萄,脑袋一会儿往左一会儿往右地看着我们,就像是观看一场乒乓球比赛。

"我的工作就是怀疑人,"卡尼梅耶说,"而且,也有可能因为她知道我在怀疑她,才做了这一场戏,但谋杀时的动机有可能还在。"

"你不会真觉得是她做的吧?"我说。

他没有回答。

"她是个好女孩,坎迪,"老人说,"是个好姑娘。"

"我觉得她肯定很受伤。"我说。

"她习惯了我行我素。"卡尼梅耶说。

"你妨碍到她了?"老人说着,示意卡尼梅耶吃些葡萄。

卡尼梅耶摇摇头,告诉我:"反正不是她希望的那样。"

"这些葡萄可甜了。"我说。

老人点头表示同意。

"我。早餐吃得很丰盛。"卡尼梅耶说。依然看着我。

这时候,他的手机响了。他退后几步,接听电话。

"库那吕斯,"他说,"什么?……嗯。嗯。好的。"

"是斯帕打来的吗?"我问。

他已经在往门边赶去。

"你别插手这事儿,"他朝我摇了摇手指头说,随后,他的表情从之前的严肃转变成了一种忧伤,补充了一句,"拜托你了。"

"太晚了,"我说,"我已经介入了。"

但他并没有听见我的回答,他已经离开了屋子,只有爷爷和最后的葡萄听见了我的话——爷爷把最后一颗葡萄扔进了嘴里。

第66章

从医院开车返回的路上,我一直在想卡尼梅耶刚接到的那通来自斯帕的电话。对于斯帕发生的盗窃事件,我有一些自己的想法。我知道卡尼梅耶会说我不应该管这件事,但是,在这么一个小镇上盗窃会令每个人彼此之间都变得怪怪的。还有,斯帕的工作人员肯定会有一段日子不好受,经理一定会苛难他们,这对他们并不公平。

我正开车前往报社,想去看看海蒂,问问她和商会的会议进展得怎么样。但到达之前,我的手臂不由自主地将方向盘转向了连锁酒店的方向。到达连锁酒店时,我踩下刹车,停在了一棵巨大的红千层树的树荫下,树上开满了红色的小花。

我抽出一张纸巾抹掉嘴唇上的口红,用手随意地在头发里抓了抓,显出头发蓬乱的效果。我拿出放在车载文件架上的口红,然后下车,穿过花园的大门。

乔治娅独自一人坐在前门的长椅子上,好像知道我要来似的。

她今天穿了身有淡蓝色条纹的白底连衣裙,和她灰色的头发很相称,显得她的身材比实际高瘦了很多。我暗自想着,去哪儿能弄来些这种条纹的裙子?

"玛利亚姨妈。"她见到我,打了个招呼,扭转了个方向,好让我在她身边坐下。

我轻拍一下头发,把它们稍微理了理。

"谢谢你昨天的布道,乔治娅,你的工作做得很好。"

乔治娅微笑着,默默颔首。

"我想借用一下你的洗手间,梳理一下自己。"我说。

"当然可以。"乔治娅说。

"我准备去趟斯帕,"我说,"听说他们现在在店里到处都放了隐形摄像机。"

"哇哦!"乔治娅惊讶地说。

"他们那儿进了些贼,一些瓶瓶罐罐丢失了。所以,现在他们对安全很痴迷。"

乔治娅盯着面前绿油油的草坪。

"我可不想自己挑选各种东西的样子被他们拍摄下来。"我说。

乔治娅捋了捋自己的灰色鬈发。我走进女用洗手间,在里面梳头,洗脸,还抹上了口红。等我出来的时候,乔治娅已经离开花园了。我穿过收银台,来到后面,从这里可以俯瞰底下的游泳区域,我看见乔治娅正在一个房间里低声对某个女人说话,当她们发现我站在门边看的时候,突然安静不说了。

"早上好,女士们。"我看着她俩齐刷刷对着我的脸孔说。

"嗨。"艾米丽说。

她已经回到了属于自己的群体中,长长的红色头发在头顶盘成一个圈,顶个皇冠。

　　我在想她们俩是谁给我写了那封询问露营食谱的信。

　　"谢谢你,再见。"我说。

　　我微笑着,挥手和她俩告别。

　　"再见,玛利亚姨妈。"乔治娅说。

　　"谢谢你。"艾米丽说。

　　我的双腿又把我带回了车里,手臂驾驶着方向盘,拐过一个街区,开往报社去了。

　　"我昨晚去参加了商会的会议。"前脚还没踏进办公室门,我就听见海蒂的说话声。杰西正坐在她的办工桌边上,她的脸并没有转向我。"我就报社的独立性发表了一段小小的演讲,然后他们投票决定是否要继续支持我们。"

　　"然后呢?"我的手附在前门,迫不及待地问。

　　"投票结果是 10 比 2。"

　　我紧张的手都抓不住了。

　　"同意!"海蒂说,"十票都赞同支持我们。"

　　杰西转过身,我看到她脸上大大的笑容。

　　"当马吕斯发脾气的时候,曼迪家具店主说,他们可以从现在起资助我们的网站!"

　　我想上前拥抱海蒂,但此时她正点着脚尖跳上跳下的,我不太方便拥抱她,只好去给我们泡了茶和咖啡。冰箱里还剩下些蜂蜜太妃糖蛋糕,正好可以拿来庆祝。

　　"现在,就算马吕斯破产了也与我无关。"海蒂开心地挥舞着一片蛋糕说。

"就是,让他去死吧!"杰西补充道。
"对对。"海蒂说着,脸上的笑容始终没有散去。

我的桌上已经有一堆信件了,我翻了翻。有封信上有一块小小的棕色的污迹,我猜想这会不会是那位友好的机修工写给我的另一封信。可仔细一看,那块污迹并不像机油的痕迹,而且我的名字被打成了:坦妮·玛利亚。没有回信地址,信是手寄的。

"是不是有人亲自来送了这封信?"我举着信,问海蒂。

"我把其他的信取过来放你桌上的时候,这封信就已经在那里了,"她说,"我还以为是你落在桌上的呢。"

我拆开信封,里面是一张A4纸,纸上的污迹跟信封上的一样,只是更大了些。信纸沾了污迹,有些黏黏的,我只好小心翼翼地展开信纸。

当我看到那红色的物体横躺在白色的信纸中央时,那股味道狠狠击中了我的喉咙。

信纸的顶端打着四个字:

　　滚开,或去死

折叠的信纸像是那红色物体变成了一只蝴蝶。
一只血蝴蝶。

第67章

当你去看心理医生的时候,他们会给你看一些图片,然后会问你看到了什么,再根据你的回答来决定你是哪一种的疯狂类型。

当我直视着信纸上这些蝴蝶似的斑迹时,我觉得自己有一种与众不同的疯狂。

我看到一个试图逃离自己的女人,她的双腿急速奔跑,手臂奋力地朝前伸,但是,她那儿也去不了,因为她和另一个正朝着反方向奔跑的女人,大腿处被绑在了一起。

我想告诉她,她也是一只蝴蝶,如果她停止这种逃离自己的奔跑,或许她就可以飞了。

然后我闭上眼睛,女人消失了,画面变成了一个怪物,匆忙地在路上,无精打采,鲜血淋漓。我听到一个声音,像是一头受了伤的动物的叫声。

"你还好吗,玛利亚姨妈?"海蒂的声音突然出现。

杰西和海蒂在我的两边。那头动物的声音就是我自己的叫声。

我举起信纸给她们看。我的手在颤抖,信纸上的字形仿佛活了过来。它看上去就像是一团火,一团可以摧毁一切的火。

"哦,我的天哪!"海蒂惊叫道。

"别碰它,"杰西说,"或许我们可以在上面找到这混蛋的指纹。"

"哦,玛利亚。"海蒂说。

我感觉自己在坠落,但杰西和海蒂就站在我两边,所以我不会坠落,因为她们俩在努力支撑着我,不让我掉下去。她俩各站在我的一边,像我的两只翅膀,而我就像一只蝴蝶。

那张画还在我的手里,我的手还在颤抖。它就像一只大鸟,那种从灰烬和火焰里腾起的鸟儿。像一条龙,飞行的巨龙。

然后,我的眼前一片黑暗。

"喝点儿茶,玛利亚姨妈。"是杰西的声音。

我睁开眼睛,海蒂正将一杯茶放在我的手中。

我把茶杯端到嘴边。热热的,甜甜的。

太震惊了,我受到了极大的震惊。到底发生了什么?我想逃离法尼,但是,他已经死了,一切都已经结束了。我又抿了一口茶。我还好,还活着,甚至不用在医院里躺着。我在办公室里,在《小卡鲁公报》的报社里我自己的书桌旁边。电风扇在天花板上缓缓地转动着。

我看了一眼桌上的纸,想起来。

滚开,或死。

"或许我们必须关闭一段时间。"海蒂说。

"我们不能就这样让他侥幸脱逃。"杰西说。

"那只鸟叫什么?"我说,"那只死而复生的鸟?"

"警察会捉住他的,"海蒂说,"我现在就去给他们打电话。"

说着,海蒂就拿起电话。

"但他们会吗?"杰西说,"百分之五十的谋杀犯是不会被抓到的。我们这里的谋杀率是世界平均谋杀率的五倍之高,有成千上万的罪犯得以逃脱法律的制裁。但他威胁我们说明他紧张了。我们正在接近他,不能现在就放弃。"

"它从火焰中升起……"我说。

我的大脑有点不听使唤,就是找不到准确的词语。

"他知道,谋杀案发生的那天你们俩在现场,"海蒂说,"或许我们三个都应该离开这里,离开兰迪史密斯一段时间。"

"从灰烬中飞出……就像一条龙,但又不是一条龙。"我说。

"我们可以待在我堂兄在奥茨胡恩的农场里,"海蒂看着手机通讯录上的一个号码说,"可以在那里做报刊的假日版。那叫凤凰,玛利亚,凤凰。"

"你的意思是我们要按照那混蛋说的做?离开?"杰西说。

"我们在跟一个杀人犯打交道,杰西,"海蒂说着,拿起电话听筒,按下上面的按钮,"他已经杀了两个人了,现在他对我们发出死亡的威胁。我们不值得冒险。"

我喝完杯中剩下的茶,把杯子放在桌上的信件旁边,放在我桌上红色的"凤凰"旁边。

"我不打算离开,"我说,"如果世界末日要来,那就让它来吧,但我不打算逃走。"

第68章

皮耶特像只缉毒犬似地在报社周围转来转去，卡尼梅耶站在我身后，他用戴着手套的手拎起"凤凰"，放进塑料袋里。

"只有她碰过。"杰西说。

卡尼梅耶并没有看我，而是在我周围仔仔细细地检查起来，查看我桌上的每一样东西，甚至还揭开烧水壶看了看。他就这样在屋子里踱来踱去，然后皱起眉头，盯着白板。随后，他一边轻捋着胡须尖，一边读着白板上我们之前做的关于案子的笔记。他看看看着，摇摇头，又转过身盯着我。我知道我们现在处境不利，但我不会再害怕了。我有来自一只凤凰的力量，我可能会死，但我还会复活。我什么都不怕。

我在探长的眼睛里看到的不是生气，我本以为他很生气，但我看到的是一种悲伤，又或许是恐惧。他难道是在怕我吗？他的沉默如此沉重、巨大，多希望此时他能开口说句话。

他伸长手臂，指着白板上的名字说："这些就是你们的嫌疑犯？这里面的人，你们骚扰过谁？"

我试图解释，但张开嘴，却什么说不出来。

"我们谁也没骚扰。"杰西说。

"您要来杯茶吗，探长先生？"海蒂试图缓和气氛，把茶壶放在炉子上说。

"追踪，调查，随便你们叫什么好了。"现在，他说话的样子看起来真有些生气了。

"您为什么不先坐下来呢？"杰西说。

"最近几天你们有没有跟谁起过争执？"他问。

我摇头。

"我们尽量不跟人争执，"海蒂解释说，"您要不要来杯咖啡？"

"你们是不是已经把这个嫌疑人名单上的所有人都打扰过一遍了？"

"如果您坐下来，探长，"杰西说，"我们或许可以跟您讨论一下这个案子，又或许我们可以一起合作，找到凶手。"

听到这里，卡尼梅耶的反应好像差点儿要喷出来的样子，但他还是坐了下来。海蒂递给他一杯咖啡，杰西开始解释白板上的名单。卡尼梅耶静静地听了很长时间，皮耶特已经走到外面，开始侦查花园小径了。杰西是个很优秀的汇报员，海蒂时不时地补充一两句，我则坐在那里一言不发地观看着，像是在看一部电影。

"所以，您觉得呢？"杰西说完了，"您有其他的嫌疑人吗？或者有其他任何补充信息吗？"

卡尼梅耶转过头看向我说："你能不能出城去待一段时间？"

我眨眨眼。

"玛利亚姨妈，"他说，"你现在有生命危险，你已经收到过两次死亡威胁了，而且这一次比上一次更严重。我们不可能有那么多人力，给你做二十四小时保镖。而且，如果你把这些警察该做的事情留给警察做，也就不需要保镖了。我拜托你了，能不能，能不能请你搬出城一阵子，就一阵子就好？"

我摇了摇头。他的脸色变得越来越红，胡须都纠结到了一起，但他没有说话，站起身来，朝外面走去。

我以为他走了，但他又把脑袋探过门来说："你们谁知道安娜在哪儿？"

"安娜·普利特瑞斯？"杰西问。

我又摇了摇头。

"她不在家？"杰西又问。

"不在，"他说，"如果你们有她的消息，告诉我。"

卡尼梅耶站在门口，看了看我们每个人，然后他深呼一口气，好像要说点儿什么，胡须微微上扬，但最终他只是叹了口气，又闭上了嘴。他转身，踩在门前的小径上离开了。

*　　*　　*

一切又再次黑暗了，我想我大概是睡了一分钟。我到底做错了什么？我使劲儿地摇了摇头，好像要把眼睛里的水给摇出来似的。杰西和海蒂还在争论着。

"但是海蒂，我们唯一能安全的方法就是抓到他，"杰西说，"如果警察能做到，当然万事大吉，我们都可以放轻松了。但是，我可不打算就这么坐以待毙。"

"我们可是还有一份报纸要经营啊，看在上帝的分儿上。"海蒂说。

"是啊，但这也是大新闻素材。让我去查查马吕斯和矿业的关系吧！如果他和追踪者有关，那就有杀害马蒂妮的动机了。"

海蒂叹气道："看来真的什么都不可能阻止你啊。千万记住了，别让自己陷入危险中，还有，在网上发布任何文章和消息之前，都让我先过一遍。"

我需要一顿适宜的午餐。那能把我拉回人生的正轨。

"我要去斯帕。"我说。

逛超市令我感受到一种内在的平静力量，看着货架上成堆的新鲜水果和蔬菜。香蕉、杏子，还有甜瓜，那香甜成熟的芬芳，无不令我浑身舒畅。我拨开一只香蕉的皮，吃下一口后，我的思路终于开始恢复正常。于是我继续逛到面包区柜台，买了四个甜甜圈，自己吃了一个。我觉得自己这样下去可以花光口袋里所有的钱，不过令人高兴的是，他们并没有真的安装那些安保摄像头。

现在，我的大脑终于又开始工作了，这才意识到我来这里并不只是为了食物。

我想知道库那吕斯给卡尼梅耶的那通电话里究竟说了什么。斯帕的经理是不是因为偷窃的事情联系了他？还是，会不会和那石榴汁有关？

我拿了个小小的手推车，挑了些东西放进去，两袋冷冻肉馅、一些草本植物、西红柿和意面，准备做一顿美味的意式肉酱面。然后我就等待着，直到玛丽特吉的结账桌前没有人了，我才推着我的小车过去。我把推车放在身后，将其他排队的人隔开。今天她的头发在脖子后面扎成了个小圆发髻，发髻周围绑了个粉色蝴蝶结，这打扮令她看起来就像个少女。

"下午好，玛丽特吉。"

"哦，玛利亚姨妈，你好。"

"警察今天也来过了吗？"我说。

我将推车里的购物品一件一件地摆在台子上，她摸了摸自己光泽的嘴唇，向我前倾着身子，她身上有樱桃的味道。

"嗯，是我，是我拍的照，在我手机里。"她压低声音对我说。说着还拿出手机，在我面前晃了晃。

"嗯。"我点头，好像我知道她在说什么似的。

"她买了整整六瓶，六瓶。"

"石榴汁吗？"

她点头。

"嗯，那个警察，就是留着小胡须的警察，他一下子就知道她是谁了。他就看了一眼我照片上她坐在轮椅上的样子，那是安娜，他说。还有康奈尔，库那吕斯先生说他肯定之前看到过她在这里，而那个出纳康奈尔只要一看到照片就会想起来。你知道，他是真的很想帮上忙。"

"那么，那个出纳说什么了？"我说着，把肉末递给她。

"他们没用。他们真的什么都不记得了。但我在这里曾见过她，绝对的。我看到过她跟范·沙尔克维克先生打招呼，就在办公室里。"

"可是，她上周二卖石榴汁了吗？"

"我想是的，我肯定她买了。"

"你是怎么跟警察说的？"

我把西红柿拿在手里。

"库那吕斯先生真的很想帮助他们。"

"所以你就告诉他们是她干的。"

"大部分都是库那吕斯先生说的。"

"玛丽特吉,这件事很严重,你也不希望无辜的人被关起来而真正的凶手逍遥法外吧?"

"可是她买了整整六瓶果汁,六瓶,这也太可疑了,库那吕斯先生说的。她肯定之前就买过一些了。我没说她杀了任何人,我只是说她买了六瓶,现在我一看到她就记起来了,她上周在这里买过一瓶。"

说着,她迅速接过我手上的西红柿,扫了扫码器。

接下来,在玛丽特吉给我的食物打包的过程中,我都没有看她,而是专注地研究那些打包食品的塑料袋,因为我不想让她看到我生气的脸。我想起之前在马蒂妮的垃圾桶里也看到过同样的袋子,应该是有人替马蒂妮来这里买过东西,就在她被杀的那一天。

"谢谢你,玛丽特吉。"我努力克制怒气地说。

"祝您愉快。"她回答。

第69章

"耶!"杰西一看到我从斯帕带回来的甜甜圈就发出了惊呼声。

我把肉末放在报社的小冰箱里,然后给我们三个冲了咖啡,泡了茶,来搭配这些甜甜圈。随后,我坐下来,告诉她们我今天和玛丽特吉的对话。

杰西和我吃完各自的甜甜圈之后,海蒂还在慢慢吃着她那份。

"昨晚,我和我表兄通过话,"杰西说,"我觉得他对斯帕里的石榴汁知道些什么,但是他太震惊了,讲不清楚。所以我打算改天再找他谈。"

"你必须承认,现在有一堆的证据指向安娜。"海蒂说。

"但这些证据都是垃圾。"杰西说。

"她的指纹出现在行凶的凶器上。她有作案方法、作案动机和作案机会。"海蒂说。

"很多人都有。"

我递给杰西一张餐巾纸,让她擦擦嘴角的霜糖。

"或许我们应该提醒她,"我说,"让她给自己找个律师。"

"她家里没有人接电话,"杰西说,"她也没有手机。"

"我在想德克会不会知道怎么找到她。"我说。

"医院的桑娜告诉我,他已经搬回去住了,"杰西说,"我建议我们应该再去看看他住的地方。"

"嗯,上次我们离开那儿时有点匆忙。"

"我有他的手机号码,"杰西说,"或者,我们就这么直接上门去?"

"我们直接去吧。"

"亲爱的姑娘们,我想恳求你们务必要万事小心,"海蒂站起来,把她还没吃完的甜甜圈放在我桌上说,"还有,在你们走之前,我希望你们可以完成这周网站和报纸专栏上的文章。"

杰西和我迅速解决了海蒂剩下的甜甜圈,然后洗个手,坐到了各自的办公桌前。

我看着桌上的信,想起之前那封匿名恐吓血信。他不配从我这里得到回信,当然也不配收到一份食谱。

我从这些信里挑挑拣拣,选了两封上面都有奥茨胡恩邮戳的信。那是一个距离莱迪史密斯往东一百公里的小镇,以好望角和鸵鸟养殖闻名。

第一封信是这样写的:

> 我是奥茨胡恩的一名农夫,我会做肉干和鸵鸟肉排,但是我需要一些改变。我的妻子以前会做各式各样的美味肉食,但是,她已经去世了。很长一段时间里,我非常想念她,以至于

根本没法想象做任何东西。现在，我有一些自己剁碎的肉末，但我真的不知道该拿这些肉末怎么处理。或许你能帮帮我？谢谢你。

回信之前，我又读了另一封奥茨胡恩的来信，这是一个有着太多甜土豆的女人写来的。

经历了一年的颗粒无收之后，突然之间，我的蔬菜园里长出了满满的甜土豆，搞得我都不知道该怎么处理它们了。我把一些土豆剁碎，甚至还做了土豆酱，但是我一个人独居，牙口已经没那么好了，我的孩子们都住在离我很远的地方，很少来看我。我想把这些土豆分送出去，但是我和我的那些邻居好像也没那么熟，尤其是在一场事故之后，我确实变得有些腼腆了。现在，那些伤疤已经没有那么难受了，只是我还是老觉得人们在盯着我看。

我决定给他们俩回复同一份食谱。在肉糜上面铺上一层捣碎的土豆，做成肉饼。我们这里也叫它"农舍派"。

周六上午十点，去农场合作社，你可以用肉换一些蔬菜……我写道。

"玛利亚，"海蒂说，"这里有一封给你的邮件，上面标注着情况紧急。在这儿，你可以来我电脑上看。我要出去一下。"
她站起来，我接过她的座椅。

哦，玛利亚姨妈，信的开头写道：

　　真的太感谢你了，野餐烤肉非常棒。你说得对，面包做起来是没那么难，而且她对我亲手制做印象深刻。她还夸我长于厨艺，哈哈哈。
　　很抱歉用邮件的方式而不是书信回复给你，但这件事情况紧急，我真希望有其他人可以询问，但我没有。我真的需要帮助。
　　我们，你知道的，在一起后不久就做了。到现在为止，一共做了三次。能够和她如此亲密，呼吸着她身体的芬芳，这感觉实在太美妙了，简直无法用语言来描述。我们在一起后感觉很好，太好了，但问题是，我实在太兴奋了，所以每次只能坚持两分钟，她常常都没有机会……你懂的……
　　有没有什么能治疗我这种情况的药？
　　　　　　　　　　　凯利，需要刹杀装置的机修工

　　杰西的电话铃声响了起来，她微笑着接起电话，然后走到外面说话。我在努力想一些能提供给凯利的建议，但是，我能有什么关于性的好建议呢？我一直想象着，它应该像某个非常美味的蛋糕一样，这想法给了我灵感。
　　我写道：

　　有个方法能让你自己放慢下来。记住一道好的食谱，然后当你感到过于兴奋的时候，就在脑海中默念这道菜谱。这样应该足以让你分心，从而坚持的时间长一点儿，同时依然将注意力放在某样美味上面。

然后，我给了他一份巧克力蛋糕食谱。不是我给卡尼梅耶做的那种，而是一种松软的巧克力慕斯蛋糕，用黑巧克力做成的。这道食谱需要花很长时间搅拌鸡蛋和糖，使之变得足够浓稠、多泡，蛋糕上面还要加上奶油和蓝莓。

* * *

杰西和我开着我那辆小小的蓝色皮卡车，在泥泞的道路上一起前往德克的农场。现在是下午了，我们的头顶上有好几朵胖乎乎的云彩，不但没有给我们带来阴凉，反而困住了热气。我们全程都把车窗打开着，窗外呼呼的风声，和汽车颠簸的声音非常大，我们也没有说话。再次和杰西一起上路，返回到案发现场，这感觉真不错。

路边的中国灯笼灌木已经开出了小花，红色的小灯笼看上去就像圣诞节挂在树上的装饰物。除此之外还有一把一把紫色雨草长在路边的狗根草中间。杰西指着一只停在芦荟花上、有着闪亮的绿色羽毛的太阳鸟，我放慢车速，朝她指的方向看去。

"哇哦。"杰西惊呼，一只猫鼬蹦到了路上，正在追赶我们。我踩住刹车，那只猫鼬才一个箭步钻进了草丛里。

随后，我们听到一连串"呼呼——"声。

"是枪声。"杰西说。

我们继续开着车，前往农场。

枪声越来越响了。

第70章

我们的车经过那座房子和那棵大橡胶树,看到安娜的车就停在德克的皮卡后面。

就在这时,我们又听到两声枪响:呼!呼!

之后是死一样的沉默。

越过汽车的顶端,我们看到德克正站在田野上,左臂还用吊腕带吊着,一把左轮手枪在他打着绷带的右手上抓着,他正举着手枪从自己臀部发射。

呼!呼!呼!

我们的车随后驶过他的皮卡,看到安娜也在那里,坐在轮椅上,手里拎着只双管散弹枪,正在朝着德克的方向开火。轰!轰!比德克的手枪声音大多了。

但是,上帝保佑,他们并不是在互相开射。那么他们到底在朝着谁开火呢?

杰西和我下了车,朝他们两个所在的方向走去,越走越近。我们看到地上趟着个什么东西,再近一点,我们终于看到了……

一棵已经明显死掉的树躺在一边。树并不是被他们枪击而死的,应该是死了很长时间,灰白且光秃秃,空洞的树干里还留有闪着光亮的弹壳片。

德克拖着受伤的手臂正费劲儿地想给手枪上子弹,他拿出弹药盒,扔给坐在轮椅上的安娜。安娜的枪就放在她的石膏绷带上,手里还拿着半杯红色液体。她弯腰把红色饮料放在地上,帮德克的枪上子弹。

只见安娜把自己那把散弹枪掰开来,弹药筒弹了出来,她娴熟地给枪上子弹。

然后,她拿着散弹枪朝我们挥一挥,大声说:"嗨!"

德克嘟囔了几声。我们站在那里一动不动。

德克朝那棵树又打了几枪。呼!呼!呼!

"直中靶心!"安娜说。德克击中了一个空了的烤豆罐头。

她拿起她的饮料,向德克举了举示意,喝了一大口。接着她放下饮料,打中了一个番茄罐头。砰!砰!

"来啊!"她喊道,"我在用德克的猎枪,他拿的是我的左轮手枪。"

她说"的"这个字的发音让我觉得她喝的红色饮料里可能不只是果汁。

"我们等着你们结束。"杰西说。

"这里有些玫瑰该浇水了。"我说。

这里一排灌木都像在想念劳伦斯。叶子都干了,花儿都凋零了。我看见有个橡皮管接着水龙头。

砰。砰。

德克再次朝着安娜走去，装弹药，但是好像弹药都用完了。

"真他妈快。"她说着，把空盒子朝树扔过去。

但这次没射击瞄得准。

安娜弯下腰，嘬了最后一口饮料，然后把玻璃杯递给了德克。接着她以腿支着猎枪，肩扛着枪筒，转着轮椅，跨过起伏的原野朝我们走来。

"你有一辆四驱轮椅吗，安娜？"杰西说着去接她。

我还在浇灌玫瑰。

"不，这轮椅糟透了。"她说。

她绑着的白色石膏上布满了泥，还溅上了红色果汁。德克歪歪斜斜地走过来，右手拿着左轮手枪，另一只手拿着玻璃杯。

"你们喜欢我们的圣诞树吗？"她指着倒下的树说。树上都是罐子和子弹，"来，我们喝一杯。"

她转着轮椅朝房子走。我关上水龙头，跟着她到了游廊。德克歪着身子转圈，杰西帮他朝着我们的方向走。

在我们赶到之前，安娜已经扔下轮椅，到了游廊台阶的最下面。她手臂撑着猎枪把自己拖上了台阶。

"嗷，疼，你奶奶的大脚趾。"她的石膏撞上了台阶，不禁骂骂咧咧着。

我帮她把枪拿到游廊的角落里。杰西把轮椅搬了上来，我们又帮她坐上了轮椅。

德克左右摇摆着，试着走台阶不摔倒。

"我要小便，"安娜说，"你们自己喝吧，那石榴汁真他妈不错。"

德克打着嗝，表示同意。

"德克，看在上帝的分上，给他们一些杯子。"

他往前门走的时候，大腿撞到了桌子。

"撞着我了。"他叫道。

桌子上是都装着深红色果汁和伏特加的瓶子，有空了的，也有满着的。

德克拿来了干净的杯子，但是他还是很难集中精神，给我们倒的酒都洒出来了。

"哦，去他的。"他说，果汁从杯子旁滴下。

杰西把瓶子拿了过去，给我们每一个人倒了一杯石榴汁——没有伏特加。在喝下去之前，我闭着眼睛把石榴汁含在了嘴里一会儿。果汁味道浓郁香甜，我尝到了泥土的味道，还有孩提时的味道。

安娜回来了给自己和德克，倒了很多伏特加，杯子都没什么空间再加果汁了。她喝她那一杯就好像在喝清凉饮料。德克的动作很笨拙，他试着抬起绑绷带的那条手臂，要把酒送进嘴里。他低头要去碰杯子。一些液体滴在他的吊带上，但他也喝到了不少。绷带不久之前还和医院里时一样白，但现在都脏得很，带着石榴色的斑点。

"安娜，在斯帕，有人说你就是那个买石榴汁的人。"我说。

"啊，德克，jou sissie se vissie[①]！"安娜说。她说的是"你姐姐的小跟班"。

"别浪费。这儿，站直了。"

[①] 此处为南非荷兰语，语意为"你姐姐的小跟班"。

她转着轮椅过去，拿起饮料放到他的嘴边。德克大口喝下，接着就打起了嗝。

"不是今天，而是上周，"我说，"马蒂妮被杀的那天。"

安娜嗤之以鼻。她又给自己倒了一杯饮料，这次她倒的伏特加分量刚刚好，都还能再加一丁点儿果汁。

"卡尼梅耶在找你。"杰西说。

"让他来。"安娜说。

"安娜我们都很担心你，"我说，"你应该找个律师。"

"或许我应该找点儿弹药，"她说，"德克，这次射击，是你得分多还是我得分多？"

现在换我替卡尼梅耶担心了。

德克朝外看着草坪和空荡荡的池塘。

"我想念那些鸭子。"他用南非荷兰语说。

然后他唱了起来，他的嗓子又粗又哑，就像一只大青蛙：

> 我在想是什么困扰着我！
> 我的心里再次不安，
> 就像一只受惊的蝴蝶
> 痛苦而软弱地颤抖。

安娜坐在德克身边，一起唱了起来：

> ……就像一只受惊的蝴蝶
> 痛苦而软弱地颤抖。

他们唱歌的时候左右慢慢摇摆。德克盯着空旷的鸭子池塘，安娜的眼睛半闭。

杰西点点头，我们站起来朝屋里走。厨房里一团糟：没洗的碟子、蚂蚁到处爬，把柜子上的一些食物都吃了个干净。格蕾丝一定已经走了。我在想劳伦斯的葬礼怎么办，如果她已经去了开普敦。

阳光从推窗洒进来，照到了金属水槽和木质厨房桌上。检验指纹的粉末已经清扫干净，但是桌子上布满了新鲜的碎屑和卡鲁的尘土。在这个地方看见白天的阳光，感觉很怪，乱糟糟，却一切正常，没有凶手和死者。地方看起来更大了些：开放式的厨房和客厅，还有沙发，那是马蒂妮死去的地方。带门的食品储藏柜布满了枪眼。我往储藏柜里瞥了一眼——果酱和面粉都已经清扫干净了，架子上的罐子和食谱书都已打扫齐整。我摸着《烹调与享受》的书脊，感到很悲伤，马蒂妮再也不能读这本食谱书了。在客厅里，打碎的玻璃已经扫干净了。马蒂妮和德克的结婚照孤零零地放在一张小桌上，相架只有框，玻璃没了。

我们走进书房。桌上和地板上都是文件，地板上还有翻开了的书。

"这里发生了什么？"杰西说，"我们离开的时候不是这样的。"

"凶手还有时间把这里搞成这样？"我说，"你觉得是警察还是德克把这里弄成这样？"

"可能是德克。打扫一下没坏处，"她说，"因为警方在这里都已经调查结束了。"

杰西把文件放回了马蒂妮的文件柜里，我把书捡起来，放回了架子上。我把每一本书都抖一下，看是否有什么文件藏在里面。我这么做可能很傻，但我仍觉得她把《小卡鲁公报》的来信藏在某个地方了，不让她丈夫知道。书里都没有，最后在一本关于卡莱恩卡鲁的书里，一张剪报掉到了地上。但那是一张鸵鸟肉砂锅的食谱。我仔细读了一下，心想我的鸵鸟农读者可能会感兴趣。这道菜有点像番茄蔬菜炖肉，但是要用更多更完整的香菜。香菜拿来做鸵鸟肉干很棒，能出味儿。

我们检查书和文件的时候，安娜和德克还在外面唱：

  一首情歌
  闯进我的心。

安娜提高了嗓门，打断了歌唱："你是一个该死的杂种，你都知道，德克，就应该把你杀了。"

"对。"他说。

"你为什么打马蒂妮？"

"我是烂人，"他说，"有时候我就是歇斯底里……我不知道为什么。"

"你应该去求助，你知道的。"

"谁能帮我？你能帮我？"

"不是我——我不是你他妈的奶奶。嗨，你姐姐的小跟班。你又洒出来了，我替你端着。不，你，要找专家咨询，参加团体，里面都是和你一样××的男人。"

"哪儿？"

"去找。问问你的一生，或者去上他妈的脸书……我真无法相信你竟然杀了那些鸭子。"

"我知道你不会相信，但是我觉得我杀的都是敌人，是我参军时的那些敌人。我觉得他们都是躲在芦苇丛里的恐怖分子。"

"上帝,你最好把自己修理修理,否则我就他妈地杀了你,看在马蒂妮的分上,你知道。"

他们安静了一会儿。我能听到橡胶树的叶子在微风中轻拂的声音。

"我想她。"德克说。

"我比你他妈的要想得多。"

他又开始唱:

  一首情歌
  闯进我的心。

杰西摇摇头说:"我想知道像他这样的杂种是否能变好。"她指着面前的文件柜说:"好吧,这里好像没什么异常。"

"没有什么不见了的吗?"我问,"你没发现吗?"

"我说不上来,"她说,"她的财务文件乱得一团糟。"

"看到我代报纸写给她的信了吗?"我问。

"没,"她说,"有一篇剪报,是关于液压破碎法的,上次我没发现。"

我听见缓慢的"砰砰"声,离得越来越近。安娜的轮椅不时撞在走道两侧的墙上,她要去洗手间。她还在哼着爱情之歌。她经过时,探头到我们这里。

"我们还在整理。"杰西说着关上了文件柜。

"啊,没意义,"安娜说,"只是再次弄得一团糟。他说这是她的鬼魂,但其实只是不值一钱的胡说八道。我自己已经打扫了整个厨房，还亲眼看见他又把它弄乱。"

德克寂寞的青蛙嗓从游廊传来：

> 一首情歌
> 闯进我的心。

安娜的双眼湿漉漉的，她转着轮椅朝着德克那儿去，唱道：

> 期待的那首歌
> 永远无法忘怀，
> 期待的那首歌
> 永远无法忘怀。

第71章

我送杰西到报社,又取了冰箱里的馅儿,往家里开。旅行用的面包干罐放在我旁边的座椅上。天空灰蒙蒙的,有云,但天气仍很热。夕阳照亮了塔沃堡的顶端,其余都笼罩在阴影下。我打算做道菠菜意面来当晚餐。

可能我脑子里一直想着意面,都没注意到乌鸦,差点撞上它们。有两只正在啄食一片红色的东西。我打方向盘,刹了车,车子歪七扭八,但我还是试着又看了一眼。接着我停车到路边,深深吸了几口气。

我从后视镜看,乌鸦群正绕着路上某样东西飞舞,啄着碎片。

"我应该去看看,到底什么死了,"我对着面包干说,"把它移到路边。"

我转了个圈,又开回去,停车,然后走到了乌鸦绕着的那块。

"嘘!"我说。

但是乌鸦用那又亮又黑的眼睛盯着我。

我站定，又说了声"嘘！"它们索性回身去啄红色的肉。

我从路边捡了一根棍子和一块石头。

"走开！"我叫道，向它们扔了块石头。

它们倒退了几英尺，留尸体在沥青马路上。那真是一团糟。能看到它的耳朵，那是长着长毛的耳朵。我知道那是什么。

我用棍子推死兔子到路边，放到了一棵大灌木丛底下。那儿长着一些卡鲁金花，我捡了一些黄色花朵，放到尸体上。

"这是一只兔子，"我回到车上对面包干说，"它死了很久。我送它一程。"

我到家时，看到了卡尼梅耶的货车。我把面包干罐放在车上，走上小道，发现他正坐在我的走廊上，喝着咖啡。我猜现在要比我以为的更晚一些了。我对着他微笑，仿佛我的头发没有贴着前额，我的裙子不是黏黏的。他说了声晚上好，那架势就好像在自己家。

"要咖啡吗？"他说。

从没有男人在我家里为我煮过咖啡，但我说"好的，谢谢"，就好像每天都发生这事儿一样自然。

我走进屋子，把自己弄干净。我换上了一身干净的裙子，脱下沙地靴，赤脚走到厨房，喝着咖啡，做了意面。

卡尼梅耶待在走廊上。我能透过门看见他的双腿。他安静而健壮，正望着夕阳发出金属铜和火焰般的颜色。因为有了那些云彩，天空绚烂无比。

意面正在焖烧保暖包里完美入味。我顺带把菠菜放入开水，然后向外去走廊那儿。

我坐下来的时候，卡尼梅耶发出了小声的咕哝。我们一起看着最后一抹夕阳散去。

红色的云跳了最后一支慢舞。云的样子让我想起了那天早上我看到的血迹，现在看着不太像凤凰了，更像是一只死兔子。红霞退去，深色的幕帘垂下。天空秀结束了。

我们在户外走廊吃了晚餐。

"嗯，好吃。"卡尼梅耶说。

蟋蟀在叫唤，意面也很美味，我本应感到平静，但我意识到有些事儿不对劲——不只是像盐太少这样的小事或者是意面煮过头这样的事。是一些更加糟糕的事。

所以当电话响的时候，我知道那一定不是好消息。

是理查德打来的。

杰西不见了。

第72章

"她不在她的房间,"理查德说,"哪儿都找不到她。"

我慢慢地坐下来,手里紧紧拽着电话。

"我把她送到了报社,"我说,"大概在六点或者六点半。"

"我去过那儿。我哪儿都找过了。我准备七点半去接她,她要来我家里吃晚饭。"

"她可能忘了?"

"不,她知道我给她做了她爱的咖喱肉末。"

"你和她吵过架或者以前发生过类似的事吗?"

"没有,完全没有。"

卡尼梅耶走进来,站在厨房里。

"汉克,是理查德。杰西不见了。"

"早先她的确打给我,打手机,"理查德说,"我当时正在值勤。克鲁姆博格太太认为有个贼进家,但后来发现是只猫鼬。我电话里说我会再打过去,结果我再打过去时电话就不通了。"

"杰西当时具体说了什么?"

"她说:我需要和你谈谈,你在警局吗?然后我说:不,我在值勤,我一会儿给你电话。然后她说你在哪儿?见鬼,我的手机——我就听到啪的一声,线就断了。我以为是她没电了。她的手机总是没电,而我的手机一般三天才需要充一次。"

"理查德。"我说,他有些说跑题了。

"我两分钟后给她电话,但是电话转到了语音信箱。"

"她几点给你打的电话?"

"六点五十三分,"他说,"我手机上有显示。我有点儿担心,但我以为之后会见到她,然后就明白是怎么一回事了。"

"她的声音听上去沮丧吗?生气吗?"

"不,没生气,听上去事情很重要。杰西就是这样的人,她有时对某些事很兴奋。"

"我想她可能是碰到了什么事情,什么故事。是我们案子里的一条线索?"

"可能和凶手有关。这让我很担心,在这么多威胁之后……"

"她才不见了两个小时。"我这么说,想让他好受些。

但这话并没让我感觉多好。

"换我听电话。"卡尼梅耶说。我把电话递给他。

他听了一会儿,然后就用快速的南非荷兰语给理查德发了一通指令。接着他打电话给警察局。五分钟后,他已经组织了一个保护组保护海蒂,派了一个警察去查看杰西的住所,还有一些警察拿着杰西的照片去各旅馆、酒吧问询,跑到每一条街去寻找杰西的摩托。这个城市并不大,很多地方都打烊了。

他挂了电话。我接着打给海蒂。

"杰西不见了，"我说，"他们派人去你家保护你。"

"上帝保佑，"她说，"我希望什么事都别出。"

"他们在四处找。她只失踪了两个小时。"

卡尼梅耶把碟子拿回了室内。

海蒂和我隔着电话沉默了。我能听见屋外蟋蟀的叫声，还有电话那头沉闷的呼吸声。我们彼此都在等待对方说些安慰的话，但都没能说出来。

"上帝保佑。"在挂电话前，她又重说了这句。

"你也得走了。"我对卡尼梅耶说着，接过他手里的一个空锅。

"我哪儿都不去。"他说。

"你得去找杰西，"我说，"这是你的工作。"

"我今晚的工作就是确保你安然无恙。"他说。

"汉克，"我说，"你得去找她。"

"我要待在这儿。"

我想大叫，但是没有，只是刷了盘子，比平时更重手重脚地刷。

"所以你想让我们袖手旁观？"我说道，盘子叮当响，"而她可能正落在那个恶魔的手里。"

汉克拿起擦碟布，把我洗的碗都擦干。我洗碗的声音越响，他擦的声响就越小。

"我们得做点儿什么，汉克。"我说道，把一个锅嘭地一声砸在水槽台上。

"我们已经做了一切能做的了。他们正在四处搜寻，我们现在随时都能知道她的情况，让每一个人都垂头丧气并没什么用。"

他的电话响了。他放下擦碗布，接了电话。

"我是卡尼梅耶上尉。对……对……酒店也是？好的。继续找摩托。小村落都找过之后，就出城搜查农庄。"

我转身看着他。

"没什么事，"他说，"目前来看。"

我把双手伸进温暖的肥皂水里，闭上眼睛，深吸了一口气。

汉克是对的，垂头丧气并没有什么帮助，现在要做的是要找到凶手。我煮了一壶咖啡，带去了走廊，还拿了一罐面包干。我把室外的灯打开。接着我去拿了笔记本和钢笔。

"来，"我说，"该讨论一下了。"

汉克倒了咖啡。

"我猜你现在不会考虑离开小镇了吧？"他问。

"你让我们不要卷进来时已经晚了，我们要一起合作。"

卡尼梅耶挑了挑眉。咖啡太烫了，他吹了吹。

因为有云层，所以天气温热、闷湿，还有许多昆虫冲着光飞到走廊上。

"汉克，未经你许可，你说的一切都不会在公报上发表，我向你保证。但是有两个人死了，现在杰西也失踪了，我知道我不是警察，但是不管乐意不乐意，我都已经卷进来了。如果我们能一起合作，或许能拯救一个人的命，杰西的命。"

他卷着他的胡子说："好吧，玛利亚，你想知道什么？"

"所有的事，"我说着打开了笔记本，"我们说了我们知道的，现在换你们了。"

我们坐到很晚，说了很多关于各种嫌疑、动机和调查的事。月光透过云层，照亮了草原上一棵大柿子树，他告诉我警方正着手调查的事。

"皮耶特检查了约翰农场上的轮胎，它们不匹配。他还有不在场证明，两场谋杀时，他女朋友都能证明他不在场。"

"但是她会不会为了他撒谎？"我问。

"有可能，"卡尼梅耶说，"奎恩沙滩寄来了一堆沙子，我们让人用凡纳通轮胎开到上面看效果。只要我们研究透彻，我们还从本地的经销商那儿拿到销售记录单。"

"别忘了基督复临安息日会的人，"我说，"当然还有马吕斯先生。"

"马吕斯本来今天要来作轮胎测试，但是他没来，所以我打算明天第一件事就是去他家找他。"

"你知道他的什么事？"

越来越多的昆虫围着灯，大灰蛾、绿色的螳螂，还有别的一些小飞虫。

"矿厂是他的客户，他们想在这块地方用液压破碎法挖矿。马吕斯在马蒂妮死的那天早上没有不在场证明。劳伦斯死的那晚他有不在场证明，他的妻子可以证明。但是我去他家，看上去他们是分房睡。"

飞蛾扑向灯。螳螂蹲在一边狩猎。

"他有地下室或者别的什么地方可以藏人吗？"

"我没发现。但是如果杰西还是没找到，我明天会申请搜查令。我可能还会找他妻子问询。我感觉她知道点儿什么。她看上去有点怕他。"

我给我们两个又倒了一杯咖啡。

"你还发现什么了？"我说。

"马蒂妮最近有一笔存款，四万南非兰特。"

我皱着眉说:"我们没发现……我还以为她最近的银行账单还没寄给她。"

"我们从银行那儿拿到了近三年的账单。"

"你觉得可能是她卖掉房产的钱吗?"我说。

"有可能。这是一笔现金存款,"他说,"在利弗代尔的南非标准银行存的,存款单上的签名是V.尼曼。"

"尼曼是没有人的意思,这是个假名。马蒂妮告诉我她计划离开,你想这是不是计划的一部分。"

"可能。至今她的账户都是从斯帕打来的正常月薪。"

一只又小又肥的壁虎正头朝下,对着一群昆虫。我的手摸着我的臂膀,我抚摸的地方正是杰西文身的地方。

"还有石榴汁,里面是放了安眠药了吗?"我说。

"我们觉得凶手可能放药了。收银员说是安娜买的,但我们不确定那个说法是否可靠。我们相信今天安娜买了六瓶,但是不一定是马蒂妮被杀的那天。"

"感谢上帝,我以为你们相信她的话。"

"我们不是傻子。她只是想让她的老板高兴。另一个收银员不记得了。"

"发生在斯帕超市的那些小偷小摸是怎么回事?"我问。

"我们没抓他们,但偷窃好像停止了,"他看着我,"怎么了?你知道那事儿,玛利亚姨妈?"

我睁大双眼,摇着头。

"谁还知道马蒂妮喜欢石榴汁?"我说,"安娜?德克?大卫?坎迪?"

"我们可以肯定,劳伦斯被杀的那晚,德克和安娜待在医院。

德克上班去也是马蒂妮被杀时他的不在场证明。我们正忙着查是否别人还有不在场证明。"

"刑事鉴定有什么发现吗？"我说，"我的沙地靴是怎么被切成两半的？还有那封寄给我的信？"

壁虎就站在螳螂后面，螳螂呼呼地飞到空中，在灯的另一端落下。那儿的蛾子更多了，飞舞着，在灯泡上扑扇着翅膀。

"奥茨胡恩的犯罪等级中心化验了指纹——什么都没有。至于别的调查，他们得把鞋子送到开普敦的实验室，现在还没有结论。"

"为什么还没有结论？他们不知道这事很紧急吗？"

"开普敦刑事鉴定实验室要为一百五十个警局服务。城市里每天都发生许多犯罪，拿到结果要一个月的时间，如果幸运的话。液体是在奥茨胡恩这里检测的。你收到的信上粘的是血，鲜血，但不是人血。他们已经把它送到兽医实验室测试了。所有的检测都需要时间。"

"我们没时间了。"我说。

卡尼梅耶看着表说："我们需要睡一会儿。"

"我们还没说完呢。"

"明天再说。"

我拿出床单和枕头给他，放在了沙发上。我爬到了床上，在黑暗里躺着，替杰西担心。等到蟋蟀都睡着不叫时，我还醒着。我脑子一圈一圈转不停，就好像绕着灯光的蛾子。

第73章

一阵雷声让我醒了过来。我直挺挺坐了起来。杰西在哪儿？

又一道闪电。我睡过头了。我最近一次见到闪电是和杰西在一起的时候，也就是劳伦斯被杀的那个晚上。我飞转的脑子现在变得清晰起来：

凶手被杀的那晚在干什么？他为什么要搜马蒂妮的书房？他找到他想要的东西了吗？

安娜告诉我书房又变乱了。德克觉得是马蒂妮的鬼魂。安娜觉得是德克搞的鬼。但是如果是凶手呢？如果他还伺机观望着？

如果他没找到他想要的东西——那东西又在哪儿呢？

雷一直在轰鸣，但是没掉下雨点。我向窗外望去。云层又黑又厚，感觉就要爆开了。

她上班的办公室，我想到，那里可以放文件。

我穿上衣服走到走廊上。

"汉克？"我喊道。

又一阵雷声、一道闪电，接着天就裂了，雨点打着我的屋顶。

我朝走廊望去。不是卡尼梅耶，是弗斯特。他在打电话，但雨声太大，我听不见他讲什么。

我走近问他："有什么消息吗？关于杰西的。"

他摇摇头。我站在走廊上看着倾盆大雨。大雨模糊了远处山的轮廓，我只能看见大柿子树。

下雨是好事，但我感受不到喜悦。我太担心杰西了。我祈祷她一切安好。我能把这个算做祈祷吗？我把期望直接发愿给天空，就像心里有一支箭：

> 愿雨落在杰西身上，保佑她平安，希望上天能指引我找到她。

我走到外面，站在雨里。雨水打湿我的头发，顺着脸庞，把我的衣服也都湿了。弗斯特一定觉得我疯了，但我不在乎。

帮助我找到杰西，我向雨央求道，活着找到她。

因为全身已经湿透，我索性转到屋后去看我的鸡怎么样了。它们都还在那儿，躲在小棚里。

它们又下了两个蛋，暖呼呼的。我用温热的双手拿起了这两只蛋。我的沙地靴防水，但是我得换身干燥的衣服。我换上了淡蓝色的纽扣在前面的连衣裙。我煎了鸡蛋当早饭吃了，然后我给办公室里的海蒂打了电话。

"玛利亚，"她说，"哦，我的天啊！我正要给你电话，警察刚走。"

我的心跳到了嗓子眼。

"是杰西……?"

"她的靴子,我到办公室的时候,靴子放在门阶上,都毁了,烧坏了。"

"烧坏了?"

"皮耶特警员觉得是放在油里炸的。它们都发黑了,还油腻腻的。"

我找不到一句安慰的话。雨现在下得小一些了。

"皮耶特认为靴子是几个小时前被放到这儿的,"海蒂说,"它们放在屋檐下面,所以没有淋得很湿。他还说了他发现了暗示,但别问我他是怎么发现的。"

"有杰西的消息吗?关于她的摩托车呢?"

"没有,他们还在找。我和卡尼梅耶保证过会给你电话。"

"我们得去找她。"

"可怜的理查德现在完全垮了,之前还有一线希望,可能有别的解释……我甚至希望她是在跟踪什么采访。你知道她一旦工作起来就像头猎犬,但是现在这靴子……"

"我现在就到办公室来,海蒂。我顺路先去斯帕超市。见面后我和你说一些事。"

我打电话给卡尼梅耶,但是他没接,所以我留了条短信。我告诉他我知道了靴子的事,还有,我想到马蒂妮办公室里乱糟糟的文件,准备去报社前先去一次斯帕。

"等一下,"弗斯特说,我探出头,"你要去哪儿?"

"我要去上班。"我说,"你可以走了,去找杰西。"

弗斯特点头,但仍坐着。他不听我的指挥。我小心翼翼地沿着人行道走,尽量避免踩到水坑。

我开着车，车里备用的面包干罐子在我身边叮当响，草原和农庄在细雨中看上去都模糊了。

"我要去找杰西。"我对面包干说。

我到达斯帕超市的时候，雨已经停了。我敲了敲了办公室的门，没人应门。我从玻璃长条里往里窥探，里面没有人，但还是又敲了敲门。一个年轻男人跑了上来。

"有什么要我帮忙的吗，夫人？"

他脸色苍白，瘦得皮包骨，穿着一件干净的绿条短袖衬衫。

"经理在这儿吗？"

"他今天会晚点儿来，夫人，"这张"骷髅脸"礼貌地说，"我是楼层经理，能帮什么忙吗？"

"我需要检查一下范·沙尔克维克办公室里的文件，这事儿很重要。"

"恐怕得让库那吕斯来开门。"

"你没钥匙？这真的很重要。事关生死。"

"你要得到他的允许，女士。"

"你能给他打电话吗？"

年轻人对我皱着眉走开了。他打了手机，之后又折返回来。

"他在来的路上，女士，他马上就到。"

我在商店的廊道上走来走去，希望自己能冷静下来。通常看到满眼食物就有效但是今天没用。我走回楼层经理那个"骷髅脸"的身边。

"昨天六点以后，你在这儿见过杰西吗？"

"杰西？"他说。

"很漂亮的姑娘，是个记者，在《小卡兽公报》工作。"

他摇摇头，说："抱歉，我不认识她。"

"她的表弟在这里工作，他的名字是……是伯坦。我能和他说话吗？"

"抱歉，女士，伯坦今天请病假了。"

我走过冷藏肉、黄油和酸奶区，有红灌木味的酸奶，新品种。我看见了收款机前的玛丽特吉。

"玛丽特吉，你昨晚看见杰西了吗？"

"你好，库那吕斯先生。"玛丽特吉说，往我身后看去。

"库那吕斯先生，"我说，"你在这儿太好了。"

库那吕斯先生正在擤鼻子，他双眼发红浮肿，头发梳得平滑，但仍看上去很糟，露出秃了的一块。

"抱歉，"他说，"我感冒了，但不严重。"

我看还挺严重，但我不想再耽误时间了。

"你见到过她吗，玛丽特吉？"我问道，"昨晚六点以后？"

玛丽特吉摇摇头，打开了收款机，开始整理零钱。库那吕斯先生咳嗽着。

"我能帮什么忙吗？"他说。

"我们能去你们的办公室吗？"我说。

他在前面领路的时候把头发往两边捋，想让头发服帖些。他的衬衫皱了，好像没人给他烫衣服。

"我需要检查下马蒂妮·范·沙尔克维克的文件。"我说。

他没有请我坐下。他擦了擦唇边的巧克力牛奶，但没擦掉。

"你要找什么？"他问。

"嗯，我不确定，"我说，"找到了就知道了。"

"警方已经来检查过她的文件了。"他说。

我坐在马蒂妮干净的桌边。

"你不介意我再检查一遍吧?"我说。

"我真不知道这是归你管的事……"他说。

他站着,双手抱胸,低头看着我。

"这是《小卡鲁公报》调查马蒂妮谋杀案的一部分,"我说,"我叫玛利亚·范·哈特,是记者,也是马蒂妮的朋友。"

"你看,"他说,"我觉得你不应该来管警方的事。但是当然我希望谋杀马蒂妮的凶手能被抓到,所以我会让你检查她的文件。我甚至会帮你。"

他拉开我身边的一把椅子,然后我们开始检查马蒂妮的抽屉和分别标注着未处理和已处理的文件盒。我真心不想让他帮忙,但是我很高兴他没有阻止我。她的桌上有一大叠账本,里面是密密麻麻的一列列数字。

"现在你们这里的人都不用电脑?"我说。

"当然用,"他说,"但是审计员也需要打印一份,那里有她的电脑。"那是一台小型白色手提电脑,"你想看一下吗?警方拿走了里面的硬盘。"

"再说吧。"我说。

如果凶手找的是她的文件,那么这些就是我要查看的。我打开一本标着"莱迪史密斯"的账本,里面都是竖条和代码,标着数字和钩号。我看不明白,但是我觉得库那吕斯应该看得懂。

"她留下了打折的记录,"他说,"她还记录了所有货物进出的信息,这些代码分别代表各种货存项目。"

他朝前倾着身子,指着这些。他身上闻着有点滑稽,像是撒错了香料,胡椒味太大。我好奇他的妻子是否给他做饭,玛丽特吉曾经提过他有个妻子。

"你的妻子喜欢做饭吗?"我问。

他打了个喷嚏。

"她走了,"他说,"和她的姐姐住在德班,我自己照顾自己。"

他得找一本烹饪书,我心里想。

我一页页地翻着账本,他擤着鼻子。另一本账本上面写着"区域"。

"这是关于什么的?"我说。

"她记着促销活动的大概,还有这个区域内所有斯帕超市的支出。你知道,我是区域经理,各支行的会计通过电子邮箱来交流信息,她把这些都做了记录总结。"

我点点头。我拿起一本很厚的账本,写着"薪资",看上去好像记录了各个区域职工的薪水、失业保障金还有各种福利。职工薪资并不高。

账本太多了,每本都很厚。我在找单张的文件,她可能藏着的某样东西。我没时间翻每一页,所以我合上账本,开始抖这些本子,但是什么都没掉下来。

"你找了她家里的文件了吗?"库那吕斯问我。

他也开始抖这些账本了。

"找了。"我说。

"没发现什么有用的?"

我摇了摇头。

"你想找什么样的文件?"他说,"你有概念吗?"

"好,它应该和钱相关,"我说,"或许是一笔交易。"

我想到了那笔现金存款。

她桌子上放着的本子,我都抖了一遍。两本是账本,一本是小说。我们扫荡了一遍抽屉和文件盒里的单张文件。我挠了挠抽屉的背面,找到了一张电费单和一张购物单,购物单上写着羊羔关节,这让我想到我寄给她的羊肉咖喱菜谱。

接着我灵光一闪,那就好像当头一棒,我不得不用力闭上嘴以免自己叫出声来。我怎么会这么蠢?

"谢谢你的帮助,库那吕斯先生。"我说,"我能用一下你的电话吗?"

"怎么了?"库那吕斯说。

"哦,没事,"我说,"我只是想走了。"

我在电话簿里找到了个号码,打给了德克范·沙尔克维克。

"他正在开会,要我让他待会儿回电吗?"一位女士说道。

"不用,没什么事。"我说。

我肯定德克不会介意我突然造访他的房间。

第74章

我把车停在德克家的一棵大橡胶树下。房子看上去很安静。

"或许我现在不该来这儿,"我对面包干说,"但是得找到杰西。"我打开了车门。"我不会待很久的。"

太阳出来了,云朵都化成了蒸汽,天空碧蓝。因为刚下过雨,地上还又冷又湿。我下车走到游廊上敲了敲前门,但我没期望谁来应门,我在门垫上擦了擦鞋上的泥。

我试着推了推门,门没锁,我进了屋。

"德克?"我叫了声。

我知道他在上班,但就是想显得礼貌些。沉默就像房里的一件重物,安静地待着,等着跳跃的一刻。厨房的水槽里有一堆碟子没洗。

我直接去找我的目标。烹饪书。马蒂妮的购物单里有我菜谱里的配方,这让我想到我记得在她储物室的架子上看到了书。一本烹饪书可以是很私人的地方,我也会在里面放一些重要的东西。

我拿了她四本烹饪书放在厨房桌子上，一本一本地打开，仔细地抖一抖。第一本书叫《和印娜学做菜》，里面加着一张手写的食谱，是用来做南瓜芝士蛋糕的。第二第三本书分别是《卡鲁厨房》和《南非食物丰宴》，里面什么都没有夹。第四本书，也是最大的一本叫《烹饪之乐》。我抖了抖书，一张纸掉了出来，是我在报社写给她的回信，里面有羊肉咖喱的配方。这封信原来在她的这本烹饪书里，而我也把她给我的信夹在同一本书里，只是那本是南非荷兰语版的。这感觉很诡异，就好像在她死后，我们俩的烹饪书在互相交流一样。

然后我找到了我想要的，就在这本书里。有两页纸：一页写满了数字，另一页上是马蒂妮干净的手写体。我坐着，两张纸摆在我面前。一只苍蝇嗡嗡地撞着窗户。外面传来汽车的声音，我一度以为可能德克是回来了。我站起身，收起了书。但是车的声响没有再靠近，那车一定是去别的地方的。

我又坐了回去。我看了一页纸，那纸就好像我在斯帕超市的记账本上看到的一样，有一个标题"区域津贴"，还有一长条数字和难以辨认的代码。所以我先读了另一张。

亲爱的库那吕斯先生，她写道：
　　你近三年来交给我的津贴报告是骗人的。
她划掉了"骗人的"，写下了"不正确的"。
　　我在你的桌子里找到一份正确的报告，这份报告让我发现你正在做的事。

接着，后面跟了几排竖列的数字，她又写道：

根据我的计算，你已经偷了至少 90 万南非兰特。

信里还有许多修改的地方。这一定是她的草稿，她寄给他的是最终的定稿。她写道：

我不会举报你。我要拿到你偷走的钱的三分之一：即付 4 万南非兰特，月底付剩下的 26 万。

你接下来的三个月里不能再瞒报基金了。目前的损失由起草养老计划的耆卫保险公司负担，但是如果你继续这么干，斯帕在年底到来之时就无法支付津贴补助了，工人们会遭罪。

只有当你把钱都付给我之后，我才会把你的犯罪证据销毁。

我把信通读了两遍。她说的"证据"一定就是那张区域津贴的账目，她也参与了窃取津贴，但同时她又要确保工人日子好过，这感觉很奇怪。可能即使是贼，也有各种贼。

但现在不是思考道德问题的时候。这些文件表明了库那吕斯有很大的动机杀马蒂妮。他也可能知道她喜爱石榴汁，还能从斯帕给她带点儿，顺便再买些别的。

我好像听到了声响，但是我告诉自己只是太神经质了。我不应该自己一个人来这儿。我又听到声响——是什么声音嘎吱嘎吱的？我起身就走，想用书房里的电话。电话线断了。

我回到了厨房，把书放回储物室的架子上。我拿了那两张纸带走。但是在我就要走到前门的时候，门开了。

库那吕斯站在那儿。他侧分的头发十分凌乱，所以他那块大秃顶闪得就像一只瓷碗。他手里拿着一把枪，对着我。

第75章

  我一动不动地站着,睁大了眼睛,他拿着枪指着我。我的身体和脑子反应不一致。我双膝颤抖,脑子却很高兴揭开了谜底。
  "所以,是你。"我张嘴说道,那是我的脑子说的话,不是我的腿。
  他朝前走,从我手里拿走了文件。
  "你找到它们了。"他说。
  他拿着枪指指我,又指指门。
  "跟我走。"他说。
  我的理智说:为什么要跟他走?如果他要杀你,就让他在这里杀了你。
  他的双眼泛冷冷的淡蓝色,但脸通红。他的像巧克力奶粘上去的胡子弯得好像在嘲讽。他是一个把快乐建立在别人的痛苦上的人。
  不要争辩,按他说的做,我的腿说道,走。

但是我的双脚定在了地上。

"你不是在找杰西吗?"他说着,抬起了鼻孔。

我的心促使我的双脚动了起来。我要跟他走。

我们沿路往上走,走到他停着他的大众高尔夫车处。那块地还湿着,我仔细地踩着步子,把沙地靴的印子踩进地里,好留给皮耶特线索去查。库那吕斯开车的时候仍用枪指着我。我又闻到了那股奇怪的香料味。

"你要是做任何蠢事,"他说,"我就开枪。你乖,我就带你去见杰西。"

他用另一只手背擦了擦鼻子,又吸了口气。那味道不像是食物的味道,是辣椒水的味道——是杰西回击时用的。

"她喷了你,是吗?用辣椒水喷剂。"我说。

"臭鼬的味道更糟,"他说,"我是猎人。"

我把双手平放在双腿上,这样他就看不到它们在发抖了。我是不是表现得太明显了?我的脑子说,看看那可笑的小胡子,一个在校男生都能修剪得更好些。我想念卡尼梅耶。

还好这次我的嘴巴没有说出关于胡子的话。

库那吕斯开车出了城,朝巴里代尔方向走。他选了条图茨堡方向的泥路开。开过泥塘水洼时候,他不时减速。过了一会儿,可以看到一个挂着标志的金属门,上面写着"克拉伊方丹自然保护区",他停下了车。

"去开门。"他说。

我下了车,双腿仍歪扭着,但脑子注意到了路边折断了的克拉珀灌木枝条,红色的花朵被踏进了泥水塘,附近有一串雄鹿踩出的印迹。也可能是伊兰羚羊,我的脑子说,它们喜欢用自己的角来折这些枝丫。

当库那吕斯开车进门时,一只小老鼠窜进了灌木丛。快跑,我的腿说。但是即使我的脚确定要跑,我的脑子也清楚地明白自己跑不过一颗子弹。我们缓慢地沿着颠簸的路开着,直到我们到了一个小小的栖息处,那里停着一辆白色的四驱皮卡。

当我们爬上大的四驱车时,我看见这辆车的轮胎是凡世通的,粘着泥。我们朝着高处图茨堡行驶,明亮的蓝色空中挂着一些又厚又灰的云彩。远处罩着紫光,我们周围都是低矮的山坡,山上布满了石头、柿子树和野梅树。我们吓退了一群斑马,它们正在山上飞奔。我的心也追随着它们。我们行驶到了空无一人的中心地带。他要杀了我,但是接着,我的脑子说,你还活着,而且你要救杰西。

"杰西怎么样了?"我开口说。

"她发现了石榴汁的事。那个该死的打包员伯坦告诉她我从储藏室拿了一瓶。他是她的表兄什么的亲戚,玛丽特吉说。"

那个请了病假的表兄,我想到,他病了吗?

"玛丽特吉也参与其中吗,这些谋杀?"我说。

"哦,不。她只是个忠诚、可怜的女孩,能告诉我一点儿事。我怀疑员工小偷小摸,他们就反过来指控我偷窃。"

"杰西是跟踪你来的吗?"

路上有一只捻角羚。太阳好像在它的大耳朵后面闪耀着,它用一双又宽又黑的眼睛看着我们。

库那吕斯并没有放慢速度。那只羚及时地跳开了,穿过了荆棘的灌木丛。我张大了嘴。库那吕斯则大笑着。

"我只撞到过那羚羊一次,"他说,"太糟了,弄坏了车子。我宁愿用弓和箭。"

"杰西在哪儿？"我说。

"我跟着她，"他说，"她朝你家跑。我在去你家的泥路上抓到了她。"

"抓到她？"我说。

"我把她敲晕了。"

"你把她敲晕了？"

我听上去就像一个回声，但我就是控制不住我自己，我需要听到更多关于杰西的消息。

"哦，她很好，只是昏过去一两分钟。但是她的腿有点儿受伤，真可惜。我还曾希望她是跑步家呢。"

"跑步家？"我说。

我嘴里发出的回声让我的脑子很生气。可能库那吕斯也生气了。我们好一阵儿没有说话。他把车停到一个有芦苇顶的车位，旁边是一栋有宽游廊的正方形房子，房子的墙面漆成了深绿色。

他让我走在前面，我们走进了一间客厅，里面有大皮沙发和水泥地，地上铺着由野生动物皮做的垫子，墙上挂着动物标本，都是有着长角的动物，用玻璃眼睛瞪着我。透过门，我看见一间厨房，里面有一些宽大的金属柜台。他用脚踢开一张斑马皮，露出了一扇木质活板门。

"打开它。"他说。

我双手拉起黄铜把手，一扇方形的门被提了起来。灰色的台阶通向一扇更黑的门。他从口袋里拿出一只手电筒，照亮台阶。那门是由厚实的灰色金属制成的。

"下去。"他说。

我摇了摇头。这次我的身心一致了。

"你不想去见见杰西?"他说,用枪指着我的心脏。

我朝着台阶走了几步,他又露出了龌龊的笑脸。

他跟着我走下台阶,用一把大钥匙打开了门。这扇门又厚又重,但是打开的时候没有发出一点声响。一阵冰凉的空气冲了出来,就好像我们打开了一个巨大的冰箱。

那里面有低沉的嗡嗡声,房间的一边亮着微弱的蓝光。我看不太清楚。库那吕斯推我进去了,我碰上了一个又大又冰凉的东西。

门在我身后重重地关上了。我听见他又走上了楼梯,接着就是关上活板门的声音。

我的眼睛闭了又睁,想要适应这微弱的光,但只能分辨出一个大物件的轮廓,那东西挂在天花板上,没有碰到地上,还是我的鼻子确定了这是什么东西。那是肉。冰冷的肉就挂在我的面前。我往后退着,嗓门尖了起来。

"杰西?"我小声地说。

没有回应。这是一间没有活物的房间。

第76章

当我的眼睛习惯了黑暗时,我能看见挂着的肉的形状,又小又结实。我走近了看。那是一头鹿。我舒了口气。我为雄鹿感到难过,但很高兴那不是杰西。

我摸摸它的肩。尸体很凉,但还没冻住。这是一只小山羚羊。什么人会杀小山羚呢?

我双手环抱着,很珍惜拥有身上的每一磅脂肪。我在大冷藏室里走了一圈,摩擦着双手,往手指上吹气。在幽暗的光里,我看见六具吊着的尸体。我的肚子像是打了结,但还是辨认出了这些。

一头年轻的捻角羚,它的角才开始弯。

一头母伊兰羚羊。

两头红小羚羊,一头公的,一头母的。我在想它们是不是一对儿。

一只斑马幼崽。

还有一头斑马妈妈,看上去它像是怀孕了。

我不是狩猎专家,但是我知道狩猎本身还是有些原则,但这个人并不在意这些原则。他夏天打猎,而打猎季是在冬天。

捻角羚下方有一摊黑色的血迹,看上去好像弄脏了。我弯下腰凑近看了看。地板上捻角羚的血迹里有一个手印。在旁边写着小小的、发黑的首字母:J.M.

杰西·莫斯特曾在这儿。但是她现在在哪儿?

我的心喊道:杰西,你在哪里,杰西?

我可以看见她的脸,对着我微笑,她见到我总是很高兴。我冰凉的胸口感到一阵温热的疼痛感,这种疼痛感让我不停地搜寻着这间房间:靠着墙有一个大冰柜,下面有一道蓝色的灯光。我还不打算看里面有什么,所以我先检查了地板和墙面,想找到更多杰西的信息。什么都没有。

我回到了冰柜那儿。盖子上有一把很大的挂锁,但是没有上锁。我提起了盖子,冰柜里有灯,我能看见塑料包里的肉:肉馅、香肠、肋排……上面都没有包装,但是看上去好像我从斯帕超市里买到的野味。这里也没有杰西。

我听见嘎嘎的声响。是我的牙,在打颤。我感到有些恶心。我合上了盖子,抱着双臂靠在冰柜上,低着头。

我又看见了杰西的脸,这一次是在对我皱眉头。别放弃,玛利亚姨妈,她说。

这让我的胸中又有一股暖意。我开始跺脚,双手摩擦着双臂。

"我要去找杰西。"我对冻肉说。

我听见外面台阶上的脚步声。门打开了,手电筒照着我的双眼,我笔直朝着光走去。

"你对她做了什么?"我说。

但我不确定这话是否从我的嘴里说出来的,因为看到他手里拿着大刀,我连咽口水都变得很困难。

第77章

"我要你来厨房帮忙,玛利亚姨妈。"他说。

他和他的刀在门口若影若现。

我朝后退了一步,头撞上了一直红小羚羊。

他大笑道:"我很高兴你懂一点的尊重了。但是不要担心这个,"他腾空晃晃了刀,"这只是用来砍肉的。"我能看到金属闪出的银光,也能看到深色的血渍。"过来,你在下面不冷吗?"

如果死于低温,那就没法帮杰西了,所以我跟着他上了台阶。枪现在架在他的腰上。和法尼在一起的时候,我就知道我不是个斗士。我不够快也不够强壮。我真希望我上过一些课或者学过怎么用武器或是别的什么。我打赌杰西懂一两样。可能她已经逃脱了,可能她现在好好的。

他让我走在前面,到了厨房。巨大的银色柜面上摆着肉铺装备:一个绞肉机,一个香肠制造机。

楼上暖和多了,但是我抖得更厉害了,全身抖得嘎嘎作响。

"杰西怎么了?"我说,牙齿不住地打颤。

"可能煮一会儿东西会让你暖和起来,"他说,"自从我妻子走后,我就没吃过一顿好的。我知道你是个不错的厨子。"

炉子上有一只大型铁制煎盘,旁边是一块木砧板,上面放着三片肉。还有斯帕超市的一罐甜菜根和一罐豆子色拉。

"现在你去烹饪这些肉排,"他说,"那肉真是新鲜。"

我试着去开煤气炉,但是我的双手不听话,它们冻得发僵了。

"我来帮忙。"他说着,彬彬有礼,然后他放下了他的刀,点着了炉子。

我恨这个男人,这个谋杀犯,但是我任由他点了炉子。我的双手放在煎盘两边的上方。我的手指发蓝,暖气让它们疼了起来,但是一会儿它们就恢复过来了。我倒了一点儿油在煎盘上。

我正要把肉放进去的时候,双手又动不了了。这次不是因为冷,而是因为我的心。

我不能带着恨来烹饪,我的心说,我就是不能。

你替法尼做饭,我的脑子提醒我,而你恨他。

不,我不能。我的心说。我只是不爱他。我爱的是烹饪。

我从炉子旁退了回去。

"我不会给你做饭。"我说。

"你会给我做饭的。"他说着掏出了枪。

"烹饪是一件需要带着爱才能做的事。"我说。

我说话的时候,整个身体都附和着,但是我的脑子说:你疯了?他会杀了你。

我双手抱胸,等着子弹。

但是他没有打我,只是大笑,一阵冰冷又干巴巴的笑。

"你们这些人相信……爱这种没有用的东西，"他带着嘲讽的笑说道，"这让你们很软弱。"

我仍站在那里，全身仍冻得发抖，但是我肚子里一股拒绝的热气。

"如果你帮我做饭，"他用一种谄媚的声调说道，"我就告诉你杰西的事。我保证。"

当然，他的保证一文不值，但即使有很小的机会能找到些什么……我会为他做饭，出于对杰西的爱。

我把肉排放进煎锅里。油朝我溅过来，但我只是用双手甩开。他又大笑起来。

"你看看，你们的软弱让我变得多强大？"他说着把枪别回了腰带上，"你要是不在意，根本不会搅和进来。你关心一个陌生人，一个你素未谋面的人。再看看你卷进来的这场麻烦。这太不正常了，你知道，太不正常了。"

"你才不正常，"我说，"你是一个病态的人。"

我或许可以为他做饭，但是我绝不会同意他的观点。

"大错特错，"他说，"我是强者中的强者，一个肉食者，能保护好我自己。"

他从口袋里掏出一把梳子，梳了梳他头顶为数不多的几根头发。

"没有关心和爱，你就什么都不是，只是一个孤独的人。"我说着，将牛排翻了个面。

"我喜欢孤独，虽然我也很想念美食，"他说着，拿开了梳子，"而当我需要时，人们是怎么称呼那些东西的？"他说话的时候眼神游移，瞳孔就好像龙虱在水塘里徘徊，"紧密、亲近之类的，于是……我就狩猎。"

他装了两盘豆子和甜菜根色拉,我给每盘配菜上又加了一块煎好的肉排。我留了第三块,最厚的一块,放在煎盘里保温。

"你杀了很多人吗?"我说,语气就好像在问他是否想要番茄酱。

"哦,对我来说这是项全新的运动,"他说,"我以前只捕猎动物,并没发现捕杀人也能如此地让人心满意足。"

他把盘子和刀叉放在柜台上,站着吃了起来。

你的身体需要燃料,我的大脑告诉我,需要变得暖和起来。

我拉了一张椅子,坐着吃起来。

"然而追逐本身,"他说,"是很重要的。杀戮——砰砰两下,你就死了——自有其快感,但那跟追逐是不一样的快感。"他的刀切进肉里。"当然,我努力处理得干净利落,但是当一头动物受了伤,而我就追踪它,那样的捕猎就更棒了,"他咀嚼着,"我总是能捕到它们,你知道。通常它死了,但有时候它只是很虚弱,只是等着我帮它超脱。我就那么干了。"

他微笑着。他的眼神空虚,像冰一样。他吃着他那份肉排,血滴在他的嘴角。

"嗯,你这个厨子不赖,"他说,"很不赖。"

我不会把肉排煎得熟过头。肉质柔软,口感又好。但尝不出味道,我的味蕾又冷又混乱。我希望我吃的不是山羚羊或是类似这样的肉。我把肉留着,吃了些色拉,他们吃上去就只是超市食品的味道,但我还是咽下点儿甜菜根和豆子。

"杰西怎么了?"我说。

"弓和箭真是优质武器,它们十分精准,如果你的身手不错的话。它还会无声无息,不让猎物知道自己被什么伤了。缺少肾上腺素分泌,所以肉的味道更好。弓和箭不会发出噪声,让你暴露——

如果你正好在禁猎季打猎。"

"杰西,"我说,"你保证过要告诉我关于她的事。"

"我就在说这事儿。"

我把盘子推到一边。我的肚子好像打结了,吃不下更多的东西。

"你用箭射杰西?"

"她那条腿受伤了,这让追逐变得无聊。所以我决定让她骑她的摩托,但我把大部分的汽油都放掉了,"他塞了满满一嘴的豆子,"这事儿我没告诉她,当然,我抓到她的时候,她正疯狂地发动引擎,都没看见我走过来。"

"你射中了她?"

"哦,我从没失手过。"

"她现在哪儿?"

"不远,"他说着举起最后一块肉排,在半空中慢慢地晃着叉子,"很近,我确定,很近。"

我看着他叉子上的肉,看着我盘子上的肉。我想吐。

"我要吃最后一块肉排,玛利亚姨妈,除非你想要,当然了我看你还没吃完你的那一份?"

他把那块肉放进了嘴里。

我走到炉子那儿,双手拿着煎锅的把手,锅子很沉重。我走到柜台那儿,朝他砸过去。他闪躲,但我仍然重重地砸到了他。我不确定我打到的是他的头还是脖子。他倒在地上。我没来得及看他是否起了身就立马跑了,跑得尽可能地快。我跑出厨房,踏过客厅里那些死去的动物皮毛,出了前门。我朝一排树林跑去。我跑得上气不接下气。我朝身后望去,看到我的脚印在潮湿的沙地上显得异常清晰。

第78章

  一只啄木鸟正在河床边的一棵树上啄木觅食,那听上去就像是我的心跳,笃笃笃。我不擅长跑步,但我的双腿已经竭尽全力了,它们一个劲儿地跑,一步步向前跑,带我离那个男人越来越远,离我打他时掉在地上的最后那块肉越来越远。
  云朵已经够厚够黑了,我听见隆隆的声音。
  下雨吧,我祈祷,下雨吧!下到我身上。掩藏我的行踪。保佑杰西安全。
  我的肚子在叫。我希望这不是杰西的那块肉在朝我吼叫。你永远不应该在饭后立马运动。但是我的腿在不停地跑,带我到了有树林遮掩的地方。
  我快到那里的时候,有了一声枪响。我跳了起来。我的心跳得就像啄木鸟的翅膀在扑扇,但我没有被射中,有闪电。
  接着我感到了雨。雨下得很大,从我脸上流了下来。
  谢谢,谢谢,谢谢。

我走进了在河床边的树林里。风在叶间吹拂，摇着树枝。我躲在一栋房子后面，靠着一棵樟脑树喘气。我的双手和牙齿在发抖。我用双手摩擦着双臂。

干得好，玛利亚姨妈，我的脑子说，你还活着，可能杰西也活着。

我的肚子和雷声一起隆隆作响。我的双腿又跑了起来。我沿着狭窄的河床往下游跑，雨水把我身后的脚印都洗刷掉了。我朝着南面跑，那是大门的方向，我希望是。

一只兔子从一大丛多刺的高灌丛下面窜出来。它奔向我，我站着一动不动，所以我并没有吓到它。它绕着我掉了一个头，又朝着河床跑去。

接着我看到了是谁让这只兔子如此惊吓了。

在我前方十米外，他从一棵宛如覆盖着魔鬼黄色鬈发的荆棘树下走了出来，头发乱糟糟，扭曲的小胡子挂着嘲笑的意味。他的身旁挂着弓箭。

他对我叫着。隔着暴雨很难听清他在说什么，但是听得到他喊：

"跑，姨妈，跑！"

我全身害怕得发抖，但是我不相信自己还能跑。面对一个以追逐为乐的杀人犯，我就更不信了。

他跨过一个泥泞的灌木丛，用手轰我走。我面对着他站着，雨从我的发上滴下，我的衣服都湿透了。他摇了摇头，举起他的弓和箭，朝我摇晃着瞄准。

见我不动，他就退后了几步，离得远一些。十米对他来说易如反掌。他又离远了一倍距离，然后再次举起了弓，拿出了箭，拉弦。

在他松手放箭的一刹那，我的脑、身、心合一，然后奇怪的事发生了。那事儿难以言表，我只能试着说清楚些。

我又冷又怕，颤抖得就像风中的枯叶，但是当他手臂后摆拉弦时，我却站着一动不动。

时间好像消失了，又好像无所不在。我看见一滴雨滴掉了下来。

当他松开箭时，我没有跑。

我飞了起来。

我飞了起来，飞到了一边。

我以为我死了，但是我还活着。我就像一只凤凰那样飞了起来。

我能飞起来是因为我心中燃起的那团爱之火，那就是让我变得比他强大的东西。它让我变得无比有力，而他则一无所有。

爱。我感到了我爱我的生命，我爱杰西，我爱海蒂和我的鸡，还有卡尼梅耶。

爱让我飞了起来，赐予了我翅膀。

我飞到了一边，又掉了下来。我的着陆并不太优雅。我撞到了地上，"嘭"的一声。但是我一点儿都不觉得疼。我的一部分还处于飞翔的状态。

然后他站在我面前低头看着我，几滴雨点打在他那死气沉沉的胡子上。"抱歉了，游戏时间缩短，还有另一场捕猎在等着我。"

雨现在小了点儿，缓缓地打在我的身上。他把一支箭放在弓上，对着我拉起了弦，正对着我的心脏。

"我好奇这点儿射程是不是能让这支箭射穿你?"他说,"你挺……丰满的。"

我闭上了眼睛，这样我就看不到他那幅丑陋的笑脸了。我想象着杰西和海蒂喝茶吃面包干的画面，然后我看到了卡尼梅耶，那浓密的胡腮，还有帅气的微笑。

我无所畏惧。

第79章

我听见了爆裂声,接着是"嘭"的一声。是箭射穿我的心脏发出的声音吗?

但我仍没有觉得痛,可能是闪电的打雷声?我睁开了双眼。我没有看见有箭插着我,但是我看见了我曾想象过的面孔,那是一张有着棕栗色胡子的脸。我觉得我已经死了。

"玛利亚,"他在我身边弯膝说道,"你还好吗?"

他把手放在我的额头上。雨已经停了,但是我的脸仍是湿的。我支起身子坐了起来。我没有死。我浑身抖个不停。

"我冷。"我说。

我的牙齿打颤得厉害,我不知道他是否听到了我说的,但他了解了。他解开纽扣,脱下了衬衫,用它裹着我的肩。

"找些暖和的东西。"他对皮耶特说道。皮耶特向屋子飞奔了过去。

库那吕斯躺在河床上,一动不动,死了。他的衬衫上染着一片红色污渍。

"你开枪打了他。"我说。

卡尼梅耶扶我站了起来。他胸上的毛发也是棕栗色的,他把我拉进怀里,双臂抱着我。这让我想起安娜干架时他也这么抱着安娜。我并没有干架。他很暖和,好像刚出炉的面包。我的皮肤不断地吸取着他的体温,但我还是止不住地发抖。

"我们得让你变得暖和起来。"他说。

他手搂着我,帮我跨上了河床。我转身看着库那吕斯。

"他把我关进一个大冷藏柜里。"我说着。我还在发抖,但是我能张开嘴了,我的牙齿也不会在撞一块儿了。"杰西,我觉得他射杀了杰西,用弓箭,当她坐上摩托的时候,他说的……"

我们朝着屋子走去,理查德和皮耶特迎面跑来。皮耶特手里拿了一张捻角羚的毛皮,卡尼梅耶把毛皮裹在我身上。

"杰西在这儿吗?你们看见她了吗?"理查德问。

他黝黑的双眼湿润,脸色苍白。

"没有,但是我……"我的肚子翻腾起来,我觉得恶心。

"什么?"理查德说。

"她之前在这儿,我看见血里有她的手印,地板上还有她名字的首字母。冷藏柜里都是动物尸体,挂着。"

"在哪儿?你在说什么?"理查德说。

"在一张斑马皮下面有一个活板门。台阶通到一个大冷藏柜。"

理查德朝房子走去。

"那门是锁着的。"我说。

"搜搜库那吕斯身上的钥匙。"卡尼梅耶对理查德说。理查德朝着河床跑去。

"这里打过一架。"皮耶特说，"武器是煎锅。你打了他？"

我点点头。

"他让我给他做肉排，然后他说……他说……他说得好像那肉就是杰西的，我们吃的肉。厨房地板上有一块肉排，我盘子里也有一块。"

皮耶特朝着房子冲了过去。

"我们一定要让你泡个热水澡。"我们走近游廊的时候，卡尼梅耶说。

看到这房子，我的肚子都绞在一块了，还在不住地叫。

"我不想回到这房子。"我说。

理查德带来了一串钥匙。我指着长的一根，那是开冷藏柜门的。卡尼梅耶警探对皮耶特和理查德喊了一串指令：加强警力，搜查，救护车。

"我一会儿就回来，"他送我到警车上，回头喊道，"西尼曼准尉，给海蒂·克里斯蒂打电话，让她去玛利亚姨妈家。威特布伊巡警，寻找摩托车的踪迹。"

警车停靠的角度有些奇怪，留了像芦苇条般的影子在库那吕斯的四驱皮卡上。卡尼梅耶帮我坐上了警车，把羚羊皮裹紧。他没有要回他的衬衫。

就在我们开走之前，皮耶特跑过来。

"那个肉排，"他说，"我知道那肉，那是食蚁兽的肉。"

我的肚子不再叫了，也不再绞作一团。

第80章

"告诉我都发生了什么,玛利亚。"卡尼梅耶说。

我们行驶在走凹凸不平的泥路上。汽车空调开到了最大一挡。我表面的皮肤已经暖和了,但骨子里还是很冷。

我告诉了他整个经过,从一开始说起。

"我今天早上醒来想到德克家的书房。"我说。

我说了我对文件的想法还有去斯帕超市的经过,接着我就想到了烹饪书。我不在乎卡尼梅耶是否会对我做的蠢事发火,最重要的是找到杰西,生或者死都要找到。

他没有生气,只是听着,时不时问我一些问题。他还是坦着胸,整个人闻上去像是泥土、雨水和肉豆蔻混在一起的味道。

到了自然保护区门口,我们停了下来。他说:"看那头红小羚羊。"

红小羚羊正躺在柿子树荫下,竖着大耳朵。卡尼梅耶一下车开门,它就箭一般地冲过了草原。

我们驶过泥塘小路，回到了柏油马路上。我跟卡尼梅耶说了辣椒水、库那吕斯的胡子、死去的动物还有我对凶手说"爱"这些事。说到最后，我甚至告诉他我飞起来的事，但是我没有告诉他是我心里那团爱之火才让我像一只凤凰那样飞了起来，我也没告诉他因为想到他还有他那棕栗色的胡子，我才没有感到害怕。

换我问他："你是怎么找到我的？"

"我觉得我们能找到你，是因为伯坦，"他说，"还有海蒂，她看着写在你们白板上的笔记，然后她记起来杰西想要和她在斯帕工作的堂兄谈谈。你也说会绕道去斯帕，所以她就开车去了。但在那儿没找到你，也没找到伯坦。"

他挠了挠他的胸。太阳钻出云层，阳光照在他的胸毛上，泛着或红或银的光泽。

"她很担心你，"他说，"就去了警局。我们正在问马吕斯话，试着在沙地上开动他配有凡纳通轮胎的车。皮耶特说他这车没有问题，但我们不管怎样仍准备去他家里搜查一下。海蒂说服我们一定要先找伯坦。她令我开始担心你。"

他瞥了我一眼，我低头看着我的手，它们仍在发抖。

"真好笑，我的手还是这么冷，"我说，"所以你们找到伯坦了？"

"找到了，他和朋友去了叙尔布拉克喝酒。我们找到他的时候，他还神志恍惚，但我们让他清醒了过来，把事情都交待了。他今天不没上班，因为他怕把老板得罪了。"

"我很高兴他安然无恙，伯坦，我还担心库那吕斯已经把他……"

"他和杰西说了库那吕斯曾经拿过一瓶石榴汁的事。"

"是的,"我说,"库那吕斯和我说了。玛丽特吉偷听到了,就跟他打了小报告。"

卡尼梅耶继续说:"伯坦并不知道杰西为什么这么兴奋,为什么一溜烟地跑了。他只意识到玛丽特吉偷听了他们的话,然后看见在杰西走后玛丽特吉直接进了库那吕斯的办公室。他立马下了班,然后搭车去了叙尔布拉克。"

"你和玛丽特吉谈过了吗?"

"她说库那吕斯是可以从他自己的店里拿点儿东西的,那不是偷窃。接着她哭了起来,不肯再多说一句。我们搜了他在城里的房子,然后是他的狩猎农场。感谢上帝,我们及时赶到了那儿。在他……"卡尼梅耶紧紧地抓着方向盘,他双臂上也长着棕栗色的软毛,"如果你……"

他注视着我,我看到他眼里的忧伤。我想伸手去触摸他的双眼,但我没有。

他回头看路,旋转方向盘,驶上回我家的岔道。

"弗斯特中士已经加入搜查队伍了。"卡尼梅耶说。车停在了我的行车道上。

"你也应该去,"我说道,"我也应该去。"

"是,是,我就要去了。首先让你暖和起来,擦擦干。海蒂就快到了。"

我的双手还在抖,穷尽力气地试图打开车门。他绕过车帮我下了车,用那块捻角羚皮裹着我。

他扶着我进屋,直接到了浴室,放热水。然后他找来了克里普得利福特白兰地,倒了一小杯,混了一勺糖。看着他不穿衬衫地来回走动，这让我很高兴。我努力不一直盯着他那宽大的胸膛、胸上那一层棕栗色的皮发，还有他裤子上方穿过肚脐的柔软毛发。他转身的时候，我就注视着他的背，那棕色皮肤下的肌肉隐约在动。他递给我一杯甜甜的白兰地。因为发抖和其他各种原因，酒洒出了一些，但是喝了一口下去，从喉咙到肚子已经一路暖起来了。

洗澡水好了，他把我叫过去。我用指尖试了试水温。

"噢，"我说，"太烫了。"

他弯下腰，把手肘放进去试了试。

"不会，"他说，"因为你身体太凉了，所以感觉很烫。但是我会先把水弄凉些，你在水里的时候可以再放点儿热水。"

他加了些冷水，然后把羚羊皮从我身上拿走。他没有要回他的衬衫。

"我就待在门外，"他说，"随时可以叫我。"

他出去，带上了门。我从肩上取下了他的衬衫，凑到眼前，闻着他的味道。然后我把衬衫放进了洗衣篮。我努力要解开淡蓝色裙子前面的纽扣，但是手不听使唤。我想直接把裙子从头顶脱下来，但是更糟，所以我又套了回去。

"玛利亚，"他说道，他还待在门外，"你还好吗？"

"我的纽扣。"我说。

"你要帮忙吗？"他说。

我点点头。

"我能进来吗？"

我又点了点头。要出声求助，这种事真是难。

"玛利亚？"

他敲了门进来。

"我解不开扣子。"我说。

我的裙子还是湿的,紧紧地贴着我的胸。他朝我走近了一步,我能闻到他呼出的味道,那味道就好像肉桂和着蜂蜜。我的呼吸变得很重,胸也起伏得厉害,虽然我心里期望着它不要乱动。

"或者我们可以等海蒂来了再说。"我说。

他用温暖的双手抱着我冰凉的手。我的手不抖了。他看着我的双眼。

"我觉得我们不能等了。"他说。

他放开我的手,然后帮我解开了最上面的一个扣子。

第81章

  他解扣子的时候，仍注视着我的眼睛。他的手指微微颤抖。我屏住呼吸，好让我的胸不再起伏，但是我又憋不住气，只得再次深呼吸。他的指尖不时触到我，他的手在摸索着下一个纽扣。

  我能感受到他身体的热度，那热浪向我袭来。他一路下去解开了连衣裙的扣子，直解到大腿处的那一颗。然后他把裙子从我的肩膀上脱了下来。我庆幸里面穿了一件还不错的内衣，白色棉质的。

  他站在我面前——身体靠得那么近，胸毛让我觉得痒痒的——伸出双臂绕着我，解开了我的胸罩。他从我的双肩退下肩带，胸罩掉在了地上。他的体温吸引着我，我想要把我的全身靠近他的胸膛。

  他的手支着我的后脑勺，很温柔，就好像我是易碎品。我听见汽车开来的声音。他退后了两步，我双手遮胸。但接着我就意识到，今天我差点儿死了，然而还没有一个男人看过赤身的我，于是又把手放了下来。

我只穿着短裤和满是泥污的沙地靴,他站在那儿看着我,微笑着。那一口白牙让我的心跳个不停。
　　"可爱。"他说。
　　他一把抓过他的衬衫,离开了浴室,掩上了门。我把衣服都脱了,爬进浴缸,躺进了温水里。我体内的冰开始慢慢融化。

第82章

"你在那儿没事吧,玛利亚,我亲爱的?"海蒂走进浴室说。

"海蒂!我很好,我的宝贝!"

"我马上泡壶茶,"她说,"警长关照,一定要告诉你加点儿热水。"

打开热水龙头时,我听见汽车开走的声音。我不再发抖了,全身充满了暖意。

我穿上了裤子和衬衫,换上了干净袜子,穿上沙地靴,走进了走廊。海蒂跳起来,给了我一个大大的拥抱。

"哦,玛利亚,玛利亚姨妈!"她说。

对一位极瘦的女士而言,她算是抱得让人挺舒服的。走廊的桌子上摆着茶杯,还有套着保温套的茶壶、一个打开着的面包干罐。我给我俩倒了茶,就好像这就是一个普通的周五下午,有友人来访。鸡群叫着跑来,我给它们扔了一把玉米。

"我担心得都没了主意。"海蒂说。

我告诉她我经历的事,有些她还不知道。我们喝着茶,吃着面包干。

"谢天谢地,那个混蛋死了。"她说。

"多亏了你,海蒂,要是你没想到伯坦,他们就不会这么及时地找到我……"

"哦,得了吧,"她说道,甩着手,像是在赶一只苍蝇一样,"我们都做了各自能做的事。我都无法说清知道你活着我有多高兴。"

但是她看上去并不高兴。她脸色苍白,整张脸都拧着。杰西常坐的椅子现在留出好大的空。我们坐看午后阳光散去了最后一片乌云,但是沉默太让人心烦了。

"我不能就坐在这儿,"我说,"我们去帮着找她吧。"

"你确定吗,玛利亚姨妈?你不需要再休息一下?"

"你能休息吗?"我站起来说。

她叹了口气,也站了起来。我随手抓了一罐面包干、一件外套和一个手电筒,然后我俩就朝海蒂的车走去。那辆丰田挤在荆棘灌木丛和桉树之间。

"让我开车怎么样?"我说。

"别开玩笑了,玛利亚,你刚刚经历了这么多。"

"我们可以开到德克家,去取我的车。"

"之后再说吧,"她说,"等你精神稳定些。"

"你说得对。我们越快到那儿……"

除了给她指路,我们一路没有说话,因为大多数情况下我都提着一口气。她车开得比以往更糟——可能也只是因为我还在发抖的神经和泥路上的水塘与土块。

面包干罐子在后座咣当乱响。我把它放到自己的腿上,那样它们就不会被震碎了。但是我没让海蒂减速,因为我希望我们能尽快到那儿。幸运的是,我们一路上没有撞死任何野生动物,也没有撞死自己。我觉得是动物们都早早地听见了车声,逃上了山。

"感谢上帝,"海蒂边说边把车撞上了停在库那吕斯家外的斯柯达,"看这马戏团般的场面。"

"好像半个城里的人都来了。"我说。

人群从绿色走廊挤到车行道上。杰西家的一群亲戚和医院里的一排护士,杰西的妈妈穿着白色护士服,抱着双臂一动不动地站在中间,还有一群基督复临安息日会的教徒和三个小丑——德克、安娜和约翰,他们都绑着绷带,坐着轮椅。

穿制服的警察正帮人们分散。走廊上,卡尼梅耶正指着钉在墙上的地图,他穿上了衬衫,皱巴巴的。

他说:"请前往警察引导你去的区域。"他看到我的时候,皱了皱眉头摇了摇头,但继续说:"我们不想让威特布伊巡警正在调查区域的印迹被破坏,所以不要乱跑。"

"但那个家伙到处跑,像个疯子一样。"安娜边说边指着草原上一个像豹一样跑着的人,他在山坡上交错地跑着。

"那是理查德·西尼曼准尉,他正在和威特布伊巡警工作。听着,我们没时间瞎扯了。你们要照着我说的去做,要么就离开。明白了吗?"

大家纷纷点了点头。安娜从身边掏出一只银色的酒壶,喝了一口,然后把酒壶放在她的石膏板上。

"好吧，现在听仔细了。一队，你们跟着我，到了目的地我会给你们指令。"

他说话的时候，一辆红色跑车飞驰而来，滑向一边急刹车，路上的石子都飞了起来。

"二队，你们跟着弗斯特警官，"卡尼梅耶说，"你们跟着他，各隔三米远地走。二队，你们在听吗？"

但他意识到他们注意力不在自己这儿。他摇摇头，停了下来让人们能好好看着糖糖到来。

她的腿好像变得更长了，双脚还蹬着一双涤蓝色的高跟鞋。她的短裙是天蓝色的，金色的头发松软地披在头上。即使在泥泞的路上，她朝我们走来时也像一名踩着猫步的模特。

她看着卡尼梅耶，但没理他，又看着我。

"玛利亚姨妈，"她说，好像我是这场秀的主持人一样，"我听到这事儿就立马来了。有什么我能做的吗？"

"来这儿，"我说道，我和海蒂被分到了一队，"听警官的。"

糖糖噘着粉色嘴唇走过来，站在我身边。她闻上去好像柠檬花香。

"好了，"卡尼梅耶边说边指着地图的某处，"二队跟着弗斯特警官去南面。"

一共分成了四组，每组去不同的地方。三支队伍跟着各自的警员领队出发了。我们待在走廊上，等着卡尼梅耶。

"普利特瑞斯。你不准坐着这玩意儿去草原上跑。"卡尼梅耶对安娜说，她正跟着二队不停地转着轮椅。

"我有望远镜。"她说着从轮椅口袋里拿了出来，朝卡尼梅耶挥了挥。

"你最好给我待在这儿,"他转身朝着一瘸一拐、打着绷带的德克和约翰说,"你们三个都是。"

"啊,真他妈的。"德克咕囔着。

"斯密特警长,这里需要支援,在大本营。"

斯密特皱起眉毛。

"救护车马上就到,"卡尼梅耶对警长说,"把库那吕斯带过来。"

"什么?"安娜说。

"他还在这儿?"约翰说。

"我要杀了他。"德克说。

"他死了。"卡尼梅耶说。

"我不在乎,"德克说,"他在哪儿?"

"我听见救护车的声音了。"卡尼梅耶说。

山间警笛声环绕。

他对着斯密特说了个抱歉的口型,接着他就领着一队人离开了。

"我们要去和皮耶特威特布伊巡警交接。"他对我们说。

我们组里有十个人,卡尼梅耶车里坐不下的人都坐进了海蒂的车。在前排坐着一个精瘦的年轻男人,双眼发红,一顶羊毛帽遮住了他的双耳。他闻起来像甜甜的草本植物的味道,是罗勒的味道吗?

乔治娅,基督复临安息日会的信徒,和糖糖坐在我后面。我的腿上是一罐碎了的面包干。

"我们为她祈祷。"乔治娅说着,拍了拍我的膝盖。

海蒂倒车出来的时候,又撞了一下斯柯达。

"哦哦。"乔治娅高分贝地叫道,开始用一种清唱的节奏来祈祷。

"你好,"海蒂对年轻的男人说,"我是海蒂·克里斯蒂。"

"嗯。"男生说。

"你怎么称呼?"

"伯坦。"他小声支吾。

"哦,那个名声不好的伯坦·莫斯特。"她说着。

"你知道发生了什么,我的甜心,"糖糖抓着她的前座对我说,"怎么了?"

我想起了浴室里的卡尼梅耶,脸开始发烫。

"杰西可能已经逃走了,"我说,"她用辣椒水喷他。"

"你的脸红了。我也希望如此,她很野,杰西,"她低头看着我那双泥鞋,"我正好有一双鞋要给你。我会寄给你一双。"

海蒂正在泥路上左右绕行,绕过水塘和岩石。

路越是凹凸不平,乔治娅祈祷得越快,"呜"这个音节越是叫得响:"主,哦主,呜呜呜,哦,主,当我们经过死亡之谷,保佑我们都安全。呜呜呜呜呜。"

"皮耶特在那儿。"我说。

我们停在卡尼梅耶车的后面,只是轻轻地撞到了他的后保险杠。可能是乔治娅的祈祷起了作用。

我们都下了车,环视着荒野和山丘。远处的山上能隐约见到一些斑马。我带着面包干离得那群人很近,能听见他们说话。皮耶特坐在路边,看着泥泞的地面。

"你在做什么?"卡尼梅耶说。

"在看蚂蚁。"皮耶特说。

"发现什么了吗？"

"雨很大。"

"有什么印迹？"

"有自行车轮胎和凡世通轮胎，他们曾停下来过。凡世通调头回去了。"

"有鞋印吗？"

"雨太大了。"

卡尼梅耶捻着他的胡子。

"这里来了志愿者，帮忙一起搜查。"

皮耶特点头，跟着蚂蚁队伍朝前走了一英寸。

"你能分辨出他们要去哪儿吗？"卡尼梅耶说。

"我在看呢。"皮耶特边说边盯着地面。

"威特布伊巡警。"卡尼梅耶说。

皮耶特指了一下。

我们盯着蚂蚁看，它们朝一个方向排成一长列地行进，还有一列朝反方向跑。

皮耶特小步跟着。卡尼梅耶和我紧随其后。

我们跟着蚁队穿过一些多肉植物，又穿过了无刺灌木丛。皮耶特用脚捣着泥土。这块地很松软，像新近被动过。

"这下面埋着些东西，蚂蚁在吃。"他说。

理查德跑下山，朝我们跑来。他的脸上都是抓痕与泥，充满着不安。

"这是什么？"他说，"你们发现什么了？"

"从我车的后备箱里拿铲子来。"卡尼梅耶说。

一队的人纷纷聚拢过来，站在我们身后。他们用手遮挡着午后的阳光，移到一边，好让理查德拿着铲子走过来。卡尼梅耶想要从他那里接过铲子，但是理查德不肯放手。

皮耶特指了指要挖的那块地。理查德很快落下了铲子，但是铲得很浅，就好像他不想伤着地底下埋着的东西。

在沙地下面，有的是更多的沙。汗水从理查德的脸颊两侧滴了下来。然后理查德铲到了硬物，"铬"的一声。那声音让我跳了起来，面包干在罐子里哐当响。

理查德闭上了双眼，一动不动站了一秒。他脸色苍白，然后坐下，朝坑里望去。皮耶特正蹲在地上，他伸手摸到了理查德铲到的东西。他闻了闻手指，指甲上走过一只蚂蚁。

"是血。"皮耶特说。

第83章

理查德发出了微弱的一声,就好像肚子被打了一拳,但是他随即咽了咽口水,开始用双手挖土,就像一只在刨地的动物。皮耶特在一旁帮着挖。理查德的手抓到了某样东西,使劲拉。

"这是金属,"他说,"这是金属。"

卡尼梅耶和伯坦也一起挖了起来,把底下的东西都挖了出来。他们擦去了泥土,拉出一架摩托。是杰西的红摩托。

我能看到蚂蚁,还有座椅上那发黑的、黏黏的物质。皮耶特用手指沾了沾,伸出舌尖尝了尝。

"这是今天的。"他说。

理查德的脸比之前更白了。

"她是不是死了?"他说,"告诉我。"

皮耶特摇摇头。

"不好说。"

理查德呼吸加快,我觉得他要晕过去了。

我抓紧我的黄油牛奶面包干，想给他一点儿东西，好让他撑过这种煎熬。但是他更需要别的，而不是这些破面包干。那也是我们都需要的东西：希望。我们不得不抱着希望。

"杰西坐在她的摩托上，然后他射中了她，"我说，"用弓箭。但是当他抓到她的时候，她也等着他。她用辣椒水喷他。我在库那吕斯身上闻到了味道。他的眼睛就看不见了，杰西逃走了。她丢下了摩托，但是她逃走了，理查德。然后下了一场雨，把她的行踪都冲没了，所以他找不到她了。"

皮耶特在点头，但是理查德摇着头，忍着泪水。我继续说：

"她就像一头受伤的动物，他想回去找她。他接到一个电话，说我在他办公室，所以他就去找我了。今天早上他跟我说他还有一场捕猎，说的就是杰西。他还没找到杰西。他再也找不到她了。"

我转身面对站在我身后的人。

"现在他死了，他找不到她了，"我说，"但是我们能找到她。"

"巡警威特布伊，"卡尼梅耶说，"回到摩托行迹消失的地方，看看你是否能到些足迹。"他转身朝向我们剩下的人："如果她受伤了，我怀疑她走不过两千米。她还有可能体温过低。你们盯着点儿地上。因为下雨，可能找不到脚印，但也不好说，可能她是在雨后走的。注意看着点儿被折坏的植物、血迹和蚂蚁。看见任何不寻常的事，就举起手，大声喊我或者叫巡警威特布伊。"

他说话的时候，我递给大家面包干罐，大家各自拿了些。一个穿着白色制服的年轻护士从我那儿拿过罐子，递给了我传不到的地方。

"西尼曼准尉，你们以这个点为中心，搜查半径再扩大些。跑到我们周围这些山丘的最高处，仔细搜查所有隐秘的地方：灌木丛、树林、沟渠。"

理查德就站在那儿，但现在他的脸上已经有了些血色。

"走！"卡尼梅耶说。

理查德眨了眨眼，然后就像一条赛跑的狗一般冲了出去。

他走后，卡尼梅耶转向我们其余人说："我们也要寻找松软的泥土。"他用脚踩了踩摩托车旁的地。"就像这块，埋东西的地方。"

乔治娅的手捂着嘴，透过手指，发出"哦呜呜"的声音。

那护士还给我面包干罐子，我把剩下最后的一块面包干给了卡尼梅耶。他吃的时候看着我的眼睛，我的心里充满着奇怪又温暖的感觉。

他随后指向山脚长着一排马齿苋树的山。

"我们先往那个方向走。跟着我，各隔两米走。我会在前面扫清路障。你们慢慢走，不要错过任何东西。"

我吃下了最后几块碎片——然后我把罐子留在了车里。

我们伸展着，跟在卡尼梅耶后面，眼睛盯着地面。我听见他用无线电和斯密特通话的声音，告诉他叫一辆救护车，随时待命，还让别的组过来帮助我们一起调查。海蒂和坎迪各站在我一边。糖糖穿着高跟鞋，比我慢，海蒂则比我快一些。但是这都不能引起我的注意。

我双眼急切地搜寻着面前的每样东西。我要寻找线索。我找到了雨后一条蛇的行踪。一只老鼠匆匆地钻进圣诞芦荟丛里，地上还有兔子的脚印、非洲大羚羊的心形脚印。一堆又一堆黑色发亮的动物粪便、白色的石子、紫色的石子，还有染着干掉的血迹的石子。

太阳落了下去，照在我一侧的脸上。我继续搜寻着。别的组也加入了搜查。他们组成好几排走过草原，走上山丘。但我还是专注于我自己负责的两米半径。

我吓走了一头躲在野梅树阴影里的羚羊。我盯着那条沟壑，沙质的沟渠上长着抗癌灌木丛，花朵上染着红色的滴状物，呈狮子口状的小花朵看着我。我仔细看着星花木兰，因为干枯的星状花枝就好像蚁队在它的花茎上爬上爬下。但是它们不是蚂蚁，也不会引领我去任何地方。

我看见了屎壳郎、长着金色肚皮的蜘蛛，我看见长着紫色花瓣的卡鲁紫罗兰和那些我叫不出名字、小而带刺的植物。

但是这些都没有杰西的踪迹。

世界上有各种不同种类的生命——昆虫、植物、生物——在此之前我都没有真正注意过这些。

生命，我发现我自己在向大地祈祷生命，就好像我在向天空祈雨。大地，保佑杰西活着，告诉我们去哪里。我请求你，生命，让她活着。

我们继续走，继续搜索着。太阳正在落山，云彩已经变了颜色。很快，天就要黑了。我的心和太阳一起沉了下去。如果我们没有在夜幕降临前找到她……找了这么久，看了这么多东西，我的双眼十分酸痛。我把手指搭在眼睑上，闭了一会儿眼。我真是太累了，我想躺在地上大哭。随后我睁开眼，看见理查德快爬到山顶了。一群捻角羚正从他身边跑过，下了山。一头长着长角的捻角羚没有跑，站定着看着理查德。它的角在光里闪烁，而别的羚羊都飞快地跑了。理查德跑上山顶的时候背对着他们。飞奔的捻角羚跑到两块巨石间的柿子树前突然停了下来。它们转头背着树，又朝着理查德跑。

那头大捻角羚发出了叫声,羚羊群又跑了下来,但远离了树的斜坡。

我举起手喊道:"汉克!皮耶特!"

卡尼梅耶离得最近。我告诉他我看到的:捻角羚都避着那棵树。

"它们看到什么或者在哪儿闻到什么味道了吗?"我说。

他发无线电给理查德:"那棵大柿子树,在你的西南方向。"

我看见理查德又往回跑下山,他几乎是滑着砂石下来的,随即消失在那棵柿子树边的岩石后。卡尼梅耶和皮耶特也开始朝着山上跑。

接着,我看见理查德的头出现了。接着整个人都从岩石后走了出来,怀里抱着一个人。

距离太远,看不真切,但我知道那个人就是杰西。

他在喊着什么。离山脚最近的那些人朝着他跑了过去。很快他们也喊叫了起来,但我听不到他们在说什么。然后那些离得稍近的人听见了叫声,声音一波波传过草原,传过荆棘树和岩石,直到我听见:

"她还活着!她还活着!"

第84章

我低头感谢：

感谢你，雨水，掩护她的行迹。
感谢你，生命，保佑她的生命。
感谢你指引我们她的所在。

泪水从我的脸上掉下，海蒂来到了我身边，我们互相拥抱大哭起来。

接着坎迪也加入进来，高跟鞋上踩着许多荆棘。她的双腿布满擦痕，脸上一排排的泥印和泪痕，但她微笑起来的时候还是最美的。

我们跑到草原那头时，救护车已经把杰西接走了。我们看见理查德和卡尼梅耶提着她上了车。理查德也跟着上了车。救护车开走的时候，一群山斑马沿着平原呼啸而过。救护车"呜呜"的汽笛声划破夕阳的天空。

我们朝着车走去，卡尼梅耶走到了我们这边。我们微笑着，但看到他的脸，却笑不起来了。

"怎么了？"我说。

"我不是医生，"他说，"但是她现在是昏迷状态，看上去很糟。"

一群基督复临安息日会的教徒立刻开始祈祷，海蒂也和他们一起祈祷。如果真有神，而他们这些人知道找到神的方法，那我真希望祈祷应验。我走远了些，看着发暗的天空。云朵染上了深红色。我看着草原，夕阳余光让一切看起来都异常温和。

天空和大地。我已经向它们祈祷过，它们也都回应了。我还能要求更多吗？

我自己不应该做些什么吗？让杰西好起来。我不是医生，但我是她的朋友。我全心全意想着对她的爱，我的爱就像夕阳一样又大又红，那份爱把我心中的忧虑都扫清了。我现在心中充满了爱，我要把这份爱传达给她。我能联系到她，她会得到我的爱。

有一只温暖的手搭在我的肩上，是卡尼梅耶。但是他立即转身朝车的方向走去，我都没有看见他的脸。搜寻的人们都回到了车上，等着回去。

"哦，天哪，"海蒂说，"你觉得她会……"

"你快把车灯打开吧，"我说，"她是个坚强的女孩，我们的杰西。"

我们先开车走了，只有我和海蒂两个，坐着她的丰田行驶在夜里。

"她可能失血过多……"海蒂说着要开灯，却错按了喇叭。

"慢一些。"我说。

"她还受伤了,还可能体温过低……"

"看着路!"

一头捻角羚忽然跳过马路,海蒂急转进了荆棘灌木。

"哦,这真是太刺激了!"

她把车开出了灌木丛,匀速前进。

"所以,亲爱的,你和那个探长到底发生了什么?"

"看着点儿!那扇门!"

"我看见了,我没瞎。"

我下车去开门,她稍稍掉了下头让我能打开门。

我回到车上的时候,她说:"我看到了你们两个对视的样子。"

"我什么都不知道,海蒂。"

"他把你照看得很好,我必须说。我在想……是他给你放的热水澡吗?"

"他人很好,但这都是他的本职工作。"

"我不知道他会不会守在你家里,既然……"

"不,不,他不会了。"

"他的样子挺不错。"

他很多事都做得不错,我心里想着。

"我太老了,不会再陷入那种事了。"我说。

"永远都不老,你再也没有过人吧……法尼之后?"

我摇了摇头。我们开回了柏油路上,所以路途平坦了一些。而且我们虽然在路上突然掉头,万幸没有别的车和动物。

"不是时间的问题,那是……"海蒂说。

"法尼让我对男人厌倦了。"

"他是个烂人。但不是所有的男人都那样,你知道。"

"我知道,我知道。但是我的心就是……合上了。"

"给他一个机会,玛利亚。"

"看吧。你能把我送到德克的农场吗?我的车在那儿。你的指示器亮了。"

她把指示器关了,但是又把应急灯开了。我没告诉她。或许这是最好的状态。

德克的房里一片漆黑。

"我在想他去哪儿了。"海蒂说。

"他可能还没回来呢,我们开车到这儿很快。"

"快?他可能和安娜一起。我在想他们是不是又一起合作开一辆车。"

"谢谢你,宝贝。"我说着亲了她脸颊。

"我快累死了,玛利亚。我肯定你也是,吃点东西休息一会儿。我明早来见你。"

她开车走了,应急灯还在闪。

我的蓝色尼桑正静静地待在橡胶树下。副驾驶上放着我的面包干罐。

"斯帕超市的经理是凶手。"我开车的时候对罐子说道。

"他差点儿杀了我,但是汉克开枪杀了他,死了。我们找到了杰西,还活着。但她受伤了,处于昏迷状态。情况可能会很糟。我们现在要去医院,这次你要和我一起。"

第85章

杰西正在重症监护室。监护室的等候区都是人。很多参与搜寻的人也都到了那儿。理查德正跑上跑下,在油毡上跑出一条道来。这里没有卡尼梅耶。

"她怎么样?"我说。

理查德摇摇头,咬着嘴唇。他的长睫毛湿湿的。

"医生马上回来和我们说情况。"他说。

等候区准备了一只大茶壶,杰西的妹妹琼安特正在倒茶。我帮她递给每一个人。安娜拿出了她那只银色酒壶,倒了一口在她的茶杯里,然后给德克的杯子里也倒了一点。我给琼安特我的面包干罐,她分递给了周围的人。不到三十秒,面包干就都没了。我估计大家都没吃晚饭。德克的头垂着,发出疣猪一样的哼哼声。我们听见有人从过道上走过来的声音,安娜用手肘推了推德克的肋骨。他坐直了,鼻子直哼哼。杰西的母亲跳了起来。她没有穿护士服,套着一件蓝裙子。她的衣服清爽又干净,而我的却皱巴巴的,还粘着泥。但她的脸看上去满是皱纹。

医生到了,我们都转向他,就好像向日葵,朝向一个肤色黝黑穿着白色大褂的中心人物。

"我能和家属说两句话吗?"

我们大部分都起身,朝着他走近一步。

"哦,好吧,如果你觉得没问题,那我就和大家说了?"

他看着莫斯特护士,她随后点了点头。

"杰西的情况很严重。她的腿伤,还有箭射到她肩膀的那块不是很严重,有些感染,但是已经得到了控制,目前来看。问题是她失血过多。她的心脏停了一会儿,我们又抢救了过来。她现在仍处于休克状态。如果她挺过来了,最大的问题就是脑损伤。"

杰西的母亲握拳敲着胸口。医生的话里出现越来越多难懂的医学术语,"整形"和"神经探针"的危险,还有我根本不理解也不想理解的词。

我闭上双眼,把我的爱传给杰西。我可以看见那份爱流向了她,就像石榴汁一样红,就像血一样。

"一次只能进一个人,"医生现在说我听得懂的话了,"只能是她最亲近的人。莫斯特护士和西尼曼警官会调控进去的人。杰西正处于休克的状态,但有很小的可能会听到人们说话。所以,请务必对她说一些鼓励的话。"

人们在等候室来了又去,但我一直坐着。我的双眼大多时候都闭着,但我没有睡着。我在和杰西通话:

杰西,我的好姑娘,你一定会好的。那个可怕的男人已经死了。我们抓到了他。你现在在医院,一切都会好起来。我要为你做你吃过的最好的巧克力蛋糕。你有没有尝过我煮的鸡汤?那会让你立马痊愈。然后你就能吃所有你最爱吃的东西了,像是咖喱肉末和炸麻花糕。

我睁开眼睛——等候室都空了,安娜和德克还在。安娜在她的轮椅上昏睡了过去,德克在沙发上打鼾,理查德坐得笔直,他的双眼发红,嘴巴紧紧抿成一条线。

我继续和杰西通话:

你只要一准备好,我就给你做一顿大餐,有烤嫩羊配土豆、带肉馅儿的炸面团。还有色拉,配土豆、三种豆类、胡萝卜还有菠萝。当然还有咖啡、炸麻花糕和巧克力蛋糕。还有加杏子酱的面包。哦,你能吃得好好的。你的肚子会圆得像口圆形铸铁锅。

*   *   *

我听见脚步声,看见杰西的母亲朝我们走来。等候室里只有我和理查德。莫斯特护士现在的裙子就和她的脸一样皱了。理查德直直地跳起来。

"你现在能进去了,"她说,"我要回去试着睡一会儿。"

我又闭上了眼睛。过了一会儿,我感觉有一只手搭在我肩膀上,我醒来说:"汉克……"

是理查德。

"卡尼梅耶在这儿,"他说,"他不想来打扰你。"

"杰西好吗?"我问。

"还是这样,"他说,"你可以进去待一会儿,如果你想的话。"

然后我就开车送你回家。汉克说我应该送你回家。"

"不，我自己开车没有问题。但是我想去看看她，就一分钟。"

"好吧，那我就在她身边坐到早上。她的妹妹会一早来。"

我走过一扇扇晃悠着的通往重症监护室的大门，用洗手液洗了手。有个护士向我指了指杰西的病床。杰西身上插满了点滴和管子，心电监护仪闪着数字和跳动的绿线。她的左小臂打了绷带，右膝和小腿骨上包着纱布，被车和箭弄伤的地方都清理了。她的脸上罩着塑料呼吸机。

她躺着一动不动。护士留下我一个人，我坐在床边的椅子上。杰西看上去是如此虚弱苍白。我想扯掉她身上所有的线和管子，把她抱在我的怀里，就像抱婴儿一样。我握住她的手，手是热的，却一动不动。

我看着她的胸随着呼吸机一起一浮。

"好吧，我们抓到他了，杰西，"我说，"他死了。我们是一个很好的团队。你和我。还有海蒂。警方也帮了忙。理查德真的很爱你，你知道的。我们都爱你。我们有着壁虎文身的女孩，说你呢。"

我看着在她没有打绷带的肩上文着的壁虎。我从没见过它这么一动不动。她的呼吸一起一伏。

"现在你只需要好起来。我就会给你做你最爱的巧克力蛋糕。"她的手指抽动了下。"这是明天的第一件事。"

理查德站在床尾。他走了过来，把手放在她的额头上，往后梳着她的头发。我看见他抚摸杰西头发时的脸，脸上的表情让我的心都碎了。

第86章

我的房子里异常安静,空荡荡的。没有警卫,没有卡尼梅耶。我做了一片面包配果酱,拿着坐到了沙发上。

靠垫上有些凹痕,那是卡尼梅耶睡过的,沙发上有他的味道。我太累了,躺倒了,就一秒。我躺在他留下的那些凹痕里。我是不是很蠢,竟会想到他和我会发生些什么……我是那个在浴室里朝前跨步的人,我把我自己都靠在他的身上。但是他只是说我可爱。或许他只是出于礼貌,因为沙地靴配短裤这个组合。或许他什么意思都没有……他只是在做他的本职工作。现在工作都结束了。

我怎么竟然在想他,而杰西现在还躺在医院里生死未卜。生死未卜,但是身边有个爱着她的男人……

我躺在卡尼梅耶留在靠垫上的凹痕里。我感觉很舒服。伴着这些凹痕,我睡着了。

我醒来的时候,太阳已经洒进窗户,照进了客厅。电话铃响了,是海蒂打来的。

"她醒过来了。她在说话。她会好的。"

我说不出话来,因为我在哭。为什么好消息会让我哭呢?

"她问起了你……"

我咽了口气。

"我就来。"

我冲了个澡,洗去了一身泥和睡意。走了这么久,我的双腿发酸。我梳了梳头,但是没有涂口红,也没有喝咖啡。

医院里,杰西靠着一些枕头支着身子。她看到我的时候咧嘴大笑,但是她太虚弱了,都笑不长。

"杰西。"我握着她的手说。

"我们做到了,玛利亚姨妈,"她说,"我们抓到那个杂种了。"

我捏紧她的指尖,她也捏捏我的,闭上了双眼。

"我梦到了你的巧克力蛋糕。"她说,脸上浮起微笑。

她的一只手臂横在胸前,手指搭在另一个手臂上的壁虎文身上。她搭在壁虎的头上,就好像在抚摸它,但是她随即睡着了。

我去了斯帕超市,买我需要的食材。我沿着走道推着车,计划着我要买的东西。我需要做巧克力蛋糕的面粉,这是肯定的。但也要买鸡汤需要的原料,一个人光吃蛋糕是不行的。还有做面包干的面粉。我要做好多好多的面包干。我停了下来,看一袋五斤重的尤丽佳牌石磨面粉。我拿了起来。然后我看见了他,是汉克·卡尼梅耶。他在走道的另一头。

我觉得他也看到了我,但他没有,因为他没有走过来,而是消失不见了。

我也会为他做一个蛋糕。一个又大又漂亮的巧克力蛋糕,给他,还有皮耶特和理查德。我胸前仍捧着一袋面粉,走到旁边的一条货架。他在那儿。

"汉克。"我说。

我朝着他微笑。现在我后悔没有涂口红。但是他已经见过我更糟糕的情况,还说我可爱。

他看了看别处,然后又看着我,表现得好像不想被注意到一样。可能他正在卧底侦查。不,那就太蠢了,莱迪史密斯的每一个人都知道他是谁。

我朝他走过去说:"杰西醒过来了,一切都会好的。"

"太好了,"他低头看着我说,"我听说了,很高兴。"

"我在买东西,要给她做蛋糕。巧克力蛋糕。我也会给你做一个。"

"哦,不,请不要麻烦。"

他又张望着走道。他在躲着谁吗?我抱紧了胸前的面粉。

"但是你帮了这么大的忙,照顾了我和所有人。你救了我的命,汉克。"

"范·哈特太太,我只是尽了我的本分。"

他看着我,眼里又带着之前的那种忧伤。

"对,你说得没错。你只是做你的本职工作。"

我退后了一步,撞到了身后的罐子。两罐草莓汁从架子上滚了下来,我手里五斤重面粉也掉在地上,撒了一地。

卡尼梅耶警长弯腰,要想捡起来。

那个"骷髅脸"的楼层经理跑了过来。

"哦,我亲爱的。"他说。

"对不起。"警长说道。

"不,是我的错。"我说。

警长和经理两个都在努力弄干净。我就站在那儿,动弹不得。

"对不起。"卡尼梅耶又说了一声。

"没关系。"经理说。

"是我的错,我太蠢了。"我说。

"我们会打扫干净的。"经理说。

"这真是一团糟,"我说,"一团糟。我会赔偿的。"

卡尼梅耶站了起来,他的裤子上、手上,甚至胡子上都是面粉。

"我很抱歉。"他说着,走远了。

第87章

我不得不走了两趟，才把超市买的东西从车上运到屋里。我走得很慢，也试着让自己好起来。

房子里很安静，我的肚子里有种空荡荡的感觉。我把食物放在桌上，然后站在走廊那儿。

"咕咕咕。"我叫道。

鸡群跑了过来，我扔了一把玉米粒。

"咯咯咯，"它们叫道，"咯咯。"

我给自己煮了一份蛋。我应该好好吃一顿了，在烹饪大菜之前，我自己得吃饱强壮起来。

我煎了点儿鸡蛋、培根、香肠还有番茄，还热了些芝士司康饼喝咖啡。我把这些都放在托盘里，加了点黄油和杏仁酱，然后都带到了走廊上。

雨后，我的花园和远处的草原看上去都不错，但是我只盯着我的早饭。我闷头吃着。我甚至都没有和食物对话，因为我一个劲地在吃。

肚子里空荡荡的感觉让我很饿。吃了份早餐后,我感觉好些了。

我以为我听到了一辆车朝我这里泥路开来的声音,接着我意识到那只是62号公路上开过的一辆卡车。

我吃饱了,肚子没有空荡荡的感觉了。但我还是又吃了一份加果酱的司康饼,保证自己吃饱。

* * *

我开始煮鸡汤,因为最好慢慢熬一段时间。我觉得做一大锅就可以速冻备着,每天都给杰西带一点儿。我切西芹的时候,还抬头看了一眼那该死的沙发靠垫。靠垫上有他睡过的痕迹,上面还叠印有我睡的痕迹。真是尴尬。

我放下了刀,走过去,把靠垫翻了个面。

"这就好多了,"切完后,我对西芹说道,"我真是蠢……是个傻子。我再也不会这么做了。说实话,在我这把年纪……"

我在鸡里加了土豆、西芹、番茄和香菜。这只鸡,我先用橄榄油煎了一下,里面放了韭葱、洋葱、生姜和大蒜。最后我加了冷水。做好汤最重要的就是这一点:水一定要冷,这样味道就能进入肉汤里,否则就会把味道锁在蔬菜里。

水快要开的时候,我就把汤放进了热箱。然后我拿出做巧克力蛋糕和面包干需要的所有食材,决定再做一次我妈妈的杂粮黄油牛奶面包干。多加黄油、杂粮、种子和葡萄干。

我开始做蛋糕。就做一个。

往大搅拌碗里放材料时,我决定加一倍的量。我打算给卡尼梅耶和他的搭档们也烤一个蛋糕。或许他没有救我的心,但是他还是救了我的命。这就足够了。

杂粮面包干还在烤炉里烤的时候,我带着两个巧克力蛋糕和一大罐鸡汤出了家门。

我送了一只蛋糕到警局。卡尼梅耶和理查德不在那儿,但是皮耶特给我了一个大大的微笑表示感谢。

杰西正好起来,但睡着了。医生说她醒了的时候能喝一点汤。但是现在只能吃流食,蛋糕是绝对不行的。我把蛋糕留给了她妈妈。她妈妈看上去很疲倦,但总带着微笑,照亮了整个医院。

我回到家,坐到厨房的桌旁。这一天真不错。杰西正在康复,我好好地煮了一顿。我看着沙发上的靠垫,它们又扁又空。

"我这么样,有时候太……孤单了。"我说。

自说自话。好了,这就是我要变成一个发疯老女人的信号。

我想起烤箱里的面包干。它们都快烤好了。我拿出了烤盘,然后把烤盘放到了桌子上。

"我不孤单,"我说,"没有必要自说自话,我还有你们。"

我微笑着。它们散发着金色的黄油光泽,还有棕色的松脆的烤种子、乌黑有嚼劲的葡萄干,足足有五十个。葡萄干是最好的陪伴。

我给自己倒了杯咖啡,带着其中的六块面包干来到室外,坐着聊天,用它们蘸上咖啡,从我的走廊上欣赏最美的风景。

我真的很好。

第88章

接下来的几周里,我每天都给杰西带吃的。我有一沓报纸的来信要回,但是我总有时间煮些药膳给她补身体。食物是由爱做成的。

到了第二天,她能喝几杯鸡汤;到了第三天,她能吃一小块巧克力蛋糕了。她让她的访客把蛋糕都吃了。很快,她就能吃些沙拉了。当她吃完第一个肉馅炸面团,医生说她可以回家了,只要她好好休息。我在她的床边办了个欢迎回家的派对。理查德为我们做了肉末咖喱,味道好极了。从他的眼里就足以看出他的爱,如果你还有疑问,那就去尝尝他的肉末咖喱。他把配方告诉了我。他在辣肉馅儿里加了杏子酱和杏仁片,还在蛋奶挞上加了酸奶油。但总感觉是他做饭的时候用了心思,才让那道菜有了独特的理查德味道。

卡尼梅耶从没有因为那个蛋糕对我表示过感谢。不是说我需要感谢——这其实是对他表示感谢的礼物,而人们不会永远谢来谢去。但如果他想给我打电话,这是一个机会。但是他没有打来电话。

我现在又能在城里见到他了。有一次他开车经过，就好像没注意到我。但是坐在他身旁的皮耶特招手跟我打了招呼。

杰西时不时会来报社了。我对她说："杰西，我的宝贝，你还是有点儿瘦，那些壁虎都快要没力气爬上来了。我觉得是时候做一顿我曾向你保证过的大餐了。有烤羊，还有所有你最喜欢吃的。"

"哦，太棒了，玛利亚姨妈，我等不及了。快看，这壁虎都要爬到星星上去了，"她转身，给我看她文身旁的箭伤，"酷吧，嘿？"

一个长着双大长腿的粉红盒子到了门口。海蒂的脑袋从盒子旁边探了出来。

"早，亲爱的，"她说，"看着邮局给你寄来了什么，玛利亚姨妈。"

她把盒子重重地放到我的桌上，还有三封信。我看着盒子上的邮戳：纽约。还有地址：糖糖时装精品店。我打开了盒子，海蒂和杰西凑在我的肩上看。

"我的天啊。"海蒂说。

"哦，性感！"杰西说。

包在薄纸里的是一件漂亮的奶白色连衣裙，还搭配着一双经典的低跟鞋。尺寸都看上去正好。盒子里还有一些珍珠色的指甲油和一根细珍珠项链。

海蒂拿起项链，在牙齿上磨了磨。

"恐怕是假的，"她说，"但是裙子真不错。"

"穿上试试。"杰西说。

"啊，不，"我说，"我实在没那个心情。"

"等会儿吧，等你回家再试。"海蒂说。
但是我知道我回家也不会有心情试。

我给我们三个准备了面包干和红叶茶——我们现在都在喝这茶，因为医生说这对杰西有好处。然后我拿了三封信坐了下来。第一封是我朋友，那个机修工寄来的，我认出了他的信封和笔迹。我很高兴地打开了信。

亲爱的玛利亚姨妈，信上写道：

十分感谢，你真的帮到我了。配方里的窍门很有用！我还做了露西娅吃过最好吃的巧克力。我和她越来越好了。

我们在一起的时间并不长，但是我们知道彼此是最合适的。如果你能来参加十二月二十一日我们在利弗代尔的婚礼，我们会很高兴的。请坐在前排，坐在我哥哥旁边，他从开普敦来。你会在《小卡鲁公报》第三版看到我们的结婚公告。我的真名叫卡布·威瑟基，露西娅的真名叫斯黛拉·温妮斯。你还可以带一个伴儿来。

我是个聋子，但我可以读唇语。我说话不太利索，所以说得不多。这就是为什么短信、邮件还有美食对我来说是交流的最好方式。但是我希望你无论如何能来婚礼和我聊聊。

祝一切都好。

卡布

我微笑着吃完了面包干。我没有伴儿，但我会去他的婚礼。
第二封信是来自奥茨胡恩的。

亲爱的玛利亚姨妈，我读着信：

　　我是甜土豆女士。你不会猜到都发生了些什么。周六早上我读完你的信，按你的建议，十点就去了农民合作社。有个男人在几麻袋南瓜旁待着，好像在等我。他很友善。之后不就又来了三个男人和四个女人，带着他们自家菜园或农场里种的东西。他们随意站着，聊着鸵鸟肉馅和甜土豆。他们已经读了报纸上的信，想和我见面还想尝一下！所以我们成立了鸵鸟晚餐俱乐部，每个周六晚上在某个地方聚会。这真是其乐无穷。无论是单身还是年长的，都可以加入我们，周六早上十点来合作社南瓜麻袋这儿，我们会告诉你下次活动的菜单和地点。或许你哪天有兴趣也来吧，玛利亚姨妈。

我对她的邀请表示感谢，给了她一份鸵鸟砂锅的菜谱，也就是从玛利亚书房里那本书里掉下来的那份。

寄第三封信的人，之前没有写信给我过。我读着读着信，呼吸开始不稳，心越跳越快。

这封信来自一个有羔羊肉的男人。

第89章

亲爱的玛利亚姨妈,信上写道:

不久之前,我遇到一位非常特别的女士,她给我做了一道我吃过最美味的烤羊肉,还有最好吃的巧克力蛋糕。我很抱歉我对她并不好。当我们之间关系变亲近的时候,我却逃跑了。

我曾经很爱我的妻子。她四年前因患癌症去世了,那让我很痛苦。

当我开始关心另一个女人时,我感觉就好像背叛了我的妻子。我的妻子曾经也是个好厨师。

另一个问题是,那个特别的女士总让她自己身处危险之中,一次又一次。我觉得我无法忍受她也会死去这个想法。我不知道能否再经历一次那种痛苦。

所以,我从那位特别的女士身边跑开了。

但是,我很想念她,很想念。我一直在想着我和她坐在她家走廊上,吃她烤的羊肉。

我没有再念下去。我想把这封信揉成一团扔进垃圾桶里。这个男人以为他是谁？他想要的时候就这么大步走进来坐在一个女人家的走廊上？我喝完了最后一口红叶茶，茶冷了，里面还有湿透了的面包屑。我继续读信：

　　　　我该怎么做才好？
　　　　我是这么想的。我的叔叔库斯刚从他的羊场给了我一些新鲜羊肉。应该说，羊还是活的，它现在就在我的后院，把我的天竺葵都要啃光了。
　　　　你觉得把这头小羔羊送给那位特别的女士是个好主意吗？
　　　　我还有一个问题，我不太确信这位女士对我的感情已经超过了普通朋友。我们曾经离得近是因为各种不得已的情况。我怎样才能知道她对我有那种特殊的感情？

　　　　　　　　　　　　　　　　　　真诚的，
　　　　　　　　　　　　　　　　　　男人和羔羊

　　我站起身走到室外。
　　"玛利亚姨妈？"杰西叫我，但我没停下。
　　我靠着一棵蓝花楹树，抬头看着天空。天太亮了，所以我又低头盯着地。我想写信给那个男人，说：你就让那位特殊的女士一个人好好生活吧，不要拿你那忽有忽无的废话带给她更多的痛苦。
　　"怎么了，玛利亚？"海蒂手里拿着计算器走到花园里问。
　　"没什么。"我说。
　　"好的，你不用回答我。"她说。

我们看见一辆车开过,那辆车是斯柯达明锐,侧面印着字。

"那些教徒马上要去山上了,"她说,"世界末日就在这周五,二十一号。"

"世界末日……"我说,"我那天被邀请去参加婚礼。"

"好吧,那么,希望末日在你参加完婚礼后才到来。"她说。

"一个女人能让自己出几次洋相?"我问道。

"你说什么?"海蒂说。

我回到了屋里,坐在我的办公桌前,提起笔,拿了一张干净的纸。我已经出过洋相了,因为我把那位特别的女士想象成了我。我得以一位爱情顾问的身份来做好我的本职工作。我一定要尽可能地置身事外地来回答这封信。或许这男人故事里提及的那位特别的女士会很高兴收到他的来信,还有他那该死的羊。

亲爱的男人和羔羊,我写道:

如今,厨师都不喜欢宰杀自己的动物了。所以如果你能送她一只羔羊腿,那真不错。如果你不擅长农场里的活儿,肉铺老板可以帮你。

所有的生命终有一死,这一点是肯定的。我们对此无能为力。但是你可以在生命里增添爱与美食,这是你能主宰的。

我知道你说的痛苦。但是爱不能仅仅困在你的心中,痛苦并不是把爱放在心底的理由。你要把爱表达出来。

写完这句话,我放下了笔,深深地叹了口气。我自问是否能这么做,然后我又读了他的信,然后回复道:

怎样才能知道她对你的感情超越了友情？这件事你的心自然会告诉你。但是如果在她见你之前会稍微打扮，或者一见到你就脸上洋溢着光芒，那么她可能对你有特殊的感情。

　　如果她的确在乎你，那你的逃跑可能已经伤害了她，你得比较努力地去赢回她的心。

我划掉了"比较"，改成了"十分"。

　　你得十分努力地去赢回她的心。

玛利亚姨妈

我双手交叉放在办公桌上，头枕在上面。

第90章

"我的天，玛利亚姨妈。你真会做菜，嘿！"杰西说着，又吃了更多的土豆沙拉。

理查德点头附和，他的嘴里都是胡萝卜沙拉。

"这个三豆沙拉最好吃，玛利亚。"海蒂说。

今天是十二月二十号，周四。太阳西斜，我们几个在我家走廊上吃大餐，这是我曾向杰西承诺过的。为防第二天就是世界末日，我想我要兑现说过的话。如果只剩下一晚，我最想做的事就是坐在走廊上，看着最好的风景，和最爱的人享用美食。

"你这件飘飘欲仙的裙子，"杰西说，"就是糖糖送你的那件吗？"

"还有这双鞋？"海蒂说，"玛利亚，你脚上是涂了珍珠色指甲油吗？"

"要炸面团吗？"我边说边把装着炸面团的碗递过桌子。

理查德自己拿了一个。

"你是怎么正正好地把肉馅儿放进炸面团的?"他说,"我以前从没这么做过。"

"还要来点儿烤羊肉吗?"我又切了一块脆脆的肉,问杰西。

"麻烦来点儿,"杰西端来盘子,"你的肉酱里放了些什么?"

"石榴汁和红酒。"我说着,递给她一片羊肉。

"太棒了。"她边说边倒了好多肉酱。

"真是好吃到没话说,"海蒂说,"杰西,你能好起来,真是太好了!"

杰西摸摸手臂上的壁虎文身,然后又吃了起来。能看到她这样健康开心真好。

我在皮耶特的盘子上加了几块羊肉。他个子虽小,但是他吃肉的胃口很大。

"你要再来点儿吗?"我问卡尼梅耶。

"好的,谢谢。"他说着,朝我露出一口白牙。

我叫我的膝盖不要发软,因为当你手里拿着一把大长刀的时候,可不能走得摇摇晃晃的。而且不管怎么说,一个微笑和一条羊腿不能保证他不会再次逃跑。

"啊,别,小克,"卡尼梅耶说,"我在吃饭呢。"

一只小羊羔正用它软软的鼻子蹭着他的大腿。

他从口袋里掏出奶瓶,小羊羔就像饥饿的宝宝般吮吸起来。

汉克挠着小克两只小角之间的头,接着小羊羔就直奔肥料堆。我的鸡群一哄而散,留下小克享用他们的盛宴。

我端上榛子咖啡、炸麻花糕和巧克力蛋糕。

我关上走廊上的灯,一起看卡鲁宽广的星空。我们这里有世界上最多的星星,如果你仔细看,就会发现这里的星星远比黑暗多得多。

当你如此仰望天空，就永远不会害怕黑暗。

我们坐在那儿的时候，卡尼梅耶握住了我的手。我没有拒绝，但胸口感到一紧。我想这是因为我总是觉得我自己是个傻瓜。

他握紧了我的手，但我没有回应。他一直握着，很温柔，就好像手里捧着一只小鸟。

大家帮忙整理了一下，卡尼梅耶则一直待到人都走了，还帮忙洗了碗。

"放着吧，"我说，"我会收拾的。你回家吧。"

"快收拾完了。"他说。

我把剩下的炸麻花糕放进冰箱，没有给他倒咖啡。

"我好像应该走了。"他洗完碗，又擦干放好后说道。

他看着我，就好像我是个美味的炸麻花糕，穿着裙子。他朝我走近一步，但我向后退。

"我能再来看你吗？"他说。

我低头看着我的脚。我的指甲配这双鞋真好看。

"我明天下午会去利弗代尔参加一场婚礼，"我说，"我会在两点出发，如果你想一起去的话。"

"我会来的。"他说。

第91章

  第二天下午一点四十五分,他来了。世界末日还没到,但也可能在路上了。我穿着印着蓝花的连衣裙,还有糖糖送我的鞋。我腿上放着一罐传统的甜饼干,坐他的车走。
  "你真好闻。"他说。
  "是甜饼干的味道,"我说,"但这不是给我们路上准备的,是我为卡布和斯黛拉做的。"
  我听见咩咩的叫声,吓了一跳。小羊羔待在后座。
  "你带着羊吧!?"
  "小克要每四小时喂一次,"他说,"它离不了我。"
  我双臂抱胸以示不满,但把头转向窗外,好让他看不到我的笑。
  我真希望我带了点儿路上吃的东西——这是一段很长的路。我们在高耸山间的翠绿小路上驰行,到处都是高山硬叶灌木群落。我们话说得不多,大多数时间都是看着窗外。
  当我们经过陡峭的小路时,他对我说:"我真的很想你,玛利亚。"

我说:"看那只食蜜鸟,在帝王花上。"

"可爱。"他说。

他的一切都这么好,让我感到很温暖;但一切都太好了,又让我有些伤心。

*　　*　　*

汉克和羊羔坐在教堂后排,因为如果让小克待在车里就太热了。我坐在教堂的前排,挨着卡布的哥哥。这是一场完美的婚礼,新娘看上去那么漂亮,新郎又这么帅气。但是让婚礼更美的是卡布打的手语。不知怎么地,他舞动的双手要比言词拥有更多感情。

仪式之后,在室外一个大帐篷里准备了茶点。

汉克把羊羔绑在树上,我们一起走过去祝福那对快乐的新人。路上,汉克碰到了我的手臂,但我不想握住他的手。

斯黛拉被人群围着,我们终于走到了卡布的身旁。

"你好,卡布,"我说,"我是玛利亚姨妈,恭喜你。"

他对着我咧嘴笑,就好像我是他生日时收到的一辆新自行车。

他双手放在胸前,然后手指做出鸟儿扑扇翅膀的样子。

"谢谢你。"他小声说道。

我还记得他第一封信里的第一句话:当她对我微笑的时候,我感觉像是有一千只小鸟要从我的心脏里飞出来了。看来,那些鸟现在都飞没了。

我知道他在表示"感谢",但是又觉得他在对我说:打开你的心扉,让爱飞出来。

我伸手寻找汉克·卡尼梅耶的手。

是啊,为什么不?我想,为什么不呢?

玛利亚姨妈的菜谱

好吧,谋杀案和爱情故事已经占了太多地方,剩下几页无法把所有菜谱都写完,所以我决定选几道我最爱的卡鲁菜。有一些菜谱并不是卡鲁特色,但是因为它们太好吃了,所以也分享给大家。

对素食的基督复临安息日会教徒,我很抱歉,因为大多数的菜谱里都有卡鲁羊羔、黄油和鸡蛋,但是仍有几道菜谱他们是可以尝试做的。

要确保你用的肉和奶制品都是从好的农民那儿买到的:放养或者狩猎的农场主。动物都应该生活在阳光下,在原野上寻食。

使用焖烧保暖包

焖烧保暖包是一个大布垫，里面缝着一些聚苯乙烯塑料球。布垫中间有一个洞用来放锅，还配有一个盖子。使用保暖包可以节省很多电，这很适合需要慢炖的菜。你可以煮一整夜，也可以在上班的时候煮。

现在你可以买一个焖烧保暖包了。很久以前，我在一次教堂集会上买过一个，它外面用的是可爱的橙黄色南非科萨布料。我母亲以前是把锅放在木板上，再用羽绒被包裹，上面压一个枕头，那也很有用。

重要的一点是，液体要完全盖住食物，锅子要全满（半满的锅子可以保温，但是煮不了东西）。一个焖烧保温包可以煮出完美的汤、炖菜、咖喱、米饭和别的谷物。只要把食物煮开，然后放到保温包里就可以了。锅子保持滚烫的状态至少两个小时。如果你煮的是谷物，当心不要加太多的水，否则会煮得太烂。

焖烧保温包不会让水分流失，所以如果你想去掉多余的水分，可以在上菜之前在烤箱或烤炉上加热一下。

计量单位

1 汤匙 =15 毫升

1 茶匙 =5 毫升

一杯 =250 毫升

所有的蛋都是大个儿的。

肉 菜

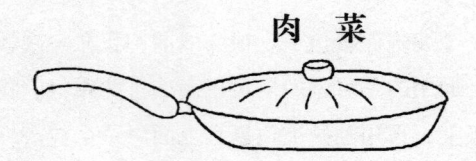

这里的肉菜是四到六个人的量,还要看他们有多饿。

马蒂妮的嫩羊肉咖喱(配调味酱)

1汤匙姜黄粉

1又1/2汤匙辣椒粉

2汤匙香菜末

1茶匙黑胡椒粉

1茶匙盐

1/4杯切碎的新鲜大蒜(大概6瓣蒜或者30克)

3汤匙切碎的新鲜生姜(15克)

2-4个辣椒,切碎

1公斤羊或羔羊脖颈或关节(比如切好的羔羊肘子)

2个中型茄子(500克),切成2厘米的块状

5汤匙的葵花籽油

1又1/2汤匙小茴香籽

2茶匙葫芦巴籽

1汤匙芥菜籽

6个豆蔻荚，开口的

1/2根肉桂条

2个大洋葱，去皮，切成薄片

800克大的熟番茄（大概8个），去皮，切碎

4个中型土豆，去皮，切成2厘米的块状

1汤匙的综合香料①

1杯切碎的新鲜香菜

- 在上菜前需要准备二十四小时——这很重要。肉需要用很长时间的慢炖来变软，香料也需要时间入味。
- 先搅拌所有磨成粉的香料（除了综合香料）、盐和蒜、生姜和辣椒。把混合香料仔细抹进肉里，然后放在一旁。
- 用1茶匙的盐渍一下茄子，然后放在一边。在一个大型厚底烤盘上把油加热。加各种籽，还有所有的香料，搅拌直至它们的香味充满整个厨房。芥菜籽开始爆开时，加洋葱，然后把火调到中高档。
- 等洋葱变软，冲洗茄子，然后都放进锅里煮，直到稍稍变色。
- 加调了味的羔羊肉进去，不停搅拌，防止香料粘底。等羔羊肉呈棕色，加1杯水，然后在肉上撒切碎的番茄。然后在火

---

① 印度综合香料格拉姆马沙拉，由多种香料混合起来的调味料。

炉上炖煮约 15 分钟。
- 准备好烤箱或者焖烧保暖包（请参见上文介绍的焖烧保暖包使用方法）
- 用烤箱的话，合上门，在 150 摄氏度条件下烤两小时。然后关上烤箱，冷却。最后在冰箱里放一整夜。
- 用焖烧保温包的话，确保你的咖喱是热的，然后有液体盖过，整个锅要几乎全满（如果锅里留有空间，那么食物不会煮得很好）。一个直径 24-26 厘米的铸铁锅正合适。把锅放在焖烧保温包里 4 个小时或者放一个晚上，然后重新加热再放回焖烧保温包。如果有时间的话，每 4 个小时重复一次。
- 第二天，在吃之前大概 1 个小时，用很咸的盐开水煮土豆，直到煮熟（15-20 分钟）。沥干，加一些咖喱和综合香料。把锅放到烤箱里，不要盖锅盖，在 190 摄氏度条件下烤大概 50 分钟，或者等液体变粘稠即刻。
- 用焖烧保暖包的话，可能有更多水分，需要更多时间。如果你把咖喱倒进一个更宽的锅或盘子里，那么在烤箱的时间可以更短些。
- 尝味，或许可以加一撮盐或胡椒。用新鲜香菜装饰，配上印度香米、调味酱（具体如下），还有印度薄饼。

调味酱

黄瓜调味酱

1/2 杯原味酸奶

1/2 茶匙盐

1汤匙切碎的新鲜薄荷

10厘米的黄瓜，切丁

1个小的红甜椒或黄甜椒，去籽切丁

1/2个红洋葱，去皮，细细切碎

3汤匙切碎的新鲜香菜

1汤匙醋

- 把所有配料搅拌在一起

西红柿调味酱

2到3个西红柿，切碎

2汤匙柠檬或青柠汁

1/2茶匙辣椒，细细切碎；或者用辣椒粉代替

1/2茶匙盐

1茶匙糖

1茶匙烤过的小茴香籽

1根青葱，切碎

- 把所有配料搅拌在一起

理查德的咖喱肉末

1/3杯葡萄干或者汤普森无核葡萄干

1汤匙香菜粉

4汤匙姜黄粉

1茶匙黑胡椒

1又1/2茶匙小茴香粉

1又1/2肉桂粉

1又1/2茶匙生姜粉

1/4茶匙茴香籽粉

1/4茶匙葫芦巴籽粉

1/4茶匙黑芥菜籽粉

1/4茶匙红辣椒

1又1/2茶匙盐

一撮肉豆蔻

一撮丁香粉

1/4杯黄油（60克）

2个洋葱，去皮，细细切碎

1瓣蒜，捣碎

1茶匙切碎的新鲜生姜

500克肉馅（羔羊肉、鸵鸟肉或者野味）

1杯磨碎的胡萝卜

1片面包，浸在3汤匙的牛奶里，轻轻按压，然后用叉子捣烂

1/4杯杏仁片（15克）

1/4杯杏子酱（手工做的最好，做法见362页）

3汤匙柠檬汁或者2汤匙酒醋

1个鸡蛋

蛋奶挞上的配料浇头

3个鸡蛋

1杯牛奶

1杯奶油或者酸奶油

1/2茶匙醋

1/2的柠檬皮，捣碎

6张柠檬叶

- 热水浸葡萄干或者汤普森无核葡萄干，然后放置一边。
- 把所有磨成粉的香料放进一个小碗，搅拌。
- 用一个大平底锅热黄油，然后小火煎洋葱直到稍稍变色。加蒜、新鲜生姜和混合的香料，煎一两分钟。
- 加肉馅，煎至淡棕色，搅拌，把肉块搅碎。加入捣碎的胡萝卜，然后从火上撤下来。
- 继续搅拌别的配料，包括沥干的葡萄干或者汤普森无核葡萄干，最后放鸡蛋，这样就不会煮熟。尝佐料的味道，然后把肉馅倒进一个长方形的烤箱盘（大概15厘米宽25厘米长，至少深4厘米）。
- 然后做挞上的配料，打蛋，加牛奶、奶油、盐、醋和柠檬皮，均匀搅拌。将肉倒入盘子里。
- 将柠檬叶插入咖喱肉末，只露出头即刻
- 用200摄氏度烘烤20到25分钟，直至肉呈金棕色。
- 咖喱肉末配什么都很好吃，但是一般都配黄米饭（一种用姜黄、葡萄干、肉桂加上蜂蜜和用叉子搅碎的黄油煮成的饭）、水果酸辣酱、香蕉片和番茄洋葱粒沙拉。

小贴士
- 如果你没有手工制作的果酱，你可以在咖喱肉末里加两个捣碎的杏仁来增加些坚果的风味。你需要用锤子打碎杏仁果壳或者将之分做两半，取出里面的核。你也可以从健康食品店购买杏仁核。
- 如果你是要提前准备这道菜，把配料浇头分开放。
- 如果你想要这道菜辣一些，可以再加些辣椒，之后配香蕉酸奶也可以让菜不太辣。

番茄羊肉煲

1公斤番茄，去皮，切碎

5汤匙葵花籽油

1公斤羊脖颈或关节（如果你没有大的羊，就用羔羊肉）

约1/2杯原味面粉，裹肉

2个中等大小的洋葱，去皮，切碎

2汤匙黄油

5颗完整的丁香

6粒百香果

10粒胡椒子

1根肉桂条

1茶匙完整的芫荽籽

4茶匙芫荽籽粉

1茶匙小茴香粉

1/2茶匙黑胡椒粉

一撮肉豆蔻粉

一撮肉豆蔻干皮粉

2到3瓣大蒜，切碎

2茶匙切碎的新鲜生姜

100克番茄原浆

2茶匙盐

2茶匙糖

4个中等大小的土豆，去皮，切成1到2厘米长宽的块状

1到2汤匙醋

- 在番茄头划一个大叉。用开水烫2分钟，然后放进冷水。这是简单快速的脱皮方法。去皮，切碎。
- 在重型烤箱锅里热油。用面粉裹肉，放进油里煎至棕色，一次就煎几块，小心不要让面粉烧焦。肉色一变成棕色，就出锅。
- 在同一个锅里用黄油煎洋葱几分钟。加入所有香料，煎到洋葱变软。加入香料粉、蒜和姜，再煎几分钟。把肉再放回锅中，加入碎番茄粒、番茄原浆、盐和糖，将其煮沸。
- 准备焖烧保暖包或者烤箱。（参加上文焖烧保暖包使用方法）
- 将锅放入焖烧保暖包一天，如果可能，每4个小时重热一次，再放入保暖包；或者在120摄氏度的烤箱里放4个小时。然后拿出来放在一边。
- 用很咸的盐水煮熟切碎的土豆（15到20分钟）。
- 在上菜的前一个小时，加入煮好的土豆，将锅盖打开，放入180摄氏度的烤箱或者在烤炉上用小火煨，直到酱汁变稠。如果你用的是烤炉，不要让菜粘底。肉现在应该非常软了（肉从骨头上脱下来了）。上菜前，按各自口味拌些醋。尝味

看看还需要加点儿什么。这道菜如果再加一点点盐或者是现磨的黑胡椒，口味极佳。
- 配菜用米饭或者青豆。

小贴士
- 我煎炸、烘焙时一般都用葵花籽油，但是你可以用任何没有特别气味的油，味道也一样好。

炸面团馅儿

这里说的是你可以配着炸面团一起吃的咖喱馅。做炸面炸的菜谱在第 453 页。

3汤匙黄油

500克剁碎的牛排

1个中等大小的洋葱，去皮，切碎

1/2茶匙姜黄粉

1茶匙白胡椒

4颗完整丁香

1张月桂叶

2个大番茄，去皮，切碎

1又1/2茶匙盐

2杯水

1/4杯绿番茄酸辣酱或者任何一种酸味水果的酸辣酱

- 在厚锅里用中高温融化黄油。加入剁碎的肉，将肉块搅碎。煮熟肉馅，不停地搅拌，防止凝在一起。
- 肉馅呈漂亮的深棕色时，加入洋葱，煮到变软。
- 火减到中档，加入香料。煮几分钟。然后把其余的配料都加进去。
- 炖大概半个小时，直到汁水变稠，颜色变得漂亮。
- 尝味，然后决定是否加一点盐或者挤点儿柠檬汁。

小贴士
- 一开始将肉馅煮成漂亮的棕色确实需要花点儿时间，但是那是值得的。整道菜将有独特的风味和厚实的层次感。
- 将炸面团横切，刀尖不要错破脆皮，这样的塞满美味肉馅的炸面团吃起来就比较方便。你也可以再加一点儿酸辣酱。

甜点

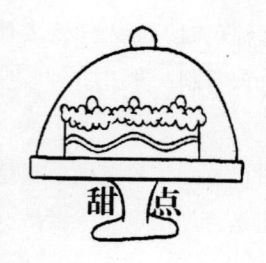

杏子酱

1公斤坚硬的生杏子

1公斤白糖

一只柠檬的汁水（看情况，如果果肉成熟的话）

10个杏仁（从果核里取出的）

- 将杏子一切二，称重前将果仁取出。取和果肉同等重量的糖，搅拌在一起。搁置一个晚上。
- 将果肉放入一个大厚底锅，加入柠檬汁和杏仁。锅子在烤炉上用低温煮，一直搅拌到所有糖都融化了，然后煮开。
- 盖上盖子3分钟，使锅边的结晶体融化。然后打开盖，用中火煮开，直至果酱开始变透明变凝固（20-25分钟）。要自始至终搅拌果酱，以防粘底。但也不要搅太勤，否则会结晶。
- 看一下果酱是否凝固了，然后倒在一个冰冷的盘子上。确保果酱又厚又稠,不是流质的。如果你斜着拿盘子,果酱应该是整块,而不是流得到处都是。如果你做过几次果酱,快好的时候你就能通过它从勺子上滴下的形状判断出来了。
- 将果酱倒入消过毒的罐子里,确保每一个罐子里都有一些杏仁。一旦果酱冷却下来,就用热化的蜡烛油将盖子封紧。你不一定要用蜡,但是那的确能使果酱保持新鲜好多年。

小贴士
- 杏仁核赋予果酱浓郁的坚果味。用锤子或者半块砖敲开杏仁果壳,取出果仁。你也可以从健康食品商店购买杏仁。坚果味可以持续一到两个月,而且味道会越变越好。
- 选生的果实可以做出最好的果酱。生果实的果胶最多,味道也会持续更久。如果你用的果实有点熟了,加一些柠檬汁(有额外的果胶)。
- 关于消毒罐子:用热肥皂水清洗,然后在100摄氏度的烤箱里放20分钟烘干。趁罐子还热着的时候将果酱装入。

库鲁曼姨妈的鲜奶挞

脆　皮

1又1/4杯蛋糕面粉

1/3杯糖粉

1/4茶匙盐

1/2杯黄油块(125克),软化

2个蛋黄

- 将面粉、糖粉和盐混合过筛。
- 用刀将黄油、蛋黄切碎，混入面粉中。用手指轻揉，直到将黄油揉进去。用保鲜膜包裹，放入冰箱 30 分钟。
- 将面团在面粉上推滚，然后放进一个涂满油、直径为 24 厘米的饼盘。
- 用叉子在底部戳两下。
- 在 200 摄氏度下烘焙 15–20 分钟。

馅 儿

配料 A

2 杯牛奶

1 汤匙黄油

1 撮盐

2/3 杯糖

配料 B

1 杯牛奶

2 汤匙蛋糕面粉

1/4 杯玉米淀粉

配料 C

2 个鸡蛋

1 茶匙香草精

浇头配料

肉桂糖
- 在平底锅上加热配料 A（牛奶、黄油、盐和糖），不停搅拌直到糖融化。
- 在碗里搅拌配料 B（牛奶、面粉和玉米淀粉），将 A 倒在 B 上。均匀混合，再倒入平底锅。
- 加热混合物，不停搅拌约 5 分钟直至变稠，面粉味道消失。
- 在碗里将配料 C（鸡蛋和香草精）打在一起。慢慢地将热混合物倒入配料 C，均匀混合，再倒入平底锅，小火煮，直至变稠（2-3 分钟）。
- 将做好的蛋奶糊倒进烘焙好的挞皮里，搁置冷却。上菜前在挞上撒大量的肉桂糖。

小贴士
- 要做肉桂糖的话，将等量的肉桂粉和红糖混合。
- 你可以在鲜奶挞上只撒肉桂，不一定要用肉桂糖。

芒果沙冰

2 个成熟的甜芒果，去皮，切碎
酸奶或者青柠汁（看情况）

- 将芒果肉冷冻 3 个小时，或者等果肉比较硬但还不是太硬的时候即可。
- 用电动搅拌器均匀打碎，再放进冰箱。

- 上菜前，可以加一勺酸奶，或者挤一点青柠汁。

小贴士
- 这道菜关键在于芒果要好吃。如果芒果质量一般，你可能在冷藏前要拌些奶油或者酸奶，或者在上面加一点儿蜂蜜。
- 如果芒果冻得太硬，搅拌前先等几分钟。

完美的黄油牛奶巧克力蛋糕

蛋 糕

1/4杯水

220克黄油

1/2杯可可粉（60克）

1又3/4杯红糖

2个鸡蛋

1茶匙香草精

2杯蛋糕面粉（240克）

1茶匙小苏打

1茶匙发酵粉

1/2茶匙盐

- 将烤箱热至180摄氏度。在直径为28厘米的蛋糕模具上排放烘焙纸，在烘焙纸上加油，用黄油涂抹于模具侧边。
- 首先将水倒入平底锅，然后加黄油和可可粉。加热但不要煮开。

- 将糖和鸡蛋打在一起，和黄油牛奶、香草精混合，然后加入热可可混合物。
- 将面粉、小苏打、发酵粉和盐混合过筛，加入可可混合物。再次均匀搅拌。
- 将混合物倒入模具，烘焙 50-55 分钟。然后放着冷却。

糕点装饰糖衣

1又1/2筛过的糖粉（200克）

1/2杯黄油（125克）

1/4杯筛过的可可粉（40克）

1/4杯黄油牛奶

1/4茶匙盐

1/2茶匙香草精

1汤匙朗姆酒

- 除了朗姆酒，将所有的糖衣配料在平底锅上用中火加热，始终搅拌，避免块状物出现。直到煮开，然后下锅，加入朗姆酒。
- 让蛋糕和糖衣完全冷却。

小贴士
- 蛋糕在烤箱烘焙的时候可以同时做糖衣，这样之后就有足够时间冷却。
- 温热的糖衣还是很美味的巧克力酱，你可以加到冰激凌上吃。
- 如果你没有朗姆酒，可以用白兰地代替。但是朗姆酒和巧克力搭配的效果更好。

机修工的巧克力慕斯蛋糕

240克黑巧克力
1/2杯黄油（125克）
1茶匙香草精
4个鸡蛋
1/4杯砂糖
一撮盐
1只橙皮，捣碎

- 将巧克力、黄油和香草精放在热水蒸锅里融化。（我是将配料放在一直可加热的小碗里，然后放在一锅开水上，隔着火。）
- 将鸡蛋、糖和盐打在一起，直至变稠变滑。用电动搅拌器的高速挡大概至少需要5分钟。这一步很重要，不能急。混合物会变稠，充满泡沫，比原体积大四倍。
- 将橙皮放入，加入融化了的巧克力黄油搅拌。
- 将面糊倒入抹油的直径23厘米烤模里，在160摄氏度下烤35-45分钟，或者等蛋糕顶部裂开即可。
- 等模具冷却，取出蛋糕，用打过的奶油、浆果或坚果填充顶部空处。

小贴士

- 用可可含量为 35%-40% 的黑巧克力。不要用超过 45% 可可含量的黑巧克力，否则那会让蛋糕又干又苦，味道太重。
- 出炉的蛋糕看上去会比较普通，所以你可以用打过的奶油、浆果或坚果，甚至用水煮过的油桃来装饰。

蜂蜜-太妃糖蛇形蛋糕

面　团

1/2杯牛奶

2汤匙糖（30克）

1汤匙蜂蜜（20克）

1茶匙速干酵母

2个豆蔻荚

2杯蛋糕面粉（240克）

3/4茶匙盐

一撮肉豆蔻粉

1个鸡蛋，打好

100克黄油，软化

蜂蜜-太妃糖浇头

3汤匙黄油（45克），软化

75克糖粉

1只鸡蛋蛋白

2汤匙蜂蜜（40克）

30 克杏仁，切碎

- 将牛奶、糖和蜂蜜倒入平底锅，小火加热。温热即可，不能太热，否则酵母会失效。之后加入酵母，搁置一边。
- 用臼杵将豆蔻荚捣碎，去荚壳，将种子磨碎，放一点儿糖，全部磨碎。
- 将面粉、盐混合过筛，然后加入肉豆蔻和豆蔻粉。
- 将发酵的牛奶和打过的蛋液倒入面粉，放几分钟。加入软化的黄油，揉面团约 10 分钟，直至面团滑顺。
- 将面团放入一个干净、涂了黄油的碗中，盖上布，放在温暖的地方发酵一个半小时，或者等它体积是原来的两倍即可。
- 面团发酵的时候，可以做浇头，将所有配料都放入碗里，均匀搅拌。
- 在烤盘或者宽口较浅的蛋糕模具上摆放烘焙纸。桌面上稍撒一些面粉，面团置于其上，将空气敲出。轻轻地将面团搓揉拉长，呈一条长香肠状。如果面团有弹性缩回，你可以放置一会儿。等面团搓成 70 厘米长、厚 2-3 厘米的时候，将其宽松地卷成螺旋状，放在烤盘或模具上。注意不要让面团互相碰到，每圈之间空 2 厘米。尾部除外，你可以将尾巴掖在面团下面。
- 将浇头均匀地浇在蛋糕上，另发酵 20-25 分钟。
- 在 190 摄氏度下烤 30-35 分钟，直至颜色呈深金黄色，烤透。

小贴士

- 蛋糕烤出来当天是最好吃的，但在烤箱里热一下也能让它再次变得美味。

炸麻花糕

糖 浆

1公斤糖

2又1/2杯水

1/2茶匙生姜粉

2根肉桂条

3汤匙柠檬汁

1/2茶匙酒石霜

面 团

4又1/2杯蛋糕面粉（560克）

1茶匙盐

4茶匙发酵粉

1/2杯黄油（125克）

2个鸡蛋，打好

约1杯牛奶

2升葵花籽油用来炸面团

- 先准备糖浆，将糖、水、生姜和肉桂一起放在厚锅里。置于中火上，搅拌直至糖融化。保持煮开状态5分钟，形成糖浆。然后关火，加入柠檬汁和酒石霜。
- 糖浆略微冷却后，就放入冰箱或冷藏柜。

- 再做面团，将面粉、盐和发酵粉混合过筛。用手指将黄油揉进面粉里。加入鸡蛋和足够多的牛奶，使面团够弹性，方便操作。揉捏充分——至少 10 分钟——直到面团光滑有弹性。
- 将面团放入一个抹过油的碗，盖上布，放置 3 个小时。
- 将面团取出，放在一个涂了油的操作台上。均匀分成 6 份（每个重约 180 克），每个面团都搓成条状。动作轻柔但是要果断，尽可能在不断的情况下搓长面团。搓完一个就搁置一会儿。都搓完后，再重复依次搓揉，直到 6 条面团都有 1 米长，或者厚度小于 1 厘米。将面团静置 10 分钟。
- 现在每三条面团编一个麻花，可以编两个。最方便的方法是先从中间编，然后分别编两头。确保麻花编得够漂亮够紧，然后再静置 10-15 分钟。
- 将麻花切成 7 厘米的小条，每条麻花大概能分成 12 条炸麻花糕。
- 每次炸 4 个，直到颜色变成金黄色（每面炸 2-3 分钟）。它们颜色都呈均匀地金黄色后，先沥干一会儿（放在旧鸡蛋盒或者纸巾上），然后放入冷糖浆里，翻动一次，然后浸着。之后依次如此。

小贴士

- 东西很好吃，所以很值得花功夫。它们冷藏后是口感最好的，在冰箱里放几天也完全没问题（即使你之前已经吃过些了）。它们也可以冷冻。

农场黄油牛奶面包干

1公斤面粉

1/4杯发酵粉（40克）

4茶匙盐

1又1/2杯烤过的麦片（200克）

1杯不太满的葡萄干或汤普森无核葡萄干（100克）

1杯切碎的苹果干（75克）

1又1/4杯葵花籽（170克）

1/2杯椰肉干（40克）

1/4杯亚麻籽（35克）

1/4杯芝麻籽（35克）

1/4杯南瓜籽（30克）

2杯红糖（400克）

3个大鸡蛋

2杯黄油牛奶

500克黄油，融化

- 预热烤箱到180摄氏度，给四个普通的面包模具或一个宽30厘米长40厘米的模具抹油。
- 把所有干料混在一起。
- 打蛋，并加入黄油牛奶和融化了的黄油。加入干料，搅拌。
- 用勺子舀出混合物（约3厘米厚度）倒入模具，再烤大约45分钟。
- 等稍凉一些，将混合物倒在金属架上，使其完全冷却。

- 切成片状，如果是用普通面包模具的，就切成约 2 厘米厚；如果放在大模具里的，就切成宽 3 厘米长 4 厘米的样子，大小随个人喜好。
- 在保温屉里放一个晚上烘干，或者放在 80 到 100 摄氏度的烤箱里 4 到 6 个小时，直到它们变硬变干，然后放进真空盒里。
- 面包干可以蘸咖啡吃，就像饼干一样，蘸后会变软，十分美味。

小贴士
- 用剪刀去剪碎苹果干——那样更容易些。
- 你也可加点浆果干或者你喜欢的坚果、种子或者水果干，只要干果的整体量是一样的即可。

面 包

卡鲁农场面包

4 又 1/2 杯黑面包粉（600 克）

3 茶匙盐

10 克速干酵母

1 杯燕麦（80 克）

1/2 杯葵花籽（80 克）

1 汤匙葵花籽油

2 又 1/2 杯温水

1 杯全麸皮片（55 克）

- 给宽 12 厘米长 25 厘米的面包模具抹油
- 面粉过筛（把麸皮再放回去，因为会被筛子卡住），加入盐、酵母粉、燕麦和葵花籽。
- 加油和水，搅拌均匀。再加入全麸皮片，搅拌均匀。将面糊舀至模具，放在暖和的地方发酵约 30 分钟。
- 在面团上撒一些葵花籽，然后在预热 220 摄氏度的烤箱里烘烤 40 到 45 分钟。
- 从模具中取出面包，放在金属架上冷却后切片。

小贴士
- 面包可以放上一个星期。配农场黄油、杏仁酱或者厚块的芝士都很好吃。

炸面团

600克蛋糕粉

3茶匙速干酵母

2汤匙糖

3茶匙盐

2汤匙葵花籽油

200毫升温水

200毫升牛奶

2升葵花籽油用来油炸

- 将面粉过筛，和酵母、糖、盐混合。
- 混合油、温水和牛奶，然后慢慢倒进面粉混合。在稍撒面粉的操作台上，揉面团 8-10 分钟，直至面团光滑有弹性。在一个大碗里抹上油，将面团放进去，盖上布，使其发酵约 2 个小时，或者膨胀到原来的两倍大即可。
- 轻轻揉捏，将面团里的空气挤出，然后均分成 10 份（每份约重 100 克）。搓成球，然后用手掌压平。在面片上抹油，然后发酵 20-30 分钟。
- 同时，在厚锅里将油加热。每次炸三个面团，每面炸成金黄色时翻面（4-6 分钟）。
- 放在纸巾或空鸡蛋盒上沥干。
- 配上面团肉馅吃（参见 438 页的食谱），或者配大份黄油、农场芝士和手工杏子酱吃（参见 440 页的食谱）。

致　谢

　　写作是一件孤军奋战的事，但我在写致谢词的时候，我却惊讶地发现支持我的人有一个团那么多。我衷心感谢所有的人，并将其中的一些名字罗列如下：

　　彼得·凡·斯特拉腾、伯斯齐·安德鲁还有琼·凡·高，他们对最初的稿件提出了建议。米瑞安·威尔顿和尼寇勒尼·勃萨是我的音乐顾问。安内尔·翰斯玛先就南非荷兰语和文化部分做了编辑修改。克里斯廷·福罗特曼和JP.安德鲁就青年文化给我解疑。威立雅·雷诺尔德为我提供了莱迪史密斯的信息。安德鲁·布朗在法律、文学和警务方面，给予了我诸多的建议。莱迪史密斯女警员，当然还有男警员亲切地教导我，让我学会了许多警务流程。

　　卡罗尔·布捷（隶属纽约哥谭作家工作坊）一直鼓励我，还完美地初审了这本书。克里斯多夫·侯普给了我极具洞见的反馈。

　　故事里玛利亚姨妈那种要做正确之事的精神，是从茜茜·诺娜·西里姆拉身上获得的。同样，玛利亚·凡·德·鲍戈姨妈是一位出色的厨师,她慷慨地将名字借给了我的主人公。她和她的女儿克里希尔达,羊的咒语上给了我诸多建议。南非美利奴羊场的丹妮·福斯特在羊的问题上教给我更多。罗内尔·高瓦斯、克里斯·俄拉斯慕斯、皮埃特·朱利和卡尔·威驰分别解答了南非荷兰语、文字、布须曼人、断肢等方面问题。还要十分感谢弗洛克和舒特–弗洛克所著的《卡莱恩卡鲁的植物》(乌达斯出版社 2010 版)。

如果要我把对我的经纪人伊索贝尔·迪克松所有的感激之情唱出来,我可能就像一条哈巴狗了。所以我简单明了地说,她真是位神奇的女性,是我的女神。路易斯·布利斯则是一个天使,梅里斯·达哥格鲁为我尽心尽力。我万分感谢布雷克·福瑞德曼文学事务所里所有人的唠叨,包括海蒂·古鲁沃尔德,(她也把她的名字借给我的人物用)还有汤姆·维特康。

我很幸运能得到一群热情、认真的出版商、编辑和校对的帮助,像是福里·勃萨、贝斯·林多普、马瑞亚·费雪(南非乌穆兹出版社);露西亚·卓瑞娜、简米·宾、罗瑞娜·麦克坎恩(英国坎农格特出版社);丹·哈尔鹏、麦甘·林治(美国哈珀·柯林斯出版集团旗下的回声文学出版社);曼迪·布瑞特和麦克·黑沃德(澳大利亚的文本出版社)。我们一起合作了许多菜,那真是神奇,因为有大家,所以许多菜品更完美了,没有把锅搞砸(要感谢能完美掌控厨房、可爱的露西亚)。

我还要感谢这本书的全球出版商,谢谢你们寄给我各种美丽的文字。我把这些信都放在我的爱的信箱里,当我心情糟糕时,这些都是治愈我的药。

谢谢我的好丈夫伯文·勃史亚,他支持着我的一切,还教我如何观察,如何生存。

你们给予我的爱还有支持,就好像我每天在卡鲁喝的清洌溪水。

我还感谢一下这些文学符号,我从中得到了诸多灵感:犯罪小说女王阿加莎·克里斯蒂,她激发了我对舒适推理的热爱;故事大师赫尔曼·查尔斯·博斯曼,他教会我删减情节和增加情节一样重要;迷人的亚历山大·麦考尔·史密斯,他向我展示了一位来自南非动作迟缓、温和的女侦探是如何胜过北非那些动作迅捷的辣手神探的。

关于杰西的手机铃声歌名,要感谢如下几位优秀的音乐人:艾丽西亚·吉斯的《热力四射的女孩》、布兰达·法赛的《我的黑人总统》、大门乐队的《点燃我的激情》、莱昂纳德·科恩的《我是你的男人》《在黑暗的河畔》。

德克和安娜唱的南非荷兰语的民歌 'N Liedjie Van Verlange(《我渴望的歌》),是源自德国民歌 Ich Weiss Nicht Was Mir Fehlt(《我不知道我失去的是什么?》)。我用英语尝试翻译得诗意些。十分感谢南非荷兰语文化协会联盟以及普罗蒂·布克威出版社能慷慨同意我使用这首歌的非洲版本,这首歌收录在《南非荷兰语文化协会联盟歌曲总集》里(普罗蒂·布克威出版社 2011 年出版)。

我还十分感谢一些大厨、厨师和烘焙师,他们让这本书中的菜单更加完美。

尼齐·郎格（隶属食与爱盛宴酒席承包商）在初稿阶段，就阅读了全书，规划了食物布置，并且提供给我许多很棒的食谱意见（很多来自印娜·帕曼）。

出色的烘焙师、大厨，马丁·莫斯墨把玛利亚姨妈所有的菜谱都试了一遍，并做了调整，直到每道才能好吃到称奇。他贡献了番茄调味酱、炸面团、炸面团肉馅、蜂蜜-太妃糖蛇形蛋糕、炸麻花糕、巧克力慕斯蛋糕和黄油牛奶巧克力蛋糕的菜谱。那道完美的鲜奶挞是他的高曾祖母爱丽·魏瑟留下来的。

传奇人物印娜·帕曼允许我使用她的黄瓜调味酱和咖喱肉末浇头的配方，十分完美。她还贴心地来找我，和我分享她的建议。

我的姐姐加布瑞拉·安德鲁也给了我诸多灵感，她做的饭是最美味的。嫩羊肉咖喱就是改良自她的菜谱（里面加了些马丁和我的想法）。

我的父母博思齐·安德鲁和保尔·安德鲁，他们是这个星球上最好的家长，煮的每一道饭里都充满着爱与神圣。我很感激我妈妈常用的一本烹饪书《和印娜·帕曼一起烹饪》(斯特瑞出版社1987年版)，还有我父母共有的烹饪书《司雷德夫人的南非食谱书》(中央新闻出版社1951年版)。S.J.A.德·菲利斯的经典《烹饪与享受》(作者个人出版，1951)也给我诸多启发。

咖喱肉末是我爸爸的菜谱，他是从司雷德夫人那儿想到的（另外听从了伊马·帕尔曼和马丁·莫斯墨的一些建议）。番茄羊肉煲是我的创作，马丁·莫斯墨做了调整。

我还要谢谢巴瑞·普林格的卡鲁农场面包的做法，还要谢谢面包师嘉文·罗森、烘焙大师克里斯·约翰敦（隶属位于纳米比亚奥马鲁鲁的主道咖啡店）他们诸多的点子。还要感谢罗瑞安·罗伯特提供了她母亲又健康又好吃的坚果面包干的食谱。

丹·哈尔鹏、海蒂·古鲁沃尔德、罗瑞安·罗伯特、特蕾莎·露兹、杰尼·威尔顿、林迪·图鲁斯维尔和陀法·吕克都是很好的厨师，帮忙试做了玛利亚姨妈的菜谱，都给了很棒的反馈。

我还从希达·艾索普所著的《卡鲁厨房：居家食谱以及南非中心的真实故事》（箭袋树出版社 2012 年版）这本书里学到很多。

我书中的食谱主要是从说南非荷兰语人的饮食传统考虑的。但这些菜在南非大部分地区也都很受欢迎，食谱的来源很多元。虽然有种族隔离，但是文化（还有他们的食物）是互相交错的，而"传统南非"食谱除了非洲血统，还受到多方的影响（包括马来、印度、荷兰、法国和意大利）。

我觉得玛利亚姨妈的食谱都十分美味，但必须说明的是，如果有任何挂漏和差错，都由我个人承担，上文提及的烹饪书与此无关。

> 一份自创的食谱是如此与众不同。我们从中不断学习，不断调整。改改这儿，改改那儿，加一把这个，加一把那个……传给一代又一代。
>
> ——凯伦·杜·皮里茨 引自《卡鲁厨房》

> 在一顿饭的时候，一定要用心去做。
>
> ——卡洛琳·艾索普 引自《卡鲁厨房》